KB244890

괴테전집

12

색채론

자연과학론

괴테전집

12

색채론

Zur Farbenlehre

괴테 · 장희창 옮김

자연과학론 | 권오상 옮김

민음사

 차례

일러두기

1 이 책은 괴테의 「색채론 Zur Farbenlehre」과 「자연과학론 Zur Naturwissenschaft im allgemeinen」을 완역한 것이다. 번역 대본으로는 함부르크 판 괴테 전집 13권 『자연과학의 서 *Naturwissenschaftliche Schrift* Ⅰ』(München: Deutscher Taschenbuch Verlag, 1998)를 사용했다.

2 옮긴이가 각주 외에 저자의 주는 (원주)라고 따로 표시해 두었다.

3 본문 중 강조와 인용은 〈 〉로, 그 안에서의 강조와 인용은 다시 〈 ‘ ’ 〉로 나타냈다.

4 단행본은 『 』로 표시했고, 논문은 「 」로, 정기간행물은 《 》로 표시했다.

5 옮긴이가 참고를 위해 필요하다고 생각되는 원문은 괄호 없이 병기했고 한자는 ( ) 안에 병기했다.

괴테 『색채론』의 구조와 그 현대적 의미

1 뉴턴의 색채 이론과 괴테의 색채 이론의 차이

대략 1790년에서 1810년 사이에 걸친 연구에 의해 이루어진 괴테의 『색채론』은 1810년 5월 18일에 최종적으로 완성되었다. 라이프치히 시절부터 빛과 그림자, 색채 현상 등에 관한 관심을 보이던 괴테가 색채 현상에 대해 체계적으로 연구하겠다고 결심한 것은 첫번째 이탈리아 여행 동안이었다. 이탈리아의 예술 작품들과 예술가들을 접한 괴테는 실용적인 차원에서 회화의 채색에 있어서의 규칙과 법칙의 필요성을 절감했던 것이다. 이탈리아로부터 돌아온 괴테는 색채 연구에 본격적으로 착수했고, 1790년 1월 궁정 고문관 뷔트너Büttner에게서 빌린 프리즘을 들여다보는 순간 색채 생성의 원리에 대한 확신을 가지게 된다. 즉 당시의 지배적인 색채 이론이었던 뉴턴의 광학을 반박할 수 있는 결정적인 근거를 직관했다고 생각했던 것이다. 프리즘을 통해서 들여다본 괴테는 검은색과 흰색이 서로 만나는 경계선상에서, 화가들에게는 이미 오래전에 알려져 있던 양극적 현상, 다시 말해 차가운 색과 따뜻한 색이 대립적으로 생겨나는 것을 보았다. 요컨대 밝은 면이 어두운 면 쪽으로 다가가면 청색 띠와 청자색의 테두리가 생겨나고, 반대로 어두운 면이 밝은 면 쪽으로 다가가면 주홍색 테두리와 황색의 띠가 생겨나는 것을 관찰하였다. 괴테가 여기서 내린 결론은 색채 현상이란 밝음과 어둠의 만남, 그리고 그 경계선 Grenze에서 주로 일어난다는 것이었다. 그러나 이러한 현상은 뉴턴의 광학 이론에 의해서도 설명 가능한 것이었다. 즉 프리즘을 통하여 흰색의 넓은 평면을 관찰할 때 평면의 모든 지점에 색채 스펙트럼이 생겨나는데, 이 각각의 색채 스펙트럼은 평면의 가운데 부분에서는 서로 겹치기 때문에 섞여서 흰색이 된다.[1] 다만 겹침이 불완전한 가장자리의 한쪽 면에서는 청색과 청자색이, 그리고 그 반대쪽 면에서는 황색과 주홍색이 나타나는 것으로 설명이 가능하다. 이처럼 뉴턴 광학에 따르면 색채의 생성은 단색(單色) 광선들의 결합 유무와 그 정도에 따라서 결정된다. 그러므로 뉴턴에게 색채란 그 관찰자와는 아무런 관계가 없는 객관적 실체이다.

반면에 괴테는 색채 현상을 밝음과 어둠의 양극적 대립 현상으로 보면서, 인간의 감각과는 무관하게 존재하는 색채 자체의 실체를 인정하기를 거부한다. 그리고 이러한 입장이 후에 그의 색채 이론의 토대가 된다. 그러나 괴테 당대에는 물론 그 이후에도 수학적인 체계를 갖추지 못한 괴테의 색채 이론은 거의 아무런 주목을 받지 못한다. 괴테는 자신의 문학작품들은 다른 사람들도 쓸 수 있는 것이었지만 그의 색채론만큼은 독창적인 것으로서 자신의 불멸의 업적이며, 자기야말로 이 위대한 자연의 대상에 관하여 수백만 중에 올바른 것을 알고

---

1) 이것은 빛의 에너지가 집중되어 밝아진 것인데 괴테는 이를 두고 경계가 없는 곳에서는 색채가 생겨나지 않는다는 결론을 내린다.

있는 유일한 사람이라며 호언장담하기까지 한다(에커만, 『괴테와의 대화』 1823년 12월 30일자 참조). 그리고 뉴턴의 이론은 순수한 학문의 발전을 위해서는 쳐부수어야 할 〈바스티유의 요새〉라며 적대적인 감정마저 숨기지 않는다. 하지만 그의 색채 이론은 색채의 심미적인 효과에 대한 자세한 설명과 병리색(病理色)에 대한 독창적인 설명에 의하여 일부 화가와 생리학자들의 주목을 받았을 뿐, 물리학의 주류로부터는 완전히 배제되어 있었다. 그러나 20세기 중반에 들어와 산업사회의 모순이 심화되고, 도구적 사고방식과 무한 성장에 의한 문명의 자기 파괴적인 결과가 초래되면서 괴테의 색채론이 하나의 대안으로서 일부 물리학자들을 비롯한 연구자들에 의해 새롭게 조명되었다.[2] 괴테의 『색채론』이 명백하게 드러낸 여러 오류에도 불구하고, 그가 자신의 이론에 집착했던 이유가 어느 정도 설득력을 얻게 되었던 것이다. 말하자면 괴테는 그의 색채론을 통하여, 데카르트와 갈릴레이 그리고 뉴턴에서 출발한 자연과학의 기계론적, 환원주의적 사고방식이 초래할 위험성을 예고하고 있었다는 것이다. 괴테는 자신의 색채 이론이 인정받지 못했던 것을 원통해했지만, 바로 그 점 때문에, 즉 근대 자연과학의 주류와 대척 관계에 있었다는 점 때문에 현대에 다시 재조명을 받게 된 것이다. 우선 괴테의 색채 이론의 대강을 검토해 보자.

2 괴테 『색채론』에서의 색의 분류: 생리색 – 물리색 – 화학색

괴테는 『색채론』의 머리말에서 색채 연구에 임하는 기본적 태도를

---

2) 하이젠베르크가 괴테의 색채론을 재조명한 유명한 논문 「현대 물리학의 관점에서 본 괴테와 뉴턴의 색채론」을 발표한 것은 2차 대전이 한창 진행 중이던 1941년이었다.

우선 밝히고 있다. 즉 사물의 본질을 곧바로 표현하려는 시도는 헛된 일이다. 인간은 사물의 작용을 인식하며, 이러한 작용들의 전체 역사가 사물의 본질을 포괄한다. 예컨대 한 인간의 성격을 추상적으로 묘사하려는 시도는 헛된 일이다. 그의 행동, 그의 업적을 총괄해 보아야 하나의 성격의 상(像)이 드러난다……. 이렇게 말하면서 괴테는 자신의 연구 방식이 선험적인 체계화의 방식을 따르지 않고 있음을 밝힌다. 실제로도 그의 색채론은 수없는 실험과 자연 관찰, 그리고 수집과 정리에 의해서 이루어지고 있다. 물론 관찰에 주로 의존한다고 해서 이론을 완전히 배제하는 것은 아니다. 그의 말에 따르면 〈세계를 주의 깊게 응시하면서 이론화한다〉[3]는 식이다. 이러한 태도는 관찰의 주체와 그 대상의 유기적 연관성을 놓치지 않고 이론과 경험의 간격을 가능한 한 좁히려는 의도에서 나온 것으로서, 그의 자연과학 연구 방법 전반에 걸쳐 일관되게 견지되는 태도이다.

직접적인 관찰과 경험에 바탕을 두므로 괴테가 색채 현상의 연구에 있어서 빛과 눈 사이의 연관을 우선시하는 것은 당연한 일이다. 〈눈의 존재는 빛으로 해서 생겨난 것이다. 눈은 빛과 만나면서 빛을 위한 기관으로 형성되며, 이로써 내부의 빛과 외부의 빛은 서로 감응하게 된다.〉(「색채론 개요」 참조.) 물론 빛과 눈 사이에 친근성이 존재하기는 하지만, 그 둘이 완전히 동일한 것은 아니다. 말하자면 눈 속에 일종의 빛이 들어 있어서, 내부 혹은 외부로부터 미세한 자극이 주어지면 색채가 촉발된다는 것이다. 괴테의 이러한 설명에 가장 부합하는 것이 생리색이다.

생리색은 색채를 눈에 속하는 것으로, 그리고 눈의 작용과 반작용에 의해 생겨나는 것으로 보는 경우의 색을 말하는데, 이에 대한 연구

---

3) 「원리편」, 〈머리말〉 참조.

가 괴테의 색채론의 가장 독창적인 부분을 이룬다. 이를테면 선명한 유색의 종이를 적당한 밝기의 흰색 판지 앞으로 갖다 댄다. 그리고 그 조그마한 유색의 표면을 어느 정도 응시한 후에 눈을 움직이지 말고 그 조각을 치우면, 바로 그 자리에 다양한 색의 스펙트럼이 생겨난다. 즉 그 자리에 있던 색이 황색 Gelb이었다면 청자색 Violett이 나타나고, 주황색 Orange이었다면 청색 Blau이, 자색 Purpur이었다면 녹색 Grün이 나타난다(49번 참조). 그리고 그 역도 마찬가지로 성립한다. 이때 앞의 색들을 유도색(誘導色), 뒤의 색들을 피유도색(被誘導色)이라고 한다. 또 다른 예를 들어보자. 괴테는 겨울에 하르츠 산지를 여행하던 중 저녁 무렵에 브로켄 산을 내려오면서 보았던 장면을 묘사하고 있다. 낮 동안 눈이 황색의 색조를 띠고 있을 때, 그 그림자 부분은 희미한 청자색이었다. 그러다가 일몰이 다가오자 눈이 아름다운 자색으로 물들었을 때, 그림자 부분은 녹색으로 바뀌었다(75번 참조). 괴테가 유색 음영 farbiger Schatten이라고 이름 붙인 이러한 현상은 색채란 빛과 눈 사이의 상호 작용에서 생겨나는 것이란 그의 색채 이론을 뒷받침하는 대표적인 사례이다.

이러한 생리색과 인접해 있으면서, 미미한 정도지만 보다 더 객관적인 성격을 가지는 것이 물리색이다. 물리색이란 그것이 생겨나는 데 특정한 매질이 필요한 색을 말하며, 그 대표적인 것이 굴절색이다. 이것은 빛이 투명하거나 반투명한 흐릿한 매질을 통과하는 경우에 생겨난다. 이를테면 태양 그 자체는 무색이지만, 흐린 매질을 통과하면서 황색으로 나타난다. 또 암흑은 흐린 매질을 통과하면 청색으로 보인다. 일출과 일몰 시에 하늘이 불그스레하게 보인다든지, 멀리 있는 풍경이 푸르스름한 색으로 보이는 것 등이 그 대표적인 경우이다.

그 다음으로 가장 객관적이며 지속적인 성격을 가지는 것이 화학색이다. 화학색이란 특정한 물체들에서 유발되고, 다소간 고정되고, 상승되고, 다시 그 물체들에서 떼내어 다른 물체들에 전이시킬 수 있는, 어떤 내재적인 속성을 가진 색이다(486번 참조). 이를테면, 강철은 불에 달구면 황색에서 적색을 거쳐 청색에 이르기까지 지속적인 색의 스펙트럼을 보여주는데, 이것을 색채환(色彩環)이라고 한다. 화학색은 주로 산과 알칼리의 대립에 의해서 생겨난다. 즉 황색은 산의 속성을, 청색은 알칼리의 속성을 가진다. 이상을 간단히 정리하자면, 생리색에서 물리색을 거쳐 화학색으로 가는 방향, 더 세분화하자면 생리색—반사색[4]—테두리색[5]—굴절색—표면색[6]—화학색으로 가면서 색의 속성은 점차로 객관화된다. 그리고 이러한 색의 분류에서 눈에 속하는, 주관적인 색이라고 할 수 있는 생리색을 제일 앞에 둔 것을 보면 괴테 색채론의 중점이 어디에 있는가 하는 점을 알 수 있다.

3 『색채론』의 구성 원리: 양극성, 상승, 총체성

이상에서 간단히 소개한 색채 현상들을 지배하는 원리는 괴테에 의

---

4) 독일어 katoptrische Farbe를 번역한 것으로 kat는 독일어로 〈반 wider〉의 뜻이다. 예를 들자면, 윤을 낸 은쟁반 같은 것에 생채기를 내고 빛에 비추어보면 다채로운 색(특히 녹색과 자색)이 나타난다.

5) 독일어 paroptische Farbe를 번역한 것으로, para는 독일어로 〈가로질러 quer〉를 뜻한다. 괴테의 설명에 의하면 이것은 주로 물체의 테두리 부분에서 일어나는 빛의 작용에 의해 일어나는 색을 말한다. 예를 들자면, 햇빛을 받으며 정원에 서 있는 사람의 그림자는 그가 땅을 딛고 있는 아래쪽의 발 부분에서만 선명한 윤곽을 보이며, 더 위쪽, 특히 머리 부분에서 그림자는 밝은 대기 속으로 용해되어 버리는 듯한 현상을 보인다. 이것은 일종의 시각차 때문에 생겨나는 현상이다.

6) 독일어 epoptische Farbe를 번역한 것으로, epi는 독일어로 〈……의 표면에 auf〉의 뜻이다. 단단하고 매끄러운 두 표면 사이의 접촉에서 생겨나는 색을 말한다. 이 색은 그것을 나타나게 했던 조건들이 사라진 후에도 계속 남아 있음으로 해서 물리색에서 화학색으로의 이행 단계라고 괴테는 말한다.

하면 양극성의 원리, 상승의 원리, 총체성의 원리이다. 양극성과 상승의 원리는 노년의 괴테에게는 색채 현상뿐 아니라, 모든 자연 현상과 인간의 삶에 보편적으로 작용하는 원리라는 점은 주지의 사실이다. 그리고 총체성이라는 것도 앞의 두 원리가 구체적인 현상 속에서 조화를 이루며 나타나는 것을 말한다.

양극성은 가장 쉽게 관찰할 수 있는 자연의 원리이다. 빛과 암흑이 함께 작용하면, 어느 쪽의 활동이 우세한가에 따라 색채는 두 방향으로 나타난다. 그리고 그 대립은 플러스(+)와 마이너스(-)라는 기호로 간단하게 표기할 수 있다(696번 참조). 즉 플러스에 속하는 것은 황색, 작용, 빛, 밝음, 강함, 따뜻함, 가까움, 밀침, 산과 같은 것이며, 마이너스에 속하는 것은 청색, 탈취, 암흑, 어두움, 약함, 차가움, 멈, 끌어당김, 알칼리와 같은 것이다. 이러한 여러 대립쌍들은 다음에 보게 되겠지만, 괴테의 색채론을 비롯한 자연과학 이론의 기본 개념을 이루는 원현상(原現像, Urphänomen)의 다양한 사례들이다.

상승의 원리는 다음의 예를 들어 간단히 설명할 수 있다. 프리즘을 천천히 움직이면서 들여다보면, 황색은 주황색을 거쳐 적색으로 상승하고(짙어지는 대신에 어두워진다), 청색은 청자색으로 상승한다. 상승된 대립색들인 적색과 청자색이 결합하면 자색이 된다. 그리고 기본색인 황색과 청색이 결합하면 녹색이 된다. 이로써 다양한 색채들 간의 대립쌍을 전체적으로 보여주는 색채환(色彩環, Farbenkreis)이 완성된다. 그리고 이러한 상승 현상은 한 가지 방법으로만 고정되어 나타나는 것은 아니다. 예컨대 자색의 경우는 다양한 방식의 상승에 의해서 생겨날 수 있다. 물리색의 경우, 즉 프리즘 실험에서는 청자색 띠와 주홍색 테두리를 겹치는 경우에 생겨나며, 화학색에서는 상승이 계속되어 정점에 도달하는 경우에 생겨나고, 생리색의 실험에서는 그것의 대립색에 의해서 유도된다.

총체성의 원리는 앞의 두 원리에 의해 생겨난 색들이 그 대립과 조화된 모습을 색채환의 원주상에서 일목요연하게 보이며 나타나는 것을 말한다. 이러한 총체성의 원리는 생리색의 경우에 가장 선명하게 드러난다. 우리의 눈이 어떤 특정한 색을 지각하는 순간, 우리의 눈은 그와 대립되는 상보적인 대립색 komplementäre Gegenfarbe, 즉 색채환상에서 정반대편에 있는 색을 생성시킨다. 이처럼 각각의 유도색은 반드시 거기에 대응하는 피유도색을 생성시키며, 그러한 대립색들로써 색채환 전체가 가득 메워지게 된다(60번 참조). 이처럼 눈은 자기 고유의 총체성을 요구하며, 자체 안에 색채환을 갖추고 있다. 예컨대 황색에 의해 유도된 청자색 속에는 적색과 청색이 들어 있으며, 청색에 상응하는 주황색 속에는 황색과 적색이 들어 있고, 녹색은 청색과 황색의 결합이며 적색을 유도한다. 그리고 이처럼 결합된 구성요소들이 총체성 속에서 그 조화로운 모습을 드러내는 것이다. 조화로운 대립들에서 생겨난 이러한 총체성의 심미적 효과에 대해 괴테는 〈자연은 총체성을 통해서 자유로 나아가도록 되어 있다〉는 말로써 의미심장하게 정리한다(813번 참조). 그런데 색채 현상의 이러한 총체성은, 시각(視覺)을 통해서 자신의 모습을 드러내려는 자연의 본질이 그러하기 때문이다. 그리고 바로 이 자리에 인간의 감각과 자연의 본질을 매개하는 원현상의 개념이 위치하고 있다.

4 괴테 『색채론』의 기본 개념으로서의 원현상(原現像, Urphänomen)

괴테에게 있어서 색의 생성은 앞서 보았듯이 우선 빛과 암흑의 대립 관계에서 생겨난다. 빛으로부터 황색이 생겨나며, 암흑으로부터 청색이 생겨난다. 그리고 이 두 색은 순도가 높아지면서 각각 적색이 된다. 이것이 기본색 Grundfarbe이다. 구체적인 예를 들자면, 흐릿한 물컵은 빛을 배경으로 하면 황색으로, 어둠을 배경으로 하면 청색으로 보인다. 괴테는 이처럼 자연에 대한 관찰과 경험을 통해서 지각하게 된 현상들을 수집하고 정돈해 나가면서, 그러한 현상들이 생겨나게 된 불가결한 조건들을 세세하게 밝히는 방식을 택한다. 그리고 그러한 조건들로부터 색채 현상의 규칙과 법칙을 발견한다. 그러나 이러한 규칙과 법칙은 논리적 추론이나 가정을 통해서 오성에 포착되는 것이 아니라, 바로 현상들을 통해서 직관에 그 모습을 드러낸다(175번 참조). 이를테면 한편으로는 빛과 밝음과 같은 원현상이 있고, 다른 한편으로는 암흑과 어둠 같은 원현상이 있으며, 그리고 그 둘 사이에 흐림이라는 원현상이 있다. 그리고 이러한 대립들로부터 마찬가지로 서로 간에 대립을 보이는 색채들이 생겨난다는 것이다.

괴테는 직관에 비친 현상으로부터 발견한 이러한 원현상의 배후로 더 파고들어갈 경우 필연적으로 인간의 감각과는 동떨어진 〈추상화〉의 위험이 시작된다고 본다(177번 참조). 현대의 물리학자들이 괴테의 색채 이론에서 현재적 의미를 보는 것은 바로 이 점에 있다. 괴테에 의하면, 인간의 감각은 건강한 한에는 대상들 사이의 관계, 특히 인간과 여타 존재 사이의 관계를 참모습 그대로 통찰할 수 있다는 것이다(182번 참조). 그러므로 괴테는 원현상이 발견되었음에도 불구하고, 그것을 인정하지 않고 그 배후에서 그리고 그 위에서 더 고차적인 것을 발견해 내려는 자연과학자들의 태도를 병통이라고 비판하면서 〈자연의 탐구자는 원현상들을 그것들의 영원한 안식과 장려함 속에〉(177번 참조) 그대로 내버려두어야 한다고 말한다. 괴테는 이러한 원현상에 대해 인간이 가질 수 있는 감정을 경탄이라고 말하면서, 다음과 같은 비유를 들어 설명한다. 〈인간이 도달할 수 있는 최상의 것은 경탄이라네. 우리가 원현상을 보고 경탄한다면, 그것으로 만족해야 하네. 더 높은 것은 허락되지도 않고, 더 이상의 것도 그 뒤에서 찾을 수 없으니 말이지. 이것이 한계라네. 하지만 원현상을 목도한 인간들은 보통 거기에 만족하지 않고, 더 앞으로 나아갈 수 있다고 생각하네. 마치 거울 속을 들여다보고 난 후 즉시에 뒤집어서 그 뒷면에 무엇이 있는지를 보려는 어린아이들과 같이 말일세.〉(에커만, 『괴테와의 대화』, 1829년 2월 18일자 참조. 이하 연도와 날짜만 밝힌다.)

요컨대 괴테는 원현상을 인간에게 적합한 인식과 직관의 형식으로 간주하였다. 즉 원현상들 속에서 인간은 자연의 힘을 상(像)으로 포착할 수 있다는 것이다. 자연의 힘은 괴테가 말하는바 자연 언어 Natursprache를 통하여 모습을 나타내는데, 그 구체적으로 나타나는 현상들은 다양하고 복잡해 보이지만 그 근본 요소들은 언제나 동일하다. 〈살며시 작용하는 추(錘)와 평형추에 의해 자연은 이리 기울고 저리 기울며, 그에 따라 여기와 저기, 위와 아래, 이전과 이후가 생겨나며, 이것들을 통해서 공간과 시간 속에 나타나는 모든 현상들이 제약된다.〉(〈머리말〉 중에서) 그리고 이러한 보편적인 운동과 제한으로부터 〈다(多)와 소(少), 작용과 반작용, 행위와 고통, 밀쳐 들어감과 머뭇거림, 격렬함과 누그러뜨림, 남성적인 것과 여성적인 것〉이 발견되며, 그 각각에 적합한 이름이 붙여진다. 괴테는 이러한 보편적인 표기, 즉 자연 언어를 통해 모순 양립적인 자연의 현상을 포착하려 했고, 그러한 원현상을 색채론에 적용하려고 했다.

자연의 힘은 이처럼 언제나 모순 양립적인 형상으로 파악되는데, 괴테는 그것을 다음과 같이 간결하게 정리한다(739번 참조). 〈하나의 현상으로 나타나는 모든 것은 결합 가능한 근원적 분리를 암시하고 있거나 아니면 분리 가능한 근원적 통일을 암시하고 있으며, 그러한 방식으로 자신을 드러낸다. 결합된 것을 분리시키고 분리된 것을 결합시키는 것이 자연의 생명이다. 이것은 영원한 수축과 팽창, 영원한 결합과 분리이며, 우리가 그 속에서 살고 활동하며 존재하는 세계의 들숨과 날숨이다.〉 이러한 표현은 괴테의 『서동(西東) 시집』에 나오는 시 「은행잎」을 그대로 산문으로 풀어서 해석한 것이라고 하겠다. 요컨대 괴테가 말하는 원현상은 인간의 직관을 매개로 하여 드러나는 모순 양립적인 자연의 형상이며, 이러한 원현상의 개념이 자연 관찰에 있어서 인간의 감각과의 유기적인 연관성을 강조하는 괴테의 사고방식의 토대를 이룬다.

그리고 이러한 원현상을 매개로 하여 외부 세계와 내부 세계는 일종의 조응 관계 내지는 일치 관계에 있음이 드러난다. 〈빛이라든가 색채가 우리를 둘러싸고 있지만 우리들이 자신의 눈 속에 빛과 색채를 소유하고 있지 않다면, 외부에 있는 빛과 색채도 알아볼 수 없는 것이라네〉라고 괴테는 에커만에게 말한다(1824년 2월 26일자 참조). 이러한 안팎의 조응 관계에 대한 인식은 괴테의 저작, 특히 그의 노년기 작품의 도처에서 확인할 수 있다. 이를테면 『빌헬름 마이스터의 편력시대』(이하 『편력시대』)에서 이념을 상징하고 있는 마카리에는 직관 속에서 두 개의 태양, 즉 내부의 태양과 하늘에 떠 있는 외부의 태양을 본다. 눈과 빛의 동일성이라는 연관을 마카리에는 내부와 외부의 빛으로 객관화시키고 있는 것이다. 또 다른 예를 들자면 『괴츠 폰 베를리힝겐』은 괴테가 22세에 쓴 것이지만 그것은 자신이 경험에 의해 외부 세계의 진실을 알기도 전에 예감으로 쓴 것으로서, 후일에야 그 작품의 진실성을 확인하고 새삼 놀랐다는 것이다. 그리고 『서동 시집』 같은 경우는 그 전체 시구들이 감각과 이념의 통일이라는 원리를 축으로 하여 구성되어 있다.

여하간 괴테는 감각을 매개로 하여 인간의 내부와 자연은 서로 분리 불가능하게 연결되어 있다는 확신에 차 있었다. 그러므로 대상을 인간의 감각과 완전히 별개의 것으로 파악하는 뉴턴적인 사고방식에 괴테가 격렬한 저항감을 느낀 것은 당연했다. 그것은 색채 현상에 있어서의 단순한 견해 차이 정도가 아니라, 세계를 파악하는 사유 방식에 있어서의 근원적인 차이였던 것이다.

5 도구적 합리주의와 생태론적 직관주의

이상에서 본 바와 같이 괴테의 『색채론』은 엄밀한 실험과 수학을 토대로 하는 근대 자연과학의 연구 방식과는 그 방법에서 근본적으로 달랐다. 괴테의 자연에 대한 이해는 무엇보다도 직접적인 감각 인상과 더불어 시작되며, 원현상에 대한 발견을 그 목표로 한다. 그러나 갈릴레이와 뉴턴 이래의 자연과학은 수학적인 기술에 의해서 자연의 영역을 통일적으로 파악하려고 한다. 이를테면 〈힘＝질량×가속도〉와 같은 식이다. 이러한 공식에서는 어떠한 인간적인 감성이나 관찰자의 개입은 불가능한 것처럼 보인다. 물론 괴테 자신도 근대 자연과학의 이러한 기계론적 사고방식과 추상화가 가져올 위험에 대한 인식을 분명하게 보여주지는 않고 있다. 기껏해야 『편력시대』에서 〈점증하는 기계의 존재가 나를 고통스럽게 하고 두렵게 한다. 그것은 마치 뇌우와 같이 천천히, 천천히 구르며 다가온다. 그러나 그것은 자신의 방향을 잡고 있다. 그것은 다가오고야 말 것이며, 우리를 덮칠 것이다〉라는 정도의 기술을 할 뿐이다. 기술과 과학의 결합에 의한 세계의 지속적인 변형이 멈추지 않을 것이라는 예감을 말하고 있는 것이다. 그러나 괴테 사후 150년 이상이 지난 지금, 뉴턴의 자연과학에 의해서 예정되어 있었고, 괴테가 피하고 싶었던 그러한 세계가 이제 눈앞의 현실이 되었다. 〈도구적 합리주의〉와 〈생태론적 직관주의〉라고 잠정적으로 지칭할 수 있는 두 가지 사고방식의 차이가 이제 명백하게 드러났으며,

괴테가 뉴턴의 『광학』에 그처럼 거부감을 가졌던 이유도 어느 정도 이해할 수 있게 되었다. 무엇보다도 『색채론』이 다시 논쟁의 대상이 된 것은 괴테가 근대 과학의 토대인 합리주의와 도구주의의 방법론에 대한 강력한 대적자로 여겨졌기 때문이었는데, 그것은 역설적이게도 하이젠베르크, 막스 플랑크, 바이츠제커와 같은 물리학자들에 의해서였다.

하이젠베르크는 1941년 부다페스트의 한 강연회에서 발표한 논문 「현대 물리학의 관점에서 본 괴테와 뉴턴의 색채론」에서 괴테의 색채론이 예술과 생리학 그리고 미학 분야에서는 어느 정도 성과를 거두었지만, 이후의 물리학의 발전에 있어서 승리를 거둔 것은 뉴턴의 색채론이었다는 점을 인정한다. 하지만 점점 더 심화되어 가는 자연과학의 추상화는 뉴턴에 대한 괴테의 그 유명한 투쟁을 다시 떠올리게 한다면서 괴테 색채론의 현대적 의미를 되새긴다. 그 내용을 요약해 보자. 근대 자연과학의 커다란 오류 중의 하나는 현실을 객관 세계와 주관 세계로 완전히 나누어버린 데에 있다. 그렇게 함으로써 주관이 개입되지 않은 객관의 세계를 수학적인 방법에 의해 통일적으로 설명하려는 자연과학의 이상을 달성할 수 있다고 믿었고, 인공적인 관찰 수단을 통해서 감각의 기능을 고도화함으로써 객관 세계의 궁극까지 밀치고 들어갈 수 있으리라고 생각했다. 하지만 이러한 생각은 현대 물리학의 관점에서 볼 때 기만적인 희망이었음이 드러났다. 왜냐하면 원자 물리학에서 관찰이 관찰 대상에 미치는 변형은 피할 수 없는 것으로 밝혀졌기 때문이다. 요컨대 물질의 최소 단위인 원자들은 모든 감각적인 특성을 상실해 버렸고, 오랫동안 가장 확실한 것으로 여겨졌던 공간 채움Raumerfüllung, 특정한 장소, 특정한 운동이라는 기하학적 특성마저 상실하게 된 것이다. 그리하여 고도로 정밀한 관찰 기구들을 통해서 들여다본 상(像)은 생동하는 자연과는 거리가 먼 것이 되었고, 자연과학은 실험을 통해서만 드러나는 이 세계의 어두운 배후만을 다루게 되었다. 자연과학 지식의 엄청난 확장과 풍부한 기술적 가능성에 의해 세계는 완전히 변형되어 버렸기 때문에, 인간의 사고와 삶은 생존이 더 이상 불가능한 공간으로 들어가 버렸다. 그러므로 물리학자가 자신의 기구를 가지고 관찰하는 대상은 더 이상 자연이 아니라고 한 괴테의 말은 옳았다.

하이젠베르크는 이처럼 자연적인 삶에서 벗어나 추상적인 인식의 세계로 들어가는 것을 파우스트가 악마에게 몸을 파는 것에 비유하면서,[7] 근대 이후의 자연과학의 발전을 따르고 있는 과학자들이 악마를 피하는 것은 쉽지 않은 일이라고 말하고 있다. 그러나 현대 물리학이 입증하고 있듯이, 자연의 기본 구조 자체가 〈가능성〉으로 존재하는 것이므로, 직관에 의해서든 그리고 이성적 추리에 의해서든 자연에 대한 접근의 가능성은 열어놓아야 한다고 말하면서 하이젠베르크는 두 사고방식 사이의 궁극적인 공존 가능성을 조심스럽게 모색하고 있다. 괴테로부터 배울 점은 우리가 하나의 기관, 즉 합리적 분석에 의존함으로써 다른 모든 기관을 위축시킬 필요는 없다는 것이다.

바이츠제커도 괴테는 〈오류를 범한 것이 아니라 오류를 원했다〉라고까지 말하면서, 괴테의 색채론이 가지는 의미의 현대성을 애써 부각시키려고 한다. 그는 괴테의 사고방식과 뉴턴의 사고방식의 차이를 〈형상 직관〉과 〈법칙 인식〉의 차이로 보면서 그 둘이 서로를 배제하는 것이 아니라 보완 관계에 있다고 본다.[8] 괴테의 색채론은 물론 자체 내에 많은 모순을 안고 있긴 하지만, 그 기본 방향에 있어서는 현대

---

7) 하이젠베르크, 「괴테의 자연상(自然像)과 기술——자연과학의 세계」, 《괴테 연감》(1967년), 27쪽 참조.
8) 바이츠제커, 「괴테의 자연과학의 몇몇 개념들」, 괴테 전집 제13권, 540쪽 이후 참조.

물리학이 초래하는 난점들을 극복할 수 있는 하나의 가능성을 가지고 있다는 것이다. 바이츠제커는 하이네를 인용하면서, 괴테의 방법은 바다 위를 항해하는 선박들이 기준으로 삼는 등대가 아니라, 여행객들이 언제나 자신들의 여행의 안내자로 삼는 하늘의 별과 같은 의미를 가진다고 말한다. 스위스의 동물학자 아돌프 포트만은 연극 무대를 비유로 들어[9] 괴테의 색채론을 무대의 앞에서 보는 것, 뉴턴의 그것을 무대 뒤에서 보는 것이라고 하면서, 그 두 사고방식의 차이를 설명하기도 한다.

　반면에 괴테 평전의 저자인 프리덴탈은 뉴턴에게 평생 적대감을 보인 괴테의 태도가 부당하다고 말한다. 괴테는 연구자로서의 뉴턴뿐만 아니라 인간으로서의 뉴턴까지 비난을 하고 있다는 것이다. 프리덴탈에 의하면, 괴테는 환영을 상대로 싸웠던 것이고, 그가 그린 뉴턴의 성격상은 전적으로 잘못된 것이었다. 뉴턴은 신중하고, 조심스럽고, 자기 사상의 잠정성을 되풀이하여 강조하는 겸손한 사람이었던 반면에, 괴테는 절반이라도, 아니 4분의 1만큼의 착상이라도 떠오르면 그것을 인쇄에 붙이고자 하는 사람이었다는 것이다. 프리덴탈이 보기에 뉴턴은 괴테가 주장하는 것처럼 단순한 계산가가 아니라 시적 직관에 필적하는 관찰의 눈을 가진 사람이었다. 알브레히트 쇠네 같은 괴테 연구자도 『괴테의 색채 신학』(1987)에서 괴테의 색채론을 〈최후의 종교적 절대진리〉라고 표현하면서, 괴테의 생활 감정과 세계상이 근대 이전의 경험을 보여주고 있다고 말한다. 여하간 괴테의 색채론에는 오늘날의 관점에서 보면, 이해하지 못할 많은 모순점들이 들어 있다. 심지어는 인종 편견적인 발상을 보이는 대목까지 있다. 예컨대 흰색이 가장 고상한 색이라고 주장하면서, 괴테는 피부와 털의 색이 성격의

---

9) 만델코프, 『독일에서의 괴테』 제2권(1989년 뮌헨), 180쪽 이후 참조.

차이를 암시한다는 데는 의심의 여지가 없다는 식으로 말하기까지 한다(671번 참조). 그 피부색이 아주 담담한 색을 나타내며, 그 어떤 특수한 색으로도 기울지 않은 인간이 가장 아름답다는 것이다. 그러면서 모든 인간의 용모와 색이 동일하게 아름다우며, 오직 습관과 자만에 의해서만 하나를 다른 하나보다 더 선호하게 된다는, 오늘날의 인류학의 관점에서 보면 너무나 당연해 보이는 견해에 대해서는 회의론자의 견해라고 일축해 버린다. 이처럼 느낌과 직관에 의존하는 사고방식은 또 다른 의미에서의 추상화에 빠짐으로써 그만큼 더 주관적인 편견에 빠질 위험성을 내포하고 있는 것도 사실이다.

이러한 모순점들에도 불구하고, 괴테의 색채론이 재평가를 받는 이유는 명백하다. 자연을 조작과 지배의 대상으로 보면서, 결국은 자기 파괴라는 위기를 초래한 현대의 기술 문명과 자연과학에 대한 대안의 하나로서 괴테가 주목을 받았던 것이다. 산업 문화의 비극성은 자연과 인간의 유기적 총체성에 대한 직관으로부터 오는 신비한 경험이나 시적인 감수성을 인정하지 않으려 하고, 무엇이든 직접 측량하고 조작하고 분해하려는 욕망에 지배되어 있는 인간들을 양산하는 데 있다. 그런 점을 고려할 때 오늘날 점차 그 영향력을 넓혀가고 있는 생태론적 사고방식도 괴테의 색채론이 지향하고 있는 관점과 그렇게 멀지는 않은 것 같다. 〈인간의 손으로 건드려서는 안 될 것이 있는 데 대한 근본적인 감각이야말로 모든 진정한 시가 태어나는 모태이며, 그런 의미에서 모든 진정한 시인은 본질적으로 가장 심오한 생태론자일 수밖에 없는 것이다〉[10]라는 한 생태주의자의 말은 원현상을 앞에 두고 경탄할 수밖에 없다고 말하는 괴테의 태도와 다르지 않아 보인다. 예

10) 김종철, 『시적 인간과 생태적 인간』(삼인, 1999년), 9쪽. 김종철은 1991년 이후 생태론적 입장을 꾸준히 개진하고 있는 격월간지 《녹색 평론》의 편집자이다. 『시적 인간과 생태적 인간』의 후기를 쓴 김우창 씨의 발언도 괴테의 원현상 개념의

컨대 원현상에 대한 경탄의 장면이 가장 극적으로 드러나 있는 것은 『파우스트』 1부에서 파우스트가 지령 Erdgeist과 맞닥뜨리는 부분일 것이다. 여기에서 지령의 등장이 의미하는 바는 생동하는 자연의 생명력이 그 전체적인 모습으로 시인의 직관에 떠오르는 것을 말한다. 파우스트가 잠에서 깨어나 바라보는 일출 장면이라든지, 무지개를 바라볼 때의 장면 같은 것도 마찬가지이다. 이러한 것들이 우리가 그 앞에서 다만 경탄의 감정으로 바라볼 수밖에 없는 원현상이며, 그것들을 넘어서서 사유하고 분석한다는 것은 인간에게 주어진 한계를 넘어서는 월권이라는 것이 괴테의 생각이다. 시적 사유의 본질이라고 할 수 있는 이러한 경외심의 바탕에는 어떠한 인공적인 조작물로도 대체할 수 없는 세계의 근원적인 아름다움과 풍요로움에 대한 본능적인 인식이 자리 잡고 있다. 물론 이러한 인식은 자연과학 연구에만 국한된 것이 아니라, 시인 괴테의 문학작품과 삶 자체를 지배하는 원리였다.

요컨대 생태론적 직관주의라고 규정할 수 있는 괴테의 이러한 자세는, 세계를 물질과 에너지의 우발적인 작용에 따라 움직이는 거대한 기계로 보는 도구적 합리주의에 대한 비판으로, 그리고 그의 『색채론』은 외적 성장으로 치달으면서 안과 밖의 균형 감각을 상실하고 있는 현대 산업 문명에 대한 비판서로 읽을 수 있을 것이다. 그리고 바로 이 점에 『색채론』의 현재적 의의가 있다고 하겠다. 정리하는 의미에서 아우구스트 대공의 아들을 맡아서 가르치던 소레에게 괴테가 한 말을 인용해 보자.

이해에 도움이 될 수 있을 것 같아 소개한다. 〈자연은 삶을 에워싸고 있는 전체이면서, 오늘 이 시점에서 인간의 감각에 언제나 현존하는 것이다. 그것은 사람의 밖에 있으면서 또 안에 있다. 그것은 편재하며 동시에 나 자신의 감각과 체감 안에 있다. 그러면서도 그것은 나의 인식 능력으로 완전히 포착할 수 없는 어떤 것이다.〉(같은 책, 360쪽)

나는 경탄하지 않는 자들을 미워하네. 왜냐하면 나는 평생 동안 모든 것에 대해 경탄해 왔으니까 말일세. (1831년 5월 8일)

2003년 2월
장희창

색채론

Zur Farbenlehre

장희창 옮김

원리편*

존귀하고 자비로우신 대공비 전하께

저의 이 저작의 내용이 전하께 헌정할 만큼 적합하다고 감히 자신할 수 없고 또 주제에 대한 논구(論究)도 보다 더 엄밀히 검토하면 만족스럽다고 볼 수는 없사오나 이 책들은 전적으로 전하께 속하는 것이며 그 집필이 시작된 이후로 전하께 바쳐진 것입니다.

왜냐하면 전하께서 색채론과 아울러 인접한 자연 현상들에 대한 구두 강연에 관심을 기울여주시는 성은을 베풀지 않으셨다면, 저 자신이 많은 점들을 분명히 깨닫기도, 서로 분리된 많은 것들을 통합해 가면서 작업을 완성하기는커녕 최소한 일단락 짓기도 어려웠을 것이기 때문입니다.

구두 강연[1]에서는 현상들을 즉시 눈으로 확인할 수 있고 많은 것들

---

* (원주) 작센 바이마르와 아이제나흐의 대공비(大公妃)이신 고귀한 루이제 대공 부인께 헌정함.

을 다양한 관점에서 고려하여 반복적으로 설명드리는 것이 가능하기 때문에 손으로 쓴 글이나 인쇄된 종이가 누릴 수 없는 커다란 장점이 있습니다. 하지만 지면을 통해서 드리는 이 말씀이, 저에게는 잊을 수 없는 저 시간들에 대해 고귀하신 분들께서 만족스럽게 회상하시는 계기가 되기를 앙망하옵니다. 아울러 오랜 세월 동안 많은 다른 분들과 함께 동고동락했던 저의 삶의 아주 중요한 순간들에 전하께서 베풀어 주신 온갖 은혜가 눈앞에 끊임없이 아른거림을 말씀드립니다.

　　진심 어린 존경으로 서명하옵니다.

1808년 1월 30일 바이마르에서
돈수재배(頓首再拜)
요한 볼프강 폰 괴테

---

1) 대공비 루이제는 1805년에서 1806년 사이에 괴테가 이따금 실험을 곁들이며 강연한 수요회를 방문하곤 했다.

머리말[2]

색채를 논하고자 한다면 무엇보다 우선 빛에 대해 언급해야 되지 않느냐 하는 것은 정말 당연한 물음이다. 이에 간략하고 솔직하게 대답하자면, 빛에 대해서는 지금까지 너무도 많이 그리고 다양하게 말해져 왔으므로 이제는 이미 말해진 것을 되풀이하거나 아니면 자주 반복되었던 견해를 단순 확대할 우려가 있다는 사실이다.

왜냐하면 우리는 한 사물의 본질을 표현하려고 시도하는 한, 도대체 아무런 성과도 거두지 못하기 때문이다. 그러나 우리는 작용들을 인지하며 이러한 작용들의 전체 역사가 어쨌든 저 사물의 본질을 포괄하고 있음을 안다. 한 인간의 성격을 묘사하려는 우리의 노력은 헛될 뿐이다. 반면에 그의 행동, 그의 업적을 총괄해 보면 비로소 하나의 성격의 상이 드러나는 것이다.

색채는 빛의 행동, 다시 말해 빛의 행위이자 고통이다. 우리는 빛에 대해서도 이러한 의미로 동일하게 해명할 수 있다. 색채와 빛은 서로 간에 아주 엄밀한 비례 관계에 있긴 하지만, 우리는 양자를 전체 자연에 속하는 것으로 생각해야 한다. 왜냐하면 바로 자연 자체야말로 색채와 빛을 통해서 자신의 모습을 시각에 특별히 드러내고자 하기 때문이다.

마찬가지로 전체 자연은 다른 감각에도 그 모습을 드러낸다. 눈을

---

2) 한 사물의 본질은 그 형성 과정에서 드러난다는 사실은 괴테의 학문 전반에 걸친 기본적인 신념으로서 그의 문학작품에도 마찬가지로 통용된다.

감고 대신 귀를 열어 가만히 들어보라. 그러면 아주 부드러운 미풍에서부터 아주 거친 소음에 이르기까지 아주 단순한 음향에서부터 고도의 화음에 이르기까지, 더없이 격렬하고 열정적인 외침에서부터 이성의 극히 나직한 목소리에 이르기까지, 그들의 존재, 그들의 힘, 그들의 생명과 은밀한 관계들을 드러내며 말을 하는 것은 오직 자연뿐이다. 그래서 무한한 가시적 세계를 거부당한 맹인조차도 청각을 통해서 무한하게 생동하는 것을 포착할 수 있는 것이다.

그러므로 자연은 알려져 있거나 잘못 알려져 있는, 아니면 알려져 있지 않은 저 아래쪽의 다른 감각들에게도 말을 건네며, 천 가지 현상들을 통하여 자기 자신과 우리에게 말을 건넨다. 정신을 기울이는 자에게 자연은 결코 죽어 있지도 침묵하지도 않는다. 아니 자연은 단단한 땅덩어리 이외에도 금속[3]이라는 친한 친구를 덤으로 주었는데, 우리는 그것의 가장 미세한 부분들로부터 전체 덩어리에서 일어나는 것을 지각하게 된다.

비록 이 언어가 아무리 다양하고 복잡다단하며 종종 이해 불가능한 것으로 보일지라도 그 근본 요소들은 언제나 동일하게 유지된다. 살며시 작용하는 추(錘)와 평형추(平衡錘)에 의해 자연은 이리 기울고 저리 기울며, 그에 따라 여기와 저기, 위와 아래, 이전과 이후가 생겨나며, 이것들을 통해서 공간과 시간 속에 나타나는 모든 현상들이 제약된다.

이러한 보편적인 운동과 제한을 우리는 아주 다양한 방식으로 지각한다. 때로는 단순한 밀침과 당김으로, 때로는 번쩍이다가 사라지는 빛으로, 공기의 움직임으로, 물체의 진동으로, 산화(酸化)와 중화(中化)로, 끊임없이 결합하거나 분리하면서 현존재를 움직이게 하고 그

---

3) 자성(磁性)을 띠는 철을 가리킨다.

어떤 유의 생명을 촉진시키는 것으로서 말이다.

그러나 우리는 균일하지 않은 작용을 일으키는 저 추와 평형추를 발견한 것으로 생각함과 아울러 그러한 상황 및 관계를 표기하려고 시도하였다. 우리는 다(多)와 소(少), 작용과 반작용, 행위와 고통, 밀쳐 들어감과 머뭇거림, 격렬함과 누그러뜨림, 남성적인 것과 여성적인 것을 도처에서 발견하고 이름 붙였다. 그리하여 하나의 언어, 하나의 상징 언어가 생겨나는데 우리는 그것을 유사한 경우들에서 비유로써, 유사한 표현으로써, 직접적으로 들어맞는 말로써 적용하거나 사용하는 것이다.

이러한 보편적인 표기, 이러한 자연 언어를 색채론에 적용시키고, 그것을 색채론과 그 현상들의 다양성을 통해서 풍성하게 하고 확장시키면서, 아울러 자연 애호가들에게 더 깊은 통찰을 쉽게 전달하려는 것이 이 저술의 주된 의도이다.

이 글은 세 편으로 나뉘어 있다. 제1편은 색채론의 윤곽을 보여준다. 여기에서는 무수한 사례들이 특정한 주요 현상들 하에 묶이는데, 이러한 주요 현상들은 서론에서 해명하게 될 일정한 질서에 따라 열거된다. 그러나 여기서 주목할 수 있는 바는 우리가 도처에서 경험들에 의존하고 그것들을 토대로 삼기는 하지만 저 정돈과 배열의 계기가 되었던 이론적인 관점이 무시될 수는 없었다는 사실이다.

이것은 종종 요구되기는 하지만 요구하는 사람들 자신에 의해서 실행되지는 않는 정말 기묘한 요청이 아니겠는가. 말하자면 경험들이란 그 어떤 이론적인 굴레에 얽매이지 않고 제시되어야 하며, 그와 더불어 임의적인 방식에 따라 어떠한 확신을 스스로 형성하는 것은 독자와 학생에게 맡겨져야 한다는 요구 말이다. 왜냐하면 사물에 대한 단순한 응시만으로는 앞으로 나아갈 수 없기 때문이다. 모든 응시는 관찰로, 모든 관찰은 심사숙고로, 모든 심사숙고는 연관, 연결로 넘어간다. 그러므로 우리는 세계를 주의 깊게 응시하는 순간 이미 이론화한다고 말할 수 있는 것이다. 그러나 이것을 의도적으로 자기 인식과 더불어 자유롭게, 대담한 말을 사용하자면, 반어적(反語的)으로 행하고 시도하기 위해서는 상당한 정도의 숙련이 요청된다. 우리가 두려워하는 추상화가 해롭지 않게, 그리고 우리가 희망하는 경험의 결과가 정말 생동하고 유용하게 되려면 말이다.

제2편에서는 여태까지 색채 현상에 대한 자유로운 관점을 폭력과 명성으로 억눌러왔던 뉴턴 이론의 정체를 폭로하겠다. 이제 더 이상 통용되지 않는 것으로 드러났지만 사람들 사이에서 여전히 관례적으로 주목받고 있는 가설을 논박하겠다. 이 이론의 본래적인 모습은 분명히 드러나야 하며, 오래된 오류들은 제거되어야 한다. 색채론이 여태까지처럼 자연론의 그토록 잘 연구된 많은 다른 분야들 뒤켠에 머물러 있지 않으려면 말이다.

그러나 제2편은 그 내용상 무미건조하고 실제로 토의 과정에서 아마도 너무 격렬하고 열정적으로 보일 우려가 있기 때문에, 이 진지한 소재에 대비하고 아울러 활기 찬 토의를 어느 정도 납득시키기 위해 여기에서 하나의 명랑한 비유를 드는 것을 허락해 주기 바란다.

우리는 뉴턴의 색채론을 오래된 성곽과 비교한다. 그 성곽은 건립자에 의해 처음에는 젊은이다운 조급함으로 건설되었고, 시대와 상황의 요구에 따라 점차 확장되고 설비를 갖추게 되었으며, 또한 그에 못지않게 반목과 적대 행위를 계기로 더욱더 강화되고 안전하게 되었다.

그 후계자와 상속자들도 마찬가지로 행동했다. 그들은 원래의 건물을 여기저기 때로는 그 곁에 나란히, 때로는 덧붙여서, 때로는 경계를 넘어 더 넓게 확대시켰는데, 내적인 요구의 증대에 따르기도 하고, 외부의 적대자의 집요한 공격이라든지 아니면 허다한 우연들의 강요에 의해 그처럼 확대시키지 않을 수 없었던 것이다.

이러한 모든 이질적인 부분들과 첨가된 부분들은 정말 기이한 행랑과 홀, 복도들에 의해 다시 결합되어야 했다. 모든 손상은 그것이 적의 손에 의한 것이든 세월의 강제에 의한 것이든 즉각 복구되었다. 사람들은 필요에 따라 더 깊게 도랑을 팠고 성벽을 높였으며 전망탑, 돌출창(突出窓)과 총안(銃眼)들도 빠뜨리지 않고 설치했다. 이러한 세심함, 이러한 노력들로부터 요새의 높은 가치라는 편견이 생겨났고 계속해서 유지되고 있는 것이다. 사실 그동안 건축술과 방어술이 매우 발전했고 다른 경우들에 있어서 훨씬 나은 집들과 연병장을 건설하는 기술이 이미 습득되었음에도 불구하고 말이다. 그러나 그 오랜 성이 명예를 유지하였던 것은, 그것이 결코 점령된 적이 없으며 그렇게 잦은 공격을 격퇴하였고 허다한 도전을 좌절시키면서 언제나 처녀 행세를 하였기 때문이다. 이러한 이름, 이러한 명성은 지금까지도 지속된다. 그 오래된 건축물에 사람이 살 수 없게 되었다는 사실을 누구도 눈치 채지 못한다. 여전히 그 뛰어난 지속성, 멋진 설비들이 입에 오르내리는 것이다. 순례자들은 그곳으로 참배를 갔고 온갖 학교에서는 그 피상적인 윤곽이 제시되고 저항력이 없는 청소년들에게 숭배를 권하고 있다. 그러나 사실상 그 건물은 이미 비어 있고, 스스로 아주 엄정하게 무장하고 있다고 여기는 몇몇의 상이군인들만이 경계를 서고 있는 것이다.

물론 여기에서 진절머리 나는 포위 공격이나 미심쩍은 반목 관계를 말하고자 하는 것은 아니다. 오히려 우리는 세상의 저 여덟번째 기적이 황량한, 붕괴 직전의 고대 유물임을 발견하며, 즉시 박공과 지붕으로부터 더 이상 거리낌 없이 그것을 허물어내기 시작할 것이다. 그래야만 태양이 마침내 오랜 쥐의 소굴과 부엉이 둥지 속으로 비쳐 들어가서 놀란 여행자의 눈에 저 미궁과 같이 종잡을 수 없는 건축 양식, 궁여지책, 우연하게 강요된 것, 의도적으로 꾸민 것, 옹색하게 수선한 것 등이 드러나게 될 것이다. 그러나 이러한 통찰은 성벽과 둥근 천장이 차례차례 무너지고 조각들이 떨어져 나오는 대로 곧바로 치워질 때라야만 가능하다.

이것을 실행하고 가능한 한 땅을 평탄하게 하고 획득된 자재들을 새 건축물을 지을 때 재활용할 수 있도록 정리하는 것이 이 글의 제2편에서 우리가 짊어진 번거로운 과제이다. 최대한의 역량과 수완을 기꺼이 발휘하여 저 바스티유 요새를 파괴하고 자유로운 공간을 마련하는 것에 이제 성공한다 하더라도 그 공간에 즉시 새로운 건물을 증축함으로써 번거롭게 할 의도는 결코 없다. 오히려 우리는 그 공간에다 일련의 멋지고 다양한 입상들을 세우고자 한다.

그러므로 제3편은 역사적인 고찰과 이전의 연구들을 다루게 된다. 앞에서 인간의 역사가 인간을 드러낸다고 말했듯이, 여기에서는 또한 학문의 역사가 학문 자체라는 주장을 할 수 있다. 우리 이전의 다른 사람들이 소유했던 것을 인식할 수 있기 전까지 우리는 자신이 소유한 것을 순수하게 인식할 수가 없다. 과거의 장점들을 올바르게 평가할 수 없다면 우리는 자기 시대의 장점들에 대해서도 진실하고 공정한 즐거움을 느낄 수 없다. 그러나 색채론의 역사를 기술하거나 혹은 단지 준비하는 것도 뉴턴의 이론이 존속하는 한 불가능했다. 왜냐하면 일찍이 그 어떤 귀족주의적인 망상도, 뉴턴 학파가 그 이전에 그리고 그와 동시에 수행되었던 모든 것을 혹평했던 것처럼, 참을 수 없는 오만불손함으로 자신의 동업조합에 속하지 않는 사람들을 멸시하지는 않았기 때문이다. 우리는 프리스틀리 Priestly의 『광학의 역사』와 그를 전후한 사람들이 색채 세계의 구원이 마치 빛을 쪼개버린 시대에서 유래하는 양 치부하는 꼴을 불쾌함과 분노로 바라보고 있는 것이다. 눈썹을 치켜올린 채 바른 길로 유유히 걸어갔고 개별적인 영역에서는 오늘날 우리가 더 잘 정립할 수도, 더 올바르게 포착할 수도 없는 관찰과 생각들을 전수해 준 선배 제현들을 그들은 멸시하는 것이다.

그 어떤 지식의 역사를 전해 주려는 사람에게 이제 우리는 현상들이 어떻게 점차적으로 알려지게 되었으며, 그것들에 대해 무엇이 상상되고 공상되고 헤아려지고 사색되었는가에 대한 정보를 제시하라고 정당하게 요구할 수 있다. 이 모든 것을 연관 지어 파악하기란 실로 어려우며 역사를 기술한다는 것은 언제나 예삿일이 아니다. 왜냐하면 아무리 그 의도가 정직하다 하더라도 부정직해질 위험에 빠지기 때문이다. 그러다 보니 그러한 기술을 시도하는 사람은 자신이 많은 것을 드러내었고 많은 것을 감추었음을 미리 밝히기도 한다.

하지만 저자는 그러한 일을 즐거운 마음으로 고대한 지 오래되었다. 그러나 대개의 경우 의도만이 하나의 전체로서 우리 앞에 제시되고 그 완수는 보통 단편적으로만 이루어지기 때문에 우리는 역사 대신에 역사의 자료들을 제시하는 데 만족하기도 한다. 자료들은 번역물, 발췌문, 자신과 타인의 판단, 암시와 예시들로 이루어지며 모든 요구에 부응하지는 못할지라도 진지함과 애정으로 이루어졌다는 칭송을 받을 만한 수집들도 거기에 포함된다. 게다가 그러한 자료들은 완전히 새롭지는 않다 할지라도 가공되지 않은 것이기 때문에 사려 깊은 독자로서는 그 자신이 나름대로의 방식으로 하나의 전체를 구성해 낸다는 즐거움이 있음으로 해서 더욱더 호감을 줄 수도 있다.

앞서 말한 제3편, 즉 역사편으로 모든 작업이 마무리되는 것은 아니다. 그래서 우리는 제4의, 보론편을 추가하였다. 여기에는 교정 부분이 포함되었는데, 편의상 우선 해당 항목들을 숫자로 표기하였다. 왜냐하면 이러한 글의 편집에 있어서는 약간은 주목을 분산시키지 않기 위해서 잊혀질 수도 있고, 약간은 제거되어야 하며, 일부는 나중에서야 알게 되었고 또 다른 부분은 규정과 교정이 필요하게 됨으로써 추가, 보충과 수정이 불가피하기 때문이다. 이 참에 우리는 또한 인용문들을 추가하였다. 그러고 나서는 몇 개의 개별적인 글들을 싣고 있다. 예컨대 대기 색에 관한 글들은 개요 편에서는 산만하게 흩어져 나타나지만, 여기에서는 총괄적으로 한꺼번에 우리의 눈앞에 제시된다.

이어지는 일부의 글은 독자를 자유로운 삶으로 이끌어가며, 또 다른 글은 색채론에 장차 필요한 기구를 상세하게 기술함으로써 기술상의 지식을 증진시켜 줄 것이다.

마지막으로 이 글 전체에 덧붙이게 되는 도판들에 대해 생각해 볼 필요가 아직 있다. 우리는 물론 여기에서 우리의 작품이 이와 같은 종류의 모든 작품들과 공유하는 저 불완전성에 대해 상기하게 될 것이다.

왜냐하면 훌륭한 연극 작품이란 원래 그 절반조차도 종이에 옮겨 적을 수가 없으며 오히려 그것의 더 큰 부분은 무대의 미관, 배우의 개성, 그들의 동작의 특성, 더 나아가 관객의 정신과 좋은 기분에 맡겨져 있는 것과 마찬가지로, 자연 현상을 다루는 책도 그 점에 있어서는 더했으면 더했지 못하지 않기 때문이다. 이 책이 즐거이 읽혀지고 유용하게 되자면 자연은 독자들에게 있는 그대로 혹은 활기 찬 상상 속에서 그 모습을 생생하게 드러내야 한다. 왜냐하면 저자는 현상들을 때로는 꾸밈없는 모습 그대로, 때로는 일관된 목적에 따라 의도적으로 변형시켜 독자들에게 하나의 텍스트로 명백하게 제시해야 하기 때문이다. 그래야만 모든 해설과 설명, 해석이 생생한 효과를 발하게 될 것이다.

이와 아울러 정말 불충분한 보충 수단으로서 흔히들 이런 유의 저작에 덧붙이는 도판들이 있다. 온갖 방향으로 작용하는 하나의 자유로운 물리 현상을 일직선상에서 포착할 수 있거나 평균해서 대강 보여줄 수는 없는 일이다. 그 누구도 화학적 실험을 도해로 설명하려는 생각을 하지는 않는다. 하지만 물리학이나 그와 유사한 분야의 실험에 있어서는 그 유용함이 인정되기 때문에 관례적으로 도해를 사용한다. 그러나 이러한 도해들이 단지 개념만을 나타내는 경우가 아주 빈번하다. 말하자면 상징적인 보조 수단들이나 상형문자식의 전달 방식들은 차츰차츰 현상의 자리, 자연의 자리를 대신함으로써 진정한 인식을 촉진시키기보다는 오히려 방해하게 되는 것이다. 우리도 도판을 사용하지 않을 수 없었다. 하지만 그것들을 교육적으로, 그리고 논쟁의 필요에 따라 마음놓고 사용할 수 있도록, 심지어 어떤 것들은 필수 장비의 한 부분으로 간주할 수 있도록 마련해 놓았다.

이제 작품 자체에 대해 언급하고 거듭하여 미리 양해를 구할 일만이 남아 있다. 이는 그렇게 많은 작가들이 이미 헛되이 반복해 왔고 특히 현대의 독일의 독자라면 거의 허락하지 않는 것이기도 하다.

> 만약 너희들이 여기 이 사람들보다 더 정확히 알고 있다면
> 기꺼이 알려주라. 만약 아니라면 나와 함께 이것들을
> 다루어보도록 하자.

색채론 개요

만약 우리들의 생각이 참이거나
거짓이라면 앞으로도 그럴 것이다.
비록 우리가 평생 우리의 생각을
고수한다 하더라도 말이다. 우리가 죽고 난
뒤에 지금 놀고 있는 아이들이
우리의 판관이 되리라.

서론

인간에게 지식에 대한 열정은 자신의 주목을 끄는 중요한 현상들을 인지함으로써 비로소 일깨워진다. 이제 이러한 흥미가 지속적인 것이 되려면 우리로 하여금 대상들을 점차로 친숙하게 만드는 더욱 내밀한 관심이 있어야 한다. 그런 후에야 우리는 덩어리째로 밀려오는 거대한 다양성을 보게 된다. 우리는 가르고 구분하고 다시 배열하지 않을 수 없으며, 이를 통해 마침내 다소간 만족하면서 조망할 수 있는 하나의 질서가 생겨나는 것이다.

특정 분야에서 이러한 작업을 어느 정도만이라도 이루어내려면 지속적이고 엄격하게 몰두하는 게 필요하다. 그러나 우리는 사람들이 개별적인 것을 배우고 익히면서 하나의 전체를 세우려고 노력하는 대신에, 일반적인 이론적 관점이나 그 어떤 설명 방식에 의존함으로써 현상들을 제쳐놓고 마는 것을 본다.

색채 현상들의 체계를 세우고 통합하려는 시도는 단 두 차례 있었는데, 그 첫번째는 테오프라스트Theophrast에 의한 것이고 다음은 보일Boyle에 의한 것이었다. 지금 나의 시도가 세번째라는 것에 대해서는 그 누구도 이의를 제기하지는 않을 것이다.

더 세세한 내력은 역사가 말해 준다. 여기에서 우리는 지난 세기에 뉴턴이 그의 가설의 토대로 혼잡스럽고 부차적인 실험을 하였기 때문에 그러한 통합이 고려될 수조차 없었다는 정도만을 밝히기로 하겠다. 그러한 토대 위에서 사람들은 여타의 밀어닥치는 현상들을——거기에 대해서 침묵하거나 배제할 수 없었으므로——인위적으로 연관시키고 미덥지 못한 상황 속에서 늘어놓았는데, 그것은 마치 변덕스러운 기분에 따라 달을 태양계의 한가운데에 놓고 싶어하는 천문학자의 행동 방식과 같다. 말하자면 이러한 천문학자는 다른 모든 혹성들과 함께 지구나 태양으로 하여금 하위(下位)의 혹성 둘레를 회전케 하며 인위적인 계산과 사고방식에 의해서 자신의 첫번째 가정의 오류를 은폐하거나 얼버무리지 않을 수 없는 것이다.

이제 우리가 앞서 머리말에서 설명했던 바를 염두에 두면서 논의를 더 진척시키기로 하자. 거기에서 우리는 빛의 존재를 당연한 것으로 전제하였는데, 이제는 눈의 존재에 대해서도 동일한 방식으로 받아들이기로 한다. 우리는 전체 자연이 색채를 통해서 시각에 그 모습을 드러낸다고 말했다. 다소 기이하게 들릴지는 모르지만 이제 우리의 주장은 눈이 형태를 보는 것이 아니라 밝음과 어둠, 색채 모두가 눈으로 하여금 한 대상을 다른 대상으로부터, 그리고 대상의 부분들을 서로간에 구분케 하는 그 무엇을 만들어낸다는 사실이다. 그리하여 우리는 이 세 요소[4]로부터 가시의 세계를 구성하며 또한 판지 위에 실제

---

4) 밝음, 어둠, 색채라는 세 가지 원현상을 가리킨다.

적인 세계보다 훨씬 더 완벽한 가시의 세계를 만들어내는 회화를 가능케 하는 것이다.

눈의 존재는 빛으로 인해 생겨난 것이다. 빛은 동물의 둔감한 보조 기관들로부터 자신과 유사한 하나의 기관을 생성시킨다. 그리하여 눈은 빛과 만나면서 빛을 위한 기관으로 형성되며, 이로써 내부의 빛과 외부의 빛은 서로 감응하게 되는 것이다.

여기에서 우리는 고대의 이오니아 학파[5]를 기억하게 된다. 그들은 동일한 것으로부터만 동일한 것이 인식될 수 있노라고 아주 의미심장하게 반복해서 말했던 것이다. 그런 의도를 잘 드러내고 있는 고대의 한 신비주의자[6]의 말을 독일어 시구로 다음과 같이 번역해 보기로 하자.

눈이 태양과 같지 않다면,
우리는 빛을 어떻게 볼 수 있겠는가?
우리들 속에 신 자신의 힘이 살아 있지 않다면,
신성이 우리를 어떻게 매혹시키겠는가?

빛과 눈 사이의 이러한 직접적인 친근성은 그 누구도 부인할 수 없다. 그렇다고 해서 이 둘을 완전히 동일한 것으로 생각한다면 매우 곤란하다. 하지만 눈 속에 일종의 빛이 깃들어 있어서 내부로부터 혹은

---

5) 소크라테스 이전의 한 무리의 철학자들. 여기에서는 그중에서도 특히 파르메니데스와 엠페도클레스를 가리킨다. 그들은 동일한 것은 동일한 것에 의해서만 인식된다는 주장을 한다. 예를 들면 외부의 열기는 사람 내부의 열기에 의해서만 인식된다는 것이다.
6) 고대 그리스 후기의 플로티노스를 가리킨다. 괴테는 젊은 시절에 이미 그에 대해 연구하였으며 1805년 여름에는 그의 저서 『엔네아데스』를 집중적으로 연구하였고, 그중 일부를 번역하여 첼터 Zelter에게 보내기도 하였다.

외부로부터 아주 미세한 자극이라도 주어지면 그것이 촉발된다고 하는 주장은 납득이 간다. 우리는 암흑 속에서 상상력의 요구에 의해 가장 밝은 영상들을 불러일으킬 수 있다. 꿈속에서 물체들은 환한 대낮인 것처럼 나타난다. 깨어 있는 상태에서는 바깥에서 들어오는 아주 경미한 빛의 작용도 감지된다. 심지어 이 기관이 기계적인 충격을 받기만 해도 빛과 색채가 생겨나는 것이다.

그 어떤 질서에 따라 처리하는 습관이 든 사람들이라면 우리가 〈색채란 무엇인가?〉 하는 물음에 대해 결코 단정적으로 설명하지 않고 있다는 사실에 의아해할 것이다. 이 질문에 대해 우리는 여기에서 기꺼이 다시 한번 비켜나가고자 하며 어쨌든 앞으로 상세하게 설명드릴 것임을 약속한다. 왜냐하면 현재로서는 색채란 시각(視覺)과 연계되어 있는 규칙적인 자연 현상이라는 말을 반복하는 것 이외에는 다른 도리가 없기 때문이다. 또한 우리는 여기에서 누구나 이 감각을 가지고 있으며 누구나 이 감각에 대한 자연의 영향을 잘 알고 있다는 사실을 전제로 받아들여야 한다. 왜냐하면 장님과는 색채에 대해서 논할 수 없기 때문이다.

그러나 우리가 지나치게 노심초사하여 설명을 회피하는 듯한 인상을 줄 우려가 있으므로 앞서 말했던 것을 다음과 같이 고쳐 말해 보기로 한다. 요컨대 색채란 시각과 관련된 하나의 근원적인 자연 현상이며, 시각은 여타의 모든 감각들과 마찬가지로 분리와 대립, 혼합과 결합, 고양과 중화, 전달과 분배 등을 통하여 자신을 드러내고 이러한 일반적인 자연의 공식들에 의해 가장 잘 직관되고 파악될 수 있는 것이다.

이러한 문제 제기 방식을 누구에게도 강요할 수는 없다. 우리처럼 이러한 방식을 편안하게 받아들이는 사람이라면 그것을 기꺼이 받아들일 것이다. 꼭 마찬가지로 우리는 이러한 방식을 장차 투쟁과 언쟁에 의해서 옹호할 생각은 추호도 없다. 왜냐하면 색채를 다룬다는 것은 예전부터 어느 정도의 위험을 감수하는 것이기 때문이다. 이를테면 우리 선배들 중의 한 사람은 감히 이를 빗대어 다음처럼 말하곤 했다. 〈황소는 붉은 천을 갖다 대면 사납게 날뛰지만, 철학자는 색채라는 말만 들어도 미치기 시작한다〉라고 말이다.

이제 우리가 하게 될 보고에 약간의 설명을 덧붙이자면 무엇보다도 색채가 나타나는 다양한 조건들을 우리가 어떻게 가려내었는가를 보여주어야 한다. 우리는 세 종류의 현상 방식, 색채의 세 종류, 혹은 더 적극적인 관점에서 보자면, 상호간의 차이점이 분명한 색채에 대한 세 가지 견해들을 발견하였다.

우리는 우선 색채를 눈에 속하는 것으로, 그리고 눈의 작용과 반작용에 기인하는 것으로서 관찰하였다. 그 다음으로 색채가 우리의 주목을 끌었던 것은 그것을 무색의 매질을 통해서 혹은 그 도움을 받아서 지각하였을 때이다. 마지막으로 색채 현상이 분명히 드러나는 것은 우리가 그것을 물체에 속하는 것으로 생각할 수 있을 때였다. 첫번째 것을 우리는 생리색으로, 두번째 것을 물리색으로, 세번째 것을 화학색이라고 이름 붙였다. 첫번째 것은 종잡을 수 없이 일시적이며, 다음의 것은 지나가는 것이긴 하지만 어쨌든 머물러 있는 성질을 가지며, 마지막의 것은 가장 오랫동안 지속될 수 있는 것이다.

우리는 설명의 편의상 색들을 이러한 자연스런 질서에 따라 최대한 가려내고 서로 구분시켰다. 그와 아울러 그것들을 하나의 연속선상에 배열하여 일시적인 것을 잠시 머무는 것과 그리고 이것을 다시 지속적으로 머무는 것과 연결시킴으로써 애초에는 세심하게 고려하여 구분 지었던 것을 이제 더 고차적인 직관을 위해 다시 지양시키는 데 성공하게 되었다.

이어서 이 글의 제4장에서 우리는 이때까지 색채에 대해 다양하고 특수한 조건하에서 관찰하였던 것을 보편적인 관점에서 설명함으로써 미래의 색채론의 윤곽을 제시하였다. 현재로서는 색채의 생성에 있어서는 빛과 암흑, 밝음과 어둠 혹은 더 일반적인 용어를 사용하자면 빛과 비광(非光)이 요구된다는 점만을 미리 말하기로 한다. 우선 빛으로부터 우리가 황색이라고 부르는 색이 생겨나며, 또 다른 색은 암흑으로부터 생겨나는데 우리는 그것을 청색이라는 이름으로 표기한다. 이 둘은 만일 그것들이 아주 순수한 상태에서 혼합되어 서로 완벽하게 균형을 유지하게 된다면 제3의 색을 낳게 되는데 우리는 그것을 녹색이라고 이름 붙인다. 그러나 앞의 두 색은 순도를 높이거나 짙게 하면 그 각각의 색으로부터 새로운 현상을 불러일으킨다. 말하자면 그것들은 붉은색을 띠게 되는데 그 정도가 매우 높아지면 원래의 청색과 황색은 더 이상 알아볼 수 없게 된다. 가장 순도가 높고 순수한 적색은 특히 물리색의 경우에 주홍색과 청적색의 양 끝을 결합시킴으로써 생겨날 수 있다. 이것은 색채 현상과 색채 생성의 생동하는 광경이다. 또한 우리는 특정한 단계의 청색과 황색으로부터 완전한 적색을 취할 수 있었던 것, 즉 순도를 높임으로써 얻을 수 있었던 것을 이제 역방향으로 혼합해서도 생성시킬 수 있는 것이다. 하나의 원으로 쉽게 묶일 수 있는 이 세 가지 혹은 여섯 가지 색으로 기초적 색채론이 비로소 성립할 수 있다. 나머지의 무한한 변형색들은 응용에 속하며 화가나 염색공의 기술, 말하자면 생(生)의 영역에 속하는 것이다.

이제 일반적인 특성을 말하자면, 색들은 전적으로 반광(半光)으로, 반그림자로 여겨질 수 있다. 그리고 그것들이 혼합되어 그 개별적인 특성들을 서로 상실하게 하면 일종의 그림자, 즉 회색이 생겨난다.[7]

제5장에서는 우리의 색채론이 다른 분야의 지식, 행위 및 활동과

---

7) 괴테의 신념으로는 모든 색을 혼합하면 흰색이 아니라 회색이 생겨난다. 이 때문에 그는 뉴턴에게 반기를 들었다. 어떤 의미에서 그의 견해는 타당하다. 왜냐

연관을 맺는 것, 즉 인접 분야와의 관계가 설명된다. 이 장은 매우 중요한데, 바로 그 점 때문에 아주 성공적이지는 못한 것 같다. 하지만 인접 분야와의 관계는 그것이 성립되기까지는 함부로 말할 수 없는 성격의 것이기에 우리의 첫번째 시도의 실패를 스스로 위안해도 무방하리라 여겨진다. 왜냐하면 우선 우리가 예상할 수 있는 바는 우리가 봉사하려고 시도했고 그 어떤 호의와 유용한 것을 보여주려고 생각했던 사람들이 우리가 전력을 다해 이루어놓은 것을 받아들이리라는 것이다. 그들이 우리의 업적을 자기 것으로 하든, 그것을 이용하고 계속해서 진행시키든, 혹은 그것을 거부하고 제쳐놓거나 옹색하게 자기 것으로 삼든 상관없이 말이다. 어쨌든 우리는 스스로 믿고 희망하는 것을 말하기만 하면 되는 것이다.

철학자로부터는 감사의 말을 들을 만하다고 생각한다. 우리가 현상들을 그 원천까지 추적하여 그것들이 단순히 나타나고 존재하며 그에 관해 더 이상 아무것도 설명할 것이 남아 있지 않는 지점으로까지 나아갔으니 말이다. 더군다나 우리가 현상들을 쉽게 조망할 수 있는 하나의 질서에 따라 정돈해 놓았으니 철학자로서는 비록 그가 이 질서 자체를 전적으로 용인하는 것은 아니라고 하더라도 반겨 마지않을 수 없는 일이리라.

의사, 특히 눈이라는 기관을 관찰하고 건강하게 유지시키며 그 결함들을 고치고 그 병을 치료하는 소명을 받은 의사로 말하자면 무엇보다도 우리가 그를 친구로 만들었으리라 생각한다. 생리색을 다룬 장에서, 병리색을 언급한 부록에서 의사는 완전히 자신의 분야라고 여길 것이다. 그리고 우리는 우리 시대에 이 분야를 성공적으로 다루고 있는 사람들의 노력에 의해 여태까지 등한시되었던, 하지만 가장

─────────

하면 헬름홀츠에 이르러서야 처음으로 흰색의 빛을 만들어내는 순수한 스펙트럼 광선들을 생성시키는 데 성공했기 때문이다.

중요하다고 볼 수 있는, 색채론의 저 첫번째 장이 자세하게 다루어지는 것을 틀림없이 보게 될 것이다.

물리학자는 우리를 가장 친절하게 맞아들일 것이다. 왜냐하면 우리가 그에게 색채에 대한 이론을 다른 모든 근원적인 현상들과 연관 지어 보여주고 아울러 일치된 언어, 아니 다른 분야에서와 거의 동일한 말과 기호를 사용하는 편안함을 주기 때문이다. 물론 그가 선생이라면 약간은 수고를 해야 할 것이다. 왜냐하면 장차 색채에 대한 단원이 이전처럼 몇 개의 단락과 실험만으로 그치지는 않을 것이기 때문이다. 또한 학생도 예전에 대접받은 것처럼 그렇게 간단하게 아무 불평 없이 먹어치우지는 못할 것이다. 오히려 나중에서야 다른 장점을 발견하게 될 것이다. 뉴턴의 이론이 배우기는 쉬웠으나, 그 응용에 있어서는 극복할 수 없는 어려움이 따른다는 점을 고려해 보라. 우리의 이론은 파악하기는 어려우나 일단 고비를 넘기면 만사형통이다. 저절로 적용되기 때문이다.

물체의 더 비밀스런 특성을 발견하기 위한 시금석으로서의 색채에 주목하는 화학자는 지금까지 색채를 명명하고 표시하는 데 있어서 많은 장애에 부딪혀왔다. 누구라도 더 가까이서 더 미세하게 관찰하고 나면 색채란 화학적 작용 과정에서 나타나는 불안전하고 기만적인 표지가 아닌가 하는 생각이 들게 마련이다. 하지만 우리가 바라는 바는 우리의 설명과 우리가 제시한 전문 용어에 의해서 색채의 명예를 다시 찾아주는 것이다. 또한 생성하는 것, 성장하는 것, 유동적인 것, 전환의 능력을 갖춘 존재가 기만적일 수는 없으며, 오히려 자연의 아주 섬세한 작용을 드러내는 교묘한 것이라는 확신을 일깨우는 것이다.

하지만 이제 주위를 돌아보니 수학자의 마음에 들지 않을 것이라는 두려움이 엄습한다. 일이 묘하게 꼬이다 보니 색채론은 자신의 영역이 아닌 수학자의 법정 앞으로 끌려가게 되었다. 이것은 원래 수학자가 다루도록 되어 있는 시각(視覺) 행위의 여러 원리들과 색채론의 그 것들이 유사한 데서 기인했다. 더군다나 이러한 잘못은 한 위대한 수학자가 색채론을 다루면서 물리학자로서 오류를 범했고, 이 오류에다가 일관성을 부여하기 위해 자신이 가진 재능의 힘을 다 쏟아 부었기 때문에 야기되었던 것이다. 이 두 가지 사정을 감안한다면 모든 오해는 즉시 풀릴 것이고, 수학자는 특히 색채론의 물리학적 부분을 논구하는 데 기꺼이 도움을 줄 것이다.

우리의 연구가 기술자와 염색공에게 전적으로 환영받을 것임은 분명하다. 왜냐하면 염색술의 여러 현상에 대해 숙고해 왔던 바로 그 당사자들이 종래의 이론에 거의 만족할 수 없었기 때문이다. 그들은 뉴턴 이론의 불충분함을 간파한 첫번째 사람들이었다. 왜냐하면 특정한 지식이나 학문의 가치는 어떠한 측면에서 접근하느냐, 어떠한 현관을 통해 들어가느냐에 따라 커다란 차이가 나기 때문이다.

진정한 실행가인 제조업자는 쏟아져 들어오는 다양한 상황들을 날마다 받아들이며, 자신의 확신을 수행함에 있어서 득과 실을 예민하게 느끼고, 금전 및 시간상의 손실에 민감하며, 다른 사람들이 이룬 것에 도달하고 또 능가해야 한다. 그러므로 그는 관례적인 말을 종국에는 곧이곧대로 받아들이는 학자보다도, 적용시킬 토대가 적합지 않음에도 자신의 공식이 옳다고 계속 고집하는 수학자보다도 훨씬 더 신속하게 이론의 공허함과 거짓됨을 느끼는 것이다. 또한 우리는 회화의 관점에서, 다시 말해 표면의 심미적인 채색이라는 관점에서부터 색채론으로 넘어가기 때문에 화가들로부터 극진한 치하를 받을 수 있는 작업을 완수하게 된다. 우리가 제6장에서 색채의 감각적이고 정서적인 영향을 규정하려고 하고 그럼으로써 예술적 효과에 원용하려고 시도하는 터이니 말이다. 또한 많은 것들이 단지 윤곽의 제시에 그치고 말았다 할지라도, 이는 원래부터 모든 이론이란 이후에 실제적인 행동이 그 바탕 위에서 활기 차게 진행되면서 법칙에 맞는 결과를 이루어내는 기본적인 특징들의 제시에 불과하다는 사실을 웅변하는 것이리라.

1
생리색

1 이 색들을 우리가 당연하게 선두에 내세우는 것은 그것들이 주체에, 즉 때로는 전적으로 때로는 대부분 눈에 속하는 것이기 때문이다. 많은 논쟁을 유발하고 있지만 전체 이론의 토대를 이루며 우리에게 색채의 조화를 드러내 보여주는 이 색들은 여태까지 비본질적이고 우연적인 것으로, 기만과 결함으로 여겨졌다. 그 현상들은 오래전부터 알려져 있었지만 그 무상한 본성을 붙들어놓을 수가 없었으므로, 사람들은 그것들을 사악한 유령들의 세계로 추방시켰으며 그렇기에 아주 다양한 이름으로 불렀던 것이다.

2 그러므로 보일은 그것들을 우연색 colores adventicii으로, 리체티 Rizzeti는 가상색 imaginari과 상상색 phantastici으로, 뷔퐁 Buffon은 우연색 couleurs accidentelles으로, 쉐르퍼는 가짜색 Scheinfarben으로 부른다. 그리고 몇몇 사람들은 착시와 시각 기만이라고 했으며, 함베르거 Hamberger는 일시적 결함 vitia fugitiva으로, 다윈은 환시(幻視, ocular spectra)라고 이름 붙인다.

3 우리는 이것들을 생리색이라고 부른다. 왜냐하면 이것들은 건강

한 눈에 속하며, 우리가 이것들을 시각 작용의 필수적인 조건으로 간주하기 때문이다. 그 자체 내에서 진행되며 아울러 바깥을 향하는 시각의 생동하는 상호 작용으로부터 이것들이 드러나기 때문이다.

4 생리색에 이어 우리는 곧 병리색을 추가시킨다. 병리색은 모든 비정상적 상태와 마찬가지로 법칙에 따르는 상태, 즉 여기에서는 생리색에 대한 더욱 완전한 통찰을 가능하게 한다.

1 빛과 암흑이 눈에 미치는 영향

5 망막은 빛을 받아들이느냐 아니면 암흑을 받아들이느냐에 따라 서로 완벽하게 대립하는 두 가지 다른 상태에 놓이게 된다.

6 완전히 어두운 공간 안에서 눈을 뜨고 있으면, 우리는 어떤 결핍감을 느끼게 된다. 기관은 그 자신에 맡겨지며 자신의 내부로 움츠러든다. 말하자면 자신을 바깥 세계와 결합시킴으로써 완전해지는 저 자극적이고 만족스런 접촉이 없음을 느끼는 것이다.

7 우리가 강한 빛을 받고 있는 흰색의 표면으로 눈을 돌리면, 눈이 부신 나머지 알맞은 빛을 받고 있는 물체들을 일정한 시간 동안 구분하지 못하게 된다.

8 이러한 극단적인 상태들은 각각 상술한 방식으로 망막 전체를 점유하게 되며, 상황에 따라서 한 가지 상태만을 갑작스럽게 지각한다. 앞의 6번의 경우에 우리는 눈이 고도의 이완과 감응 상태에 있음을, 뒤의 7번의 경우에는 눈이 고도의 긴장과 무감응 상태에 있음을 발견한다.

9 우리가 이러한 상태들 중의 한 상태에서 다른 상태로 신속하게

넘어가면, 다시 말해 밝은 곳에서 어둑어둑한 곳으로 넘어간다면 그 차이를 명백히 느끼며, 그러한 상태들이 잠시 동안 지속된다는 것을 확인할 수 있다. 비록 한 극단적인 상태에서 다른 극단적인 상태로 넘어가는 경우가 아니라 할지라도 말이다.

10 대낮의 밝음으로부터 어둑어둑한 장소로 넘어가면 처음에는 아무것도 구분되지 않는다. 점차로 눈은 감응력을 다시 회복하게 되는데, 강한 자극에 대한 감응력이 약한 자극에 대한 감응력보다 더 빨리 회복된다. 전자는 1분 내에 이루어지며, 후자는 7분 내지 8분 정도 걸린다.

11 엄격하게 관찰하면 밝은 곳에서 어두운 곳으로 옮겨갈 때 생겨나는 약한 빛의 자극에 대한 눈의 무감응은 기묘한 착각들을 불러일으킨다. 그래서 눈의 회복이 느렸던 한 관찰자는 미지근하게 타고 있는 장작이 정오에는 비록 어두운 방에서일지라도 빛을 내지 않는다고 내내 믿었다. 말하자면 그는 밝은 햇빛 아래에서 어두운 방 안으로 들어가곤 했기 때문에 약한 빛을 보지 못했던 것이다. 나중에 상당히 오래 머물러 있은 후에야 그는 눈이 회복되었다는 것을 알아차렸다.

호박(琥珀)에서 방출되는 전기를 띤 희미한 빛을 못 알아보았던 월[1] 박사의 경우도 사정은 꼭 마찬가지였을 것이다. 그는 낮 동안에는 어두운 방에서조차도 그 희미한 빛을 거의 알아채지 못했다.

낮 동안 별들이 보이지 않는 현상, 이중 도관(二重導管, doppelte Röhre)을 통해서 보면 그림이 더 잘 보이는 현상도 이 범주에 넣을 수 있다.

12 완전히 어두운 장소에서 햇빛이 비치는 장소로 옮겨가는 사람은

---

1) 월 M. Wall(1747-1824): 당시 옥스퍼드 대학의 화학과 교수.

눈이 부시게 된다. 어둑어둑한 곳으로부터 눈이 부실 정도로는 아니지만 밝은 곳으로 가는 사람은 모든 물체들을 더욱 생생하게 잘 보게 된다. 충분히 휴식을 취한 눈은 적절한 밝기의 현상들에 대해서 감응도가 더욱 높아지기 때문이다.

　어둠 속에서 오래 앉아 있었던 죄수들의 경우에는 망막의 감응력이 매우 높기 때문에 그들은 어둠 속에서도(아마도 약간의 빛은 있을 것이다) 물체들을 잘 구분한다.

13　망막은 우리가 〈본다〉라고 말하는 그 순간과 동시에 다양한, 아니 대립된 상태들 속에 처하게 된다. 눈을 부시게 하지는 않는 최고도의 밝음이 완전한 어둠과 나란히 작용하게 되는 것이다. 동시에 우리는 명암의 모든 중간 단계들과 모든 색의 단계를 지각한다.

14　이제 우리는 앞서 설명한 가시 세계의 요소들을 점차적으로 관찰하고자 하며, 이들에 대해 눈이 어떻게 대응하는지 살펴보고, 이 목적을 위해서 아주 단순한 상들을 제시하고자 한다.

2 검은색과 흰색의 상(像)들이 눈에 미치는 영향

15　요컨대 망막은 밝음과 어둠에 대해 반응하는 것과 마찬가지로, 어둡거나 밝은 개별적인 물체들에 대해서도 반응한다. 빛과 암흑이 대체로 망막에 상이한 영향을 주는 것처럼, 동시에 눈으로 들어오는 검은색과 흰색의 상들은 빛과 암흑에 의해서 연속적으로 생성되었던 그러한 상태들을 나란히 생겨나게 한다.

16　검은색 물체는 같은 크기의 흰색 물체보다 작게 보인다. 검은 바탕 위에 흰색의 원반을, 흰색의 바탕 위에 검은색의 원반을 동일한 컴퍼스로 같은 크기로 잘라놓고 그 둘을 약간의 거리를 두고

바라보라. 그러면 우리에게 후자는 전자보다 대략 5분의 1 정도 작은 것으로 보인다. 검은 상을 그만큼 더 크게 만들면 그 둘은 같은 크기로 보일 것이다.

17 마찬가지로 티코 데 브라헤[2]는 합삭(合朔) 때의 (어두운) 달이, 태양과 정반대 방향에 있는 만월 때의 (밝은) 달보다 5분의 1가량 작게 보이는 것을 발견했다. 초승달은 그것과 경계가 맞닿아 있는 어두운 원반——신월(新月) 때 종종 알아볼 수 있는——보다 더 큰 원반에 속하는 것처럼 보인다. 검은색 옷은 밝은 색 옷보다 사람을 훨씬 여위어 보이게 한다. 테두리 뒤쪽에서 보이는 불빛은 테두리에 움푹 파인 자국을 만든다. 그 뒤쪽에서 촛불이 비치는 자[尺]에는 파인 자국이 생긴다. 떠오르는 해나 지는 해는 수평선에 움푹 파인 자국을 만든다.

18 암흑의 대리자인 검은색은 눈을 쉬게 하며 빛의 대리자인 흰색은 눈을 활동케 한다. 앞서 설명한 현상(16번 참조)으로부터 휴식 상태의 망막은, 혼자 내버려두면 자신 속으로 움츠러들고 빛의 자극에 의해 유도되는 활동 상태에서보다 더 작은 공간을 차지한다고 유추해도 무방할 것이다.

그러므로 케플러는 다음과 같이 매우 아름답게 표현한다. 〈상 덕분에 망막 속에 밝은 빛이 방사되거나 아니면 인상 덕분에 정신 속에서 밝은 빛이 방사되거나 둘 중의 하나인 것은 확실하다.〉 쉐르퍼 Scherffer 신부[3]도 비슷한 방식으로 추정한다.

19 어떻든 간에 그러한 상에 의해 눈이 처하게 되는 두 가지 상태는 외적인 자극이 이미 없어진 뒤에도 동일한 상태에 머물며 잠시 동안 지속된다. 일상생활에서는 그러한 현상을 거의 알아차리지

---

2) T. d. Brache(1546-1601): 덴마크의 천문학자.
3) 예수회의 신부로서 1751년 이후 빈 대학에서 수학과 교수를 지냈다.

못한다. 왜냐하면 서로 간에 뚜렷이 대조되는 상들은 드물게 나타나기 때문이다. 우리는 눈을 부시게 하는 상들을 바라보려고 하지 않는다. 우리는 물체들을 하나하나 차례대로 보면서, 연이어 나타나는 상들을 실상(實像)인 것처럼 여기기 때문에 이전의 상이 잇따라온 다음의 상에 그 어떤 영향을 슬며시 미치는 것을 지각하지 못한다.

20 눈의 감응력이 특별히 높은 아침 기상 무렵에 어둑어둑해지는 하늘을 배경으로 하는 창살을 또렷하게 응시한 후에 눈을 감거나 아주 어두운 장소를 쳐다보면, 밝은 바탕 위에 검은색의 십자 무늬가 잠시 동안 눈앞에 나타나는 것을 보게 된다.

21 모든 상은 망막에서 특정한 자리를 차지하는데, 그 크고 작음은 그 상이 가까운 곳에 있는가 아니면 먼 곳에 있는가에 따라 결정된다. 우리가 태양을 바라본 후에 곧바로 눈을 감으면 잔상(殘像)이 너무도 작게 나타나 의아해진다.

22 반대로 눈을 뜨고 벽 쪽을 쳐다보면서 눈앞에 어른거리는 상 Gespenst[4]을 다른 물체들과 비교하여 관찰해 보라. 이때 그 상은 표면에 더 넓게 나타나면 나타날수록 더욱 크게 보인다. 이 현상은 작지만 가까이에 있는 물체가, 크지만 멀리 떨어져 있는 물체를 가리게 되는 원근법의 법칙으로 설명 가능할 것이다.

23 이러한 인상의 지속 시간은 눈의 상태에 따라 상이하다.[5] 그것은 밝은 곳에서 어두운 곳으로 이동할 때(10번 참조)의 망막의 회복과 비례하며 따라서 분과 초로 측정될 수 있다. 응시하면 눈에 하나의 원처럼 보이는 휘어져서 타오르는 등불의 심지를 사용하여

---

4) 24번, 25번에서 말한 상 Bild이나 30번에서 말한 스펙트럼과 같은 의미이다.
5) 망막의 움직임에 대한 괴테의 이러한 추측은 오늘날에는 빛의 비침에 의해 야기되는 간상체와 추상체의 길어짐과 짧아짐으로 설명된다.

측정할 수 있었던 것보다 이제는 훨씬 더 정확하게 그 지속 시간을 잴 수도 있다.

24 눈에 작용하는 빛의 에너지가 또한 특별히 주목을 끈다. 태양의 상이 가장 오래 지속되며, 다소간 빛을 발하는 다른 물체들은 그 흔적을 길게 혹은 짧게 남긴다.

25 이러한 상들은 점차로 사라지는데, 이때 선명함은 물론 크기도 사라진다.

26 그것들은 주변부로부터 감소되는데, 사각형의 상들의 경우에는 그 모서리들이 점차로 무디어지다가 마침내는 점점 더 작아지는 둥근 상만이 어른거리는 것을 보게 된다.

27 그 인상이 더 이상 감지되지 않는 그러한 상은 만일 우리가 눈을 떴다 감았다 하면서 자극을 주었다 가라앉혔다 하면 망막 위에 얼마간 다시 재생될 수 있다.

28 눈병이 있는 경우에 상들이 14분에서 16분까지, 때로는 더 오랫동안 망막 위에 머무른다는 것은 눈의 극단적인 허약함, 재생시킬 능력이 없음을 말하는데, 이는 격정적으로 사랑하거나 미워하는 대상들이 감각의 차원에서 벗어나 정신의 차원으로 넘어가 어른거리는 현상과도 같다.

29 앞서 설명한 창의 상이 아직 지속되는 동안 관찰자가 밝은 회색 평면을 바라보게 되면 십자상은 밝게, 창 유리의 공간은 어둡게 나타난다. 20번의 경우에는 상태가 그대로 지속되었고 따라서 인상도 동일하게 유지될 수 있었다. 그러나 이번의 경우에는 전도 현상이 일어나는데, 이는 우리의 주목을 끄는 현상이며 이와 관련하여 관찰자들이 우리들에게 몇 가지 사례들을 전해 준 바 있다.

30 코르디예라[6] 산맥에서 관찰을 했던 학자들은 구름 위로 드리워진 산봉우리들의 그림자 주위에서 밝은 빛을 보았다. 이 사례도

여기에 속한다. 왜냐하면 그들이 그림자의 어두운 상을 응시한 후에 즉시 그 자리에서 움직이게 되자, 어두운 상 주위에 유도된 밝은 상이 어른거리는 것처럼 보였기 때문이다. 밝은 회색의 표면 위에 놓인 검은색의 원반을 응시하다가 시선의 방향을 아주 조금이라도 바꾸면 즉시에 검은색의 원반 주위에서 밝은 빛이 어른거리는 것을 보게 된다.

나도 유사한 경험을 한 적이 있다. 들판에 앉아서 한 남자와 이야기하고 있을 때였다. 그는 잿빛의 하늘을 배경으로 약간의 거리를 둔 채 내 앞에 서 있었는데, 내가 꼼짝도 않고 오랫동안 그를 응시한 후에 시선을 약간 돌리자 그 순간 그의 머리가 눈부신 빛으로 둘러싸이는 현상이 나타났던 것이다.

아마 다음의 현상도 여기에 속할 것이다. 해가 뜰 무렵에 습기찬 초원 위를 걸어가는 사람들의 머리 주위에서 빛을 보게 되는 현상 말이다. 이때 빛은 굴절 현상이 어느 정도 일어남으로 해서 유색(有色)을 띨 수도 있다.

구름 위로 떨어지는 기구(氣球)의 그림자 주위에서 밝고 어느 정도 색을 띤 원들을 보았노라고 주장하는 사람들도 있다.

신부 베카리아[7]는 종이로 만든 용을 하늘 높이 올려놓음으로써 뇌우가 일으키는 전기에 관한 몇 가지 실험을 하였다. 이 연 주위로 그 크기가 수시로 바뀌는 소규모의 빛나는 구름이 나타났으며, 심지어는 일부 끈의 주변에서도 같은 현상이 일어났다. 그 구름은 때때로 사라졌다가 용이 더욱 빨리 움직이자 이전의 자리에서 잠

---

6) 코르디예라cordillera: 끈 또는 작은 밧줄이라는 뜻의 스페인 고어 꼬르디야 cordilla에서 유래한다. 아메리카와 유럽에 넓게 분포하는 지형으로 길고 평행한 산맥이다.
7) 베카리아G. B. Beccaria(1716-1781): 튀린 대학의 물리학과 교수.

간 동안 오락가락하면서 어른거리는 것처럼 보였다. 당시의 관찰자들이 설명할 수 없었던 이 현상은 밝은 하늘을 배경으로 검은색의 용이 밝은 색으로 변화되어 눈 안에 남게 된 잔상이었다.

　무색이든 유색이든 간에 종종 눈을 부시게 하는 불빛들을 가지고서 행하는 광학 실험, 특히 색채 실험에서 매우 조심해서 방지해야 될 사항은 선행하는 관찰로부터 남게 된 스펙트럼을 다음의 관찰에 섞이게 함으로써 관찰을 혼란스럽고 순수하지 못하게 만드는 것이다.

31　이러한 현상들에 대한 설명은 다음과 같이 시도되었다. 검은색의 십자 상이 맺히는 망막의 자리는 휴식을 취하여 감응력이 높은 것으로 간주된다. 적절하게 밝은 표면은 망막의 다른 부분들보다는 이 자리에 더 생생하게 작용한다. 망막의 다른 부분들은 유리창을 통해서 빛을 받아들였고, 훨씬 더 강한 자극을 받아 활동한 후라 회색의 표면을 단지 어두운 색으로 지각하게 되는 것이다.

32　이러한 설명 방식은 현재의 경우에는 상당히 들어맞는 것처럼 보인다. 그러나 장차 설명해야 할 현상들을 고려하면 더 차원 높은 근원들로부터 현상을 이끌어내지 않을 수 없다.

33　깨어 있는 사람의 눈은 자신의 생동성을 특히 자신이 처해 있는 상태의 끊임없는 교체를 요구함으로써 표현한다.[8] 이러한 교체는 물론 아주 간결하게 어둠에서 밝음으로 그리고 그 역방향으로 진행된다. 눈은 한순간이라도 물체에 의해 규정되는 특정한 상태에 그대로 머물 수 없으며 또한 그렇게 하려고도 하지 않는다. 오히려 눈은 일종의 대립을 강요받는다. 말하자면 그러한 대립은 극단을 극단에, 평범한 것을 평범한 것에 대치시키고 즉시에 대립적인

---

8) 1827년 에커만과의 대화에서 괴테는 〈피유도 교체 der geforderte Wechsel〉라는 일반 법칙을 하나의 예술 기법으로 보고 문학에서 그 예를 들어 설명한다.

것들을 결합시키면서 연속적으로 그리고 동시적으로 그 자리에서 전체를 지향한다.

34 무채색의 그림이나 유사한 예술 작품들에서 명암이 잘 조절되었을 때 우리가 느끼는 특별한 쾌적함은 무엇보다도 전체를 동시에 지각하는 데서 생겨나는 것 같다. 여타의 경우에 전체는 저절로 생겨나는 것이라기보다는 오히려 연속적으로 추구되는 것이며, 간혹 생겨난다 하더라도 결코 고정될 수는 없는 것이다.

3 회색 표면과 상

35 색채 실험에서 상당한 경우는 적당한 밝기의 빛을 요구한다. 우리는 밝기에서 다소간 차이가 나는 회색 표면들로부터 즉시 이러한 적당한 밝기의 빛을 얻을 수 있다. 그러므로 우리는 마침 적절한 때에 회색을 소개한 셈이다. 물론 여기에서 많은 경우에 그림자 속이나 어둑어둑한 곳에 놓인 흰색 표면이 회색으로 여겨질 수 있다는 사실을 언급할 필요는 거의 없을 것이다.

36 회색의 표면이 밝음과 어두움 사이에 있는 경우, 우리는 앞에서 (29번 참조) 현상으로 보여준 것을 적절한 실험을 통해 입증할 수 있다.

37 회색의 표면 앞에 검은색의 상을 놓았다가 그것을 떼는 순간 바로 그 자리를 응시해 보라. 그 상이 차지했던 공간은 훨씬 밝게 보인다. 같은 방식으로 흰색의 상을 갖다 놓았다가 치우면 그 공간은 다른 표면보다 더 어둡게 보일 것이다. 회색 판지 위를 이리저리 쳐다보면, 마찬가지로 두 경우 모두 상들이 이리저리 흔들리게 된다.

38 검은색 바탕 위의 회색 상은 흰색 바탕 위의 그것보다 훨씬 밝게 보인다. 두 경우를 나란히 놓고 보면 두 상이 동일한 물감으로 칠해진 것인지조차 의심이 든다. 여기에서 우리는 거듭 망막의 위대한 활동성, 그리고 자신에게 그 어떤 상태가 주어지면 모든 생명체가 드러낼 수밖에 없는 말없는 저항을 목격한다고 생각하게 된다. 그리하여 들숨은 이미 날숨을 전제로 하며 그 역도 마찬가지이고, 또한 모든 수축도 팽창을 전제로 한다. 그것은 또한 여기에서도 표현되는 생의 영원한 공식이다. 눈에 어둠이 제공되면, 눈은 또한 밝음을 요구한다. 밝음을 그 앞에 가져오면 눈은 어둠을 요구한다. 눈은 바로 이러한 방식으로 자신의 생동성을 보여준다. 그리고 물체와 대립되는 그 무엇을 자신으로부터 만들어냄으로써 물체를 포착하는 자신의 권리를 보여준다.

4 눈을 부시게 하는 무색의 상

39 눈을 부시게 하는 완전한 무색의 상을 바라보면 강하고 지속적인 인상을 받게 되며 그러한 인상은 색채 현상을 수반하며 소멸한다.

40 최대한으로 어둡게 만든 방 안의 겉창에다가 직경 3인치가량의, 임의로 열었다 닫았다 할 수 있는 둥근 구멍을 만들어보자. 그리고 그 구멍을 통해서 태양이 흰색의 종이 위에 비치게 한 후 약간의 거리를 두고 밝게 비치는 원반을 응시하자. 그러고 나서 구멍을 닫고 방 안의 가장 어두운 부분을 보라. 그러면 눈앞에 어른거리는 둥근 상을 보게 될 것이다. 원의 가운데 부분은 밝게, 약간의 황색을 띤 무색으로 나타난다. 하지만 테두리 부분은 즉시에 자색으로 나타난다.

이 자색이 바깥에서부터 안쪽으로 원반 전체를 덮어가다가 마침내 밝게 빛나는 중심부를 완전히 몰아내기까지는 어느 정도 시간이 걸린다. 그러나 원반 전체가 자색이 되자마자, 테두리 부분은 청색으로 변하기 시작하며 차츰차츰 안쪽으로 자색을 몰아낸다. 상이 완전히 청색이 되면 테두리 부분은 어두워지고 무색이 된다. 무색의 테두리가 청색을 완전히 몰아내고 전체 공간이 무색이 되기까지는 상당한 시간이 걸린다. 그런 후에 상은 희미해짐과 아울러 작아지면서 차츰차츰 이지러진다. 여기에서 우리는 망막이 강한 외부의 자극에 대항하여 연속적인 반응을 보이면서 어떻게 점차로 회복되는가를 다시 본다(25. 26번 참조).

41 이 현상의 지속 시간에 대해서는 나의 눈으로 확인하고 또 여러 실험을 통해서 다음과 같이 일치된 결과를 얻었다.

눈을 부시게 하는 상을 5초 동안 본 후에 구멍을 막았다. 그 순간 나는 유색의 상이 어른거리는 것을 보았다. 13초 후에 그 상은 완전히 자색이 되었다. 그리고 상 전체가 청색이 되기까지는 다시 29초가 걸렸다. 그리고 그것이 무색이 되어 어른거리게 될 때까지는 48초가 걸렸다. 눈을 감았다 떴다 함으로써 상은 계속해서 다시 되살아났고(27번 참조), 약 7분이 지난 후에야 비로소 완전히 사라졌다.

미래의 관찰자들은 보다 강한 눈을 가졌느냐 아니면 보다 약한 눈을 가졌느냐에 따라 이 시간들을 더 짧다거나 더 길다고 판단하게 될 것이다(23번 참조). 그럼에도 불구하고 이 과정에서 특정한 시간적 비례를 발견할 수도 있다는 것은 매우 주목할 만한 일이다.

42 그러나 이 특이한 현상이 우리의 주목을 끌자마자 우리는 그것의 새로운 변이 형태를 만나게 된다.

앞에서 설명한 방식대로 우리는 눈 속에 빛의 인상을 받아들인다. 그리고 알맞게 조명된 방 안에서 밝은 회색의 물체를 바라본다. 그러면 눈앞에 다시 하나의 상이 나타난다. 하지만 그것은 검은색의 상으로서 차츰차츰 바깥쪽으로부터 녹색의 테두리를 두르게 된다. 그리고 이 녹색의 테두리는 이전의 자색 테두리와 꼭 마찬가지로 원반 전체로 번져나간다. 여기까지 진행되고 나면 이제 칙칙한 황색이 나타나는데, 이것은 앞의 실험에서의 청색과 마찬가지로 원반을 채워나가며 마침내는 무색에 의해 삼켜진다.

43 이 두 실험은 적당하게 밝은 방 안에서 검은색의 판지와 흰색의 판지를 나란히 놓아두고 눈이 빛의 인상을 유지하는 동안 두 판지를 번갈아가면서 응시함으로써 결합될 수 있다. 그러면 처음에는 자색과 녹색의 상이 번갈아 나타나며, 나중에는 나머지의 모든 상이 나타난다. 더 나아가 이 실험에 익숙해져서 어른거리는 상을 두 판지가 서로 맞닿아 있는 곳으로 가져가면 대립되는 두 색을 동시에 관찰할 수도 있다. 스펙트럼이 더욱 커지도록 판지들을 눈에서 더 멀리 놓아두면 둘수록 이 실험을 더 용이하게 해낼 수 있다.

44 저녁 무렵 어느 대장간에 들어섰다가 망치 아래로 빛을 발하는 쇳덩어리를 옮기는 것을 목격했다. 나는 그것을 응시하다가 몸을 돌려 우연히 문이 열려 있는 석탄 창고 속을 보게 되었다. 그 순간 놀랄 만한 자색의 상이 눈앞에 어른거리며 나타났다. 그리고 시선을 어두운 입구로부터 밝은 판자벽 쪽으로 돌리자, 배경의 어둡고 밝음에 따라 상은 때로는 녹색으로 때로는 자색으로 되었다. 나는 당시에 이 상의 소멸에 대해서는 주의를 기울이지 않았다.

45 망막의 완전한 마비 현상이 해소되는 것도 원형의 상이 소멸되는 것과 마찬가지로 진행된다. 눈〔雪〕에 의해 눈이 마비된 사람들

이 보게 되는 자색도 여기에 속하며, 햇빛 아래에서 흰색의 종이를 오랫동안 응시한 후 어두운 색의 물체들을 볼 때 나타나는 대단히 아름다운 녹색도 마찬가지 경우이다. 더 세세한 부분에 대해서는 학문을 위해 어느 정도 고통을 견뎌낼 수 있는 젊은 눈을 가진 사람들이 장차 연구하게 될 것이다.

46 저녁 노을을 받아 붉게 보이는 검은색의 활자도 마찬가지로 이 부류에 속한다. 앙리 4세가 기즈 공작과 함께 주사위 놀이를 하기 위해 앉았던 테이블 위에 핏방울이 나타났다는 이야기도 아마 마찬가지 경우에 속할 것이다.

5 유색(有色)의 상들

47 우리는 생리색을 처음에는 눈을 부시게 하는 무색의 상들의 소멸 과정에서, 그리고 흔히 나타나는 무색에 의한 망막 마비 현상이 해소되는 과정에서도 보았다. 우리는 이제 특정화된 색채가 눈에 주어질 때도 유사한 현상들을 보게 된다. 이 과정에서 우리가 여태까지 경험했던 사실들이 여전히 그대로 유지되어야 함은 물론이다.

48 무색의 상들의 경우와 마찬가지로 유색의 상들도 눈에 인상을 남긴다. 다만 이 경우에는 대립을 만들어내고, 대립을 통해서 총체성을 이루어내는 망막의 생동성이 더욱 명백하게 드러난다.

49 선명한 유색의 종이 또는 비단의 작은 조각을 적당한 밝기의 흰색 판지 앞으로 갖다 댄다. 그리고 그 조그만 유색의 표면을 어느 정도 응시한 후에 눈을 움직이지 말고 그 조각을 치운다. 그러면 흰색의 판지 위에 다른 색의 스펙트럼이 나타나는 것을 볼 수 있

다. 또한 유색의 종이를 그대로 놔둔 채로 흰색 판지의 다른 부분을 볼 수도 있다. 그러면 거기에서도 저 유색의 상을 볼 수 있다. 왜냐하면 유색의 상은 이제 눈에 내재한 상으로부터 생겨나기 때문이다.

50 이러한 대립에 의해서 도대체 어떠한 색들이 생겨나는지 단 시간 내에 알기 위해서는 원형의 색채 도판을 사용하는 것이 좋다. 이것은 자연스런 배열에 따라 마련되었기 때문에 여기에서 좋은 성과를 가져다줄 것이다. 요컨대 도판 위에서 서로 대칭을 이루고 있는 색들은 눈 속에서 번갈아가며 서로를 유도하는 색들이다. 그리하여 황색은 청자색을, 주황색은 청색을, 자색은 녹색을 유도하며 그 역도 마찬가지로 성립한다. 이런 식으로 모든 단계의 색들은 서로를 유도하고, 보다 순수한 색이 보다 복합된 색을 유도하며 그 역도 가능하다.[9]

51 일상생활 속에서는 우리가 생각하는 것보다 더 자주 여기에 해당하는 경우들이 생겨난다. 물론 주의 깊은 사람이라면 이러한 현상들을 도처에서 보게 된다. 이와 반대로 이러한 현상들은 교육받지 못한 사람들이나 우리 조상들에 의해서 일시적인 결함으로 간주되었으며, 심지어 눈병의 전조라도 되는 양 근심을 불러일으키기도 한다. 여기에서 몇 가지 중요한 사례들을 들어보기로 하자.

52 어느 날 저녁 무렵 나는 한 여관으로 들어갔다. 눈부시게 흰 얼굴과 검은 머리칼을 가진 몸집이 좋은 한 소녀가 진홍색 조끼를 입고 방 안으로 들어왔다. 나는 조금 떨어진 곳에 서 있는 소녀를 어스름 속에서 응시하였다. 그 후에 소녀가 되돌아나가는 순간, 나는 맞은편에 있는 흰색의 벽 위에서 밝은 빛으로 둘러싸인 검은색

---

9) 이러한 연속 대비를 헬름홀츠와 영 Young은 망막의 부분적인 피로 현상으로 설명한다.

의 얼굴을 보았으며 그 밖에 정말 뚜렷한 윤곽을 보이는 의복은 아름다운 담록색으로 나타났다.

53 광학 기구를 통해서 보면 색과 음영을 가진 흉상들은 자연이 보여주는 것과 정반대의 모습으로 나타난다. 잠시 동안 그것들을 보고 나면 사람들은 그러한 가상을 거의 자연스러운 것으로 여기게 된다. 이 사실은 그 자체로 정당하며 경험에 충실한 것이다. 왜냐하면 앞에서 예를 든 경우에서 흰색의 허리띠를 두른 흑인 여자가 검은색으로 둘러싸인 흰색의 얼굴을 하고 나타날 수 있기 때문이다. 단 일반적으로 조그마하게 그려진 그림들에 있어서는 가상의 부분들을 아무나 쉽게 알아낸다고 볼 수는 없다.

54 이미 오래전부터 자연 탐구자들의 주목을 받았던 한 현상도 확신컨대 이러한 현상들로부터 설명될 수 있다. 사람들이 전하는 바에 의하면 어떤 종류의 꽃들은 여름날 저녁 무렵이면 얼마간 번쩍이며 인광을 발하거나 순간적으로 빛을 발산한다고 한다.[10] 몇 명의 관찰자들은 이러한 경험을 더 자세하게 보고한다.

나는 이 현상 자체를 관찰하려고 종종 시도했으며, 심지어는 그것을 만들어내고자 인위적인 실험을 하기도 했다.

1799년 6월 19일 늦은 저녁 무렵, 청명한 밤으로 넘어가는 황혼 속에서 한 친구와 이리저리 정원을 거닐다가 나는 다른 어떤 꽃들보다도 강렬한 붉은색을 가진 동양 양귀비꽃들 주위로 불꽃과 같은 것이 매우 선명하게 나타나는 것을 목격했다. 우리는 그 초목들 앞으로 다가가서 유심히 바라보았으나 더 이상 아무것도 발견할 수 없었다. 거듭해서 이리저리 왔다갔다하며 그것들을 비스듬한 방향에서 관찰하다가 마침내 우리는 그 현상을 원하는 만큼 반

---

10) 꽃의 번쩍임 현상에 대해서는 괴테 이전에 이미 린네 E. Linne가 관찰하고 기술해 놓았다.

복해서 관찰하는 데 성공했다. 그것은 생리색의 현상이며, 번쩍거리는 빛은 실제로는 눈 속에서 청록색으로 유도되어 나타난 꽃의 가상임이 밝혀졌다.

우리가 눈을 똑바로 뜨고 꽃을 바라보면 그러한 상은 나타나지 않지만, 시선을 이리저리 움직이면 즉시 그 상이 나타날 것이다. 또한 눈을 가늘게 뜨고 흘겨보면 순간적으로 이중의 상이 나타나는데, 이때 꽃의 가상은 원래의 상 바로 곁에 겹쳐서 관찰된다.

눈이 온전한 휴식을 취하고 감응력이 높아지게 된 것은 황혼 때문이다. 그리고 양귀비꽃의 색은 가장 긴 낮을 가진 여름 황혼 무렵에 완벽하게 작용하여 피유도상(被誘導像)을 불러일으킬 만큼 충분히 강렬하다.

나는 이러한 현상을 실험으로 입증할 수 있으며, 조화(造花)를 사용해서도 동일한 효과를 가져올 수 있다고 확신한다.

어쨌든 자연 속에서의 경험에 대비하려면 정원을 거닐면서 유색의 꽃들을 응시하고 그 즉시 모래 길을 바라보는 습관을 길러야 한다. 그러면 이 모래 길 위에 대립색의 얼룩이 흩뿌려지는 것을 보게 될 것이다. 이러한 경험은 구름 낀 날에도, 또한 아주 밝은 햇빛 아래에서도 할 수 있다. 햇빛은 꽃의 색의 순도를 높이며, 그 색으로 하여금 피유도색을 충분히 불러일으키도록 만든다. 그리고 눈부신 빛 아래에서도 피유도색을 볼 수 있도록 작용한다. 그리하여 작약꽃은 아름다운 녹색을, 카렌델꽃은 생생한 청색 스펙트럼을 불러일으키는 것이다.

55 유색 상들을 가지고 실험할 때 망막의 각 부분에서는 색채 변환이 규칙적으로 일어난다. 이와 동일한 색채 변환은 망막 전체가 하나의 색에 의해 자극받을 때도 생겨난다. 이것에 대해서 우리는 유색의 유리판들을 눈앞에 갖다 댐으로써 확인할 수 있다. 청색의

유리판을 통해서 잠시 동안 들여다보라. 그러고 나서 유리판을 치우고 바라보면 날이 흐릿하고 주위 풍경이 마치 가을인 것처럼 무색임에 불구하고 세상은 마치 태양빛을 환하게 받은 것처럼 보인다. 마찬가지로 녹색 안경을 벗는 순간 물체들이 불그스레한 색으로 빛나는 것을 본다. 그러므로 나는 눈을 보호할 요량으로 녹색 유리나 녹색 종이를 사용하는 것은 바람직하지 않다는 생각을 하게 된다. 왜냐하면 모든 색채 첨부는 눈에 폭력을 가하며 눈으로 하여금 대립을 강요하기 때문이다.

56 우리는 지금까지 대립색들이 망막 위에서 연속적으로 서로를 유도하는 것을 보아왔다. 이제 남은 것은 이러한 원리에 따른 유도 현상이 또한 동시에 이루어질 수도 있음을 보는 것이다. 망막의 한 부분을 하나의 유색 상이 차지하면 나머지 부분은 즉시에 알아차리고 거기에 대응하는 색들을 만들어낼 태세를 갖춘다. 앞의 실험에 이어서 이를테면 흰색의 표면 앞에 황색의 종잇조각을 갖다 놓고 바라보면 눈의 나머지 부분은 즉시 그 무색 표면에 청자색을 생성시키려고 한다. 하지만 소규모의 황색은 이 현상을 분명히 보여줄 만큼 충분하게 강력하지는 않다. 그러나 황색의 벽에 흰색 종이들을 갖다 대면 그것들은 청자색의 색조를 띠게 된다.

57 우리는 모든 색들을 가지고 이 실험을 할 수 있지만, 유별나게 서로를 불러일으킨다는 점에서, 특히 녹색과 자색을 추천하는 것이 좋겠다. 일상생활에서도 이러한 사례들은 자주 일어난다. 줄무늬 혹은 꽃무늬가 있는 모슬린을 통해서 녹색 종이를 관찰하면 줄무늬나 꽃무늬가 불그스레하게 보인다. 그리고 녹색의 미닫이창을 통해서 보면 회색의 집도 마찬가지로 불그스레하게 보인다. 출렁이는 바다의 자색도 또한 피유도색이다. 파도의 빛을 받은 부분은 원래의 색인 녹색으로 보이지만, 그늘진 부분은 그 대립색인 자색

으로 보이는 것이다. 눈에 들어오는 파도의 다양한 방향도 마찬가지의 효과를 가져온다. 적색이나 녹색 커튼의 틈새로 보면 바깥의 물체들은 피유도색을 불러일으킨다. 더욱이 이러한 현상들은 주의 깊은 사람이라면 귀찮을 정도로 도처에서 목격하게 된다.

58 우리는 지금까지 이러한 작용들의 동시성을 직접적인 사례들을 통해 알게 되었다. 이제 우리는 이와 역방향으로 진행되는 사례들로부터도 동일한 작용을 확인할 수 있다. 아주 선명한 주황색 종이를 흰색의 표면 앞에 가져다 놓고 응시하면, 우리는 (주황색 부분을 제외한) 나머지 표면 위에서 희미하게 유도된 청색을 식별하게 된다. 그러나 주황색 종이를 제거하면 그 자리에 청색의 가상이 나타나며, 이것이 또렷하게 남아 있는 순간 동안 나머지 표면은 일종의 뇌우에서 볼 수 있는 것과 같은 불그스레한 황색의 가상으로 뒤덮인다. 여기에서 관찰자는 이러한 규칙성의 풍성한 작용을 생생하게 목격한다.

59 피유도색은 그와 동일한 색이 없는 곳에서는 유도색에 감응하여 희미하게 나타나지만, 그것이 있는 곳에서는 순도가 높아진다. 회색의 석회암으로 포장되어 있고, 그 사이사이로 풀이 자라난 마당에 저녁나절 구름이 거의 눈에 띄지 않는 불그스레한 빛을 포석(鋪石) 위로 던지면 풀은 더할 나위 없이 아름다운 녹색으로 나타난다. 이와 반대로 적당히 밝은 하늘 아래 초원을 거닐면서 눈앞에 녹색만을 보고 있는 사람은 나뭇가지와 길들이 불그스레하게 되는 것을 자주 목격한다. 풍경화가들, 특히 수채화 물감으로 작업하는 풍경화가들의 작품에서 이러한 색조가 자주 나타난다. 아마도 그들은 그 색조를 자연 속에서 보고 무의식적으로 흉내 내었을 것이다. 그래서 그들의 작품이 비자연적이라고 비난받게 된다.

60 시각(視覺)의 원리를 보여주는 이러한 현상들은 색들에 대한 앞으로의 관찰에 필수적인 조건이기 때문에 매우 중요하다. 게다가 눈은 자신의 총체성을 요구하며 자체 내에 색채환(色彩環)을 갖추고 있다. 황색에 의해 유도된 청자색 속에는 적색과 청색이 들어 있으며, 청색에 상응하는 주황색 속에는 황색과 적색이 들어 있다. 녹색은 청색과 황색의 결합이며 적색을 유도해 낸다. 이처럼 극도로 다양한 혼합에 의해 모든 단계의 색들이 나타난다. 이 경우 세 가지 기본색을 가정해야 한다는 사실은 관찰자들에 의해 이미 오래전에 밝혀진 것이다.

61 결합된 구성 요소들이 총체성 속에서도 여전히 분명하게 드러난다면 우리는 그것을 조화라고 불러 마땅하다. 색채 조화의 이론이 어떻게 이러한 현상들로부터 추론되며, 어떻게 이러한 특징들에 의해서만 색이 심미적 용도로 쓰일 수 있는가 하는 문제는 다양한 관찰들을 두루 거친 후 우리가 출발했던 지점으로 되돌아간 후에야 해명될 것이다.

6 유색 그림자

62 더 나아가기 전에 우리는 이처럼 활기 차게 유도되고, 나란히 존재하는 색들의 진기한 사례들을 관찰해야 한다. 특히 유색 그림자들에 주목함으로써 말이다. 이것들로 넘어가기 위해 우리는 우선 무색 그림자들을 관찰해야 한다.

63 태양에 의해 흰색 표면에 생겨난 그림자는 태양의 힘이 충분하게 작용하는 한 아무런 색의 느낌도 주지 않는다. 이 그림자는 검게 보이거나 혹은, 만일 역광(逆光)이 밀치고 들어올 수 있는 경우

라면, 더 약하고 희미하게 회색으로 나타난다.

64 유색 그림자가 생겨나기 위해서는 두 가지 조건이 필요하다. 첫째, 작용력이 있는 빛이 어떠한 방식으로든 흰색 표면을 채색해야 한다. 둘째, 역광이 기존의 그림자를 어느 정도 비추어주어야 한다.

65 황혼 무렵에 희미하게 타오르는 양초를 흰색 종이 위에 올려놓는다. 그리고 이 양초와 사그라져가는 햇빛 사이에, 양초가 던지는 그림자가 희미한 햇빛에 의해 비추어지기는 하나 제거되지는 않도록, 연필을 수직으로 세운다. 그러면 그 그림자는 아주 아름다운 청색이 된다.

66 이 그림자가 청색이라는 것은 즉시 알게 된다. 그러나 주의를 기울여야만 흰색 종이가 불그스레한 황색 표면 역할을 하며, 바로 이 희미한 비침에 의해 저 청색이 눈 속에서 유도되었다는 사실을 확인할 수 있다.

67 그러므로 모든 유색 그림자들의 경우 우리는 그것들이 드리워진 표면을 보고 유도색을 추측해야 한다. 그리고 더욱 주의를 기울여 관찰하면 그 유도색을 알아볼 수 있다.

68 밤에 타오르는 두 개의 양초를 흰색의 표면 위에 서로 마주 보게 놓아라. 그리고 두 개의 그림자가 생겨나도록 두 양초 사이에 가는 막대기를 수직으로 세워라. 유색의 유리판을 집어서 한쪽의 양초 앞에 갓다 대어 흰색 표면이 채색되도록 한다. 그러면 그 순간 이제 채색된 빛에 의해 던져지고 무색의 빛에 의해 비추어진 그림자는 피유도색을 드러낸다.

69 여기에서 우리가 자주 돌이켜보게 될 중요한 관찰이 등장한다. 색 자체가 하나의 그림자인 것이다. 그러므로 키르허 Kircher가 그것을 그림자색 lumen opacatum이라고 부른 것은 정말로 지당하다.

색은 그림자와 인척 관계인 만큼 그림자와 잘 결합하며, 계기만 주어진다면 그림자 안에서 또 그림자를 통해서 우리에게 나타난다. 그리고 우리는 유색 그림자를 계기로, 그 유추와 전개를 나중에서야 다루게 될 하나의 현상을 언급하지 않을 수 없다.

70 황혼 무렵 사그라져가는 태양이 여전히 그림자를 드리울 수 있는 시간을 택하라. 이 그림자는 양초 빛에 의해서 완전히 제거되어 버리지는 않는다. 오히려 이중의 그림자가 생겨나는데, 하나는 양초 빛으로부터 태양 쪽으로 드리워지며, 다른 하나는 태양으로부터 양초 빛 쪽으로 드리워진다. 전자가 청색이라면, 후자는 선명한 황색으로 보인다. 그러나 이 선명한 황색은 원래 전체 종이 위로 양초 빛에 의해 퍼져나간 불그스레한 황색의 미광이 그림자 속에서 나타난 것일 뿐이다.

71 여기에 대해서는 양초 두 개와 유색의 유리판들을 가지고 시도한 앞의 실험으로 아주 잘 확인할 수 있다. 믿을 수 없을 정도로 용이하게 그림자가 색을 받아들인다는 사실도 반사광을 더욱 자세하게 관찰하거나 그 밖의 다른 방법에 의해 마찬가지로 거듭해서 언급되고 있는 바이다.

72 이로써 여태까지 관찰자들을 매우 번거롭게 했던 유색 그림자 현상도 쉽게 설명되었다고 할 수 있을 것 같다. 앞으로 유색 그림자를 다루게 될 사람은 그것이 나타나는 밝은 표면이 어떤 색으로 채색되는지를 관찰하기만 하면 된다. 말하자면 우리는 그림자의 색을, 비추어진 표면의 색채 계측기로 간주할 수 있다. 그림자의 색에 대립되어 표면 위에 나타날 색을 우리가 추측할 수 있고 또 더 자세히 관찰하면 그것을 어떤 경우에든 알아볼 수 있으니 말이다.

73 이제 쉽게 유추해서 설명할 수 있는 이러한 유색 그림자들은 지금까지는 커다란 골칫덩어리였다. 그것들은 대개 노천(露天)에서

관찰되었고 특히 청색으로 나타났기 때문에, 공기의 어떤 은밀한 청색 속성과 청색으로 채색하는 속성에서 생겨난 것으로 여겨졌었다. 그러나 우리는 앞서 방 안에서 양초를 가지고 한 실험에서 어떠한 종류의 청색 미광이나 반사광도 필요하지 않다는 점을 확인할 수 있다. 말하자면 잿빛으로 흐린 날, 심지어 흰색 커튼을 친 채 청색이라고는 조금도 없는 방 안에서 실험을 하는데도, 청색 그림자가 더욱더 아름답게 모습을 드러내는 것이다.

74 소쉬르H. B. Saussure[11]가 그의 『몽블랑 여행기』에서 말한다.

두번째의 예사롭지 않은 관찰은 그림자들의 색에 관한 것이다. 여기서는 아무리 세밀하게 관찰해도 짙은 청색의 음영을 결코 보지 못했다. 평원에서는 종종 발견할 수 있는데 말이다. 그와 반대로 그림자들은 쉰아홉 차례의 관찰 중에서 한 번은 황색으로, 여섯 번은 옅은 청색으로, 열여덟 번은 무색 또는 검은색으로, 그리고 서른네 번은 옅은 자색으로 나타났다.

일부 물리학자들은 이러한 색들이 우연적으로 발생하며, 대기 속에 흩어져 있고, 그림자에 독특한 색조를 부여하는 운무에서 유래하는 것이지 그 어떤 대기색이나 반사된 하늘의 색에 의해서 야기되지는 않았다고 생각하는데, 우리의 관찰은 그들의 견해를 뒷받침하는 것처럼 보인다.

소쉬르가 보고한 경험들을 우리는 이제 간편하게 정리할 수 있다. 고산 지대의 하늘은 대체로 운무가 끼지 않는다. 태양은 온 힘을 다해 작용하기 때문에 눈은 더할 나위 없이 희게 빛난다. 이

---

11) 스위스의 자연과학자이자 등산가. 지질학, 물리학, 기상학, 생물학 등에 많은 업적을 남겼으며 과학적 등산의 아버지라고도 불린다.

경우에 그들의 눈에 그림자들은 완전히 무색으로 나타난다. 대기에 약간의 운무가 스며들고 이로 인해 눈이 황색의 색조를 띠게 되자 청자색의 그림자들이 나타나며, 또한 이것들이 가장 많은 경우를 차지한다. 그들은 드물긴 하지만 푸르스름한 그림자들도 본다. 청색과 청자색의 그림자들이 희미하게만 나타나는 것은 밝고 청명한 주위 환경이 그림자의 농도를 감소시키기 때문이다. 단 한 차례 그들은 황색의 그림자를 목격하는데, 그것은 앞서(70번 참조) 보았듯이 무색의 역광에 의해 드리워진 그림자가 색을 부여하는 주광원(主光源)에 의해 비추어질 때 생겨난다.

75 겨울에 하르츠 산지(山地)를 여행하던 중 저녁 무렵에 브로켄 산을 내려왔을 때였다. 오르락내리락하는 드넓은 평지에는 눈이 쌓여 있었다. 황무지는 눈으로 덮였고, 여기저기 흩어져 서 있는 나무와 바위는 모두 완전한 회백색이었다. 태양은 막 오데르의 못지대로 지고 있었다.

낮 동안 눈이 황색의 색조를 띠고 있을 때, 이미 희미하게 청자색의 그림자들이 드리워져 있었다. 햇빛을 받고 있는 지대가 순도 높은 황색을 반사시키면 그 그림자들은 당연하게도 선명한 청색이 되었다.

그러나 마침내 일몰이 다가오고 더욱 짙은 운무에 의해 한껏 부드러워진 광선이 내 주위의 세계를 아주 아름다운 자색으로 온통 물들였을 때, 그림자는 녹색으로 바뀌었다. 이것은 그 밝기에 있어서는 담록색에, 그 아름다움에 있어서는 에메랄드 색에 비교될 수 있었다. 이 현상이 점점 더 생생하게 드러나자, 우리는 마치 요정의 세계에 와 있는 것처럼 생각되었다. 모든 것이 생기 있고 너무도 아름답게 조화를 이루는 두 가지 색의 옷으로 치장을 했으며, 마침내는 일몰과 함께 그 장려한 장면이 잿빛의 황혼 속으로,

그리고 차츰차츰 달과 별이 빛나는 밤 속으로 사라졌던 것이다.

76 유색 그림자의 가장 아름다운 것들 중 하나는 만월에 관찰할 수 있다. 양초 빛과 달빛은 완벽하게 균형을 이룰 수 있다. 두 그림자는 동일한 농도와 선명함으로 나타나기 때문에, 두 색은 완전하게 균형을 이룰 수 있다. 판지는 만월의 빛을 받도록 세워놓고, 촛불은 적당한 간격을 두고 약간 옆에 세워둔다. 그리고 판지 앞에 불투명한 물체를 갖다 놓는다. 그러면 이중의 그림자가 생겨나는데, 달에 의해 드리워지고 촛불이 비추어주는 그림자는 선명한 주황색이 되며, 그 반대로 촛불에 의해 드리워지고 달이 비추어주는 그림자는 아주 아름다운 청색으로 나타난다. 그 그림자가 서로 만나 하나로 결합되는 곳에는 검은 그림자가 나타난다. 황색의 그림자가 이보다도 더 눈에 잘 띄게 나타나는 경우는 없을 것이다. 바로 가까이에 있는 청색의 그림자, 그리고 황색과 청색 그 중간에 위치하는 검은 그림자는 그만큼 더 이 현상을 쾌적하게 보이도록 한다. 만일 시선을 판지 위에 오랫동안 머무르게 하면, 피유도색인 청색이 유도색인 황색을 다시 유도하면서 황색의 순도를 더 높여 주홍색이 되게 하고, 이것은 다시 그 대립색인 일종의 담록색을 불러일으킨다.

77 여기서 피유도색을 생겨나게 하기 위해서는 어느 정도 시간이 필요하다는 것을 언급하지 않을 수 없다. 망막은 피유도색이 생생하게 나타나기 전까지 유도색에 의해 충분히 자극받아야 한다.

78 잠수부들이 바다 속에 들어가 있고 햇빛이 그들의 종(鍾) 모양 잠수기를 비추게 되면, 그 잠수기를 에워싸고 있는 빛을 받은 모든 것은 자색이 된다(그 원인에 대해서는 앞으로 설명하겠다). 반면에 그림자들은 녹색으로 보인다. 내가 높은 산에서 보았던 것(75번 참조)과 똑같은 현상을 잠수부들은 깊은 바다 속에서 발견한다.

이처럼 자연은 자연 자체와 완전하게 일치한다.[12]

79 유색 상들을 설명한 단원과 유색 그림자들을 다룬 단원 사이에
    얼마간 끼워져 있는 약간의 경험과 실험에 대해 여기에서 다시 보
    충하기로 한다.

    겨울날 저녁에 방의 창문 안쪽에 흰색의 종이 덧문을 만들고 거
    기에 구멍을 낸다. 그리고 그 구멍을 통하여 어느 정도 가까이에
    있는 지붕 위의 눈을 볼 수 있게 한다. 바깥은 아직 어스레하기
    때문에 방 안으로 빛이 들어온다. 그때 구멍을 통하여 보이는 눈
    〔雪〕은, 종이가 촛불에 의해 황색으로 채색되어 있기 때문에 완전
    한 청색으로 나타난다. 구멍을 통해 보이는 이 눈이 여기에서 역
    광에 의해 밝혀진 그림자, 다시 말하자면 황색 표면 위에 드리워
    진 회색 상의 자리를 대신 차지하고 있는 것이다.

80 어느 정도 단단한 녹색 유리판을 집어 들어 거기에 창살들이 비
    치게 하면, 그 창살들은 이중으로 나타난다. 게다가 유리판의 아
    래쪽 부분에 생긴 상은 녹색으로 보이며, 반대로 위쪽 부분에 생
    긴 상은, 본래는 무색으로 나타나게 되어 있는 것이지만 이제 자
    색으로 보인다.

    그 바닥이 거울과 같은 성질을 가지고 있고 또 물을 채울 수 있
    는 물통을 이용해서 우리는 매우 재미있는 실험을 할 수 있다. 요
    컨대 그 물통에 우선 맑은 물을 채우면 무색의 상들이 나타나지
    만, 그 물을 채색하면 유색 상들을 만들어낼 수 있다.

---

12) 자기 자신과 일치하는 자연으로부터 괴테는 예술에 도달한다. 그에게 있어서
    예술이란 자연의 모방이 아니라 또 다른 자연이다. 양자는 동일한 법칙을 따르
    며, 근원적 힘의 표현이다.

7 약하게 작용하는 빛들

81 강한 빛은 순수하게 흰색으로 보이며, 이러한 인상을 또한 극단적인 눈부심으로 보여준다. 자신이 가진 힘을 다 발휘하지 않는 빛도 다양한 조건하에서 무색으로 나타난다. 몇몇의 자연 탐구가와 수학자들은 이러한 빛의 등급을 측정하려고 시도해 왔다. 람베르트,[13] 부게,[14] 럼퍼드[15]가 그들이다.

82 하지만 약하게 작용하는 빛에서는 소멸하는 상들에게서 보이는 것과 같은 색채 현상이 즉시 일어난다(39번 참조).

83 어떤 빛은 어쨌든 그 에너지가 감소되거나 아니면 눈이 빛의 작용을 충분하게 받아들이지 않으려는 상태에 빠지게 될 때 약하게 작용한다. 객관적이라고 이름 붙일 수 있는 전자의 현상들은 물리색에서 나타난다. 우리는 여기에서 가열된 쇠에서 일어나는 백열 상태에서 적열 상태로의 변화만을 언급하기로 한다. 못지않게 우리는 양초들이 밤 동안에도 눈으로부터 멀리 있으면 있을수록 더욱더 붉게 보인다는 점을 말하고자 한다.

84 밤에 켜놓은 촛불은 그 주변에서 하나의 황색 빛으로서 작용한다. 우리는 그것을 다른 색들에 미친 영향에서 알 수 있다. 엷은 황색은 밤에는 흰색과 거의 구분되지 않는다. 청색은 녹색에, 장미색은 주황색에 근접한다.

85 황혼 무렵에 촛불의 빛은 황색으로 생기 있게 작용하는데, 이때 눈 속에서 유도되는 청색 그림자들이 그 황색을 아주 잘 드러나게

---

13) J. H. Lambert(1728-1777) : 독일의 물리학자이자 철학자, 천문학자, 수학자. 광학을 연구하여 『광도측정법』(1760) 등을 간행하고 람베르트 광도계를 제작하였다.

14) P. Bouguer(1698-1758) : 프랑스의 물리학자이자 천문학자.

15) B. T. Rumford(1753-1814) : 영국의 정치가이자 군인, 물리학자.

한다.

86 망막은 강한 빛에 의해 약한 빛들을 알아보지 못할 정도까지 자극받을 수 있다(11번 참조). 만일 망막이 약한 빛들을 감지한다면 그것들은 색을 띠고 나타난다. 그러므로 촛불은 낮 동안에 불그스레하게 보이며, 마치 소멸하는 빛인 것처럼 작용한다. 밤에 더 오래, 더 뚫어지게 바라보면 볼수록 촛불은 더욱 붉게 보인다.

87 그럼에도 불구하고 가장 선명할 때의 달처럼 망막 위에 흰색의, 잘하면 밝은 황색의 상을 만드는 약한 빛들도 있다. 시들시들 타고 있는 장작은 심지어는 일종의 푸르스름한 빛을 내기도 한다. 이 모든 색채에 대해서 앞으로 다시 언급하게 될 것이다.

88 밤에 흰색이나 황색의 벽 가까이로 등불을 가져가면 그 벽은 중심부로부터 상당한 넓이에 이르기까지 밝아진다. 그때 생기는 원을 약간의 거리를 두고 관찰하면, 밝아진 표면의 테두리 부분은 황색의 원으로, 보다 더 바깥 부분은 주황색의 원으로 에워싸인다. 그리고 등불이 빛을 비추거나 반사시키면서 최대한의 에너지로 작용하지 않는다면, 그것은 우리의 눈에 황색, 불그스레한 색, 심지어는 적색의 인상을 준다는 사실을 깨닫게 될 것이다. 여기에서 우리는 빛이 발해지는 지점들 주위에서 이러저러한 방식으로 목격하게 되는 광환(光環)들로 넘어가는 다리를 발견한다.

8 주관적 광환(光環)들

89 광환들은 주관적인 것과 객관적인 것으로 나눌 수 있다. 후자는 물리색 부분에서 다루어질 것이므로, 여기에서는 전자만을 살펴보기로 한다. 주관적 광환은 망막 위에 광환을 불러일으키는 발광체

를 덮어버리면 사라진다는 점에서 객관적 광환과 차이가 난다.

90 우리는 앞에서 빛을 발하는 상이 망막에 주는 인상과 그 상이 망막 위에서 어떻게 확대되는가를 보았다. 그러나 이것으로써 그 작용이 끝나는 것은 아니다. 상은 상으로서만 작용하는 것이 아니라 또한 에너지로서 자신을 넘어선다. 그것은 중심에서부터 가장자리로 퍼져나간다.

91 빛을 발하는 상 주위에 나타나는 그러한 광환이 우리 눈 속에서 유도된다는 사실은 어두운 방 안에서 덧창에 나 있는 적당한 크기의 구멍을 통해 바깥을 내다볼 때 가장 잘 확인할 수 있다. 이때 밝은 상의 주변은 어슴푸레한 연무(煙霧)로 둥그스름하게 감싸인다.

92 광환은 눈이 충분한 휴식을 취하여 감응력이 고조되었을 때 가장 선명하게 나타난다. 배경이 어두울 때도 못지않게 잘 나타난다. 그러므로 밤에 잠이 깨어 있는 동안 우리에게 빛이 비치면 광환을 아주 분명하게 보게 되는 것은 이 두 요인 때문이다. 데카르트가 배 안에서 앉은 채로 잠이 들었다가 등불 주위에서 그토록 생생한 유색광들을 보았던 것도 이러한 조건들이 함께 충족되었기 때문이다.[16]

93 눈에 광환이 나타나게 하려면 빛의 세기가 적절해야지 눈을 부시게 할 정도여서는 안 된다. 눈을 부시게 하는 빛의 광환은 나타날 수가 없다. 그러므로 우리는 수면(水面)에서 반사되어 눈으로 들어오는 태양의 둘레에서 그러한 햇무리를 보게 되는 것이다.

94 자세히 관찰하면 그러한 광환의 테두리는 황색의 띠로 둘러싸여 있다. 물론 이것으로써 저 에너지 작용이 끝나는 것은 아니다. 그것은 여러 형태의 원들로 모습을 바꾸어가면서 계속 작용을 하는

---

16) 데카르트는 이 현상을 1636년 암스테르담으로 가는 여행 도중에 관찰하였다.

것처럼 보인다.

95   망막이 일으키는 원형(圓形)의 작용을 가리키는 많은 사례들이
있다. 물론 그러한 현상이 눈 자체 그리고 눈의 다른 부분들의 둥
근 모습에 의해서 혹은 다른 방식으로부터 비롯된 것인지도 모르
기는 하지만 말이다.

96   콧등과 맞닿은 눈의 안쪽 부분을 살짝 누르기만 하면 다소간 어
둡거나 밝은 원들이 생겨난다. 밤 동안에는 누르지 않더라도 이따
금 그러한 원들이 연쇄적으로 나타나는 것을 볼 수 있는데, 그들
중의 어떤 것은 다른 것으로부터 생겨나며, 또 어떤 것은 다른 것
에 의해 삼켜지기도 한다.

97   우리는 가까이 세워진 등불에 의해 밝게 비춰진 흰색의 공간 둘
레에 나타나는 황색의 테두리를 이미 보았다. 이것은 아마도 일종
의 객관적 광환일 것이다(88번 참조).

98   우리는 주관적 광환을 빛과 생동하는 공간 사이의 갈등으로 생
각할 수 있다. 움직이는 것과 움직여지는 것 사이의 갈등으로부터
파상(波狀) 운동이 생겨난다. 우리는 물속의 고리들이라는 비유를
들 수 있다. 던져진 돌은 물을 모든 방향으로 밀쳐내며, 그 영향
은 최고도에 달했다가 사그라들면서, 이제는 반대로 최저점에 도
달한다. 작용은 계속되고 새로이 정점에 도달하며 그러한 식으로
순환은 반복된다. 잔의 테두리를 마찰시킴으로써 일정한 음향을
내려고 시도하는 경우 물이 차 있는 잔 속에서 생겨나는 동심원들
을 기억해 보라. 그러면 우리가 빛을 발하는 물체를 보았을 때 망
막에서 일어날 현상에 대해 상상으로 그려볼 수 있을 것이다. 다
만 다른 점은 망막은 생동하는 조직으로서 이미 그 속에 원을 생
겨나게 하는 속성을 가지고 있다는 사실이다.

99   빛을 발하는 상 둘레에 나타나는 밝은 원형의 띠는 적색을 띤

황색으로 나타난다. 그 다음에는 적색의 테두리로 둘러싸인 녹색의 원이 이어진다. 이것은 일정한 크기의 발광체에서 보통 일어나는 현상이다. 이러한 광환들은 우리가 빛을 발하는 상으로부터 멀리 떨어져 있을수록 더욱 커진다.

100 그러나 만일 첫번째 자극이 크기는 작으나 강력하다면 눈 속에서 광환은 무한히 작게 그리고 반복적으로 나타날 수 있다. 땅에 놓인 채 햇빛을 받고 있는 금제품들을 가지고 실험할 때 가장 효과적이다. 이 경우 광환들은 다채로운 광채를 발하며 나타난다. 나뭇잎들 사이를 통과한 태양이 눈[雪]에 만들어내는 저 색채 현상도 이 부류에 속한다.

보충 설명: 병리색(病理色)

101 우리는 생리색에 대해 그것을 병리색과 구분할 수 있을 만큼 충분히 알게 되었다. 우리는 이제 어떠한 현상들이 건강한 눈에 속하는 것이며 또한 필요한 것인지 안다. 그 기관이 온전하게 살아 있고 작용하는 것이 되기 위해서 말이다.

102 병적인 현상들은 말하자면 유기체 구성의 원칙과 물리적 원칙을 드러낸다. 왜냐하면 특정한 생명체가 그 생성 원칙에서 벗어나게 된다면, 그 생명체는 언제나 원칙적인 방식에 따라 보편적인 생명으로 나아가려고 애쓰기 때문이다. 그리하여 그 전체 도정에서 세계가 그로부터 생겨나고 그것을 통해 세계가 통합되는 저 원리들이 명백히 드러나는 것이다.

103 여기에서는 우선 많은 사람들의 눈이 처하고 있는 하나의 매우 진기한 상태에 대해 고려해 보기로 하자. 색을 보는 데 있어서 일

상적인 방식에서 벗어나 있는 경우는 아마도 병적인 상태일 것이다. 그런데 그러한 상태가 규칙적으로 반복되고, 빈번하게는 다수의 가족 구성원들에게까지 파급되어 있고 또 치유 불가능한 상태라면 이는 극단적인 경우로 보아 무방할 것이다.

104 나는 그러한 상태에 있는 스무 살이 넘지 않은 두 사람을 알고 있었다. 두 사람의 눈은 청회색이었으며 가까운 곳이나 먼 곳, 햇빛 아래에서나 촛불 아래에서도 또렷하게 볼 수 있었고, 색을 보는 방식도 대체적으로 보아 보통 사람들과 완전히 일치했다.

105 그들은 흰색, 검은색 그리고 회색을 보통 방식대로 부르는 점에서 우리와 일치한다. 흰색의 경우 그들은 둘 다 아무런 혼합색 없이 그대로 보았다. 한 사람은 검은색에서 약간의 갈색이, 회색에서 약간의 붉은빛이 보인다고 말했다. 대체로 그들은 밝음과 어둠의 단계를 매우 예민하게 느끼는 것 같았다.

106 그들은 황색, 주황색과 주홍색도 우리 방식대로 보는 것 같았다. 마지막 색의 경우에 그들은 황색이 적색 위에서 마치 유약을 바른 것처럼, 흔들거리는 것처럼 보인다고 말한다. 물감 접시 중간 부분에 위치한 바싹 건조된 진홍색을 그들은 적색으로 보았다.

107 그러나 이제 눈에 띄는 차이점이 드러난다. 적신 붓으로 흰색의 물감 접시 위에 진홍색을 가볍게 칠해 보라. 그러면 그들은 이때 생겨나는 밝은 색을 하늘색에 비교하면서 그것을 청색이라고 부른다. 그 곁에 장미를 가져다 놓으면 그들은 이것도 청색이라고 말하며 어떤 식으로 시험해 보아도 담청색을 장미색과 구분하지 못한다. 그들은 장미색, 청색과 청자색을 완전히 혼동한다. 약간의 명도 변화를 주어 더 밝게, 더 어둡게, 더 생기 있게, 더 희미하게 만듦으로써 비로소 그들은 이 색들을 서로 구분할 수 있는 것처럼 보인다.

108 더 나아가 그들은 녹색을 짙은 주황색, 특히 적갈색과 구분하지 못한다.

109 그들과 이야기를 나누다가 우연히 이러한 대상들에 대해 묻게 될 경우, 사람들은 매우 당황스러워하며 정신착란에 빠지지 않을 까 두려워한다. 그러나 약간의 방법을 동원하면 이 반법칙성의 법 칙에 훨씬 더 가까이 접근하게 된다.

110 위에서 볼 수 있는 바와 같이 그들은 우리보다 적은 색을 가지고 있다. 그리하여 상이한 색을 서로 혼동하는 것이다. 그들은 하늘 을 장미색으로 보며, 장미를 청색으로 혹은 그 반대로 본다. 이제 의문이 든다. 그들은 이 둘을 청색으로 보는가, 아니면 장미색으 로 보는가? 그들은 녹색을 주황색으로 아니면 주황색을 녹색으로 보는가?

111 이 묘한 수수께끼들은 그들이 청색을 보는 것이 아니라 그 자리 에서 엷은 자색, 장미색, 밝고 순수한 적색을 본다는 사실을 받아 들이면 풀릴 수 있는 것처럼 보인다. 상징적으로 우리는 이러한 해법을 일단 다음과 같이 생각해 볼 수 있다.

112 우리 자신의 색채환에서 청색을 제거하면, 우리에게는 청색, 청자 색과 녹색이 결여된다. 그러면 순수한 적색이 앞의 두 색의 자리 로 퍼져나간다. 그리고 그것이 다시 황색과 만나게 되면, 녹색 대 신에 다시 주황색을 불러일으킨다.

113 이러한 설명 방식을 확신하면서, 우리는 일상적인 시각 기능에 서 벗어난 이 기묘한 변칙 현상을 청색 색맹[17]이라고 이름 지었다. 그리고 이해를 돕기 위해 약간의 그림들을 만들고 또 색칠하였는 데, 이에 대한 설명은 앞으로 더 보충하여 제시하고자 한다. 여기

---

17) 오늘날의 적록 색맹에 해당한다.

에서 우리는 아마 이 사람들이 자연을 보는 방식대로 채색된 풍경을 보게 될 것이다. 그들은 하늘을 장미색으로 보며, 모든 녹색을 대개 우리가 가을에 보게 되는 황색에서 적갈색에 이르는 색들로 간주한다.

114 이제 눈병뿐 아니라 반자연적이고, 초자연적이며, 드물게 일어나는 망막의 모든 이상 현상들에 대해서 알아보자. 이런 경우에는 외부로부터의 빛의 유입이 없어도 눈은 일종의 발광(發光) 현상을 감지할 수 있게 되는데, 이로써 앞으로 갈바니 빛에 대해 언급해야 할 과제가 주어진 셈이다.

115 눈에 충격을 받으면 사방으로 불꽃들이 튀는 것처럼 보인다. 더 나아가 특정한 신체적 성향에 따라, 특히 피가 뜨거워지거나 신경이 예민해진 상태에서 처음에는 가볍게, 그러나 점차로 더 강하게 눈을 누르면, 눈을 부시게 하는 견디기 어려운 빛이 생겨날 수 있다.

116 수술받은 내장안(內障眼) 환자들은 눈에 통증과 열이 있으면 뜨거운 섬광이나 불꽃 같은 것을 종종 보게 되는데, 이러한 현상은 이따금 일주일에서 이주일까지 지속되며 고통과 열이 사라질 때까지 계속되는 경우도 있다.

117 귀앓이 환자는 고통이 지속되는 동안 계속 눈 속에서 불꽃과 구형(球形)의 환각을 본다.

118 기생충병 환자들은 눈 속에서 이따금 특이한 상들을 본다. 그것들은 때로는 불꽃 모양으로, 환영(幻影)으로, 때로는 떨쳐버릴 수 없는 무시무시한 형상으로 나타나며, 때로는 이중으로 겹쳐서 보이기도 한다.

119 우울증 환자들은 종종 검은색 형상들을 실이나 머리카락, 거미, 파리, 말벌로 본다. 이러한 현상들은 또한 초기의 흑내장 증세에서도 나타난다. 많은 환자들은 반투명한 작은 관(管)들을 곤충의

날개로, 다양한 크기의 수포진들로 본다. 이것들은 흑내장을 제거하면 가라앉는데, 경우에 따라서는 개구리 알처럼 서로 연결되어 있는 것으로 나타나며, 때로는 완전한 구로, 때로는 렌즈로 보이기도 한다.

120 앞서 외부의 빛이 없이도 빛이 생겨나는 경우처럼, 이러한 상들도 눈 밖의 상들과 상관없이 생겨난다. 이것들은 일부는 잠정적인 것이며, 일부는 평생 동안 지속된다. 여기에는 또한 색이 포함되기도 한다. 우울증 환자들은 종종 눈 속에서 주홍색의 가는 띠들을 보기도 하는데, 이것들은 아침이나 공복시에 더 뚜렷하게 그리고 더 빈번하게 나타나기도 한다.

121 그 어떤 상의 인상이 눈 속에 얼마 동안 지속되면, 우리는 그것을 생리적 현상으로 보며(23번 참조), 반대로 그러한 인상이 지나치게 오래 지속되는 것은 병적인 현상으로 간주한다.

122 눈이 약하면 약할수록 상은 그 속에서 더 오래 남아 있다. 망막이 즉시에 다시 회복되지 않는다면, 그것은 일종의 마비 현상으로 볼 수 있다(28번 참조).

123 눈을 부시게 하는 상들에 대해서 기이하다고 생각할 필요는 없다. 우리가 태양을 정면으로 바라보면, 그 상은 며칠간이나 지속된다. 보일은 십 년간 지속되는 경우를 예로 들고 있다.

124 동일한 현상은 눈을 부시게 하지는 않는 상들의 경우에도 상당히 빈번하게 일어난다. 뷔시 Büsch는 어떤 동판화가 그 전체 부분들을 선명하게 드러내면서 17분 동안 지속되었던 자신의 경험을 보고하고 있다.

125 경련과 다혈질 경향이 있었던 몇몇 사람들은 흰색의 조개들이 새겨진 선홍색의 면직물이 몇 분 동안이나 눈 속에 남아 있으면서 베일처럼 눈앞에서 어른거렸다고 말한다. 그런 현상은 눈을 오랫

동안 문지르고 나서야 사라졌다.

126 쉐르퍼 Scherffer는 사그라져가는 강한 빛의 인상이 일으키는 자색은 몇 시간 동안 지속될 수 있다고 말한다.

127 안구를 누름으로써 망막에 빛의 상을 불러일으킬 수 있는 것처럼, 안구를 가볍게 누르면 붉은색이 생겨나며, 사그라져가는 빛이 얼마간 나타난다.

128 환자들은 대부분 잠에서 깨어날 때, 마치 적색의 베일을 통해서 보는 것처럼, 모든 것을 아침노을 색으로 본다. 또한 그들이 저녁에 책을 읽으면서 간간이 꾸벅꾸벅 졸다가 다시 깨어날 때도 그런 현상이 나타나곤 한다.

129 기구 비행사들, 특히 잠베카리 Zambeccari와 그 동료들은 최고의 고도에 올랐을 때 달이 핏빛으로 보였다고 주장한다. 그들은 우리 눈에 보이는 달이나 태양의 색에 영향을 주는 지상의 연무들 위로 치솟아 올라갔기 때문에, 이 현상은 병리색에 해당하는 것이라고 추측할 수 있다. 말하자면 감각들이 익숙치 않은 상황의 영향을 받아 몸 전체, 특히 망막이 일종의 마비와 무감각 상태에 빠졌다고 볼 수 있다. 달이 극도로 무뎌진 빛처럼 작용하면서 적색의 느낌을 불러일으킨다는 것은 불가능하지도 않다. 함부르크의 비행사들에게도 태양이 핏빛으로 보였던 것이다.

   기구 비행사들이 함께 이야기를 나누면서 서로 간에 거의 알아 듣지 못한다면, 이 또한 공기의 희박함 때문만이 아니라 신경의 마비 탓으로 볼 수 있지 않겠는가?

130 환자들은 이따금 물체들을 여러 색깔로 보기도 한다. 보일은 추락한 후에 한쪽 눈이 타박상을 입어 물체들, 특히 흰색 물체들이 참을 수 없을 정도까지 현란하게 보이는 한 숙녀에 대해 보고하고 있다.

131 티푸스에 걸린, 특히 눈 부위가 감염된 환자들이 명암이 서로 맞

닿아 있는 상들의 테두리에서 현란한 색들이 보인다고 주장하는 경우가 있는데, 의사들은 이를 크룹시Chrupsie 현상이라고 부른다. 아마도 체액에 변화가 생겨서 색수차(色收差)를 조정하는 기능이 상실되었기 때문일 것이다.

132 백내장(白內障)에 걸리면 수정체가 아주 흐려지기 때문에 환자는 적색의 상을 보게 된다. 전기 요법에 의해 치료를 받자, 적색의 상은 점차 황색으로, 마침내 흰색으로 바뀌었고 환자는 다시 물체들을 지각하기 시작하였다. 여기에서 우리는 수정체의 흐린 상태가 차츰차츰 투명에 접근한다고 결론 내릴 수 있었다. 이 현상은 물리색에 대해 더 자세하게 알게 되는 순간 쉽게 이해될 수 있다.

133 황달에 걸린 사람은 실제로 황색으로 물들인 용액을 통해 바라보는 것과 같은 상태에 있다고 가정해 볼 수 있다. 이로써 우리는 이미 화학색의 장(章)으로 넘어가며, 병리색을 다룬 단원도 우리가 색채론의 전체 범주를 파악할 때에야 비로소 완전하게 마무리될 수 있다는 사실도 분명해진다. 그러므로 제기된 문제를 나중에 다시 검토할 때까지 이 정도에서 만족하기로 한다.

134 이제 마무리를 위해 눈의 몇몇 특별한 성향들에 대해서 간단하게 언급하기로 한다. 자신의 그림으로 자연적인 색을 재현하는 대신에 보편적인 색조, 이를테면 따뜻하거나 차가운 색조를 보여주는 화가들이 있다. 또한 많은 화가들은 특정한 색을 선호하며, 또 다른 이들은 조화에 대한 무감각을 보인다.

135 마지막으로 언급할 만한 것은 야만적인 민족, 교양 없는 사람들 그리고 아이들은 선명한 색을 특히 좋아하며, 동물들은 특정한 색을 보면 격분하게 되고, 교양 있는 사람들은 의복이나 다른 주변 환경에 있어서 선명한 색을 회피하면서 대개의 경우 자기 주위로부터 그것을 멀리하려고 시도한다는 사실들이다.

2
물리색

136 물리색이란 특정한 물질적 매질을 통해 생겨난 색을 말한다. 그러나 이 매질 자체는 색을 가지고 있지 않으며 어떤 것은 투명하고 어떤 것은 흐리고 반투명하며, 또 다른 것은 완전히 불투명할 수도 있다. 물리색들은 이처럼 외부에서 주어진 원인들에 의해 눈 속에서 생겨나거나 아니면 그것들이 이미 그 어떤 방식으로 외부에서 생겨난 경우 우리 눈 속으로 비쳐 들어온다. 우리가 이 색들에 일종의 객관성을 부여한다 하더라도, 대개의 경우 그것들의 특성이 일시적인 것, 고정시킬 수 없는 것임은 분명하다.

137 그러므로 이전의 자연 탐구자들은 그것들을 명료색 colores apparentes, 유동색 fluxi, 임시색 fugitivi, 상상색 phantastici, 허구색 falsi, 교체색 variantes이라고 불렀다. 또한 그것들은 그 찬란함 때문에 화려색 speciosi 그리고 강렬색 emphatici이라는 이름으로도 불린다. 물리색은 바로 생리색에 인접해 있으며, 아주 미미한 정도의 차이만큼만 더 실재성을 가진 것처럼 보인다. 말하자면 생리

색의 경우에는 무엇보다 눈이 활발하게 작용함으로써 우리 바깥이 아니라 우리 안에서만 그 상을 볼 수 있다. 그런데 물리색의 경우에는 색들이 무색의 매질을 통하여 눈 속에 들어올 수 있지만 또한 우리의 망막 자리를 무색의 표면이 대신하는 경우 그 위에서, 즉 우리 바깥에서도 상을 지각할 수 있기 때문이다. 모든 경험을 종합해 보면, 물리색은 완성된 색이 아니라 생성 중이며 변천하는 색이라는 점이 확연히 드러난다.

138 그러므로 우리는 이러한 물리색의 경우에서 주관적인 현상에다 객관적인 현상을 당연하게 부가할 수 있으며, 때로는 이 둘을 결합시킴으로써 상의 본질에 더욱 깊숙이 들어갈 수 있음을 본다.

139 우리가 물리색을 경험할 때 눈이 스스로 작용한다거나 빛이 눈과 직접적으로 연결되는 법은 결코 없다. 오히려 우리는 매질, 다시 말해 무색의 매질을 통하여 생겨나는 다양한 조건들에 특히 주목한다.

140 빛은 이러한 조건하에서 세 가지 방식으로 생겨날 수 있다. 첫번째로 빛이 매질의 표면에서 반사되는 경우는 반사광학적 실험이 이루어진다. 두번째는 빛이 매질의 테두리에서 비칠 때이다. 이때 나타나는 현상들은 이전에는 테두리 perioptische 현상이라고 불렸는데, 우리는 그것들을 테두리색이라 이름 짓는다. 세번째는 빛이 반투명하거나 투명한 매질을 통과하는 경우인데, 이것은 굴절 실험에 해당한다. 물리색의 네번째 종류는 표면색이라고 부르는데, 이 경우 어떠한 선행하는 전도 작용도 없이 물체의 무색 표면 위에 현상이 나타나는 것을 볼 수 있다.

141 이러한 분류를 앞서 우리가 생리적, 물리적 그리고 화학적 관점에서 나눈 주요 구분과 연관시켜 판단하면 다음과 같은 점이 드러난다. 즉 반사색은 생리색 가까이에 접근하며, 테두리색은 여기에

서 좀 더 떨어져 나와 어느 정도 자립적인 것이 된다. 그리고 굴절색은 아주 명백하게 물리색으로 입증된다. 표면색은 화학색으로 넘어가는 중간 단계에 해당된다.

142 우리의 논의를 자연스런 순서에 따라 계속 이어가자면 방금 설명한 순서에 따르는 것이 좋을 것이다. 그러나 교수법에 따른 강의에 있어서는 문제가 되는 대상을 서로 연결시키는 것이 아니라 오히려 서로 구분하여 모든 것을 점검하고 마지막에 가서야 특수한 것을 포괄하도록 거대한 통합을 이루는 것이 중요하다. 그러므로 우리는 독자를 즉시 물리색의 한가운데로 들여보내 그 특성들을 명백하게 인지하도록 하기 위해 바로 굴절색 쪽으로 향하기로 한다.

9 굴절색

143 굴절색이란 그것이 생겨나려면 빛과 암흑을 통과시켜 눈〔眼〕이나 맞은편의 표면에 투사시키는 무색의 매질이 필요한 색을 말한다. 그러므로 매질은 투명하거나 아니면 최소한 얼마간 빛을 통과시키는 것이어야 한다.

144 이러한 조건에 맞추어 우리는 굴절 현상을 두 부류로 나눈다. 즉 첫째 부류는 반투명의 흐릿한 매질에 의해 생기는 것이며, 둘째 부류는 매질이 고도로 투명할 때 나타나는 것이다.

10 제1부류의 굴절색

145 우리가 비어 있는 것으로 생각하는 공간은 투명함이라는 성질을 갖고 있음에 틀림없다. 그런데 이제 우리 눈이 충전물을 지각하지 못하는 방식으로 그 공간이 채워진다면 물질적인, 어느 정도 부피가 있는 투명한 매질이 생겨난다. 이것은 공기와 가스의 형태로, 유동적으로 또는 고체 상태로 나타날 수 있다.

146 순수한 반투명의 흐림은 투명한 것에서부터 생겨난다. 이것은 앞서 설명한 세 가지 방식으로 나타날 수 있다.

147 완전한 흐림은 흰색이며, 최고도로 무감각하고 최고로 밝으며 최고로 불투명하게 공간을 채운다.

148 투명 그 자체는 경험적으로 볼 때 흐림의 제1단계이다. 불투명한 흰색에 이르기까지 흐림의 세세한 등급은 무한하다.

149 불투명에 이르기 전 어느 단계에서 우리가 흐림을 고정시키게 되면, 다시 말해 밝음과 어둠이 일정한 비례를 갖게 하면 그 흐림은 단순하고 중요한 현상들을 우리에게 보여준다.

150 태양의 빛이나 공기 속에서 타오르는 인광과 같이 최고도의 에너지를 가진 빛은 눈을 부시게 하며 무색이다. 그러나 이 빛은 조금만이라도 흐린 매질을 통해서 보게 되면 황색으로 나타난다. 항성들의 빛도 대개는 무색으로 보인다. 그러한 매질의 흐림이 증대되거나 그 밀도가 높아지면 우리는 빛이 점차로 주홍색을 띠다가 마침내 홍옥색으로 상승되는 것을 본다.

151 이와는 반대로 빛을 받아 투과시키는 흐린 매질을 통해 암흑을 보면 우리에게 청색이 나타난다. 이것은 매질이 흐리면 흐릴수록 더욱 밝고 옅어지게 되며, 반대로 흐림의 투명성이 높아질수록 더욱 어둡고 짙게 나타난다. 만일 흐림이 최고도로 투명해지면 앞의

청색은 우리 눈에 아름다운 청자색으로 지각된다.

152 이러한 작용이 상술한 방식대로 우리 눈 속에서 일어나며, 따라서 주관적이라고 불릴 수 있다면, 우리는 또한 객관적인 현상을 통해서도 이러한 작용에 대해 더욱 잘 확인해 보아야 한다. 왜냐하면 강도를 낮추고 흐리게 만든 빛 또한 물체들로 하여금 황색, 주홍색 혹은 자색을 띠게 하기 때문이다. 그리고 암흑은 흐린 매질을 통해서는 그만큼 강력하게 작용하지 않긴 하지만, 푸른 하늘은 어둠상자 속에서 다른 모든 물체색과 나란히 흰색 종이 위에 아주 분명히 나타난다.

153 이러한 근본 현상이 일어나는 경우들을 면밀하게 조사하다 보면, 우리가 제일 먼저 대기색(大氣色)을 언급하게 되는 것은 당연하다. 물론 그것들의 대부분은 우리의 체계에 포함시켜 설명할 수 있는 것들이다.

154 일정 정도 짙은 안개를 통해 비치는 태양은 갈색의 원반 모습으로 보인다. 테두리 부분이 이미 붉게 보인다면, 중앙 부분은 이따금 눈부신 황색으로 나타난다. 연무(煙舞)——1794년 북쪽 지방에서도 나타났던——로 뒤덮이거나 남부 지역에 시로코[1] 현상이 한창일 때의 대기의 상태에서 태양은 후자의 경우 보통 그것을 둘러싸고 있는 구름 전체와 함께 홍옥색으로 빛난다. 그때 구름은 이 색을 반사하여 되비춘다.

아침노을과 저녁노을은 동일한 원리에 의해 생긴다. 태양은 두꺼운 안개를 통하여 비치면서 불그레한 모습으로 자신을 알린다. 태양은 높이 떠오를수록 점점 더 밝아지고 점점 더 황색으로 된다.

---

1) 아프리카에서 지중해 연안을 향해 부는 열풍.

155 무한한 공간의 암흑은 햇빛을 받은 대기 중의 안개를 통하여 바라보면 청색으로 나타난다. 높은 산에서는 낮 동안 하늘이 코발트색[2]으로 보인다. 왜냐하면 무한한 어둠의 공간 앞에서 오직 미세한 안개구름만이 어른거리고 있기 때문이다. 골짜기로 내려가자마자, 청색은 더욱 밝아지다가 마침내 어떤 지대에서 연무가 짙어짐에 따라 완전히 백청색으로 넘어간다.

156 마찬가지로 산들도 청색으로 보인다. 왜냐하면 산들은 너무 먼 거리에 있어서 우리가 그 고유색들을 더 이상 보지 못하고 그 표면으로부터 어떠한 빛도 우리 눈에 미치지 않으므로, 순수한 암흑의 물체로서 작용하기 때문이다. 이때 이 물체는 그 사이에 있는 흐릿한 연무들을 통해 청색으로 나타나는 것이다.

157 또한 우리는 대기가 옅은 연무로 가득 차 있는 경우, 비교적 가까이에 있는 물체들의 그림자 부분을 청색이라고 단언한다.

158 이와 반대로 빙산들은 멀리 떨어져 있어도 여전히 흰색으로, 아니 오히려 황색으로 보인다. 왜냐하면 그것들은 연무를 뚫고도 우리 눈에 여전히 밝게 작용하기 때문이다.

159 촛불의 아래쪽 부분에서 나타나는 청색 현상도 마찬가지로 여기에 해당한다. 불꽃을 흰색 바탕 앞으로 가져가면 어떠한 청색도 보이지 않는다. 이와 반대로 불꽃을 검은색 바탕 앞에 가져가면 즉시에 청색이 나타난다. 이 현상은 불을 붙인 한 스푼의 주정(酒精)에서 가장 또렷하게 관찰할 수 있다. 그러므로 우리는 불꽃의 아랫부분을 연무로 간주할 수 있는데, 이것은 말할 수 없이 옅긴 하지만 어두운 표면을 배경으로 하면 분명히 드러나는 것이다. 이 연무는 그것을 통해 책을 쉽게 읽을 수 있을 정도로 옅다. 이와는

---

2) 벨벳과 비슷하나 길고 보드라운 보풀이 있는 비단 또는 무명 옷감. 프랑스의 루이 14세(1638-1715) 때 유행했다고 한다.

달리 우리 눈에서 물체들을 가려버리는 불꽃의 꼭대기 부분은 스스로 빛을 내는 물체로 간주될 수 있다.

160 그 밖에 연기도 마찬가지로 밝은 바탕 앞에서는 황색이나 불그레한 색으로, 그러나 어두운 바탕 앞에서는 청색으로 나타나는 흐린 매질로 여겨질 수 있다.

161 이제 액체 매질 쪽으로 눈길을 돌리자면, 우리는 모든 물은 그것을 적절한 방식으로 흐리게 만들면 동일한 효과를 가져온다는 것을 보게 된다.

162 이전에 커다란 주목을 끌었던 백단재(材)를 달인 액체는 흐릿한 용액으로서, 어두운 나무 색 잔에 들어 있을 때는 청색으로 보이나, 투명한 잔에 넣어 햇빛을 비추면 황색을 불러일으키게 된다.

163 향수, 주정 니스, 다양한 금속 용액 몇 방울은 이러한 실험을 위해 물을 온갖 등급에 걸쳐 흐리게 만들 수 있다. 비누 용액은 아주 좋은 효과를 보여준다.

164 햇빛이 밝게 비칠 때 바다의 밑바닥은 잠수부들에게 자색으로 보이는데, 이때 바닷물은 흐리고 짙은 매질로 작용한다. 그들은 이 경우에 그림자를 녹색으로 보는데, 이것이 바로 피유도색이다 (78번 참조).

165 고체 매질들 가운데 자연에서 우리가 처음으로 보게 되는 것은 오팔인데, 때로는 밝은 바탕을 때로는 어두운 바탕을 드러내 보이는 그 색은 오팔이 흐린 매질이라는 사실로부터 최소한 부분적이나마 설명될 수 있다.

166 그러나 온갖 실험에서 가장 바람직한 물체는 뿌연 젖빛의 오팔 유리이다. 이것은 다양한 방식으로 가공되는데, 그 흐림은 하소(煆燒) 철로 인한 것이다. 또한 분말화하고 석회화한 뼈를 함께 녹임으로써 유리를 흐리게 만들기도 한다. 그래서 이것은 골회(骨灰)

유리라고도 불린다. 하지만 이것은 아주 쉽게 불투명한 것으로 넘어가 버린다.

167 우리는 실험을 위해 이 유리를 다양한 방식으로 마련할 수 있다. 그것을 약간만 흐리게 만들면, 여러 장을 겹쳐서 빛을 가장 밝은 황색으로부터 가장 짙은 자색으로까지 나타나게 할 수 있다. 또는 흐림의 강도를 높인 유리를 더욱 얇거나 더욱 두꺼운 원반으로 만들어 사용할 수 있다. 이 두 가지 모두를 가지고 실험할 수 있다. 그러나 선명한 청색을 보기 위해서는 특히 유리를 너무 진하게도 너무 두껍게도 해서는 안 된다. 암흑은 흐림을 통해서 아주 희미하게만 비치며, 흐림이 너무 짙어지게 되면 곧장 흰색으로 넘어가 버리기 때문이다.

168 창유리의 흐려진 부분들은 물체들에 황색빛을 투사시킨다. 그리고 바로 이 부분들은 만일 우리가 그것들을 통해서 어두운 물체를 관찰한다면, 청색으로 보이게 된다.

169 그을린 유리도 여기에 속하며, 마찬가지로 흐린 매질로서 간주될 수 있다. 이것은 태양을 다소간 홍옥색으로 보이게 한다. 그을음의 흑갈색에서 이 현상이 연유하는 것으로 볼 수 있긴 하지만 확실한 것은 여기에서 흐린 매질이 작용을 한다는 점이다. 적당히 그을린 유리를 앞면에 햇빛을 받게 한 채로 어두운 물체 앞으로 가져가면 우리는 푸르스름한 색을 지각하게 된다.

170 어두운 방 안에서 양피지 조각들을 가지고 눈에 띄는 실험을 할 수 있다. 바로 햇빛을 받는 창문에 난 구멍에다가 한 조각의 양피지를 부착시키면, 그것은 희끄무레하게 보인다. 두번째 것을 덧붙이면 황색이 나타나고, 이것은 양피지 조각들을 하나하나 덧붙일 때마다 점점 상승되어 마침내는 적색으로 넘어간다.

171 백내장의 경우에 흐려진 수정체에서 일어나는 그러한 작용에 대

해서는 이미 앞에서 언급한 바 있다(132번 참조).

172 이 방향으로 계속 나아가다가 이제 거의 불투명한 흐림의 작용까지 보게 되었지만, 순간적인 흐림이라는 특이한 현상에 대해서 생각해 볼 일은 아직 남아 있다.

특출하게 색을 잘 다룰 줄 알았던 어떤 예술가가 몇 년 전에 저명한 신학자의 초상을 그린 적이 있었다. 그 성직자는 그 그림에서 번쩍이는 벨벳 상의를 입고 있었는데, 그것은 얼굴보다도 더 관람객의 시선을 끌었고 찬탄을 불러일으켰다. 그 후 그 그림은 뿌연 불빛과 먼지에 의해 점차로 처음의 생기발랄함을 많이 잃게 되었다. 그래서 그 그림을 한 화가에게 맡겨 깨끗하게 하고 새로 니스를 입힐 예정이었다. 이 화가는 우선 그 그림을 젖은 해면으로 조심스럽게 닦아내기 시작했다. 그러나 그가 그림을 몇 차례 문질러 눌어붙은 때를 벗기자마자, 놀랍게도 검은색의 벨벳 저고리가 갑자기 밝은 청색의 플러시[3]로 변했으며, 그로 인해 그 성직자는 고풍스럽긴 하지만 매우 세속적인 외관을 갖게 되었다. 화가는 함부로 더 닦아낼 수가 없었고, 짙은 검은색의 아래에 어떻게 밝은 청색이 있었는지 영문을 몰랐다. 게다가 눈앞에 나타난 바와 같은 청색을 검은색으로 변화시켰을지 모르는 투명 안료가 어떻게 그토록 신속하게 닦일 수 있는지 더더욱 아리송했다.

요컨대 그는 그림을 이 정도로 망쳤다는 사실에 매우 망연자실했다. 곱슬곱슬한 둥근 가발을 제외하고는 성직자다운 점을 더 이상 찾아볼 수 없었다. 게다가 훌륭한 새 벨벳 저고리를 색이 바랜 플러시와 교환한 것도 정말 바람직스럽지 못했다.

어쨌든 손상은 회복 불가능한 것으로 보였고, 우리의 선량한 예

---

3) 긴 털이 있는 일종의 벨벳.

술가는 불쾌한 심정으로 그림을 벽에 기대놓은 채 근심을 안고 잠자리에 들었다.

그러나 다음날 아침, 그림을 다시 집어 들여다보자 검은색의 벨벳이 완벽한 광채 속에서 다시 나타나 있는 것을 보고 그는 얼마나 기뻐했던가. 그는 참지 못해 저고리의 한 모서리를 다시 물로 적셔보았다. 그러자 청색이 다시 나타났다가 얼마 후에 사라지는 것이 아닌가.

나는 이러한 현상에 대한 이야기를 듣자마자 곧장 그 기적의 그림을 보러 갔다. 내가 보는 앞에서 그림을 젖은 해면으로 문지르자 변화는 아주 신속하게 드러났다. 내가 본 것은 약간 색이 바래긴 했으나 아주 밝은 청색의 플러시였는데, 그 소매 부분의 몇몇 갈색의 선들은 주름을 나타내는 것이었다.

나는 이 현상을 흐린 매질 이론으로 설명했다. 그 예술가는 이미 칠한 검은색을 아주 진하게 하기 위해 특별한 유약을 발랐는데, 그것을 닦는 동안에 약간의 습기를 빨아들여 흐리게 되었고, 이로 인해 아래에 있던 검은색이 즉시 청색으로 보이게 되었던 것이다. 아마도 유약을 많이 취급하는 사람들이라면 우연히 혹은 의도적으로 이 특이한 현상을 자연 탐구자들에게 실험으로써 보여주는 데 성공했을 것이다. 하지만 나로서는 여러 방식으로 시험해보았지만 좀체로 성공하지 못했다.

173 우리는 대기 중의 현상들의 극히 장려한 경우들과 아울러 미미하기는 하나 충분히 의미 있는 경우들을 흐린 매질들을 사용해서 얻은 중요한 경험을 가지고 해명하였다. 그래서 우리가 의심해 마지않는 바는, 주의 깊은 자연 애호가들이라면 생활 속에서 다양하게 나타나는 현상들을 유추하고 설명하는 바로 이러한 방식을 계속 진척시켜 나가면서 익힐 수 있다는 점이다. 또한 바라건대 자

연 탐구자들은 매우 중요한 현상들을 지식욕이 있는 사람들의 눈 앞에서 보여주기에 적합한 기구를 찾아야 할 것이다.

174 요컨대 우리는 일관적으로 설명한 저 주요 현상을 근본 현상 또는 원(原)현상이라고 부르고자 하며, 그것이 의미하는 바를 여기에서 즉시 설명해 보고자 한다.

175 우리가 경험을 통해서 지각하게 되는 것은 대개 어느 정도 주의를 기울이기만 하면 일반적인 경험의 부류들 아래 정돈될 수 있는 경우들이다. 이 일반적인 경험의 부류들은 다시 더 넓은 차원을 가리키는 학문적 부류 아래 종속된다. 이와 아울러 현상의 그 어떤 불가결한 조건들이 더 세세하게 알려지게 된다. 그로부터 모든 것은 차츰차츰 더 고차원의 규칙과 법칙들을 따르게 된다. 그러나 이 규칙과 법칙들은 말이나 가정을 통해서 오성에 의해 포착되는 것이 아니라 바로 현상들을 통해서 직관에 그 모습을 드러낸다. 우리는 그것들을 원현상들이라 부른다. 왜냐하면 현상에 있어서 그것들보다 상위에 있는 것은 없기 때문이다. 또 이와는 반대로 원현상들은 앞서 우리가 그것들을 향하여 위로 올라갔듯이 그로부터 이제 우리가 차례차례 아래로 내려가 일상적인 경험의 가장 평범한 경우까지 도달하는 데 가장 적합한 것이기 때문이다. 이러한 원현상은 우리가 여태까지 설명했던 바로 그것이다. 우리는 한편으로는 빛과 밝음을, 다른 한편으로는 암흑과 어둠을 본다. 그리고 둘 사이에 흐림을 끼워 넣는다. 이러한 대립들로부터, 앞서 설명한 매개물의 도움을 받아, 마찬가지로 대립을 보이는 색채들이 생겨난다. 그러나 이것들을 상호 연관시켜 보면 곧바로 공통점이 다시 드러난다.

176 이러한 의미에서 우리는 자연 탐구 과정에서 생기는 오류를 심각하게 생각한다. 말하자면 사람들은 파생된 현상을 상위에 놓고

원현상을 하위에 놓으며, 심지어는 파생된 현상을 다시 꼭대기에 놓아 결합된 것을 단순한 것으로, 단순한 것을 결합된 것으로 간주한다. 이러한 최종과 최초의 뒤섞임에 의해 자연 이론은 착종과 혼란에 빠지며, 지금도 여전히 고통받고 있는 것이다.

177 그러나 이러한 원현상이 발견된다 하더라도 사람들은 그것을 인정하려 하지 않으며, 우리도 여기에서 직관의 한계를 인정해야 할 터인데도 원현상의 배후에서 그리고 그 위에서 더 고차적인 것을 찾아내려고 하는 고질병은 여전히 남아 있다. 자연 탐구가는 원현상들을 자체의 영원한 안식과 장려함 속에 그대로 두어야 마땅하며, 철학자도 그것들을 자신의 영역으로 받아들여야 할 것이다. 그러면 그는 개별적인 경우들, 일반적인 부류들, 견해들과 가정들 속에서가 아니라 근원 현상과 원현상 속에서 장차의 연구 방식과 논구를 위한 귀한 자료가 자신에게 주어짐을 발견하게 될 것이다.

11 제2부류의 굴절색

굴절

178 두 부류의 굴절색들이 서로 밀접하게 연결되어 있다는 사실은 조금만 관찰하면 금방 드러난다. 제1부류의 굴절색은 흐린 매질의 영역에서 나타나며, 제2부류의 굴절색은 이제 보겠지만 투명한 매질에서 나타난다. 그러나 모든 실제의 투명 매질은 소위 투명한 매질의 부피를 늘리면 다 그렇게 되듯이 그 자체가 이미 흐린 것으로 간주될 수 있기 때문에 두 부류 사이의 친근성은 충분히 이해된다.

179 하지만 이제 투명한 매질들을 다루면서 우리는 우선 그것들에 어느 정도 내재하는 흐림을 도외시하기로 한다. 그리고 굴절이라는 기술 용어로 알려진 현상에 전력을 기울여 주목하기로 한다.

180 우리는 앞서 생리색을 설명하면서 지금까지 착시라고 여겨왔던 현상을 건강하고 올바르게 기능하는 눈의 작용으로 이해함으로써 눈을 구제한 바 있는데, 이제는 다시 자신의 시각의 명예를 위해서 그리고 그 신뢰성을 확증하기 위해 몇 가지를 설명할 참이다.

181 전체 감각 세계에 있어서 모든 것은 대상들 사이의 관계, 특히 가장 중요한 지상의 존재인 인간과 여타 존재들 사이의 관계에 의해 좌우된다. 이로써 세계는 두 부분으로 나누어지며, 인간은 주체로서 객체에 마주 선다. 바로 이 점 때문에 실천가는 그 경험에서, 사상가는 그 사변에서 녹초가 되며 투쟁을 지속하도록 강요받는다. 하지만 이 투쟁은 어떠한 평화 조약에 의해서도 또 어떠한 결단에 의해서도 종결될 수 없다.

182 그러나 여기에서도 통용되는 요점은 관계들을 실제대로 통찰하는 것이다. 우리의 감각은 그것이 건강한 한, 외적인 관계를 참모습 그대로 보여준다. 그래서 우리의 확신에 의하면, 감각은 도처에서 실제와 모순된다 하더라도 그만큼 더 확실하게 진정한 연관을 보여준다. 말하자면 멀리 떨어져 있는 것은 작게 보이지만, 바로 그 점으로 인해서 거리를 지각하게 되는 것이다. 또한 우리는 무색의 매질들을 통해 봄으로써 무색의 물체들에 유색의 상들을 생겨나게 했는데, 그 과정에서 우리는 그러한 매질들의 흐림의 정도를 주목하게 되었다.

183 꼭 마찬가지로 굴절 현상에서는 투명한 매질들의 밀도의 다양한 등급, 심지어는 다른 물리적, 화학적 특성들이 드러난다. 또한 이것들은 우리로 하여금 한 측면에서 이미 해명된 비밀들에 물리적,

화학적 방식으로 완전하게 접근해 들어가기 위하여 다른 실험들을 하도록 재촉한다.

184 다소간의 밀도를 가진 매질들을 통해서 보면 물체들은 원근법의 원리에 따라 있어야 할 위치에서 나타나지 않는다.

185 수학적 공식으로 표현할 수 있는 저 시각의 원칙들은 빛이 직선으로 움직이는 것과 마찬가지로, 보는 기관(눈)과 보이는 물체 사이에도 직선을 그을 수 있다는 사실을 그 토대로 한다. 빛이 우리에게 휘어지거나 굴절된 곡선으로 도달하거나 우리가 물체들을 휘어지거나 굴절된 곡선으로 보는 경우가 생기는데, 여기에서 우리는 그 사이에 있는 매질들의 밀도가 높아졌거나 아니면 그것들이 이러저러한 낯선 성질을 띠게 되었음을 곧 깨닫게 된다.

186 시선의 직진 원칙으로부터의 이러한 일탈을 보통 굴절이라고 하며, 독자들이 이미 그것에 대해 알고 있다고 전제하더라도 그 객관적, 주관적인 측면에 대해 여기에서 간략하게 다시 한번 설명하고자 한다.

187 비어 있는 입방체의 용기 속으로 비스듬하게 대각선 방향으로 햇빛을 투사시켜 바닥이 아니라 빛과 마주 보고 있는 벽면만 비치도록 한다. 그러고 나서 이 용기에 물을 부으면 빛과 용기 사이의 관계가 즉시에 변한다. 빛은 그것이 비쳐 들어온 쪽으로 휘어지면서, 바닥의 한 부분도 마찬가지로 비춘다. 이제 빛은 더 밀도 높은 매질 속으로 들어오는 바로 그 지점에서 원래의 직선 방향으로부터 벗어나 휘어진다. 그래서 이 현상도 굴절이라고 명명되어 왔다. 객관적 실험에 대해서는 이 정도에서 그치기로 한다.

188 주관적 경험은 다음과 같이 이루어진다. 태양의 자리에 눈을 대신 놓는다. 앞의 경우와 마찬가지로 시선을 대각선 방향으로 향하게 하여 바닥은 조금도 볼 수 없고, 마주 보고 있는 안쪽 벽면만

을 완전히 보도록 한다. 그리고 나서 용기에 물을 부으면 눈은 이제 바닥의 일부를 보게 되는데, 그것은 우리가 여전히 직선으로 본다고 믿는 방식으로 이루어진다. 왜냐하면 바닥이 우리 쪽으로 솟아오른 것처럼 보이기 때문이다. 그래서 우리는 이러한 주관적 현상을 융기라고 부른다. 이와 아울러 특히 주목할 몇 가지에 대해서는 차후에 설명하기로 한다.

189 이제 이 현상을 일반화하자면, 앞서 설명했던 것을 다음과 같이 반복해서 말하면 되겠다. 즉 물체들 사이의 관계가 달라지거나 바뀌었다고 말이다.

190 그러나 앞으로 할 설명에서는 객관적 현상들을 주관적인 것으로부터 분리시키려고 하기 때문에, 우리는 그 현상을 우선 주관적으로 파악하기로 한다. 그래서 우리는 물체가 이동하거나 아니면 보는 사람이 이동한다고 말한다.

191 보이는 물체가 무한한 경우 우리는 그 이동을 지각하지 못한다. 반대로 물체가 유한한 경우 우리는 그 이동의 표시를 지각한다. 그러므로 그러한 관계의 변화에 대해서 알려고 한다면 우리는 무엇보다도 유한한 물체의 이동, 즉 상(像)의 이동에 주목해야 한다.

192 이러한 현상은 대체로 양 표면이 서로 나란한 매질에서 생긴다. 왜냐하면 표면이 평행인 모든 매질은 보이는 물체를 이동시키며, 심지어는 시선과 수직 방향에서 나타나게 한다. 그러나 이러한 이동은 비평행 표면의 매질들에 의해서 더욱 눈에 띄게 드러난다.

193 이러한 매질들은 완전한 구형(球形)일 수도 있고, 또한 볼록렌즈나 오목렌즈도 사용될 수 있다. 우리는 그것들을 우리의 실험에서도 사용한다. 그러나 그것들은 상을 원래 자리에서 옮길 뿐만 아니라 그 상을 다양한 방식으로 변형시키므로 우리는 그 표면이 서

로 평행하지는 않지만 전체적으로 평탄한 매질, 즉 프리즘을 사용한다. 삼각형을 그 종자매로 가지는 프리즘은 렌즈의 한 부분으로 간주될 수 있어 우리의 실험에 매우 유용하다. 왜냐하면 프리즘은 상을 원래 자리로부터 현저하게 옮겨놓긴 하지만 그 형태에 별다른 변형을 주지 않기 때문이다.

194 이제 우리의 실험을 가능한 한 엄밀하게 수행하고 온갖 착오를 방지하기 위해 우선 관찰자가 굴절시키는 매질을 통하여 물체를 보게 되는 주관적인 실험들을 검토하기로 한다. 우리가 순서에 따라 이 실험들을 하고 난 후에, 객관적인 실험들을 동일한 순서에 따라 하게 될 것이다.

12 색채 현상을 수반하지 않는 굴절

195 굴절은 색채 현상을 보이지 않으면서도 나타날 수 있다. 무색의 표면이나 단순한 색의 표면을 가지는 무한계(無限界)의 물체는 굴절에 의해 아무리 이동된다 하더라도 거기에서는 아무런 색도 생겨나지 않는다. 이에 대해서는 다양한 방식으로 확인할 수 있다.

196 유리 입방체를 그 어떤 표면 위에 놓고 수직으로 혹은 비스듬한 방향에서 보라. 그러면 그 순수한 표면이 눈앞으로 뚜렷하게 솟아오른다. 하지만 어떠한 색도 나타나지는 않는다. 프리즘을 통하여 순수한 잿빛이나 청색의 하늘, 순수한 흰색이나 유색의 벽면을 보면 우리 눈에 들어오는 표면 부분은 원래의 자리에서 뚜렷하게 옮겨지지만 색채 현상은 조금도 포착되지 않는다.

13 색채 현상의 조건들

197 우리는 앞의 실험과 관찰에서 모든 순수한 표면들은 크든 작든 무색이라는 것을 보았지만, 그러한 표면이 더 밝거나 혹은 더 어두운 물체들과 경계를 이루는 각 테두리에서는 색채 현상을 목격하게 된다.

198 테두리와 표면의 결합에서 상들이 생겨난다. 그러므로 이 중요한 경험은 다음과 같이 정리할 수 있다. 색채 현상이 나타나기 위해서는 상들이 움직여야 한다.

199 아주 단순한 상, 즉 밝고 둥근 상을 어두운 바탕 A 위에 생기게 하라. 우리가 이 상을 크게 만들면서 외견상 그 테두리들을 중점으로부터 바깥쪽으로 확대시키면 여기에서 일종의 움직임이 생겨난다. 이것은 모든 볼록렌즈에 의해서 가능하며, 이 경우에 청색의 테두리 B가 생겨난다.

200 원을 수축시키면서 바로 이 상의 둘레를 중점 쪽으로 오므라들게 하면 황색의 테두리들인 C가 나타난다. 이 현상은 보통의 자루 달린 안경처럼 얇게 연마한 것이 아니라, 어느 정도의 두께가 있는 오목렌즈에 의해서 일어난다. 그러나 이 실험을 볼록렌즈를 사용해서 한꺼번에 하려면, 검은 바탕 위의 둥근 원 안에다가 더 작은 검은색 원반을 갖다 놓으면 된다. 왜냐하면 볼록렌즈에 의해 흰색 바탕 위의 검은색 원반을 확대시키면, 마치 흰색 원을 축소시킬 때와 같은 효과가 일어나기 때문이다. 검은색 테두리를 흰색 쪽으로 접근시키면 청색의 테두리 D와 동시에 황색의 테두리를 보게 된다.

201 청색과 황색의 이 두 상은 흰색 표면 위에 나타난 것이다. 그런데 이것들이 검은색 표면 위로 옮겨가면 불그스레한 빛을 띠게 된다.

202 이로써 굴절의 경우에 생겨나는 모든 유색 상들의 기본 현상들이 설명되었다. 이 기본 현상들은 다양한 방식으로 반복, 변주, 상승, 축소, 결합이 이루어지며 뒤섞이거나 혼란스러워지지만 결국에는 언제나 그 본래의 단순함으로 소급될 수 있다.

203 우리가 행한 방식을 검토해 보면, 한 경우에는 밝은 테두리를 검은색 표면 쪽으로, 다른 경우에는 검은 테두리를 흰색 표면 쪽으로 이동시켜 하나가 다른 하나에 의해 밀려가고 하나가 다른 하나 위로 조금씩 옮겨갔음을 발견한다. 이제 전체 실험을 단계적으로 검토해 보자.

204 특히 프리즘을 사용하면 밝은 원반을 원래 자리로부터 쉽게 옮길 수 있다. 이때 그 원반은 앞서 설명한 원리에 따라 그것이 외관상으로 옮겨지는 방향에서 색채를 띠게 된다. 프리즘을 통해서 a에 있는 원반을 b쪽으로 이동하여 나타나도록 관찰하면, 바깥쪽 테두리는 도형 B의 법칙에 따라 청색과 적청색으로 변하며 안쪽 테두리는 도형 C의 법칙에 따라 황색과 주홍색으로 변한다. 왜냐하면 처음의 경우는 밝은 상이 어두운 테두리 쪽으로 이동했으며, 두번째 경우는 어두운 테두리가 밝은 상 위로 다소간 이동해 왔기 때문이다. 원반을 a로부터 c로, a로부터 d로 그리고 외견상 온갖 방향으로 옮겨도, 동일한 원리가 적용된다.

205 단순한 경우에 적용되는 원리는 합성된 경우에도 마찬가지로 유효하다. 수평으로 놓은 프리즘 ab를 통해서 그 뒤쪽으로 약간 떨어져 있는 흰색의 원반 e를 보라. 그러면 원반은 f쪽으로 솟아오르며, 앞의 원리에 따라 채색된다. 이제 이 프리즘을 치우고 수직으로 세운 프리즘을 통해 동일한 상을 관찰해 보라. 그러면 그 상은 h에서 나타나며, 동일한 원리에 따라 채색된다. 이제 두 프리즘을 서로 겹치면 원반은 일반적인 자연 법칙에 따라 eg 방향인 대

각선 방향으로 이동하고 채색된다.

206 원반에 나타나는 이러한 대립적인 유색의 테두리들에 주목하면, 우리는 그것들이 외관상의 운동 방향에서만 생겨난다는 사실을 알게 된다. 둥근 상에서는 이러한 상황이 어느 정도 불확실하게 드러나지만, 사각형의 상에서는 명료하게 드러난다.

207 ab 방향이나 ad 방향으로 움직이는 사각형의 상 a는 이동 방향과 평행을 이루는 측면에서는 어떠한 색도 보여주지 않는다. 그러나 사각형이 자신의 대각선 방향인 ac 방향으로 움직이면 상의 모든 경계선들에서 색이 나타난다.

208 여기에서 앞의 설명(203번 이후)의 타당성이 입증된다. 요컨대 상의 밝은 경계가 어두운 경계 쪽으로, 어두운 경계가 밝은 경계 쪽으로, 상이 자신의 경계를 넘어서거나 경계가 상 쪽으로 옮아가는 식으로 이동해야 색채 현상이 나타나는 것이다. 그러나 상의 직선 경계들이 굴절된 후에도 여전히 서로 겹치지 않고 평행선을 달린다면, 무한대까지 나아간다 하더라도 아무런 색도 생기지 않는다.

14 색채 현상이 증가하는 조건들

209 우리는 앞에서 굴절의 경우에 모든 색채 현상은 상의 테두리가 상 위에서 또는 그 바탕 위에서 움직일 때, 말하자면 상이 그 자신을 넘어서거나 또는 그 바탕 위로 이끌려감으로써 생겨난다는 사실을 보았다. 그리고 이제 확인하는 바에 의하면 상이 더욱 많이 움직일수록 색채 현상이 더 넓게 나타난다. 이것은 아직도 우리가 머물고 있는 주관적 실험들에 의해 확인되며, 다음과 같은

조건들 하에서 이루어진다.

210 첫번째, 양 표면이 평행인 매질들에 대해 눈이 더욱더 비스듬한 각도를 이루는 경우이다.

두번째는 매질의 양 표면이 평행 상태를 멈추고, 다소간 예각(銳角)을 이룰 때이다.

세번째는 매질이 강화되는 경우이다. 예컨대 양 표면이 평행한 매질의 부피가 늘어나거나 아니면 예각의 정도가 심해져서 거의 아무런 각도도 이루지 않는 경우이다.

네번째는 굴절시키는 매질을 가운데에 두고 움직이는 상으로부터 눈을 멀리 떨어지게 하는 경우이다.

다섯번째는 유리에 주어져 있고 또한 그 속에서 강화될 수 있는 화학적 특성들을 통해서이다.

211 상이 원래의 형태를 거의 그대로 유지한 채로 가장 많이 움직이려면 프리즘을 사용해야 하는데, 바로 이 점이 그런 식으로 만들어진 유리들에 의해 색채 현상이 아주 강력하게 나타날 수 있는 이유이다. 하지만 우리는 이것들을 사용함에 있어서 저 빛을 발하는 상들에 의해 눈을 부시게 할 것이 아니라, 앞서 확인한 단순한 원리들을 침착하게 염두에 두어야 한다.

212 상의 이동에 있어서 앞서 나타나는 색은 언제나 폭이 더 넓은 것인데, 우리는 그것을 띠 Saum라고 부른다. 그리고 경계선상에 머물러 있는 것은 폭이 더 좁은 것으로 테두리 Rand라고 부른다.

213 우리가 어두운 경계를 밝은 쪽으로 이동시키면, 더 넓은 황색의 띠가 앞서고, 더 좁은 주홍색의 테두리가 경계와 함께 그 뒤를 따른다. 밝은 경계를 어두운 쪽으로 이동시키면, 더 넓은 청자색의 띠가 앞서고, 더 좁은 청색 테두리가 그 뒤를 따른다.

214 상이 큰 경우에 그 가운데 부분은 채색되지 않는다. 그 가운데

부분은 움직이기는 하나 색은 변하지 않는, 한계가 없는 표면으로 간주될 수 있다. 그러나 상의 폭이 매우 좁아 앞서 설명한 네 조건하에서 황색의 띠가 청색의 테두리에 도달하게 되면, 그 가운데 부분은 색들에 의해 완전히 뒤덮인다. 이 실험은 검은색 바탕 위의 흰색 띠를 가지고 할 수 있다. 이러한 띠 위에서 두 극단의 색은 곧 결합하여 녹색을 생성시킨다. 그러므로 다음과 같은 색들의 순서가 나타난다.

주홍

황색

녹색

청색

청적색

215 흰색 종이 위에 검은색의 종이 띠를 가져오면, 그 위에 청자색의 띠가 퍼져나가며 주홍색의 테두리와 만나게 된다. 여기에서 그 사이에 있는 검은색은, 앞의 경우에 그 사이에 있는 흰색처럼, 제거되고 선명하고 순수한 적색이 그 자리에 나타난다. 우리는 그것을 이따금 자색이라고 불러왔다. 이제 그 색들의 순서는 다음과 같다.

청색

청적색

자색

주홍색

황색

216 첫번째 경우(214번 참조)에 황색과 청색은 차츰차츰 서로 겹쳐져서 이 두 색은 완전히 녹색으로 결합된다. 그 유색 상은 다음과 같이 나타난다.

주홍색

녹색

청적색

두번째 경우(215번 참조)에는 비슷한 상황에서 다음과 같이 나타난다.

청색

자색

황색

이러한 현상은 잿빛 하늘을 배경으로 하는 창살들에서 가장 아름답게 나타난다.

217 이 모든 경우에 우리는 이러한 현상을 완결되거나 종결된 것으로서가 아니라 언제나 생성되고, 증가하며 많은 의미에서 규정할 수 있는 현상으로 간주해야 한다는 점을 결코 잊지 말아야 한다. 그러므로 이러한 현상은 앞의 다섯 조건들(210번 참조)을 부정할 경우 점차 다시 감소하면서 마침내는 완전히 사라지게 되는 것이다.

15 앞서 설명한 현상들의 유도

218 이제 더 나아가기 전에 우리는 방금 설명한 상당히 단순한 현상들을 앞서 제시된 것들로부터 유도하거나 혹은 유도하라고 요구받을 경우, 그것들을 설명해야 한다. 그래야만 이 다음의 더욱 복잡한 현상들에 대해 자연 애호가가 명료하게 통찰할 수 있을 것이다.

219 무엇보다도 우리가 상들의 영역에서 거닐고 있다는 사실을 명심해야 한다. 본다는 행위에 있어서 우리가 특히 주목해야 하는 것은 언제나 유한(有限)한 물체이다. 그리고 굴절의 경우에 색채 현상에 대해 논하는 지금 문제가 되는 것은 오직 유한한 물체와 상일 뿐이다.

220 우리는 상들을 색채 현상의 설명을 위해서 제1차 상과 제2차 상들로 나눌 수 있다. 이러한 표현 전체에서 우리의 의도가 드러나는데, 다음의 설명은 우리의 생각을 더욱 분명하게 보여줄 것이다.

221 우리는 제1차 상들을 우선 근원적인 상들, 말하자면 현존하는 물체에 의해서 우리 눈 속에 유발되며 우리가 그 존재의 실재함을 확신하는 상들로 간주할 수 있다. 이것들에 우리는 유도된 것으로서의 제2차 상들을 대비시킬 수 있다. 이 상들은 물체가 치워진 후에 눈에 남게 되는 저 가상이자 모방적인 상들로서, 우리가 생리색의 이론에서 자세하게 논구한 바의 것이다.

222 제1차 상들은 달리 표현하자면 직접적인 상들이라 할 수 있는데 이것들은 저 근원적인 상들과 마찬가지로 물체로부터 직접 우리 눈에 도달한다. 이에 대비되는 것으로 간접적인 상들인 제2차 상들이 있다. 간접적인 상들이란 반사 표면에 의해 간접적으로 우리들에게 전달되는 것들을 말한다. 이것은 어떤 경우에는 이중의 상으로도 나타나는 반사상(反射像)들이다.

223 말하자면 반사시키는 물체가 투명하고 또 그것이 나란한 두 개의 평행 표면을 가지는 경우, 각각의 표면으로부터 상이 하나씩 눈에 들어오기 때문에 이중의 상이 생겨나는 것이다. 여하튼 앞쪽의 표면에서 생긴 상이 뒤쪽의 표면에서 생긴 상을 완전히 덮어버리지 않는 경우라면 말이다.

거울 가까이에 카드 한 장을 갖다 대어보라. 그러면 우선 카드의 선명하고 생기 있는 상이 나타나는 것을 본다. 하지만 바로 뒤이어 위치하는 모든 상들의 테두리가 각각 띠와 함께 보이게 되는데, 이 띠는 이제 그 다음 상의 출발이 되는 것이다. 이러한 작용은 다양한 거울들에서, 유리의 강도와 연마 과정에서 일어난 우연적인 요인에 따라 마찬가지로 다양하게 나타난다. 검은색 속옷 위에 흰색 조끼를 걸치고 거울 앞으로 다가서면, 띠가 매우 선명하게 나타나며, 검은색 천 위의 금속제 단추들의 이중 상들도 아주 분명하게 알아볼 수가 있다.

224 우리가 앞에서 실시한 다른 실험들(80번 참조)을 이미 잘 알고 있는 사람이라면, 여기에서도 올바르게 이해할 것이다. 유리판들에 의해 반사된 창살들은 이중으로 나타나며, 유리판의 강도를 높이거나 눈과의 반사각을 크게 하면, 창살들은 서로 간에 완전히 분리되어 나타날 수 있다. 평탄한 반사면의 바닥을 가진 용기에 물을 가득 채우고 그 앞에 물체들을 갖다 대면, 그것들은 이중으로 보이게 되며 상황에 따라 어느 정도 서로 분리되어 나타난다. 여기서 발견되는 것은 두 상이 서로 겹치는 곳에서는 정말 생생한 상이 생겨나지만, 서로 분리되어 이중이 되는 곳에서는 약하고 어슴푸레한 환영과 같은 상들이 나타난다는 점이다.

225 어느 것이 아래쪽의 상이며 어느 것이 위쪽의 상인지 알고 싶다면 채색된 매질을 택하면 된다. 아래쪽 표면으로부터 반사된 밝은

상이 매질의 색이며, 위쪽의 표면으로부터 반사된 밝은 상은 피유
도색을 가리키기 때문이다. 어두운 상들의 경우에는 그 역이 성립
한다. 그러므로 우리는 여기에서도 검은색과 흰색의 판지들을 매
우 유용하게 사용할 수 있다. 이중의 상들이 색을 얼마나 용이하
게 전이시키고 불러일으키는지는 여기에서도 다시 분명해진다.

226 세번째로 우리는 제1차 상들을 또한 본상(本像)들로 볼 수 있고,
또 그것들에 부차상(副次像)들로서 말하자면 제2차 상들을 부가할
수 있다. 그러한 부차상들은 본상으로부터 아무리 분리되려고 애
써도 분리될 수 없다는 점을 제외하고는 일종의 이중 상이다. 이
것들은 프리즘의 상들과 관련되어 있다.

227 무한한 물체는 굴절에 의한 색채 현상을 보이지 않는다(195번 참
조). 물체가 색채를 띠려면 한계가 있어야 하는 것이다. 색채 현
상을 보려면 상이 필요하다. 이 상은 굴절에 의해 움직이지만, 완
전하지도 순수하지도 뚜렷하지도 않고 불완전하게 움직이므로 부
차상이 생겨나는 것이다.

228 모든 자연 현상, 특히 의미심장하고 눈에 띄는 자연 현상에서 우
리는 거기에 고정되거나 집착하거나 달라붙거나 하면 안 되고 그
것을 분리시켜 관찰해서도 안 되며, 유사한 것, 인접한 것이 나타
나 있는 자연 전체를 둘러보아야 한다. 왜냐하면 유사한 것의 결
합을 통해서만 점차로 총체성이 생겨나는바, 이것은 스스로를 드
러낼 뿐 어떠한 부연 설명도 필요로 하지 않기 때문이다.

229 여기에서 우리는 소위 말하는 아이슬란드 수정의 경우처럼 어떠
한 경우에는 굴절이 또렷한 이중 상들을 생성시킨다는 사실을 기
억한다. 그러나 이러한 이중 상들은 커다란 수정과 그 밖의 것에
의해서도 생겨나는데, 그 현상들에 대해서는 아직 만족스러울 정
도로 관찰되어 있지는 않다.

230 그러나 앞의 경우(227번 참조)에 문제시되는 것은 이중 상이 아니라 부차상이므로, 우리가 이미 제시한 바는 있지만 아직 완전하게 해명하지는 않은 현상에 대해 고찰해 보기로 한다. 앞서 설명했던 사실, 즉 우리의 망막을 기준으로 하면 밝은 상은 어두운 바탕과, 어두운 상은 밝은 바탕과 일종의 갈등 상태에 있다는 사실(16번 참조)을 기억해 보라. 이 경우 밝은 상은 더 크게, 어두운 상은 더 작게 보인다.

231 이 현상을 더욱 세밀하게 관찰하면 다음과 같은 사실이 발견된다. 말하자면 상들은 바탕과 뚜렷하게 단절되어 있는 것이 아니라, 어느 정도 채색된 회색 테두리의 일종, 즉 부차상과 함께 나타난다. 상들은 맨눈에도 그러한 작용을 불러일으키지만, 밀도 높은 매질이 그 사이에 있게 되면 더욱 분명하게 드러난다. 우리에게 최고도로 생생하게 나타나는 상만 그런 식으로 작용하고 아울러 그 영향을 받는 것이 아니라 서로 간에 약간의 연관만 가진 모든 상들도 서로 작용을 하며, 때로는 강한 영향을 주고받기도 한다.

232 그러므로 부차상은 굴절이 상에 영향을 줄 때, 본상 옆에 생겨난다. 이때 본래의 상은 어느 정도 제자리를 지키려고 하면서 요컨대 이동에 저항하는 것처럼 보인다. 그러나 부차상은 상이 굴절에 의해서 자기 자신과 바탕 위로 움직이는 방향에서 앞질러 나타나며, 앞서 설명했듯이(212-216번 참조) 좁게도 넓게도 나타난다.

233 앞서 보았듯이(224번 참조), 이중 상들은 이등분된 상들로서, 일종의 투명한 환영(幻影)으로 나타나는데, 이것은 이중 그림자들이 언제나 반(半)그림자로 나타나는 것과 같다. 이 이중 그림자들은 색을 쉽게 받아들이며, 신속하게 만들어낸다(69번 참조). 이중 상들도 마찬가지이다(80번 참조). 부차상들의 경우도 꼭 마찬가지이다. 이것들은 이등분된 상들로서, 본상에서 분리되지는 않은 채

생겨나며, 따라서 아주 신속하고 쉽게 그리고 강력하게 채색되어 나타날 수 있다.

234 프리즘에 의해 생긴 유색 상이 부차상이라는 사실에 대해서는 한 가지 이상의 방식으로 확인할 수 있다. 그것은 정확하게 본상의 형태에 맞추어 생겨난다. 이 본상이 직선이나 곡선, 톱니 모양이나 파상(波狀), 아니 그 어떤 것으로 나타나든 간에 부차상은 전적으로 본상의 윤곽에 정확하게 맞추어 나타난다.

235 그러나 본래의 상의 형태뿐 아니라 그것의 다른 성질들도 겹상에 전달된다. 검은 바탕 위의 흰색 상처럼, 본상이 그 바탕과 선명하게 구분되면 유색의 부차상도 마찬가지로 아주 강력하고 선명하며 뚜렷하게 나타난다. 그러나 이것이 가장 강하게 나타날 때는 빛을 발하는 상이 검은색 바탕 위에 있을 때이다. 우리는 이것을 다양한 방식으로 만들어볼 수 있다.

236 그러나 본상이 바탕과 희미하게 구분되는 경우, 예컨대 회색의 상들이 검은색이나 흰색, 심지어는 회색의 바탕 위에 있는 경우, 부차상은 약해지고 그 색조에 있어서도 미미한 정도의 차이만 드러내며 거의 눈에 띄지 않게 된다.

237 더 나아가 아주 눈에 띄는 것은 밝거나 어두운 또는 유색의 바탕 위에 있는 유색 상들로부터 관찰되는 현상이다. 이때는 부차상의 색이 본상의 본래 색과 결합되어 합성된 색이 생겨나는데, 일치에 의해 색이 강화될 수도, 반발에 의해 색이 위축될 수도 있다.

238 그러나 이중 상과 부차상의 특징은 무엇보다도 반투명성에 있다. 그러므로 앞서 설명한 대로(141번 참조) 그 내적인 속성이 때로는 반투명하게, 때로는 반불투명하게 될 수 있는 투명 매질의 한도 내에서 생각해 보라. 그러면 이 투명 매질의 테두리 내에 있는 반투명한 가상(假像)은 곧바로 흐린 상으로 규정될 수 있다.

239 그러므로 굴절의 경우에 나타나는 색들은 흐린 매질 이론으로부터 아주 편안하게 유추될 수 있다. 왜냐하면 앞질러 가며 생기는 흐릿한 부차상의 띠가 어둠에서부터 밝음으로 움직이는 곳에서는 황색이 나타나며, 반대로 밝은 경계가 어두운 부분으로 넘어가는 곳에서는 청색이 생겨나기 때문이다(150, 151번 참조).

240 앞질러 가며 생기는 색의 폭은 언제나 더 넓다. 그래서 황색이 넓은 띠를 펼치면서 빛 위로 번져나가는 것이다. 그러나 이 색이 어둠과 접하게 되면, 상승과 그림자 생성 이론에 따라 주홍색의 가는 테두리가 나타난다.

241 이와 대척되는 위치에서는 밀려난 청색이 경계선상에 머무르고 있다. 하지만 가벼운 흐림의 상태로 앞으로 나아가려는 띠는 검은 색 위로 퍼져나가면서 우리에게 청자색을 보여주는데, 이것은 앞서 흐린 매질 이론에서 보고했던 바와 동일한 조건들에 따라 이루어진다. 그리고 이러한 조건들은 앞으로 제기될 다수의 다른 경우들에서도 마찬가지로 작용하게 될 것이다.

242 방금 보다시피 이러한 유추적 설명은 탐구자의 직관에 부합해야 하기 때문에, 우리는 모든 사람이 일시적이 아니라 철저한 방식으로 지금까지의 설명을 숙지할 것을 바라 마지않는 바이다. 여기에서는 현상들을 대신하여 자의적인 기호들이나 활자들 또는 여타 애호하는 기술 방법들을 제시하지는 않을 것이다. 또한 그것을 계기로 무엇인가 생각하게 하거나 누군가에게 생각을 하도록 하는 계기도 주지 않으면서 백 번이고 반복할 수 있는 그러한 상투어들도 사용하지 않는다. 문제는 육체와 정신의 눈앞에 생생하게 보여 주어야 하는 현상들인 것이다. 그래야만 현상들의 유래와 근거를 자기 자신과 다른 사람에게 명료하게 개진할 수 있는 것이다.

16 유색 현상의 감소

243 색채 현상의 감소를 쉽게 이해하고 또 실제로 보여주기 위해서는 그 현상을 증가시키는 저 다섯 가지 조건들(210번 참조)을 역방향으로 받아들이기만 하면 되기 때문에. 그 과정에서 눈이 지각하게 되는 현상을 간단하게 기술하면서 보여줄 수 있다.

244 대립적으로 나타나는 테두리들의 상호 결합이 가장 강하게 이루어질 때(216번 참조) 색들은 다음과 같이 나타난다.

주홍색   청색
녹 색   자색
적청색   황색

245 상대적으로 미약하게 결합할 때는(214. 215번 참조) 다음과 같은 현상이 나타난다.

주홍색   청 색
황 색   청적색
녹 색   자 색
청 색   주홍색
청적색   황 색

이때도 상들은 완전하게 채색되어 나타난다. 그러나 이러한 배열들은 원래부터. 끊임없이 분화되어 나타나는 눈금과 같이 단계적인 배열들로 간주될 수는 없다. 이것들은 그 원소들로 분해 가능하고 또 그렇게 되어야만 한다. 그래야만 그 본질과 특성을 더 잘 알 수 있기 때문이다.

246 이러한 원소들은 다음과 같다(199, 200, 201번 참조).

주홍색	청 색
황 색	청적색
흰 색	검은색
청 색	주홍색
청적색	황 색

이제 여태까지 완전히 가려져 있어서 마치 사라져버린 것 같았던 본상은 현상들의 한가운데서 다시 모습을 드러내 자신의 권리를 주장하며 또한 테두리들과 띠들의 형태로 나타나는 부차상들의 이차적 성질을 온전하게 드러낸다.

247 우리는 이러한 테두리들과 띠들을 임의대로 좁다랗게 만들 수 있으며, 심지어는 경계선상의 색채가 나타나지 않게 하면서도 굴절 현상을 유지할 수 있다.

이제 우리는 지금까지 충분히 설명한 이러한 색채 현상을 근원적인 현상으로 간주하는 것이 아니라 더 이전의, 더 단순한 현상으로 소급시킨다. 말하자면 흐림에 의해 서로 매개되는 빛과 암흑의 원현상으로부터 그러한 현상을 이끌어내며, 그 과정에서 제2차적인 상들의 생성 원리와 연결시킨다. 이렇게 준비 작업을 한 후에 우리는 굴절에 의해 이동함으로써 회색 상과 유색 상들을 생성시키는 현상들을 마침내 세세하게 논구할 것이고, 이로써 주관적인 현상들에 관한 단원이 완전히 종결될 것이다.

17 굴절에 의해 이동하는 회색 상들

248 우리는 여태까지 검은색 상들과 흰색 상들만을 그와 대립되는 색의 바탕 위에 놓고 프리즘을 통하여 관찰했다. 왜냐하면 그래야만 유색의 테두리와 띠가 가장 분명하게 드러나기 때문이었다. 이제 우리는 회색의 상을 가지고 실험을 반복하면서 이미 알려진 작용들을 다시 확인하게 될 것이다.

249 우리는 검은색을 암흑의 대표로, 흰색을 빛의 대표로 불렀는데 (18번 참조), 이제 우리는 회색이 다소간 빛과 암흑에 관여하면서 그 둘 사이에 위치하는 반(半)그림자(36번 참조)를 대표한다고 말할 수 있다. 눈앞의 목표를 위해서 다음과 같은 현상들을 기억해 두도록 하자.

250 회색 상들은 흰 바탕 위에서보다는 검은 바탕 위에서 더욱 밝게 보이며(33번 참조), 검은 바탕 위에서는 상대적으로 밝으므로 더욱 크게, 흰 바탕 위에서는 상대적으로 어두우므로 더욱 작게 보인다 (16번 참조).

251 회색이 어두워질수록 검은색 바탕 위에서는 더욱 약한 상으로, 흰색 바탕 위에서는 더욱 강한 상으로 보이며 그 역도 성립한다. 그러므로 어두운 회색은 검은색 바탕 위에서는 약한 부차상을, 흰색 바탕 위에서는 강한 부차상을 불러일으킨다. 마찬가지로 밝은 회색은 흰색 바탕 위에서는 약한 부차상을, 검은색 바탕 위에서는 강한 부차상을 일으킨다.

252 프리즘을 통해 볼 때 검은 바탕 위의 회색은 여태까지 검은색 바탕 위의 흰색을 가지고서 일으켰던 현상들을 보여준다. 테두리들은 동일한 원리에 의해 채색되며, 다만 띠들이 더욱 희미하게 나타날 뿐이다. 흰색 바탕 위에 회색을 놓으면, 우리가 프리즘을 통

해서 흰색 바탕 위의 검은색을 관찰했을 때 생겨났던 것과 같은
테두리들과 띠들을 보게 된다.

253 단계적으로 배열해 놓은 회색의 다양한 음영들 위에서 보다 더
어두운 색을 위아래로 움직이면, 그 테두리들에서 청색과 청자색
만이 나타나든지 아니면 적색과 황색만이 나타난다.

254 수평으로 배열해 놓은 일련의 회색 음영들은 위쪽이든 아래쪽이
든 검은색 표면이나 흰색 표면에 접근하게 되면, 이미 알려진 원
리들에 따라 채색된다.

255 이제 이 단원에서 사용하게 되며, 모든 자연 애호가가 자신의 자
료에 맞추어 확대할 수 있는 판지 위에서 우리는 프리즘을 가지고
이러한 현상들을 단번에 지각할 수 있다.

256 그러나 아주 중요한 것은 회색 상을 다음과 같이 설치하여 관찰
하고 숙고하는 것이다. 즉 검은색 표면과 흰색 표면 사이에 회색
상을 놓되, 그 분리선이 회색 상의 한가운데를 수직으로 통과하도
록 만든다.

257 이 회색 상에서 색들은 알려진 원리에 따르긴 하지만 밝음과 어
둠의 다양한 비례에 따라 직선상에서 대립적으로 나타난다. 예컨
대 회색은 검은색에 비해 밝게 보이므로 회색 상의 경계를 기준으
로 바깥쪽으로는 적색과 황색이, 안쪽으로는 청색과 청자색이 나
타난다. 이 회색 상은 흰색 표면에 비해서는 어두우므로 경계를
기준으로 바깥쪽으로는 청색과 청자색의, 반대로 안쪽으로는 적색
과 황색의 테두리가 나타난다. 이러한 관찰은 바로 다음 단원에서
아주 중요한 의미를 가진다.

18 굴절에 의해 이동하는 유색 상들

258 유색의 넓은 표면은 그 자체 내에서는 검은색이나 흰색, 회색뿐
아니라 어떠한 프리즘의 스펙트럼도 보여주지 않는다. 그 표면 위
에서 밝음과 어둠이 교체되어 나타나더라도 그것은 우연이거나 아
니면 고의에 의해서이다. 그러므로 프리즘을 통한 유색 표면들의
관찰은 그것들이 상이한 색조를 띤 다른 표면들과 테두리에 의해
서 구분되어야만 가능하다. 유색 상들에 대한 관찰도 마찬가지다.

259 종류를 불문하고 모든 색은 흰색보다는 어둡고 검은색보다는 밝
다는 점에서 회색과 일치한다. 이러한 유색 그림자는 앞에서 이미
언급하였는데(69번 참조) 앞으로는 점점 더 중요한 의미를 가지게
된다. 우선 유색 상들을 검은색과 흰색의 표면 위에 올려놓고 프
리즘을 통해 관찰하면, 우리는 회색 표면에서 보았던 모든 현상을
여기에서 다시 발견한다.

260 유색 상을 움직이면 무색 상들의 경우와 마찬가지로 같은 원리
에 따라 부차상이 생겨난다. 이 부차상은 색에 관한 한 그 본래의
속성을 유지하면서 한 면에서는 청색과 청적색으로, 그와 대립되
는 위치에 있는 다른 한 면에서는 황색과 주홍색으로 나타난다.
이때 테두리와 띠의 가상 색이 유색 상의 실제 색과 같은 종류일
수도 있고, 또한 다른 경우에는 염료로 채색한 상이 테두리와 띠
에 나타나는 색과 다른 종류일 수도 있다. 첫번째 경우에 가상(假
像)은 실제 상과 동조(同調)되어 확대되는 것처럼 보인다. 반대로
두번째 경우에는 실제 상이 가상에 의해 더럽혀지거나 흐려지거나
작아질 수 있다. 이제 이러한 작용들이 아주 기묘하게 나타나는
경우들을 검토해 보자.

261 이 실험들을 위해 마련한 판지를 집어 들고 검은색 바탕 위에 나

란히 놓인 적색 사각형과 청색 사각형을 보통의 방식대로 프리즘을 통해서 관찰해 보라. 그러면 두 색은 바탕보다 밝기 때문에, 두 색의 경계 안팎으로 동일한 색의 테두리들과 띠들이 생겨난다. 다만 관찰자의 눈에는 같은 정도로 분명하게 보이지는 않는다.

262 검은색과 비교할 때 적색은 청색보다 상대적으로 훨씬 더 밝다. 그러므로 검은색과 거의 구분되지 않는 어두운 회색처럼 작용하는 (251번 참조) 청색의 사각형에서보다 적색의 사각형에서 테두리들의 색이 더 강하게 나타난다.

263 경계 바깥쪽의 적색 테두리는 사각형의 주홍색과 동조를 이룬다. 그래서 적색의 사각형은 바깥쪽으로 약간 확대되어 보인다. 그러나 경계 안쪽으로 나아가려는 황색 띠는 적색 표면을 약간 더 밝게만 할 뿐, 주의를 기울여야 간신히 보이게 된다.

264 반대로 적색 테두리와 띠는 청색 사각형과 이종(異種)의 것이다. 그러므로 테두리에는 칙칙한 적색이, 사각형 안쪽으로는 칙칙한 녹색이 생겨난다. 그래서 얼핏 보면 청색의 사각형은 그 부분이 상실되어 없어진 것처럼 보인다.

265 두 사각형의 경계 안쪽으로는 청색 테두리와 청자색 띠가 생겨나서 위와 반대 방향으로 작용한다. 왜냐하면 주홍색 표면과는 다른 종류인 청색 테두리가 주홍색을 칙칙하게 만들어 일종의 녹색을 불러일으킴으로 이 부분에서 적색이 단절되고 밀려난 것처럼 보이며, 검은색 쪽으로 나아가려는 청자색의 띠는 거의 알아볼 수 없게 되기 때문이다.

266 반대로 청색의 가상 테두리는 청색 표면과 동조하므로 청색을 조금도 줄이지 않고 오히려 더해 준다. 이러한 이유와 인접한 청자색 띠로 인하여 청색 표면은 외관상 확대되어 보이며 바탕 쪽으로 밀려나 보인다.

267 방금 상세하게 설명한 바처럼 동종(同種)의 테두리들과 이종(異種)의 테두리들의 작용은 매우 강력하고 기묘한 것이다. 그래서 관찰자가 얼핏 보게 되면 두 사각형이 원래의 수평적 위치에서 벗어나 서로 반대 방향으로 움직인 것처럼 보인다. 말하자면 적색 사각형은 관찰자 쪽으로 올라오고, 청색 사각형은 바탕 쪽으로 내려간 것처럼 보인다. 하지만 일정한 순서에 따라 관찰하고, 실험들을 서로 연관 지으며 유도해 낼 줄 아는 자라면 아무도 그러한 가상 효과에 의해 기만당하지 않을 것이다.

268 이러한 중요한 현상에 대한 올바른 이해는 오히려 더욱 쉽게 얻어질 수 있다. 이와 같은 착각을 유발하려면 꽤 엄격하고 까다로운 조건들이 갖추어지기만 하면 되기 때문이다. 말하자면 적색 사각형에는 주홍색이나 질 좋은 연단(鉛丹)을 칠해야 하고, 청색 사각형은 인디고를 듬뿍 칠한 종이로 만들어야 한다. 그러면 프리즘에 의해 생긴 청색과 적색의 테두리는 동종의 색으로 된 사각형과 만나 그것들과 눈에 띄지 않게 결합한다.

그러나 이종의 색과 만나면 눈에 잘 띄는 중간색을 생성하는 것이 아니라 사각형의 색을 칙칙하게 만들어버린다. 사각형의 적색이 지나치게 황색으로 기울어서는 안 된다. 만일 그렇다면 경계 바깥의 어두운 적색의 가상 테두리가 지나치게 눈에 띄게 된다. 그러나 적색은 다른 면에서는 황색을 충분히 함유해야 한다. 그렇지 않으면 황색 띠에 의한 변화가 너무 분명하게 드러난다. 청색은 밝아서는 안 된다. 만일 그렇다면 적색의 테두리가 보이게 되고 황색의 띠가 너무 또렷하게 녹색을 불러일으키게 된다. 그러면 우리는 경계 안쪽의 청자색 띠를 더 이상 밝은 청색 사각형의 이동된 상으로 보거나 간주할 수 없게 된다.

269 이 모든 것에 대해서는 이 단원에서 요구되는 기구를 다루면서

더욱 상세하게 언급할 것이다. 모든 자연 탐구가는 손수 판지들을 마련하여 이러한 요술쟁이의 눈속임을 시연해 보일 수 있으며, 아울러 유색의 테두리들도 이 경우에는 예리한 관찰을 피해 갈 수 없음을 확인하게 될 것이다.

270 하여간 우리의 판지가 보여주는 여타의 다양한 편성은 모든 관찰자에게 이 점에 대해 조금의 의심도 남기지 않을 만큼 충분히 적절하다.

271 반대로 검은색 바탕 위의 청색 사각형 옆에 놓인 흰색 사각형을 관찰해 보라. 그러면 이제 적색 사각형의 자리를 대신 차지하고 있는 흰색 사각형 위에서 대립적인 위치에 있는 테두리들은 가장 뚜렷한 모습으로 드러난다. 이 흰색 사각형에서 적색의 테두리는 앞서 설명한 적색 사각형의 경우보다 더 깊숙이 청색 사각형의 수평선 너머로 펼쳐진다. 그러나 흰색 사각형의 경계 안쪽의 청색 테두리는 아주 아름답게 드러난다. 반면에 이 청색 테두리는 청색 사각형에서는 동일화되어 사라진다. 그리고 안쪽의 청자색 띠는 청색 사각형보다 흰색 사각형에서 훨씬 분명하게 보인다.

272 이제 앞서 보여준 사각형들의 짝들, 적색과 흰색, 청색과 청색, 청색과 적색, 청색과 흰색을 서로 비교해 보라. 그러면 이러한 표면들과 그것들 위에 생긴 유색의 테두리와 띠들의 비례 관계를 분명히 파악할 수 있다.

273 흰색 바탕 위에서 유색의 사각형들과 검은색 사각형을 관찰하면, 테두리들과 그것들의 유색 상들과의 비례 관계가 눈에 더욱 잘 드러난다. 왜냐하면 이때는 저 눈의 착시 현상이 완전히 제거되고, 테두리들의 작용이 다른 경우에 보는 것만큼 선명하게 드러나기 때문이다. 우선 청색 사각형과 적색 사각형을 프리즘을 통해서 보라. 두 사각형에서 청색 테두리는 경계 바깥쪽에서 생겨난

다. 청색 상과 동종인 이 청색 테두리는 이 상과 결합하게 되며, 그 결과 이 상은 위쪽으로 융기되는 것처럼 보인다. 단, 밝은 청색의 테두리가 위쪽으로 매우 두드러져 보이긴 하지만 말이다. 또한 청자색의 띠도 청색 사각형의 안쪽으로 깊숙이 펼쳐지면서 분명하게 보인다. 그런데 바로 이 경계 밖의 청색의 가상 테두리는 적색 사각형과 이종(異種)이기 때문에, 역작용을 받아 거의 눈에 띄지 않는다. 어쨌든 청자색 띠는 그 상의 주홍색과 결합하여 복숭아꽃의 색을 불러일으킨다.

274 앞서 제시한 이유에 의해서 이러한 사각형들의 경계 밖 테두리들은 수평으로 보이지 않는 반면, 경계 안 테두리들은 고르게 보인다. 왜냐하면 적색과 청색, 두 색은 검은색 바탕 위에 있을 때 밝은 만큼이나 흰색 바탕 위에서 더욱 어둡게 보이기 때문인데, 특히 청색의 경우에 그렇다. 그러므로 두 사각형의 경계 안쪽에 황색의 띠를 가진 적색 테두리가 매우 분명하게 생겨난다. 이 적색 테두리는 주홍색의 상 아래쪽에서 아주 아름답게 나타나며, 어두운 청색의 상 아래쪽에서는 검은색의 상 아래쪽에 있을 때처럼 보인다. 이것은 서로 겹쳐진 상들과 그 테두리 및 띠들을 다시 비교함으로써 확인할 수 있다.

275 이제 이러한 실험들을 아주 다양하고 명료하게 시행하기 위해서는 다양한 색의 사각형들을 판지 중앙에 놓아, 검은색 바탕과 흰색 바탕의 경계선이 그것들을 수직으로 나누도록 설치한다. 그러면 우리에게, 특히 유색의 상들의 경우에 있어서 충분히 알려진 저 원리들에 따라 사각형들의 모든 테두리가 두 배로 채색되며, 사각형들은 그 자체로 양분되어 하나는 위쪽으로, 다른 하나는 아래쪽으로 밀려난 것처럼 보이는 것을 발견하게 된다. 여기에서 우리는 마찬가지로 검은색과 흰색의 경계선 위에 놓인 저 회색 상(257번

참조)을 기억하게 된다.

276 우리가 앞서 검은색 바탕 위의 적색과 청색의 사각형에서 착시 현상에 이르기까지 관찰했던 현상, 즉 두 개의 상이한 유색 상들의 융기와 침강 현상을 이제 동일한 색을 가진 동일한 상의 각각의 반쪽 위에서 보기 때문에, 우리는 이로써 다시 유색 테두리들과 띠들에 주목하며, 아울러 그 색들이 동종일 때와 이종일 때 상들이 어떤 영향을 받는지에 대해 주목한다.

절반은 검은색 바탕 위에, 절반은 흰색 바탕 위에 놓인 유색 사각형들의 다양한 색조들을 비교해 보는 것은 관찰자 자신에게 맡기기로 한다. 다만 상례에 어긋나는 일그러짐 현상을 지적하고자 한다. 말하자면 적색과 황색은 검은 바탕 위에서는 튀어나와 보이고, 흰 바탕 위에서는 뒤로 물러나 보이는 반면에 청색은 검은 바탕에서는 뒤로 물러나고 흰 바탕에서는 튀어나온 것처럼 보이는데 이 모든 것은 여태까지 자세하게 설명한 사실과 부합한다.

277 이제 관찰자가 판지를 자기 앞으로 가져와, 앞서 말한 검은색과 흰색의 경계선 위에 놓인 사각형들을 자신의 눈과 평행이 되도록 하되 검은색 부분은 위쪽에, 흰색 부분은 아래쪽에 오도록 한다. 그리고 나서 프리즘을 통해 사각형들을 보면, 판지 위에 놓인 적색 사각형은 두 개의 적색 테두리를 갖게 됨을 보게 된다. 더 자세히 보면 관찰자는 적색 상 위에서 황색의 띠를 보게 되며, 흰색 바탕 쪽으로 펼쳐진 아래의 황색 띠는 아주 분명히 드러난다.

278 황색 사각형을 갖다 놓으면 윗부분의 적색 테두리는 아주 분명하게 눈에 띈다. 왜냐하면 황색은 검은 바탕 위에서 충분히 밝게 두드러져 보이기 때문이다. 황색 띠는 황색 표면과 동조하기 때문에 그 표면은 그만큼 더 아름답게 보인다. 아래쪽의 테두리는 적색을 조금 띨 뿐이다. 왜냐하면 밝은 황색은 흰색 바탕과 충분히

구분되지 않기 때문이다. 그러나 아래쪽의 황색 띠는 분명하게 구분된다.

279 이와는 달리 청색의 사각형에서는 위쪽의 적색 테두리는 거의 눈에 띄지 않는다. 황색 띠는 상 아래쪽으로 칙칙한 녹색이 생겨나게 한다. 아래쪽의 적색 테두리와 황색 띠는 선명하게 구분된다.

280 이와 같은 경우들에 있어서 우리는 적색 상이 양쪽으로부터 강화되고, 어두운 청색의 상은 최소한 한쪽에서는 희미해지는 것을 보게 되는데 만일 판지를 거꾸로 놓게 되면, 즉 흰색 부분을 위로, 검은색 부분을 아래로 오게 하면 정반대의 현상이 일어난다.

281 왜냐하면 이제 같은 종의 색을 가진 테두리들과 띠들이 청색 사각형들의 위쪽과 아래쪽에서 생겨남에 따라 이 사각형들은 확대되어 보이기 때문이다. 더군다나 상들의 일부는 더욱 아름답게 채색되며, 자세히 들여다보기만 하면 테두리와 띠들을 표면 자체의 색과 구분할 수 있다.

282 반면에 황색과 적색의 사각형은 판지를 이처럼 거꾸로 세움으로써 다른 종류의 색을 띤 테두리들에 의해 제한되며 고유색 Lokalfarbe의 영향은 위축된다. 위쪽의 청색 테두리는 두 경우에서 거의 눈에 띄지 않는다. 청자색 띠는 적색 사각형 위에서는 아름다운 복숭아꽃 색으로, 황색 사각형 위에서는 매우 옅은 색으로 나타난다. 아래쪽의 두 테두리는 녹색으로 보이는데, 적색 사각형에서는 칙칙하게, 황색 사각형에서는 생기 있게 드러난다. 청자색 띠는 적색 사각형 아래쪽에서는 좁게, 황색 사각형 아래쪽에서는 더 넓게 보인다.

283 모든 자연 애호가는 의무적으로 앞서 설명한 모든 현상들을 숙지해야 하며, 하나의 현상을 그렇게 많은 조건하에서 실험하는 것을 귀찮게 여기지 말아야 한다. 물론 이러한 현상들은 다양한 색

의 표면들 위에 또 그들 사이에 다양한 색의 상들을 놓음으로써 무한대로 펼쳐질 수 있다. 그러나 어떤 경우에도 관찰자에게 분명히 드러나는 것은 유색의 사각형들이, 동종의 그리고 이종의 색을 가진 테두리들이 착시를 초래한다는 바로 그 이유 때문에 프리즘에 의해 위치가 옮겨져서 나타나 보인다는 사실이다. 이러한 착시는 일련의 실험을 거치면서 그 일치점을 찾기까지 충분한 인내심을 가져야만 제거할 수 있다. 한 가지 이상의 방식으로 수행할 수 있었던 이러한 유색 상의 실험들을 그렇게 세세하게 설명한 이유는 차후에 더 분명히 드러날 것이다. 앞서 설명한 현상들이 알려지지 않은 것은 아니지만, 아주 잘못 알려져 있다. 그래서 우리는 장차 역사적 설명을 더욱 쉽게 하기 위해서 그것들을 자세하게 논구해야만 했다.

284   이제 결론 삼아 자연 애호가들에게 이러한 현상들을 한꺼번에 분명하게, 아주 찬란한 모습으로 보여줄 수 있는 장치를 소개하고자 한다.

하나의 판지로부터 대략 1인치 크기의 완전히 동일한 다섯 개의 사각형들을 정확히 수평을 유지하면서 나란히 베어낸다. 그리고 그 뒤쪽에다가 알려진 순서대로 주황색, 황색, 녹색, 청색, 청자색의 다섯 개의 유색 유리들을 갖다 붙인다. 이 판지를 이제 어둠상자의 틈새에 부착시켜 밝은 하늘이 그것들을 통해 보이게 하거나 아니면 태양이 그 위로 비치도록 하면 정말로 생생한 상들이 눈앞에 나타난다. 그리고 이 상들을 프리즘을 통해서 관찰하면 우리가 앞서 채색한 상들을 가지고 한 실험들로 이미 알게 된 현상들을 보게 된다. 다시 말해 부분적으로는 강화되고, 부분적으로는 약화되는 테두리들과 띠들 그리고 이로 인해 야기되는 특정한 색의 상들의 가상적인 이동을 수평선상에서 관찰할 수 있는 것이다.

관찰자가 이때 보게 되는 것은 앞서 설명했던 것들로부터 충분히 유추된다. 그러므로 여기에서 거듭 거론할 필요는 없겠다. 더군다나 이러한 현상들에 대해서는 앞으로도 수시로 주목할 기회가 있기 때문이다.

19 무색수차(無色收差, Achromasie)와 잔여 색수차(殘餘色收差, Hyperchromasie)[4]

285 자연에서 규칙적이고 지속적으로 일어나는 많은 현상을 단순한 일탈, 우연적인 것으로 간주했던 이전 시대에는 사람들은 굴절의 경우에 생겨나는 색들에 대해 거의 주목하지 않았으며, 그것들을 특수한 부수적 상황들로부터 유래하는 현상으로 간주하였다.

286 그러나 이러한 색채 현상이 언제나 굴절을 수반한다는 사실을 확인하고 난 다음부터는 자연히 색채 현상을 굴절과 내적으로 유일하게 인척 관계에 있는 것으로 보고 또한 색채 현상의 척도가 굴절의 척도에 따르며, 양자가 서로 간에 동일한 보조를 유지해야만 한다고 생각할 수밖에 없게 되었다.

287 전적으로는 아닐지라도 강한 혹은 약한 굴절 현상은 어느 정도는 매질의 다양한 밀도에서 비롯하는 것으로 여겨져 왔다. 이를테면 연무들로 채워진 아주 순수한 대기, 물, 유리는 그들의 밀도가 높아짐에 따라 소위 말하는 굴절, 상의 이동을 증대시킨다는 것이

---

4) 색수차란 렌즈에 맺히는 물체의 상이 빛의 파장에 의한 굴절률의 상이(相異)로 빛깔에 따라 그 위치나 배율을 바꾸는 현상. 이것을 없앤 것이 색지움 렌즈이다. 보통 제1렌즈는 크라운 유리로 된 볼록렌즈를 사용하며, 제2렌즈는 플린트 유리로 된 오목렌즈를 사용한다.

다. 또한 동일한 정도로 색채 현상도 증대된다는 사실을 사람들은 거의 의심할 수 없었다. 그리고 굴절과는 반대 방향으로 배치시켰던 다양한 매질들에서 색이 나타나는 것은 굴절이 있을 때뿐이며, 이 굴절이 제거되면 색도 사라지는 것이라고 믿어 의심치 않았다.

288 이와 반대로 이후 시대에는 동일한 것으로 여겨졌던 비례 관계가 동일하지 않으며, 또한 두 매질이 동일한 정도로 상을 이동시키긴 하지만 매우 상이한 색채의 띠를 생성시킬 수 있다는 사실이 밝혀졌다.

289 굴절에서 연유하는 것으로 여겨진 저 물리적 특성에 화학적 특성 또한 보충하여 고려하여야 한다(210번 참조)는 사실도 드러났는데, 이에 대해서는 장차 화학적 관점에서 접근하면서 계속 논구하게 될 것이다. 또한 이처럼 중요한 현상들의 더욱 세세한 점들에 대해서는 색채론의 역사에서 그 대강을 다루게 될 것이다. 현재로서는 다음에 보여주는 정도로 만족하기로 한다.

290 동일한, 아니면 적어도 거의 동일한 굴절력을 가진 매질들에서 나타나는 주목할 만한 특성은 색채 현상의 많고 적음이 화학적 처리에 의해서 결정될 수 있다는 점이다. 말하자면 색채 현상이 보다 많이 생기는 것은 산에 의해서이며, 보다 적게 생기는 것은 알칼리에 의해서이다. 보통의 유리에다가 금속 산화물을 섞어 넣으면 그 유리의 색채 현상은 굴절이 눈에 띄게 변하지는 않더라도 그 강도가 매우 높아진다. 반면에 알칼리를 섞어 넣으면 색채 현상이 감소되리라는 것을 쉽게 추측할 수 있다.

291 발견 이후 처음으로 사용되었던 유리 중에 영국인들이 플린트 유리와 크라운 유리라고 부르는 것들이 있는데, 전자에서는 더 강한 색채 현상이, 후자에서는 더 약한 색채 현상이 일어난다.

292 이제 설명하기 위해 이 두 용어를 전문 용어로 사용하기로 한다.

아울러 두 유리가 굴절력은 동일하지만, 플린트 유리가 크라운 유리보다 3분의 1 정도 더 강하게 색채 현상을 일으킨다는 점을 받아들이기로 한다. 그러면 어느 정도 상징적인 윤곽을 그려 보일 수 있게 된다.

293 여기서 설명을 더 편하게 하기 위해 눈금으로 나누어놓은 검은 색 판지 위의 평행선 ab와 cd 사이에 있는 다섯 개의 흰색 사각형을 생각해 보라. 1번 사각형은 맨눈 앞에 움직이지 않는 채로 제자리에 있다.

294 크라운 유리의 프리즘 g를 눈앞에 갖다 대면 2번 사각형은 세 눈금만큼 이동하며, 일정한 폭의 색채 띠들을 보여준다. 더 나아가 3번 사각형은 플린트 유리의 프리즘 h에 의해서 마찬가지로 세 눈금만큼 아래로 내려가며, 2번 사각형보다 3분의 1만큼 더 넓은 색채 띠들을 만든다.

295 이제 상상해 보라. 4번 사각형은 2번 사각형처럼 크라운 유리의 프리즘을 통해서 세 눈금만큼 옮겨지고, 다시 대칭으로 마주 세운 플린트 유리의 프리즘 h에 의해, 지금 눈앞에 보이는 대로 원래의 지점으로 되돌려진다.

296 이때 두 프리즘에 의한 굴절은 서로 간에 상쇄된다. 그러나 프리즘 h는 상을 세 눈금만큼 이동시키는 가운데 프리즘 g보다 3분의 1만큼 넓은 색채 띠들을 만들므로 굴절이 서로 상쇄되지만 그럼에도 남는 색채 띠 부분이 있게 된다. 말하자면 프리즘 h가 겉보기로는 상을 옮긴 것 같은 효과를 낳는 것이다. 그러므로 우리가 아래쪽으로 밀려 내려간 2, 3번의 사각형에서 보는 색채와는 역방향으로 색채 띠가 생겨난다. 이러한 색채의 잉여를 우리는 잔여 색수차 Hyperchromasie라고 부르며, 무색수차 Achromasie도 바로 여기에서 이끌어낼 수 있다.

297 요컨대 5번 사각형이 2번 사각형과 같이 원래의 자리에서 크라운 유리의 프리즘 g에 의해 세 눈금만큼 아래로 밀려 내려갔다고 간주하자. 그리고 이제 플린트 유리의 프리즘 h의 각도를 줄여 굴절을 상쇄시키는 방향으로 프리즘 g에 결합시킴으로써 5번 사각형을 두 눈금만큼 위쪽으로 올라오도록 한다. 그러면 앞의 경우에 나타났던 잔여 색수차는 제거되며, 상은 바로 원래의 자리로 되돌아가지는 않지만 무색이 된다. 합쳐놓은 프리즘들과 아래의 5번 사각형 사이를 점으로 찍어 연결시킨 선들에서 하나의 실제적인 프리즘이 새로 생겨났으며, 또한 연결시킨 선들이 휘어진 것이라고 보면 일종의 접안(接眼)렌즈가 생겨났다고도 볼 수 있다. 그리고 이러한 원리가 색수차가 없는 망원경의 제작에 응용된다.

298 방금 설명한 이러한 실험들에는 영국에서 제조되는, 세 개의 상이한 프리즘들로 합성된 조그만 프리즘이 매우 적절하게 사용된다. 바라건대 앞으로는 국내의 기술자들이 이 필수적인 기구들을 모든 자연 애호가에게 공급해 주었으면 한다.

20 주관적 실험의 장점. 객관적 실험으로의 이행

299 우리는 굴절의 경우에 나타나는 색채 현상들을 우선 주관적 실험을 통해 확인했고, 그 전체를 흐린 매질들과 이중 상들의 이론으로부터 이끌어냈던 방식대로 매듭 지었다.

300 자연과 관련 지어 설명할 때는 모든 것이 직접 눈으로 보고 확인하는 것에 달려 있기 때문에 이러한 실험들은 쉽고 편안하게 수행될수록 더욱 바람직하다. 모든 애호가는 커다란 번거로움 없이 별 비용을 들이지 않고도 기구를 장만할 수 있다. 말하자면 판지를

어느 정도 세공할 수 있는 사람이라면 스스로 대부분을 만들어 쓸 수 있다. 검은색, 흰색, 회색과 유색의 상들을 밝고 어두운 바탕 위에서 교체하도록 마련한 몇 개의 판지들이면 충분하다. 판지들을 앞에 갖다 놓고 움직이지 않게 한 후 상들의 테두리에 나타나는 현상들을 편안하고 지속적으로 관찰할 수 있다.

301 더욱이 아주 순수한 유리로 만들어지지 않은 싸구려 프리즘들을 통해서도 현상들을 충분히 선명하게 관찰할 수 있다. 이러한 기구들을 사용하는 데 요구되는 사항들은 기구에 대해 설명하는 단원에서 상세하게 보게 될 것이다.

302 이러한 실험들의 주요한 장점은 하루 중 어느 때라도 할 수 있으며, 어떤 방위에 있든 상관없이 어느 방에서도 할 수 있다는 것이다. 북쪽 지방의 관찰자에게는 충분하게 주어지지 않는 햇빛을 기다릴 필요도 없다.

객관적 실험들

303 이와는 달리 객관적 실험들에서는 햇빛이 필수적이다. 하지만 햇빛은 비록 나타난다 하더라도 그것에 마주 세워놓은 기구와 언제나 가장 바람직한 관계를 갖게 되는 것은 아니다. 태양은 때로는 너무 높게, 때로는 너무 낮게 위치하며 또 아주 적절한 위치에 있는 방의 자오선상에는 너무 짧게 머무르기 때문이다. 관찰 도중에 해가 지기도 한다. 그러면 기구를 가지고 뒤따라 움직여야 한다. 그러면 많은 경우에 실험이 불확실해진다. 태양이 프리즘을 통과하면 유리의 온갖 요철들, 내부의 실무늬들과 흐릿한 것들이 드러나므로 상은 엉클어지고 흐려지며 매끈하지 못하게 된다.

304 하지만 두 종류의 실험의 결과는 마찬가지로 정확하게 알려져

있다. 그것들은 서로 간에 대립되는 것으로 보이지만 언제나 서로 평행을 이룬다. 전자의 실험들이 보여주는 것을 후자의 실험들이 보여주기도 하지만, 각자는 또한 자기만의 특성을 가지고 있으므로, 자연의 특정한 작용들은 하나 이상의 방식으로 모습을 드러낸다.

305 그리하여 주관적 실험과 객관적 실험의 결합으로부터 생겨나는 중요한 현상들을 보게 된다. 객관적 실험도 그에 못지않은 장점을 가진다. 말하자면 우리는 그 실험의 결과를 대개는 선(線) 그림에 의해 나타낼 수 있으며 현상의 내적인 연관들을 판지 위에서 눈으로 확인할 수 있다. 그리하여 우리는 지체하지 않고 객관적인 실험이 주관적 실험과 전적으로 동일한 보조를 취하도록 한다. 그렇게 하기 위해 우리는 각 단락의 숫자 옆에 이전의 단락들의 숫자를 괄호 속에 직접 병기한다. 하지만 문제의 쌍둥이 현상들이 이런저런 방식으로 자연 애호가의 눈앞에 보이도록 하기 위해서는 독자는 판지들을, 연구자는 기구를 익숙하게 다룰 줄 알아야 한다는 전제 조건이 대체로 충족되어야 한다.

21 색채 현상을 수반하지 않는 굴절

306 (195, 196번 참조)색채 현상을 일으키지 않는 굴절 작용을 객관적 실험에서는 주관적 실험에서만큼 완벽하게 보여줄 수는 없다. 우리는 프리즘을 통해서 바라보며, 경계 없이는 색도 생겨날 수 없다는 사실을 확인할 수 있는 무제한적 공간들을 가지고 있긴 하지만 프리즘에 작용시킬 수 있는 무제한적 발광체를 가지고 있지는 않기 때문이다. 빛은 제한된 크기의 물체들로부터 오며 대부분의

객관적인 프리즘 상들을 일으키는 태양조차도 제한적으로 빛을 발하는 작은 상(像)일 뿐이다.

307 하여튼 우리는 태양이 비쳐 들어오는 상당히 큰 구멍이나 햇빛을 통과시키면서 그 방향을 틀어놓는 다소간 넓은 면적의 매질을 무제한적이라고 간주할 수 있다. 그 경계선들이 아니라 판지 표면의 가운데 부분만을 본다면 말이다.

308 (197번 참조)커다란 물〔水〕 프리즘에 햇빛을 통과시켜 보라. 그러면 맞은편의 판지 위에 밝은 공간이 위쪽으로 굴절되어 나타나지만 밝게 비친 공간의 가운데 부분에는 색채가 나타나지 않을 것이다. 굴절각이 몇 도 되지 않는 유리 프리즘들의 경우에도 똑같은 현상이 나타난다. 심지어 이러한 현상은 판지를 가까이에 바싹 가져올 경우 굴절각이 60도인 유리 프리즘들에서도 나타난다.

22 색채 현상의 조건들

309 (198번 참조)앞서 설명한 밝게 비친 공간은 원래 자리로부터 이동하였으나, 즉 굴절되긴 했으나 색채는 띠지 않는다. 하지만 이 공간의 수평 경계선들에서는 색채 현상이 나타난다. 여기에서 색은 단순히 상을 움직이기만 해도 생겨난다는 사실을 더 자세하게 입증할 수 있다.

　　여기에서 작용하는 발광체는 제한적인 것이다. 그리고 빛을 비추어주는 태양도 여기서는 하나의 상(像)으로서 작용한다. 어둠상자의 덧창에 가능한 한 조그만 구멍을 내어보라. 그래도 태양의 상 전체가 비쳐 들어온다. 원반 모양의 태양으로부터 쏟아져 들어오는 빛은 아주 작은 구멍에서 서로 교차되면서, 눈에 보이는 태양의 지름에 비례하는 각도를 이룬다. 그러면 검은 상자의 바깥쪽에는 꼭지점이 있는 원추가 생기며 안쪽으로는 이 꼭지점이 다시 확장되면서, 판지가 떨어진 거리에 따라 점점 커지는 둥근 상이 판지 위에 생겨난다. 그리고 이 둥근 상은 바깥 풍경의 여타 모든 상들과 함께 어두운 방 안에 있는 맞은편의 흰색 표면 위에 거꾸로 비친다.

310 여기에서 몇 줄기 태양 광선이든 아니면 광선 묶음이든 광선 다발, 광선들의 원주, 광선들의 막대든 간에, 어떻게 상상하더라도 거의 아무런 문제가 없다는 사실은 주목할 만하다. 선에 의해서 쉽게 표현할 수 있도록 햇빛이 평행하게 들어온다고 가정하라. 하지만 이것은 허구와 실제 현상 사이의 오차가 별로 중요하지 않을 때에만 허용되는 허구적 가정이라는 사실을 알아야 한다. 이 허구를 다시 현상으로 되돌리고 그러한 허구적 현상을 가지고서 계속해서 조작하지 않도록 유의해야 한다.

311 이제 덧창의 구멍을 원하는 만큼 크게, 둥글게 혹은 사각형으로 만들어라. 아니, 덧창을 활짝 열고 태양이 창문 전체를 통해서 방 안으로 비쳐 들어오게 하라. 태양이 비추는 공간은 태양의 지름이 만드는 각도가 요구하는 만큼 점점 더 넓어진다. 그리고 창문을 최대한으로 열어놓았을 때, 태양이 비추는 전체 공간도 태양의 상에다가 구멍(여기에서는 창)의 폭을 더한 것에 지나지 않는다. 여기에 대해서는 앞으로 다시 언급하게 될 것이다.

312 (199번 참조)또한 태양의 상을 볼록렌즈로 통과시키면 그 상은 초점으로 모아진다. 이때 상을 흰색 종이 위에 받아들이면 앞서 설명한 원리들에 따라 황색의 띠와 주홍색 테두리가 나타난다. 그러나 이 실험은 눈이 부시고 성가시기 때문에, 만월의 상을 가지고 하면 가장 아름다운 상을 볼 수 있다. 이 만월의 상을 볼록렌

즈로 수렴시키면, 색채 테두리가 아주 아름답게 나타난다. 왜냐하면 달은 그 자체가 온화한 빛을 보내므로 빛의 절제에 의해 생기는 색채를 그만큼 더 잘 생겨나게 하고 아울러 관찰자의 눈도 그 상을 차분하고 편안하게 받아들이기 때문이다.

313 (200번 참조)발광체의 상을 오목렌즈로 통과시키면 그 상은 커지고 또한 확대된다. 이때 상의 경계는 청색이 된다.

314 대립되는 두 현상을 볼록렌즈에 의해 동시에 그리고 연속적으로 생겨나게 할 수 있다. 동시에 생겨나게 하는 것은 볼록렌즈의 중앙 부분에 불투명한 원반을 부착시킨 후 태양의 상을 통과시키면 된다. 이때 발광체의 상뿐 아니라 그 안에 위치하는 검은 핵도 수렴되므로 대립적인 현상들이 동시에 생겨난다. 더 나아가서 우리는 이러한 대립을 연속적으로도 관찰할 수 있다. 즉 발광체의 상을 처음에는 초점까지 수렴하여 황색과 주홍색이 나타나게 한 후에, 그 상을 다시 초점 뒤에서 확대시키면 즉시에 청색 경계가 나타난다.

315 (201번 참조)또한 여기에서도 주관적 실험에서 언급하였던 사실, 즉 청색과 황색은 흰색 바탕 위에서 나타나며 검은색 바탕 위로 넘어가게 되면 두 색 모두 불그스레한 빛을 띠게 된다는 사실이 입증된다.

316 (202. 203번 참조)이러한 기본 현상들은, 주관적 실험들의 토대가 되었던 것과 마찬가지로 다음의 모든 객관적 실험에서도 반복된다. 취급 방식도 완전히 동일하다. 밝은 테두리를 어두운 표면 쪽으로, 어두운 표면을 밝은 경계 쪽으로 끌어가는 것이다. 주관적 실험에서나 객관적 실험에서나 경계들이 하나의 길을 만들며, 흡사 서로 간에 밀치고 당기는 형국이라 할 수 있다.

317 (204번 참조)태양의 상을 다소 크거나 다소 작은 구멍을 통해 어

두운 방 안으로 들어오게 한 후, 굴절각을 보통의 경우와 마찬가지로 아래쪽으로 향하게 한 프리즘으로 그 상을 통과시키면, 발광체의 상이 직선으로 바닥을 향하는 것이 아니라 수직으로 세워진 판지의 위쪽으로 굴절된다. 여기에서 우리는 상의 주관적인 이동과 객관적인 이동이 함께 작용하는 대립에 대해 생각해 보아야 한다.

318 우리가 굴절각을 아래쪽으로 향하게 한 프리즘을 통해 위쪽에 위치하는 상을 보게 되면, 이 상은 아래쪽으로 내려간다. 어두운 방 안으로 들어오는 발광체의 상이 동일한 프리즘에 의해 뒤쪽으로 옮겨지는 대신에 말이다. 여기에서는 간단하게 사실대로만 설명했지만, 실은 굴절과 융기의 원리들에 의해 어려움 없이 추론할 수 있는 것이다.

319 이러한 방식으로 발광체의 상이 원래의 자리에서 움직이게 되면, 색채 띠들도 앞서 설명한 원리들에 따라 자신의 길을 간다. 청자색의 띠는 언제나 앞서 간다. 요컨대 주관적 실험에서는 아래쪽으로, 객관적 실험에서는 위쪽으로 움직인다.

320 (205번 참조)마찬가지로 관찰자는 두 개의 프리즘에 의한 상의 이동이 대각선 방향으로 일어나면, 주관적 실험에서 분명하게 나타났던 것처럼, 대각선 부분이 채색되는 것을 확인한다. 그러나 이 실험을 위해서는 대략 15도가량의 작은 각도의 굴절각을 가진 프리즘들이 필요하다.

321 (206, 207번 참조)여기에서도 상은 그 운동 방향에 따라 채색된다는 사실은, 덧창에 적당한 크기의 구멍을 사각형으로 만들고 발광체의 상을 물 프리즘을 통해서 통과시키면 처음에는 테두리들이 수평과 수직선상으로 나타나다가 다음에는 대각선 방향으로 나타나는 것에서 확인할 수 있을 것이다.

322 (208번 참조)거듭 확인되는 바는 상의 경계들을 나란하게가 아니

라 서로 겹쳐지게 이동시켜야 한다는 사실이다.

23 색채 현상 증가의 조건들

323　(209번 참조)상의 움직임을 증대시키면 색채 현상도 더욱 강력해
　　진다.
324　(210번 참조)이러한 움직임의 증대는 다음과 같은 요인들에 의해
　　일어난다.

　　　1) 양 표면이 평행한 매질을 더욱 비스듬한 각도로 발광체의 상이 통
　　과할 때.
　　　2) 양 표면이 평행한 매질의 형태를 다소간 예각을 이루는 형태로 바
　　꿀 때.
　　　3) 평행하거나 예각을 이루거나 간에 매질의 강도를 높일 때. 왜냐하
　　면 상은 때로는 이러한 방식에 의해 더욱 많이 움직이며, 때로는 매질이
　　가진 고유한 속성이 함께 작용하기 때문이다.
　　　4) 굴절시키는 매질을 판지로부터 멀리 둠으로써 채색된 상이 더욱 먼
　　길을 가야 할 때.
　　　5) 이러한 모든 상황하에서는 우리가 무색수차와 잔여 색수차 단원에
　　서 이미 자세하게 다루었던 화학적 속성이 드러난다.

325　(211번 참조)객관적 실험의 장점은 우리가 현상의 생성 과정을, 그
　　연속적인 생성을 우리 바깥에서 보여줄 수 있고, 동시에 선(線) 그
　　림에 의해 분명하게 나타낼 수 있다는 점에 있다. 주관적 실험의
　　경우에는 그렇지 못하다.

326 프리즘을 통과한 발광체의 상과 그 증가하는 색채 현상을 맞은 편의 판지 위에서 단계적으로 관찰하고 아울러 타원형의 밑면을 가진 이 원추의 윤곽을 눈앞에 그려볼 수 있다면, 이 현상의 전체 모습을 다음과 같이 아주 아름답게 확인할 수 있다. 즉 상이 어두운 공간 속을 지나가는 선을 따라 흰색의 미세한 모래 먼지가 일어나도록 한다. 이 모래 먼지는 미세하고 잘 말린 머리 분(粉)에 의해서 가장 잘 생겨난다. 다소간 채색된 상을 이제 흰색의 원자들이 받아내어 그 전체의 폭과 길이를 눈앞에 드러내 보여준다.

327 꼭 마찬가지로 우리는 선(線) 그림들을 판지 실험에 도입하였다. 그리하여 상은 처음의 출발점부터 표시되며, 프리즘을 통과한 발광체의 상이, 양 표면이 평행한 매질을 통과할 때보다 훨씬 더 강하게 채색되는 이유도 이러한 방식에 의해서 분명하게 보여줄 수 있다.

328 (212번 참조)마주 보는 두 경계선을 기준으로 대립을 내포한 상들이 예각을 그리면서 나타난다. 이 상은 공간 속에서 앞으로 나아감에 따라 각도에 비례하여 확대되어 간다. 발광체의 상이 움직여 나아가는 방향에서는 청자색 띠가 어둠 속으로 뻗쳐나가려 하며, 경계선상에는 좁은 청색 테두리가 머물러 있다. 다른 쪽에서는 황색 띠가 밝음 속으로 퍼져나가려 하며, 경계선상에는 주홍색 테두리가 머물러 있다.

329 (213번 참조)그러므로 여기에서는 어둠이 밝음 쪽으로, 밝음이 어둠 쪽으로 나아가려 할 때 나타나는 현상을 잘 관찰할 수 있다.

330 (214번 참조)커다란 상의 가운데 부분은 오랫동안 채색되지 않은 채로 있다. 특히 밀도가 낮거나 크기가 작은 매질인 경우에 그러하다. 그러나 마침내는 서로 대립된 위치에 있는 띠들이나 테두리들이 서로 만나게 된다. 그러면 그때 발광체의 상의 가운데 부분

에서 녹색이 생겨난다.

331 (215번 참조)이때까지는 객관적인 실험을 주로 빛을 발하는 태양의 상을 가지고서만 했기 때문에, 어두운 상을 가지고 객관적 실험을 할 수 있다는 생각은 거의 들지 않았다. 그러나 이 실험을 위해서 우리는 편리한 기구를 갖추고 있다. 즉 저 커다란 물 프리즘을 태양이 통과하도록 위치시키고 바깥 면이나 안쪽에 둥근 판지를 붙여라. 그러면 색채 현상은 다시 저 잘 알려진 법칙에 따라 테두리들 주위에서 생겨난다. 테두리들이 나타나고, 예의 원리대로 확대되며, 가운데 부분에서는 자색이 생겨난다. 둥근 판지 곁에 사각형의 판지를 임의의 방향으로 덧붙이면 앞서 여러 차례 보고하고 설명한 현상을 새로이 확인할 수 있다.

332 (216번 참조)앞에 설명한 프리즘으로부터 덧붙여놓은 어두운 상들을 다시 떼어내고, 그때마다 유리 표면을 세심하게 닦는다. 그리고 단단한 연필 같은 가느다란 막대기를 수평으로 놓인 프리즘 가운데에 갖다 댄다. 그리하여 청자색 띠와 적색 테두리를 완전히 뒤섞이게 하면 단 세 가지 색, 즉 바깥 부분의 두 색과 가운데의 하나의 색을 보게 된다.

333 프리즘 앞에 놓인 판지의 중간 부분을 수평으로 길게 베어낸 후, 햇빛을 통과시키면 황색 띠와 청색 테두리가 완전히 결합되어 밝은 쪽으로 퍼져나가게 할 수 있으며 이때는 주홍색, 녹색과 청자색만 나타난다. 그 구체적인 방식에 대해서는 판지들을 설명하면서 더 자세히 언급한 바 있다.

334 (217번 참조)프리즘에 의해 생긴 상은 그러므로 발광체의 상이 프리즘을 통과한다고 해서 완결되거나 완성되는 것은 결코 아니다. 프리즘에 의해 생긴 상의 발단 부분들만이 대립에 의해서 지각될 뿐이다. 프리즘을 통과한 상은 점차 확대되며, 대립되는 것

끼리 서로 결합하고 마침내는 아주 긴밀하게 서로 교차하게 된다. 판지에 나타나는 이러한 상의 단면은 프리즘으로부터 떨어진 거리에 따라 달라지므로, 색채의 연속적인 계열에 대해서도, 색채 변화의 동일한 비율에 대해서도 확인할 수 없다. 따라서 자연 애호가와 관찰자는 자연과 우리의 자연에 적합한 판지로 시선을 돌리게 된다. 그리고 거듭해서 모든 실험과 관련된 설명을 구구하게 반복하고 충분한 지침을 덧붙이게 되는 것이다.

24 앞서 설명한 현상들의 유도

335 (218번 참조)우리가 이러한 추론에 대해 주관적 실험을 하면서 이미 자세하게 설명하였고, 그때 타당했던 모든 것이 여기서도 타당하다면, 현상에서 완전히 나란하게 나타나는 것은 또한 동일한 원천에서 유도해 낼 수 있다는 사실을 보여주기 위해 구구하게 설명할 필요는 없다.

336 (219번 참조)객관적 실험에서도 상들이 관계한다는 사실은 앞에서 자세하게 설명하였다. 아무리 작은 구멍을 통해서라도, 태양은 언제나 그 전체의 둥근 상이 비쳐 들어가게 한다. 아주 커다란 프리즘에 햇빛을 통과시킨다 하더라도, 태양의 상은 그대로 유지되고 굴절시키는 표면들의 테두리가 태양의 상의 경계가 되며, 이러한 경계에서 부차상들이 생겨난다. 다양한 모습으로 잘라내어 만든 판지를 물 프리즘 앞에 갖다 대면 온갖 유형의 상들이 생겨나는데, 이 상들은 굴절에 의해서 본래 자리로부터 이동하면서 색채의 테두리들과 띠들 그리고 이 상들과 꼭 닮은 부차상들을 보여준다.

337 (235번 참조)주관적 실험에서 서로 강력하게 구분되는 상들은 아주 선명한 색채 현상을 보여주었는데, 이것은 객관적 실험에서는 더욱 생기 있고 화려하게 나타난다. 왜냐하면 태양의 상은 우리가 알고 있는 것 중 가장 높은 에너지의 것이며, 그 부차상 또한 강력하여, 흐려지고 어두워지는 부차적 속성에도 불구하고 언제나 찬란하게 빛을 내기 때문이다. 햇빛이 프리즘을 통과하여 그 어떤 물체에 가져다 준 색들은 이를테면 최고도로 에너지가 높은 원광(原光)을 배후에 가지고 있기 때문에 강력한 빛을 수반하게 마련이다.

338 (238번 참조)우리가 이러한 부차상들을 흐릿한 것이라 부르고 그것들을 흐린 매질들의 이론으로 추론해 내게 된다면, 여태까지 주의 깊게 따라왔던 모든 사람은 우리의 실험 결과에 분명하게 수긍할 것이다. 특히 흐린 매질들의 작용을 언제라도 명백하고 생생하게 확인할 요량으로 필수적인 기구를 장만하고 있는 사람들이라면 두말할 필요도 없다.

25 색채 현상의 감소

339 (243번 참조)주관적 실험의 경우에 나타나는 색채 현상의 감소를 어느 정도 간략하게 이해할 수 있었기 때문에, 여기에서는 저 명백한 설명에 의존함으로써 더 간략하게 정리하고 넘어가도 무방하리라고 생각한다. 그 커다란 중요성 때문에 강의 전체의 주요한 핵심이 되는 단 한 가지 사실에 대해 독자가 특히 주목해 주었으면 한다.

340 (244-247번 참조)프리즘에 의해 생긴 상이 감소하려면 우선 프리

즘에 의해 생긴 상이 펼쳐져야 한다. 프리즘으로부터 판지를 적당한 거리에 두면 마침내는 채색된 상으로부터 청색과 황색이 사라지게 된다. 두 색은 서로 포개어지다가 완전히 사라지고, 주홍색과 녹색, 청적색만 남게 된다. 그러나 판지를 굴절시키는 매질 가까이로 가져가면 황색과 청색은 다시 나타나며, 이제 우리는 다섯 가지 색들이 그 다채로운 색조와 함께 나타나는 것을 볼 수 있다. 판지를 더 가까이로 가져가면 황색과 청색은 완전히 분리되며, 녹색은 사라지고, 채색된 테두리들과 띠들 사이의 상은 무색이 된다. 판지를 가까이 가져가면 갈수록 앞의 테두리와 띠들은 점차 가늘어지며, 마침내 프리즘과 맞닿게 되면 제로 상태가 된다.

26 회색 상들

341 (248번 참조)우리는 주관적 실험에서 회색 상들이 아주 중요하다고 이미 설명한 바 있다. 이것들은 부차상들의 약화를 통해서 생겨나는바, 이것은 바로 그 부차상들도 언제나 본상에서 생겨난다는 사실을 보여준다. 이제 여기서 객관적인 실험을 주관적 실험 못지않게 수행하고자 한다면, 다소간 흐릿하게 연마된 유리를 태양의 상이 들어오는 구멍 앞에 갖다 대는 것으로 족하다. 그렇게 하면 흐릿한 상이 생겨나게 되며, 굴절 후에 태양의 원반이 직접 판지 위에 불러일으키는 것보다 훨씬 흐릿한 색들이 나타날 것이다. 태양의 상이 아무리 강력할지라도 흐림에 의해 누그러진, 희미한 부차상만이 생겨난다. 물론 이 실험에 의해서도 우리가 이미 잘 알고 있는 사실이 거듭 확인될 뿐이다.

27 유색 상들

342 (260번 참조)객관적 실험을 위해 유색 상들을 만드는 방법은 다
양하다. 우선 어둠상자의 구멍 앞에 색채 유리를 갖다 대면 즉시
에 유색 상이 생겨난다. 두번째로는 물 프리즘을 유색 용액들로
채우면 된다. 세번째는 프리즘에 의해 이미 만들어진 강화된 색들
을 얇은 금속판의 비교적 작은 구멍들을 통해 투과시킴으로써, 작
은 상들이 다시 제2의 굴절을 하도록 만든다. 이 마지막 방법이
가장 어렵다. 태양의 빛이 지속적으로 굴절됨으로써, 태양의 상을
고정할 수도, 임의의 방향에서 확인할 수도 없기 때문이다. 두번
째 방식이 수월하지 않은 것은 모든 유색의 용액들을 밝고 선명하
게 만들 수 있는 것은 아니기 때문이다. 그러므로 첫번째 방식이
더욱 큰 장점을 가진다. 게다가 물리학자들이 프리즘을 통과한 햇
빛이 만들어내는 색, 다시 말해 용액들과 유리들을 통과한 햇빛이
만들어내는 색과 이미 종이나 헝겊 위에 고정된 색을 실험에서는
동일하게 작용하는 것으로 여겨왔기 때문에 더욱더 그렇다.

343 여기에서는 상을 채색하는 것만이 문제이므로, 이미 소개한 커
다란 물 프리즘이 가장 유용하게 사용될 수 있다. 빛을 채색시키
지 않으면서 투과시키는 프리즘의 넓은 표면들 앞에 다양한 형태
의 구멍을 낸 판지를 갖다 대어 다양한 상들과 아울러 다양한 부
차상들을 만들어낼 수 있기 때문이다. 그리고 판지의 구멍들에 유
색 유리들을 부착시키기만 하면 객관적 의미에서 굴절이 유색 상
들에게 어떤 영향을 주는지 관찰할 수도 있다.

344 요컨대 앞서 소개한 바 있는 색유리들을 부착시킨 판지(284번 참
조)를 사용해 보라. 이 판지는 커다란 물 프리즘의 이음새 부분
에 꼭 낄 정도의 크기로 마련한다. 그러고 나서 햇빛을 투과시키

면, 위쪽으로 굴절되는 유색 상들이 각각의 방식에 따라 띠를 두르거나 변색되는 것을 관찰할 수 있다. 이때 띠들과 테두리들은 몇몇 상들에서는 아주 분명하게 나타나며, 또 다른 경우에는 유리의 특수한 색과 혼합되어 상들을 강화시키거나 아니면 흐릿하게 만든다. 그러면 여기에서 우리가 주관적으로 그리고 객관적으로 자세하게 설명한 바 있는 이 단순한 현상이 핵심이라는 사실을 누구라도 확인할 수 있다.

28 무색수차와 잔여 색수차

345 (285-290번 참조)잔여 색수차와 무색수차 실험을 객관적인 방식으로도 수행하기 위해서는 앞서 장황하게 설명한 것 말고도 짤막한 소개가 필요하다. 특히 앞에서 소개한 합성 프리즘이 자연 애호가의 수중에 있다는 사실을 전제로 할 수 있기 때문에 그렇다.

346 크라운 유리로 된, 예각을 이루는 프리즘을 통해서 태양의 상을 투과시키면 맞은편에 있는 판지의 위쪽으로 그 상이 굴절되어 나타난다. 테두리는 알려진 규칙에 따라 채색된다. 즉 청자색과 청색은 위쪽과 바깥쪽에, 황색과 주홍색은 아래쪽 그리고 안쪽에 생겨난다. 이 프리즘의 굴절각은 아래쪽으로 향하므로, 여기에다가 굴절각이 위쪽으로 향하는, 적절하게 비례를 맞춘 다른 플린트 유리를 갖다 붙인다. 그러면 태양의 상은 원래 자리로 되돌아간다. 하지만 끌어내림의 규칙에 따라 상을 아래쪽으로 끌어내리는 플린트 유리로 된 프리즘의 색채 유발력이 남게 됨으로써 그 상은 어느 정도 채색된다. 즉 청색과 청자색은 판지의 아래쪽과 상의 바깥쪽에, 황색과 주홍색은 판지의 위쪽과 상의 안쪽에 나타난다.

347 그러나 이제 크라운 유리로 된, 비례를 적절히 조절한 프리즘을 사용하여 상 전체를 다시 위쪽으로 약간 끌어올리면, 잔여 색수차가 제거된다. 이렇게 하여 태양의 스펙트럼은 원래 자리에서 움직이기는 하였으나 색채는 제거되어 나타난다.

348 세 개의 렌즈로 합성된 무색수차 대물렌즈를 이용하여 똑같은 실험들을 단계적으로 실시할 수 있다. 기술자가 접합시켜 놓은 본래의 상태를 망가뜨리게 된다 하더라도 후회하지 않는다면 말이다. 상을 초점으로 수렴시키는 크라운 유리로 된 두 개의 볼록렌즈, 태양의 스펙트럼을 확대시키는 플린트 유리로 된 오목렌즈가 만든 상들은 각각의 테두리에서 기존의 색채들을 보여준다. 하나의 볼록렌즈를 오목렌즈와 결합시키면 색채는 후자의 원리에 따라 생겨난다. 그러나 세 개의 렌즈를 모두 합치면, 태양의 스펙트럼을 초점으로 수렴하거나 아니면 초점 뒤로 확대하거나 간에, 유색의 테두리들은 결코 나타나지 않는다. 기술자가 의도했던 무색수차가 여기서 재차 입증되는 것이다.

349 하지만 크라운 유리 자체가 녹색을 띠고 있으므로, 특히 커다랗고 강렬한 물체들의 경우에는 그 어떤 녹색 색조가 기저에 깔리고 그 곁에는 피유도된 자색이 특별한 경우에 나타나기도 한다. 이러한 현상은 우리가 다수의 물체들을 가지고 반복적으로 실험했지만 나타나지 않았던 것이다. 그래서 온갖 기발한 설명을 고안하고 이론상으로 무색수차 망원경이 불가능함을 입증해야 했던 터라, 그러한 극단적인 개선을 부정할 수 있음을 어느 면에서는 기뻐했던 것이다. 여기에 대해서는 이러한 발명품들의 역사를 밝히며 상세하게 다룰 수 있을 것이다.

29 객관적 실험과 주관적 실험의 결합

350 앞에서 객관적으로 관찰한 굴절과 주관적으로 관찰한 굴절이 대
립적인 의미에서 작용해야 한다는 사실을 보여주었으므로(318번 참
조), 거기에서 우리는 이제 다음과 같은 사실을 추론할 수 있다.
즉 이 실험들을 결합시키면 서로를 지양시키는 대립적인 현상들이
나타난다는 점이다.

351 수평으로 세워진 프리즘을 투과한 태양의 스펙트럼은 벽의 위쪽
에 나타난다. 프리즘이 충분히 길다면 관찰자도 동시에 프리즘을
들여다볼 수 있다. 그러면 그는 객관적 굴절에 의해 위쪽으로 이
동한 스펙트럼을 다시 아래로 끌어당겨, 굴절이 없었더라면 나타
났을 원래의 자리에서 보게 된다.

352 여기에서 하나의 중요한, 그러나 흡사 사물의 본성에서 유래한
듯한 현상이 드러난다. 말하자면 이미 여러 차례 상기했다시피, 실
제로 투사되어 벽에 채색되는 스펙트럼은 완결된 상도 변화 불가
능한 상도 아니기 때문에, 방금 설명한 방식대로 실험하면 스펙트
럼은 아래쪽으로 끌려 내려올 뿐만 아니라 또한 그 테두리들과 띠
들이 완전히 제거되기 때문에 무색의 둥근 형상으로 되돌아가게
된다.

353 이 실험을 위해 두 개의 완전히 동일한 프리즘을 나란히 세워 하
나의 프리즘에는 태양의 스펙트럼이 통과하도록 하고, 다른 프리
즘을 통해서는 그것을 관찰한다.

354 관찰자가 두번째의 프리즘을 가지고 이제 앞으로 나가면 상은
다시 위쪽으로 움직이며 점차 첫번째 프리즘의 원리에 따라 채색
된다. 그러나 상이 원래 자리로 올 때까지 관찰자가 다시 뒤로 물
러서고, 그리고 나서도 계속해서 상으로부터 물러서면 관찰자의

눈에 둥글고 무색으로 보이는 상은 계속 아래로 움직이면서 앞의
경우와 대립되는 방식으로 채색된다. 그리하여 동일한 상이 프리
즘을 통하여 벽에 투과되는 동시에 프리즘을 통하여 보여짐으로써
객관적 법칙에 따라 또 주관적 법칙에 따라 채색되는 것을 보게
되는 것이다.

355 이 실험을 다양하게 응용할 수 있다는 것은 자명하다. 태양의 스
펙트럼을 실제로 위쪽으로 움직이게 하는 프리즘의 굴절각이 관찰
자가 들여다보는 프리즘의 각도보다 크면 관찰자는 훨씬 뒤로 물
러서야 한다. 그래야만 벽에 나타난 유색 상을 아래로 끌어내려
무색이 되게 할 수 있다. 물론 그 반대의 경우도 타당하다.

356 이러한 방식으로 무색수차와 잔여 색수차를 한꺼번에 설명할 수
있다는 사실은 주목할 만하다. 이에 대해 더 토론하고 상세히 설
명하는 것은 애호가 여러분에게 맡기기로 한다. 마찬가지로 우리
도 복잡한 실험들, 이를테면 프리즘과 렌즈를 동시에 사용하거나
객관적 실험과 주관적 실험을 다양한 방식으로 뒤섞는 다른 실험
들은 나중에서야 다룰 것이며 그때는 이제 충분히 알려진 단순한
현상들을 되새기게 될 것이다.

30 이행 단계

357 지금까지 해온 굴절색들에 대한 설명과 유추를 되돌아보더라도,
그것들을 너무 세세하게 다루었다든지 아니면 다른 물리색들을 소
개하기에 앞서서 우리 스스로 설정한 질서를 벗어나 설명했다는
후회의 느낌이 들지는 않는다. 하지만 우리는 다음 단계로 넘어가
면서 독자들과 동료 연구자 여러분들에게 약간의 해명을 하고자

한다.

358 우리가 굴절색, 특히 두번째 부류의 굴절색 이론을 지나치게 장황하게 설명한 데 대해 굳이 변명하자면 다음의 사항을 언급하지 않을 수 없다. 우리들이 알고 있는 그 어떤 대상에 대한 논의는 때로는 다루어야 할 소재의 내적 필연성과, 때로는 논의가 행해지는 시대의 필요성과 연관될 수 있다. 우리의 논의에서는 언제나 두 측면을 다 고려할 필요가 있었다. 원래 목표는 우리의 전체 경험과 확신을 검증받은 지 오래인 방법에 의해 제시하는 것이었다. 그러나 우리는 알려지기는 했으되 잘못 알려졌으며 특히 허구적인 결합에 의해 제시된 많은 현상들을, 그 자연스런 전개와 정말로 경험에 충실한 질서에 따라 정리하는 것을 목표로 삼아야만 했는데, 그것은 장차 논쟁편과 역사편을 보다 쉽게 개관하기 위한 완벽한 예비 작업을 준비하기 위함이었다. 그러다 보니 현재의 요구를 충당할 정도의 세세한 설명이 필요하게 되었던 것이다. 장차 단순한 것은 단순한 것으로, 합성된 것은 합성된 것으로, 일차적이고 우선적인 것은 그것대로, 이차적이고 파생적인 것은 그것대로 인정하고 조감한 후에야 비로소 우리의 논의 전체가 더욱 압축적으로 이루어질 것이다. 만일 우리가 그것을 성공시키지 못한다면, 활기 차게 행동하는 동시대인이나 후세대에게 그 임무가 맡겨질 것이다.

359 더 나아가 단원의 순서와 관련해서는 다음과 같은 점을 숙고할 필요가 있다. 인척 관계에 있는 자연 현상들조차도 본래의 순서라든지 계속적인 배열에 따라 서로 연결되는 것은 아니다. 자연 현상들은 교차적으로 작용하는 그 활동들을 통해서 나타난다. 그러므로 어느 현상을 먼저 관찰하고 어느 현상을 나중에 관찰하느냐 하는 것은 거의 아무런 문제가 되지 않는다. 왜냐하면 가능한 한

현전(現前)하는 모든 자연 현상을, 궁극적으로는 하나의 관점하에서, 때로는 그 본성에 따라 때로는 인간적 처리 방식과 편의에 따라 총괄하는 것만이 중요하기 때문이다.

360 하지만 현재의 특수한 경우를 고려할 때, 굴절색이 물리색의 선두에 위치하게 된 것은 타당하다고 할 수 있다. 왜냐하면 굴절색의 경우 그 눈에 띄는 광채와 여타 중요성 때문만이 아니라 그것을 유도하는 과정에서 우리의 이해를 아주 쉽게 해줄 많은 사항들이 언급되어야 했기 때문이다.

361 왜냐하면 사람들은 지금까지 빛을 일종의 추상적인 것으로, 그 자체로 존재하고 작용하며 어느 정도 스스로를 제약하면서 미세한 계기들이 주어지면 자신으로부터 색을 불러일으키는 존재로 여겨 왔기 때문이다. 이런 사고방식으로부터 자연 애호가들의 관심을 돌려놓고, 프리즘의 상이라든지 다른 상들에 있어서 무제한적인 조건하에 있는 빛이 아니라 제한적인 조건하에 있는 빛, 즉 발광체, 밝거나 어두운 상들이 문제라는 사실을 깨닫게 하는 것, 이것이 우리가 풀어야 할 과제이자 도달해야 할 목표이다.

362 굴절의 경우, 특히 두번째 부류의 굴절, 말하자면 투명한 매질에서 굴절이 일어나는 방식들은 이제 충분히 알게 되었고 이를 토대로 앞으로 나아갈 수 있게 되었다.

363 반사색의 경우들은 우리에게 생리색을 생각나게 한다. 다만 우리는 반사색을 더 객관적이라고 여기기 때문에, 그것을 물리색에 포함시키는 것이 당연하다고 생각한다. 그러나 중요한 사실은 여기에서도 다시 추상적인 빛이 아니라 빛의 상에 주목해야 한다는 점이다.

364 이전의 단계를 잘 이해한 후 테두리색의 영역으로 넘어가면, 감탄하고 만족해하면서 우리 자신이 다시 상(像)들의 영토에 와 있

음을 깨닫게 될 것이다. 특히 물체의 모습을 아주 정확하게 따르는 이차적인 상으로서의 물체의 그림자는 우리에게 많은 점을 시사해 줄 것이다.

365 하지만 이에 대한 더 세세한 설명을 미리 하지는 않겠다. 여태까지처럼 우리의 확신에 따라 규칙적으로 한 걸음씩 나아가기 위해서이다.

31 반사색(Katoptrische Farben)

366 반사색을 언급한다면, 이는 우리가 반사의 경우에 나타나는 색들을 이미 알고 있다는 사실을 암시한다. 우리는 빛과 아울러 빛을 반사하는 표면이 완전한 무색이라는 점을 전제로 한다. 이러한 의미에서 반사색은 물리색에 포함된다. 반사색은 우리가 앞서 제2부류의 굴절색이 굴절의 경우에 생겨나는 것을 보았던 것처럼 반사의 경우에 생겨난다. 더 이상 일반적인 설명에 그치지 말고, 곧장 구체적인 경우들과 현상들이 나타나는 데 필요한 조건들을 알아보기로 하자.

367 가는 철사를 롤러에서 풀어내어, 그 탄성을 그대로 유지시키면 이리저리 뒤섞여 감긴 모습이 된다. 이것을 창가로 가져가 밝은 곳에 세워두면 원형으로 감긴 철사들의 꼭대기 부분은 밝아지지만 빛을 발하거나 색채를 띠지는 않는다. 그러나 태양이 나타나면 이 밝은 부분은 하나의 점으로 응축되며, 눈은 빛을 발하는 조그마한 태양의 상을 보게 된다. 그런데 이 상은 가까이에서 관찰하면 어떠한 색채도 보여주지 않는다. 그러나 뒤로 물러나서 약간 거리를 둔 채 그 광채를 바라보면, 아주 다양한 방식으로 채색된 다수의

조그마한 태양의 상들을 보게 된다. 그중에서 녹색과 자색이 가장 많이 보이는 것처럼 여겨지지만, 더 자세히 들여다보면 다른 색들도 나타나 있음을 알게 된다.

368 이제 자루 달린 안경을 통해서 이 현상을 관찰해 보면, 색들과 색들이 그 속에서 나타나는 더 넓게 퍼진 광채가 사라진다. 다만 빛을 발하는 조그마한 점들, 즉 반복적으로 나타나 있는 태양의 상들만이 보인다. 여기에서 우리는 이 실험이 주관적인 성격의 것이며 이 현상은 우리가 빛을 내는 광환(光環)이라는 이름하에 설명했던(100번 참조) 것과 연결되어 있음을 확인하게 된다.

369 그러나 우리는 이 현상을 객관적인 방식으로도 보여줄 수 있다. 어둠상자의 덧창에 나 있는 적당한 크기의 구멍 아래쪽에 흰색 종이를 갖다 붙인다. 그리고 그 구멍에 태양이 비칠 때, 원형으로 뒤엉킨 철사를 종이 앞쪽에 갖다 대어 빛을 쏘이도록 한다. 햇빛은 원형으로 감긴 철사 위에 비치지만 한 점에 수렴시키는 인간의 눈과는 달리 한 점에 모여 나타나지 않고, 다채로운 색채를 띤 머리카락 형태의 띠를 이루며 나타난다. 왜냐하면 종이는 그 표면의 모든 부분에서 빛의 광채를 받아들일 수 있기 때문이다.

370 이 실험은 순수한 반사의 영역에 속한다. 빛이 강철의 표면을 뚫고 들어가 그 속에서 어떤 변화를 일으킨다고 생각할 수 없기 때문이다. 그래서 우리는 여기에서는 순수한 반사만이 문제라는 것을 쉽게 확신할 수 있다. 물론 이 반사는 그것이 주관적인 한에 있어서는, 미약하게 작용하며 사라져가는 빛의 이론과 연결된다. 하지만 그것이 객관적으로 생성될 수 있다는 점을 고려하면, 인간 외부에 있는 실재가 아주 미세한 현상들에서조차도 작용한다는 점을 암시한다.

371 우리는 이러한 현상을 유도하기 위해서는 보통의 빛이 아니라, 강

력한 빛이 필요하며, 이 강력한 빛도 추상적이고 일반적인 것이 아니라 한계를 가진 빛, 즉 빛의 상이 필요하다는 사실을 보았다. 이와 관련된 것들을 우리는 유사한 사례들에서 거듭 확인하게 될 것이다.

372 윤을 낸 은쟁반은 햇빛을 받으면 눈부신 광채를 내지만, 어떠한 색채도 보이지 않는다. 반대로 그 표면에 가볍게 생채기를 내면 다채로운 색채들, 특히 녹색과 자색이 눈과 특정한 각도를 이루며 나타난다. 물결무늬가 새겨진 금속들에서도 이 현상이 눈에 띄게 나타난다. 하지만 특히 주목할 점은 이 현상이 나타나기 위해서는 그 어떤 상, 즉 반사에 있어서의 어둠과 밝음의 교체가 함께 작용해야 한다는 것이다. 그래서 창살이라든지, 나뭇가지, 우연히 혹은 고의적으로 장치한 장애물이 눈에 띄는 작용을 하게 된다. 이 현상 또한 어둠상자를 이용하여 객관적으로 확인할 수 있다.

373 윤을 낸 은쟁반을 질산으로 부식시켜 그 안에 포함된 구리를 용해시키면 표면이 어느 정도 거칠게 된다. 그러고 나서 은쟁반에 태양을 비추면, 태양의 상은 무한히 작은 각각의 돌기들에 의해서 되비치고, 쟁반의 표면은 다채로운 색채를 띠게 된다. 마찬가지로 검은색의 꺼칠꺼칠한 종이에 태양을 비추고 유심히 관찰하면 태양의 상이 아주 미세한 부분들에서 각각 아주 생기 있는 색채를 발하며 번쩍이는 것을 보게 된다.

374 이러한 모든 경험들은 동일한 조건들을 암시한다. 첫번째 경우에 태양의 상은 가느다란 선으로부터 반사되며, 두번째 경우에는 아마도 날카로운 모서리들로부터 그리고 세번째에는 아주 작은 점들로부터 반사된다. 이 모든 경우에 있어서 생생한 빛과 그 빛의 제한이 필수적으로 요구된다. 이 색채 현상들에 있어서 이에 못지 않게 요구되는 사항은 눈이 반사되는 점들로부터 어느 정도 거리

를 두고 있어야 한다는 사실이다.

375 이러한 실험들을 현미경으로 관찰하면, 그때 나타나는 현상의 세기와 광채는 무한하게 증대된다. 왜냐하면 햇빛을 받은 물체들의 아주 작은 부분들이 이러한 반사색을 띠며 빛을 내기 때문이다. 이러한 반사색은, 굴절색의 경우와 유사하게, 이제 최고도로 찬란하게 나타난다. 우리는 이 경우에 조직체의 표면에서 벌레 모양의 다채로운 빛을 보게 되는데, 이와 관련하여 더 자세한 것은 앞으로 다루기로 한다.

376 그런데 반사의 경우에 나타나는 색들은 주로 자색과 녹색이다. 여기에서 추측할 수 있는 것은 특히 줄무늬 상은 섬세한 자색의 선으로 이루어지며, 이 자색선의 양쪽 가장자리가 일부는 청색에 의해, 일부는 황색에 의해 둘러싸여 있다는 사실이다. 이 선들이 아주 가까이 접근하면, 그 사이의 공간은 녹색을 띠는데, 이는 우리가 앞으로 자주 접하게 될 현상이다.

377 자연에서 우리는 이와 같은 색들을 자주 보게 된다. 우리는 거미줄의 색을 철사에서 반사되어 나오는 색과 완전히 동일한 것으로 본다. 비록 거미줄의 경우에는 강철의 경우만큼 빛의 관통이 불가능하다고 자신할 수 없긴 하지만 말이다. 그래서 사람들은 이 색을 굴절 현상과도 연관시키려고 했던 것이다.

378 진주모(母) 조개껍데기의 안쪽 층에서 우리는 아주 섬세하고, 가지런하게 배열된 유기질 섬유들과 얇은 막들을 발견한다. 여기에서는 앞서 생채기를 낸 은쟁반의 경우와 같이 다양한 색채들, 특히 자색과 녹색이 광채를 발한다.

379 새의 깃털의 다채롭게 변하는 색들도 여기에서 언급되어야 한다. 모든 유기체가 화학적으로 반응하고 그 신체가 색을 획득한다는 사실을 고려해야 함에도 말이다. 이와 관련해서는 화학색의 단

원에서 더 자세하게 다루게 될 것이다.

380 객관적인 광환(光環)들의 현상도 반사 현상과 인접해 있다는 사실에는 쉽게 수긍이 갈 것이다. 물론 굴절도 어느 정도 작용한다는 점을 부정하지는 않는다. 우리는 여기에서 일단 몇 가지 사항만 언급하겠다. 이론상으로 완전히 순회를 거친 후에야 우리는 일반적인 결론에 도달할 수 있고, 그것을 개별적인 자연 현상에 좀 더 완벽하게 적용할 수 있으니 말이다.

381 우선 흰색이나 회색의 벽에 불을 가까이 가져갔을 때 만들어졌던 저 황색과 적색의 원(88번 참조)을 생각해 보자. 물체로부터 반사되면 빛의 세기는 완화되며, 이 완화된 빛은 황색 그리고 더 나아가서 적색의 느낌을 불러일으킨다.

382 이러한 양초는 아주 가까이에서는 벽을 선명하게 비추어준다. 물론 비추어진 부분이 넓어질수록 그 빛은 점점 약해진다. 하지만 이것은 여전히 불꽃의 작용이고 불꽃 에너지의 지속이며 그 발광체의 작용의 연장(延長)이다. 그러므로 우리는 이러한 원들을 경계상(境界像)들이라 부를 수도 있을 것이다. 왜냐하면 이것들이 작용의 경계선을 이루며, 또한 바로 불꽃의 확장된 상을 나타내기 때문이다.

383 옅은 연무가 대기를 채우고 있는 가운데 태양 주위의 하늘이 흰색으로 빛나고 있을 때, 연무나 구름이 달 주위를 어른거리며 떠돌 때, 그 원반의 상이 연무나 구름 속에서 반사된다. 그때 우리가 보게 되는 광환들은 홑으로 또는 이중으로, 보다 작거나 보다 크게, 때로는 아주 크게, 가끔은 무색으로 가끔은 색채를 띠고 나타난다.

384 1799년 12월 15일 고기압이긴 하지만 구름과 안개가 낀 날, 나는 하늘의 달 주위에서 매우 아름다운 달무리를 보았다. 그 달무리는

이를 데 없이 선명한 색을 띠었고, 주관적인 광환들이 나타날 때처럼 빛 주위에는 원들이 잇달아 나타났다. 그 달무리가 객관적이었다는 사실은, 내가 달의 상을 가렸음에도 불구하고 달무리가 완벽하게 보였다는 데에서 이내 알아차릴 수 있었다.

385 달무리들의 다양한 크기는 관찰자의 눈과 연무 사이의 거리가 가깝고 먼 것과 연관을 가진 것처럼 보인다.

386 조금 흐린 유리창들이 주관적인 광환들을 더욱 선명하게 만들고, 어느 정도 객관적인 광환들도 만들기 때문에, 정말 차가운 겨울날 간단한 기구만 갖추면 더 세세한 과정들을 확인할 수 있을 것이다.

387 이러한 원들을 설명할 때에도 상과 그 작용에 주목해 들어가야 하는 충분한 이유는 소위 말하는 환일(幻日) 현상에서 드러난다. 이러한 부차상들은 언제나 광환들과 원들의 특정한 부분에서 나타나며, 본래의 원 전체에서 더욱 일반적으로 진행되는 바를 다시 부분적으로만 보여주는 것이다. 이 모든 것은 무지개 현상과 더욱 밀접하게 연관된다.

388 이제 마지막으로 언급할 사항은 반사색과 테두리색 사이의 인척 관계를 소개하는 일이다.

테두리색이란 불투명한 무색의 물체 주변으로부터 빛이 비쳐올 때 생겨나는 색을 말한다. 이것이 제2부류의 굴절색과 얼마나 가까운 사이에 있는가 하는 것은 누구나 쉽게 알아차릴 것이다. 만일 그가 굴절색이란 테두리들에서만 생겨난다는 것을 우리와 함께 확신한다면 말이다. 반사색과 테두리색 사이의 인척 관계는 다음 장에서 분명히 드러나게 될 것이다.

32 테두리색(Paroptische Farben)

389 테두리색은 여태까지는 주변 색으로 불려왔다. 왜냐하면 그것은 흡사 물체 주변에서 일어나는 빛의 작용, 말하자면 물체를 향하기도 하고, 물체로부터 나오기도 하는 빛의 그 어떤 굴곡에서 생겨나는 작용으로 여겨졌기 때문이었다.

390 테두리색들도 객관적인 색과 주관적인 색으로 나누어질 수 있다. 왜냐하면 이것들은 때로는 마치 표면 위에 칠해진 것처럼 우리 바깥에서 나타나며, 때로는 우리들 안에서 망막에 직접적으로 나타나기 때문이다. 우리는 이 단원에서 객관적인 색을 먼저 다루는 것이 가장 좋다는 것을 알게 된다. 왜냐하면 주관적인 색은 우리가 이미 알고 있는 다른 현상과 매우 밀접하게 연결되어 있어서 서로 간에 거의 구분되지 않기 때문이다.

391 테두리색이라고 불리는 이유는, 그 생성을 위해서는 빛이 물체의 테두리로부터 비쳐 들어와야 하기 때문이다. 그러나 빛이 테두리로부터 비쳐 들어온다고 해서 항상 테두리색들이 나타나는 것은 아니다. 아주 특별한 부수적 조건이 또한 필요하다.

392 더 나아가 주목할 것은 여기에서도 거듭 빛이 추상적으로 작용하는 것(361번 참조)이 아니라, 태양이 물체의 테두리로부터 비쳐온다는 사실이다. 태양의 상으로부터 쏟아져 나오는 빛 전체가 물체의 경계를 스쳐 지나감으로써 그림자를 생겨나게 한다. 이 그림자 주위에서 그리고 이 그림자의 내부에서 앞으로 우리는 색채를 지각하게 된다.

393 무엇보다도 우리는 여기에 속하는 현상들을 빛이 환한 곳에서 관찰한다. 우리는 관찰자를 어두운 방 안에 가두기 전에 야외로 데려간다.

394 햇빛을 받으며 정원이나 그 밖의 평탄한 길을 거니는 사람은 자신의 그림자가 땅을 딛고 있는 아래쪽 발 부분에서만 선명한 윤곽을 보인다는 사실을 쉽게 깨닫는다. 더 위쪽으로, 특히 머리 부분에서 그림자는 밝은 대기 속으로 부드럽게 용해되어 버린다. 왜냐하면 햇빛은 태양의 중심부로부터만 흘러 들어오는 것이 아니라 빛을 발하는 이 천체의 양쪽 가장자리로부터도 교차적으로 흘러 들어오기 때문에, 일종의 객관적 시차각(視差角)이 생겨나기 때문이다. 그리고 이 시차각이 물체의 양쪽 가장자리에 반(半)그림자를 생겨나게 한다.

395 만일 산보자가 손을 위로 치켜들면, 그는 자신의 손가락들에서 바깥쪽으로는 두 개의 반그림자가 서로 멀어지는 현상을, 안쪽으로는 본그림자가 가늘어지는 현상을 분명하게 보게 되는데, 이 두 현상은 서로 엇갈려 비쳐 들어오는 빛의 작용에서 기인한다.

396 우리는 평탄한 벽 앞에서 이 실험들을 다양한 굵기의 막대들과 구(球)들을 사용해서 다양하게 반복할 수 있다. 언제나 확인되는 사실은 물체가 판지로부터 멀리 떨어질수록 희미한 이중 그림자가 넓게 퍼져나가며, 선명한 본그림자는 점차 가늘어지다가 마침내 완전히 사라져버린다는 것이다. 심지어 이중 그림자들도 아주 희미하게 되어 거의 사라져버리게 됨으로써, 약간 떨어진 곳에서는 눈에 띄지도 않게 된다.

397 이러한 현상이 서로 교차하는 빛에 의해서 생겨난다는 사실에 대해서는 쉽게 확인할 수 있다. 끝이 뾰족한 물체의 그림자가 두 개의 꼭지를 분명히 드러내는 것도 마찬가지 이유에서이다. 그러므로 이 경우에 태양의 상 전체가 작용하며 그림자들을 생기게 하고, 그것들을 이중 그림자들로 변화시키며 마침내는 사라지게 해버린다는 사실을 결코 잊어버려서는 안 된다.

398 이제 단단한 물체들 대신에 다양한 크기로 나란히 오려낸 구멍들을 만들어보자. 그리고 이 구멍들을 통해서 약간 떨어져 있는 판지 위에 햇빛이 비치도록 한다. 그러면 태양에 의해서 판지 위에 생겨난 밝은 상이 구멍보다 크다는 사실을 발견하게 된다. 이것은 태양의 한쪽 테두리는 맞은편의 구멍을 통해 비쳐 들어가지만 다른 한쪽의 테두리는 구멍에 의해서 이미 차단되어 있기 때문이다. 그러므로 밝은 상의 테두리 부분이 희미하게 되는 것이다.

399 임의의 크기로 사각형의 구멍들을 내면, 구멍들로부터 9피트 떨어진 판지 위의 밝은 상의 각 면은 그 구멍보다 1인치만큼 더 커지게 되는데, 이것은 눈에 보이는 태양의 직경이 만드는 각도와 거의 일치한다.

400 바로 이 테두리 부분의 밝음이 점차 감소한다는 것은 아주 자연스럽다. 왜냐하면 마침내는 햇빛의 최소치만이 태양의 테두리에서 출발하여 서로 엇갈리면서 구멍의 테두리를 통해 들어와 작용하기 때문이다.

401 우리는 여기에서 또한 경험상 평행하는 광선, 광선 묶음, 광선 다발 등과 같은 가정(假定)적인 실체를 회피해야 할 충분한 이유를 다시 보게 되는 셈이다(309, 310번 참조).

402 오히려 우리는 태양이나 빛의 비침을 제한된 발광체의 무한한 반사로 생각할 수 있다. 그리고 여기에서 태양이 투과하는 모든 사각형의 구멍들이, 크거나 작거나 간에 그에 맞추어, 판지로부터 일정한 거리에 떨어져 있으면 둥근 상을 만들 수밖에 없다는 사실을 유추할 수 있다.

403 위의 실험들은 다양한 형태와 크기의 구멍들에 의해서 반복할 수 있으나 다양한 변형들 속에서도 결과는 언제나 동일하게 나타난다. 아울러 항상 확인하게 되는 것은 환한 대낮에 시험하거나

물체의 테두리에 태양이 비치게 하는 단순한 조작에 의해서는 어떠한 색도 나타나지 않는다는 점이다.

404 그러므로 우리는 강도를 낮춘 빛으로 하는 실험 쪽으로 눈길을 돌린다. 색채 현상이 나타나기 위해서는 이러한 완화된 빛이 필요하기 때문이다. 어두운 방의 덧창에 조그만 구멍을 만들고, 교차되어 들어오는 태양의 상이 흰색 종이 위에 나타나도록 한다. 그러면 우리는 그 구멍이 작을수록 더욱 희미한 빛을 보게 되는데, 이는 아주 당연하다. 왜냐하면 태양 전체가 아니라 개별적인 부분들만이 부분적으로 작용하여 비치기 때문이다.

405 이 희미한 태양의 상을 엄밀하게 관찰하면, 그 테두리 부분으로 갈수록 점점 흐릿해지고 황색 띠로 둘러싸여 있는 것을 발견하게 된다. 이 황색 띠는 분명하게 보이지만 안개라든지 엷은 구름이 태양을 가려, 그 빛을 완화시킬 경우 아주 뚜렷하게 나타난다. 여기에서 벽에 나타난 저 광환과 벽 가까이에 갖다 댄 촛불의 상이 (88번 참조) 금방 떠오르지 않는가?

406 앞서 설명한 저 벽에 비친 태양의 상을 좀 더 엄밀하게 관찰하면, 그것이 방금 말한 황색 띠만을 두르고 있는 것이 아니라는 사실을 알게 된다. 그 주위에는 광환과 같은 색채 띠는 아니라 할지라도 제2의 푸르스름한 원이 나타나 있는 것이다. 방이 정말 깜깜하다면, 태양 바로 곁의 환한 하늘이 어느 정도 영향을 미친다는 것을 보게 된다. 즉 종이 위에 푸른 하늘, 심지어는 주위의 풍경 전체가 나타난다. 여기에서 우리는 태양의 상만이 문제라는 것을 다시 한번 확인하게 된다.

407 태양이 비쳐 들어온다 하더라도 즉시에 둥글게 되지 않을 정도의 꽤 커다란 사각형의 구멍으로 실험을 하면, 각 테두리에 나타난 반(半)그림자들, 모서리들에서의 반그림자들의 겹침, 앞서 설

명한 둥근 구멍의 경우에 나타나는 현상의 원리에 따른 반그림자들의 채색을 정밀하게 관찰할 수 있다.

408 작은 구멍으로 햇빛을 통과시킴으로써 우리는 시차각(視差角)을 일으키는 빛의 강도를 완화시켰지만, 그 시차각의 속성을 제거하지는 못했다. 그러므로 비록 그 작용이 완화되기는 했지만 물체들의 이중 상들이 다시 생겨날 수 있다. 이 이중 상들은 여태까지 계속 주목을 받아왔던 것으로서 밝고 어둡거나 색이 있거나 색이 없는 다양한 원의 형태들로 잇달아 나타나며, 상당한 수의, 심지어는 어느 정도 헤아리기조차 어려운 수의 광환들을 생겨나게 한다. 이러한 광환들은 종종 그림으로 그려지거나 동판화에 새겨지기도 했는데, 사람들은 바늘, 머리카락이나 다른 가느다란 물체들에 완화된 빛을 비춤으로써 그것들을 생겨나게 했다. 그리고 가지가지의 광환의 속성을 가진 이중 그림자들에 주목했다. 또한 그것들이 빛의 바깥쪽으로 휘는 성질과 안쪽으로 휘는 성질에 의해 생겨나는 것으로 보았고, 이에 의해서 본(本)그림자가 제거되는 이유 및 어둠의 자리에 대신 밝음이 나타날 수 있는 이유를 설명하려 했다.

409 무엇보다도 우선 우리는 색채 띠와 광환의 형태로 경계를 지어 나타나는 것은 시차각에 의해 생긴 이중 그림자라는 사실을 확신한다.

410 이 모든 것을 보고 실험하고 분명하게 알게 되었으므로, 칼날들을 가지고서도 이 실험을 계속할 수 있다. 이는 이미 잘 알고 있는 반그림자와 광환들의 상호 접근과 시차각에 의한 상호 겹침 현상으로 이해할 수 있다.

411 마지막으로 우리는 머리카락, 바늘과 철사를 가지고 하는 이 실험들을 햇빛의 작용하에 생겨나거나 또는 푸른 하늘이 종이 위에

비쳐서 나타나는 저 반광(半光) 속에서 실시하고 관찰해야 한다. 그래야만 이러한 현상들에 대한 올바른 견해를 언제든 자기 것으로 삼을 수가 있게 된다.

412 그러나 이 실험들에는 비쳐 들어온 빛의 시차각이 초래하는 작용을 확인하는 것이 가장 중요하다. 그러므로 우리는 두 개의 촛불을 사용하여 두 개의 그림자가 서로 겹쳐 나타나게 했다가, 마침내는 완전히 분리되어 나타나게 함으로써 그 점을 분명히 보여줄 수 있다. 이러한 현상은 낮 동안에는 덧창에 나 있는 두 개의 구멍을 통해서 일어날 수 있으며, 밤 동안에는 두 개의 양초를 사용해서 보여줄 수 있다. 심지어 문을 열고 닫을 때 건물들에서 일어나는 많은 우연적인 경우들에서도 세심하게 준비를 갖춘 경우보다 이러한 현상들을 더욱 잘 관찰할 수도 있다. 하지만 이 모든 것들을 실험의 수준으로 격상시킬 수 있다. 예컨대 위쪽에서 그 안을 들여다볼 수 있는 상자 하나를 마련해 놓고, 이중 상이 비쳐 들어가게 한 후에, 그 문을 살며시 기대어놓아라. 그러면 생리색에서 다루었던 유색 그림자들이 아주 쉽게 나타나리라는 것을 기대할 수 있다.

413 우리가 이중 그림자라든지 반광(半光)이라든지, 그와 유사한 현상들의 성질에 대해 이전에 설명했던 것을 되새겨 보라. 특히 나란하게 배열해 놓은 회색의 다양한 음영들을 가지고 실험을 해보라. 여기에서 각각의 띠는 바로 인접한 띠가 어두울 때는 밝게, 밝을 때는 어둡게 나타난다. 밤에 세 개나 그 이상의 양초들을 가져와서 그 상들을 단계적으로 겹치게 하면, 이 현상을 아주 분명히 확인하게 된다. 그리고 여기에서 우리는 앞에서 상세하게 설명했던(38번 참조) 생리색이 관건이라는 사실을 확신한다.

414 테두리색들이 수반하는 모든 현상들을 완화시킨 빛, 반그림자

및 망막에 의한 생리적 규정이라는 이론에 의해서 어느 정도 설명할 수 있는지, 또는 여태까지 늘 그래 왔던 것처럼 빛의 그 어떤 내부 속성 탓으로 돌려야만 하는지는 시간이 해결해 줄 것이다. 여기서는 테두리색들이 나타나는 조건들을 보여주는 것으로 만족키로 한다. 아울러 우리는 테두리색이 지금까지의 설명과 갖는 연관성을 암시한 것이 자연 연구자들에 의해 경시당하지 않을 것이라고 희망한다.

415 테두리색과 제2부류의 굴절색 사이의 인척 관계는 관심이 있는 자라면 누구든 당연히 인정할 것이다. 전자든 후자든 테두리가 문제이며, 테두리로부터 비쳐오는 빛이 문제이다. 그러므로 테두리색의 효과를 굴절색의 작용을 통해 고조시키고 강화시키고 두드러지게 할 수 있다는 것은 아주 당연하다. 하지만 여기에서는 발광체가 실제로 매질을 통과하는 객관적인 굴절의 경우만이 논의의 대상이 될 수 있다. 왜냐하면 이러한 굴절 현상만이 테두리 현상과 인척 관계에 있기 때문이다. 우리가 매질을 통하여 상들을 보게 되는 주관적인 굴절의 경우는 테두리 현상과는 완전히 별개의 것이며, 그 순수성 때문에 이미 우리의 찬탄을 받았던 것이다.

416 테두리색과 반사색이 어떻게 연관되는가 하는 것은 앞서 말한 것에서 이미 짐작할 수 있다. 왜냐하면 반사색은 갈라진 틈새, 점, 철사, 가는 실 등에서 나타나기 때문에 빛이 테두리 부분에서 비쳐오는 경우와 거의 동일하다고 할 수 있기 때문이다. 우리의 눈이 색을 지각하기 위해서는 언제나 테두리로부터 빛이 반사되어 들어와야 한다. 여기에서 발광체의 제한과 아울러 빛의 완화가 어떻게 관찰되는가 하는 것은 이미 앞에서 보여주었다.

417 주관적인 테두리색에 대해서는 아직까지 거의 언급하지 않았는데, 그것은 일부는 생리색과 또 일부는 제2부류의 굴절색과 연결

될 수 있긴 하지만, 대부분은 여기에 속하지 않는 것처럼 보이기 때문이다. 주의를 기울이면 이 주관적인 테두리색 또한 전체 이론과 그 세부적 연관에 대한 만족할 만한 해명을 줄 것이긴 하지만 말이다.

418 자를 눈앞에 갖다 대고 양초의 불꽃이 자의 뒤쪽에서 비쳐오게 하면, 빛이 돌출해 있는 지점에서 자는 마치 톱니 모양으로 움푹 파인다. 이 현상은 빛의 작용이 망막 위에 연장되어 나타남으로써 생겨난 것처럼 보인다(18번 참조).

419 일출 때에는 동일한 현상이 대규모로 나타난다. 지나치게 눈부시지 않고 말끔하게 떠올라 우리가 여전히 바라볼 수 있을 때, 태양은 수평선에 언제나 날카롭게 베인 것과 같은 자국을 만든다.

420 흐린 날에 창가로 다가가면, 십자 모양의 창살은 하늘과 대조를 이루어 선명히 드러난다. 그때 눈을 수평선 방향에 있는 숲 속으로 돌린 후 고개를 약간 더 숙여 실눈으로 보다가 다시 위쪽으로 쳐다보라. 그러면 이내 아래쪽의 숲에는 아름다운 주홍색의 띠가 나타나고, 위쪽의 하늘에는 밝은 청색의 아름다운 띠가 나타난다. 하늘이 온통 흐리면 흐릴수록, 방이 어스름할수록, 그래서 눈이 편안할수록 이 현상은 더욱 선명하게 나타난다. 주의 깊은 관찰자라면 밝은 대낮에도 볼 수 있긴 하지만 말이다.

421 이제 머리를 뒤로 젖혀 수평 방향의 창살이 눈 아래쪽으로 보이도록 한 채 실눈을 뜨고 보면, 현상은 이제 정반대로 나타난다. 즉 위쪽의 가장자리는 황색으로, 아래쪽의 가장자리는 청색이 된다.

422 관찰은 어두운 방 안에서 가장 잘 이루어진다. 보통 현미경의 나사를 돌리는 구멍 앞쪽에 흰색 종이를 갖다 붙이면, 원의 아래쪽 테두리는 청색으로, 위쪽 테두리는 황색이 된다. 눈을 완전히 뜨거나 흰색 주위에 광환이 생겨나지 않도록 실눈을 하고 보더라도

결과는 마찬가지이다. 머리를 뒤로 젖히면 색은 반대로 나타난다.

423 이러한 현상들은 다음과 같은 이유에서 일어나는 것처럼 보인다. 우리 눈의 수분(水分)은 시각 작용이 일어나는 눈의 가운데 부분에서는 실제로 색수차가 없도록 해주지만, 눈의 주변부에서, 그리고 머리를 젖히거나 수그리는 부자연스런 자세에서는 색수차가 남아 있게 한다. 선명하게 구분되는 상들을 관찰할 때 특히 그러하다. 그러므로 이러한 현상들은 제2부류의 굴절색과 인척 관계에 있는 그런 색들에 속할 것이다.

424 카드에 낸 바늘구멍을 통해 검은색의 상과 흰색의 상을 볼 때에도 비슷한 색들이 나타난다. 흰색의 상 대신에 어둠상자의 덧창의 금속판에 있는 연한 색의 점을 선택해도 좋다. 테두리색을 실험할 기구가 마련되었다면 말이다.

425 아래쪽 입구가 좁혀져 있거나 아니면 아래쪽 입구를 다양한 형태로 자른 관(管)을 통해서 보면, 마찬가지로 색들이 나타난다.

426 테두리색들에는 내 판단으로는 다음과 같은 현상들이 더욱 밀접하게 연결되어 있다. 바늘 끝을 눈앞에 갖다 대면, 눈 속에 이중상이 생겨난다. 그러나 특히 눈에 띄는 것은 테두리색의 실험을 위해 마련한 칼날을 눈앞에 대고 흐린 하늘을 바라보는 경우이다. 말하자면 마치 얇은 망사를 통해서 보는 것과 같이 눈 속에 매우 많은 실들이 나타난다. 이것은 다름 아니라 칼날들이 반복되어 나타난 상들로서, 하나가 그 다음 하나에 의해 연속적으로 혹은 반대 방향으로 작용하는 다른 것에 의해 시차(視差) 현상을 초래하면서 실의 형상으로 변하는 것이다.

427 마지막으로 다음 사실에도 주목해 보자. 칼날들을 눈앞에 갖다 대고 덧창에 나 있는 연한 점을 바라보면, 망막 위에서도 종이 위에 나타나는 것과 꼭 같은 색채 띠와 광환들이 생겨난다.

428 이 단원은 한 친구가 이와 관련하여 다시 정밀한 실험을 하도록 떠맡았기 때문에 이제 끝을 맺어도 좋으리라고 생각한다. 그 사람의 소견에 대해서는 차후에 도판들과 기구들을 변경할 때 더 상세하게 보고할 수 있으리라 희망한다.

33 표면색(Epoptische Farben)

429 우리는 여태까지 매우 생생하게 나타나기는 하나 주어진 조건이 제거되면 신속하게 다시 사라지는 색들을 다루었다. 그러므로 이제 일시적으로 관찰되기는 하지만 특수한 상황하에서는 고정되는 색들을 탐색해 보기로 하자. 이 색들은 그것들을 나타나게 했던 조건들이 사라진 후에도 여전히 남아 있으므로 물리색에서 화학색으로 넘어가는 단계를 이룬다.

430 이 색들은 무색 물체의 표면에 다양한 계기들을 통해서 생겨난다. 하지만 색을 옮긴다든지, 염색한다든지, 담금질을 하는 방식으로 생겨나는 것은 아니다. 이제 우리는 이 색들의 아주 미세한 현상에서부터 색들이 끈질기게 지속되는 경우에 이르기까지 그 발생의 다양한 조건들을 추적해 보기로 한다. 더 쉽게 개관하기 위해 그러한 조건들을 여기에서 즉시 요약해 보자.

431 첫번째 조건 : 단단하고 투명한 물체들의 매끄러운 두 표면 사이의 접촉.

　　1) 유리, 판유리, 렌즈들이 서로 밀착하는 경우.

　　2) 단단한 유리, 수정, 혹은 얼음 덩어리에 균열이 생길 때.

　　3) 투명한 암석들의 얇은 막들이 서로 분리되는 경우.

　두번째 조건 : 유리 표면이나 연마한 돌에 입김을 부는 경우.

세번째 조건 : 위의 두 조건이 결합할 때, 즉 판유리에 입김을 불고 다른 하나를 그 위에 덧붙여 누름으로써 색들이 나타나게 한다. 그러고 나서 판유리를 떼어내면 색들이 따라 일어나다가 입김과 더불어 사라진다.

네번째 조건 : 다양한 액체들의 거품, 즉 비누, 초콜릿, 맥주, 포도주, 엷은 유리 거품.

다섯째 조건 : 광물과 금속 용액의 아주 엷은 피막과 박피, 석회 피막, 고인 물, 특히 철분이 함유된 물의 표면, 그 밖에 물 위에 떠 있는 기름의 피막, 특히 질산수에 떠 있는 니스의 피막.

여섯번째 조건 : 금속에 열이 가해질 때. 강철과 다른 금속에 김이 서릴 때.

일곱번째 조건 : 유리의 표면이 부식되는 경우.

432 첫번째 조건의 (1)의 경우. 두 개의 볼록렌즈 또는 볼록렌즈와 평면 유리, 가장 좋은 경우는 볼록렌즈와 오목렌즈를 서로 접촉시키면 색채를 띤 원들이 동심원을 그리며 나타난다. 살짝 누르기만 해도 이 현상은 즉시 일어나며, 다양한 단계를 거쳐 점차적으로 진행될 수 있다. 우리는 완성된 단계를 일단 기술한다. 왜냐하면 현상이 거쳐가는 다양한 단계들을 역순으로 보면 더 잘 파악할 수 있기 때문이다.

433 중간 부분은 무색이다. 유리들이 아주 강한 압력을 받아 마치 하나가 된 것처럼 결합된 곳에는 어두운 회색이 나타나며, 그 둘레에는 은백색의 공간이, 그러고 나서는 간격이 조밀해지면서 다양하게 분리된 고리들이 나타난다. 직접적으로 맞닿아 연결되어 있는 이 고리들은 모두 세 가지 색으로 이루어진다. 대개 셋 내지는 넷에 달하는 이 고리들은 모두 안쪽은 황색, 가운데는 자색 그리고 바깥쪽은 청색으로 나타난다. 두 고리 사이는 은백색의 공간이

자리잡고 있다. 이 상의 바깥쪽으로 갈수록 고리들은 점점 더 밀착된다. 이들의 색은 그 사이에 눈에 띄는 은백색 틈새도 없이 자색과 녹색으로 교체되어 나타난다.

434 이제 이러한 현상의 연속적인 생성을 아주 가볍게 누른 단계로부터 시작해서 관찰해 보기로 하자.

435 아주 가볍게 누르면 가운데 부분은 녹색으로 채색된다. 거기서부터 전체 동심원들의 외곽에 이르기까지 자색과 녹색의 고리들이 연이어 나타난다. 이 고리들은 비교적 폭이 넓지만, 그것들 사이에서 은백색 틈새의 흔적은 전혀 보이지 않는다. 한가운데의 녹색은 첫번째 고리의 황색이 그 안쪽의 발달되지 않은 고리의 청색과 혼합되어 생겨난 것이다. 여타의 모든 원들은 이처럼 가볍게 눌린 상태에서는 그 폭이 넓게 나타나며, 황색과 청색의 테두리들은 서로 뒤섞이면서 아름다운 녹색을 만들어낸다. 그러나 모든 고리의 자색은 순수하고 때묻지 않은 채로 유지된다. 그리하여 전체 원들은 이 두 색으로 나타난다.

436 어느 정도 세게 누르면 첫번째 고리는 미발달된 고리로부터 약간 떨어져 나가면서 완전히 분리된다. 그래서 이제 완전한 모습으로 나타난다. 한가운데는 청색 점으로 나타난다. 왜냐하면 첫번째 원(=고리)의 황색이 이제 은백색 틈새에 의해 가운데 부분과 분리되기 때문이다. 가운데 부분에서는 청색으로부터 자색이 생겨나는데, 이것은 언제나 바깥쪽에 자신에게 속하는 청색 테두리를 가지고 있다. 두번째, 세번째 고리는 안쪽으로부터 고려하면 이제 완전히 분리되어 있다. 어긋나는 경우들이 생긴다면 그것은 이미 설명했거나 앞으로 설명해야 할 사실들에서 그 이유를 판단할 수 있을 것이다.

437 더 세게 누르면 가운데 부분은 황색이 되며, 자색과 청색의 테두

리로 둘러싸인다. 마침내는 이 황색도 가운데 부분에서 완전히 사라진다. 가장 안쪽에 원이 생겨나며, 황색이 그 테두리를 둘러 싼다. 이제 가운데 부분 전체는 은백색이 되며, 마침내 가장 세게 누르면 어두운 점이 나타나고, 시작 부분에서 언급했던 대로 이 현상이 완결된다.

438 동심원을 이루는 고리들의 크기와 그 간격은 서로 눌리는 유리들의 형태와 연관이 있다.

439 우리는 위에서 색채를 띤 가운데 부분이 발달되지 않은 원으로 이루어진다는 점을 언급했다. 그러나 이따금 아주 살짝 누르기만 해도 몇 개의 발달되지 않은 원이 거기에서 마치 씨앗 상태로 나타나며, 차츰차츰 관찰자의 눈앞에서 완전한 원으로 발달되어 갈 수 있다.

440 이러한 고리들의 규칙성은 볼록렌즈의 형태로부터 생겨나며, 이러한 상의 직경은 연마된 렌즈의 크거나 작은 곡률에 따른다. 그러므로 평면 유리들을 서로 밀착시키면 불규칙한 상들만이 나타나리라는 것을 쉽게 추론할 수 있다. 이때 상들은 물결치는 비단과 같은 파도 무늬로 나타나며, 누른 지점으로부터 사방의 모든 곳으로 퍼져나간다. 하지만 이러한 방식으로 하면 앞의 경우보다 상이 훨씬 찬란한 모습을 띠며, 모든 사람의 눈에 기이하고 매력적으로 보인다. 이 점은 앞의 경우에서와 마찬가지로 분명히 확인되는 바다. 요컨대 가볍게 누르면 녹색과 자색의 파도 무늬가 나타난다. 하지만 더 세게 누르면 청색, 자색 그리고 황색의 띠들이 서로 분리되어 모습을 드러낸다. 첫번째 경우에는 그 바깥 면들이 서로 접촉했기 때문이고, 두번째 경우에는 띠들이 은백색 틈새에 의해 서로 분리되었기 때문이다.

441 이 현상을 더 자세히 설명하기 전에 그것을 야기시킬 수 있는 가

장 편안한 방식을 말하고자 한다.

커다란 볼록렌즈를 창가의 테이블 위에 놓고, 그 위에 대략 카드 크기의 매끈하게 다듬은 판유리를 놓아라. 그러면 판유리 자체의 무게가 판유리를 내리 누르기 때문에 앞서 설명한 현상들 중의 이런저런 현상이 나타난다. 그리고 판유리의 다양한 무게 때문에, 그리고 우연한 요소들 때문에 우리가 앞서 보여준 모든 단계들을 차례차례 확인할 수 있다. 예컨대 판유리를 볼록렌즈의 경사면에 얹어놓으면, 가운데 놓았을 때만큼 세게 누를 수가 없는 것이다.

442 이 현상을 관찰하려면 우리는 그것이 나타난 표면을 비스듬하게 바라보아야 한다. 그러나 정말 진기한 것은 점점 더 머리를 숙여 더욱 예각을 이루면서 그 현상을 보게 되면, 원들이 확대되기만 하는 것이 아니라 가운데 부분으로부터 또 다른 원들이 생겨나는 것을 발견한다. 그러나 이 현상을 수직으로 바라보면 아주 배율이 높은 확대경을 가지고 보더라도 새로 생겨나는 원들의 흔적도 찾아볼 수 없다.

443 이 현상을 아주 아름답게 나타나게 하려면 극도의 청결을 유지하도록 힘써야 한다. 판유리로 실험할 때는 가죽 장갑을 끼는 것이 좋다. 그러면 아주 세심하게 다루어야 하는 안쪽 부분을 실험 전에 힘들이지 않고 깨끗하게 닦을 수 있고 실험 도중에 누르더라도 바깥 부분을 깨끗하게 유지할 수 있다.

444 위에서 보다시피 두 판유리의 세밀한 접촉이 필수적이다. 그러므로 매끄럽게 연마한 유리가 가장 좋다. 판유리들은 서로 밀착되면 아주 아름다운 색채들을 보여준다. 바로 이러한 이유에서 판유리들을 공기 펌프 아래에 놓고 공기를 펌프로 퍼내면 상은 더욱 아름다워진다.

445 동일한 곡률로 연마한 볼록렌즈와 오목렌즈를 결합시킬 때 색채

고리들의 상은 가장 아름답게 나타난다. 나는 이 현상이 색수차를 없앤 망원경의 대물렌즈에서보다 아름답게 나타나는 것을 결코 본 적이 없다. 여기에서는 크라운 유리가 플린트 유리와 너무도 정밀하게 말착되어 있기 때문이다.

446 눈에 띄는 것은 평탄하지 않은 표면들, 예컨대 연마한 수정을 판유리에 누르는 경우이다. 상은 판유리와 판유리를 밀착시킬 때처럼 흘러가는 커다란 물결무늬로 나타나지 않고, 작고 모가 난, 마치 절단된 듯한 모습을 보인다. 그러므로 얇은 막들의 무한히 작은 단면들로 이루어진 연마한 수정의 표면은 다른 판유리들의 경우와는 달리, 판유리와 그렇게 연속적으로 밀착되어 있지는 않은 것으로 보인다.

447 두 표면을 밀착시켜 하나의 물체가 되는 것처럼 보일 정도로 아주 세게 누르면 색채 현상은 사라진다. 그러면 가운데 부분에 어두운 점이 생겨난다. 왜냐하면 눌린 렌즈가 이 점에서는 어떠한 빛도 반사시키지 않기 때문이다. 또한 바로 이 점 부분으로 빛을 바라보면 그곳은 아주 밝고 투명하게 된다. 압력을 낮추면 색들은 서서히 사라지다가, 두 표면이 서로 떨어지면 완전히 사라져버린다.

448 바로 이러한 현상들은 유사한 두 경우에도 나타난다. 만일 완전히 투명한 두 물질이, 그것들의 표면이 어느 정도 충분히 닿아 있을 정도로 살짝 떨어질 경우, 앞의 경우와 동일한 원들과 물결무늬들이 다소간 나타난다. 그리고 불에 달군 유리를 물속에 담그면 그러한 현상들을 매우 아름답게 불러일으킬 수 있다. 유리의 다양한 틈새와 균열들에서 우리는 다채로운 무늬를 가진 색들을 쉽게 관찰할 수 있는 것이다. 자연은 이따금 쪼개어진 수정에서도 동일한 현상을 보여준다.

449 그러나 이러한 현상은 본래부터 박편으로 이루어진 암석류의 광물 세계에서 자주 나타난다. 자연의 박편들은 아주 긴밀하게 결합되어 있기 때문에 이러한 유의 암석들 또한 아주 투명하거나 무색일 수가 있다. 하지만 내부의 박편들은 서로 접촉을 상실하지 않으면서 우연적인 요인들에 의해 분리되기도 한다. 그리하여 이제 우리가 잘 알고 있는 현상이 종종 나타난다. 특히 방해석(方解石), 투명 석고, 빙장석(氷長石) 및 유사한 방식으로 형성된 광물의 경우에 그러하다. 우연하게도 그렇게 자주 일어나는 현상의 가장 합당한 이유도 모른 채, 사람들은 광물학에서 그러한 현상을 아주 중요하게 여겼으며 그런 현상을 보여주는 표본들에게 특별한 가치를 부여했던 것이다.

450 자연 탐구가들이 우리에게 전해 준바, 이 현상의 정말 진기한 방향 전환에 대해 언급하는 일이 아직 남아 있다. 말하자면 색채를 반사광에서 관찰하는 대신에 투사광(投射光)에서 관찰한다면, 바로 그 자리에서 대칭색들이 나타나야 하는데, 이것들은 앞에서 우리가 서로를 유도하는 색들을 생리적으로 설명한 경우에 해당한다. 청색의 자리에서 황색을 보게 되며 그 역도 마찬가지이다. 그리고 적색의 자리에서 녹색 등을 보게 된다. 더 자세한 실험에 대한 보고는 후일에 맡기기로 한다. 우리들에게도 이 점과 관련하여 아직 몇 가지 의문이 아직 남아 있기에 더욱 그렇다.

451 여태까지 설명한 이러한 표면색들은 첫번째 조건하에서 나타나는 것들이다. 더욱 일반화하여 정리하고, 이러한 현상들을 이전의 물리색들과 연결시켜 설명하라는 요구에 답하기 위해서 우리는 다음과 같이 검토하기로 한다.

452 실험에 사용되는 유리들은 경험상 가장 투명한 것으로 간주될 수 있다. 그러나 유리들은 우리의 확인에 따르면 압력이 초래한

내부 밀착에 의해 아주 미미하기는 하지만 즉시 그 표면이 흐려진다. 이렇게 흐려진 가운데 즉시에 색채가 나타나는데, 이때 생겨나는 모든 색채 고리는 전체의 색채 체계를 포함한다. 말하자면 대립되는 두 색인 황색과 청색이 적색의 극단 부분과 결합하면 자색이 나타난다. 반면에 녹색은 프리즘 실험에서 보는 바와 같이 황색과 청색이 서로 만날 때 생겨난다.

453 색채의 생성에 있어서 색채의 전체 체계가 어떻게 관여하게 되는가 하는 것은 앞에서 이미 여러 차례 살펴보았다. 그것은 모든 물리색의 본성에서 기인하며, 근원적 통일을 생성시키는 양극적 대립의 개념에서 비롯한다.

454 반투명한 빛에서는 반사광의 경우와는 다른 색이 생겨난다는 사실은 우리에게 제1부류의 굴절색을 떠오르게 한다. 이 굴절색도 마찬가지 방식으로 흐림에 의해서 생겨났던 것이다. 여기에서도 〈흐림〉이 관건이라는 데는 의심의 여지가 있을 수 없다. 왜냐하면 아주 매끈한 판유리들이 서로 단단하게 밀착하면 반쯤은 결합된 상태가 되어, 두 표면은 각각 그 매끈함과 투명성을 어느 정도 상실하게 되기 때문이다. 관찰의 결과 가장 두드러지는 것은 렌즈가 다른 유리에 아주 세게 눌러서 완전히 결합하게 되는 가운데 부분은 완전히 투명해지고, 거기에서는 어떠한 색도 나타나지 않는다는 사실이다. 하지만 이 모든 것은 전체를 완전히 조감한 뒤에나 명백하게 확인될 것이다.

455 두번째 조건. 김이 서린 판유리를 손가락으로 닦아내고 즉시에 다시 김이 서리게 하면, 매우 생기 있게 뒤섞여 움직이는 색채들이 나타난다. 이 색들은 김이 서리는 동안 그 장소를 이동하며 마침내는 김과 함께 사라진다. 이 실험을 반복하면 색들은 더욱 생기 있고 아름답게 되며, 처음보다 더욱 오래 지속되는 것처럼 보

인다.

456 이 현상이 아무리 빨리 지나가고 혼란스럽게 보일지라도 다음과 같은 점을 확인할 수 있다. 처음에는 모든 기본색들과 그 혼합색들이 나타난다. 입김을 더 세게 불면, 그 현상이 연속적으로 나타나는 것을 볼 수 있다. 이때 확인할 수 있는 것은 모든 곳에 번져 있는 입김이 유리의 가운데 부분으로 물러나고, 청색이 마지막으로 사라진다는 사실이다.

457 이 현상은 깨끗한 표면에 손가락으로 그어서 남긴 가느다란 띠들 사이에서 가장 잘 나타나며, 그 밖에도 물체 표면에 어느 정도 거친 성질을 필요로 한다. 많은 유리들의 경우에는 단순히 입김만 불어도 색채 현상을 불러일으킬 수 있지만, 어떤 유리들의 경우에는 손가락으로 문지를 필요가 있다. 언젠가 거울 유리를 보니, 입김을 불자 한 면에서는 즉시에 색채들이 나타났지만, 다른 면에는 그렇지 않았다. 남아 있는 면들로 판단해 보니, 앞의 것은 이전에 거울의 앞면이었고, 뒤의 것은 수은으로 덮였던 뒷면이었다.

458 이러한 실험들은 추운 곳에서 가장 잘 될 수 있다. 추우면 판유리에 더욱 빨리 그리고 더욱 선명하게 김이 서릴 수 있고 또다시 김이 빨리 사라지기 때문이다. 그러므로 아주 추운 날에 마차를 타고 가면 이 현상을 확실하게 보게 된다. 마차의 창문을 아주 깨끗하게 닦은 후 활짝 열어놓았다면 말이다. 마차 안에 앉아 있는 사람들의 입김이 아주 부드럽게 창문에 가 닿자마자 매우 선명한 색채 유희가 전개되었다. 어느 정도의 규칙적인 연속성이 있는가는 확인할 수 없었다. 하지만 창문들이 어두운 물체를 배경으로 할 때 색들이 선명하게 나타났다. 이러한 색채 교체는 그러나 오래 지속되지 않았다. 왜냐하면 입김이 더 무거운 물방울로 뭉쳐지거나 세빙(細氷)으로 얼어버리자마자 즉시 이 현상이 사라졌기 때

문이다.

459 세번째 조건. 압력을 가하거나 입김을 부는 앞의 두 실험은 서로 결합될 수 있다. 즉 판유리에 입김을 불고 다른 유리를 즉시 갖다 대면 된다. 그러면 압력을 가했을 경우와 같이 입김이 서리지 않은 두 색이 나타난다. 다만 습기 때문에 여기저기에서 물결무늬가 없어졌다는 것이 차이점이다. 판유리를 다른 유리로부터 떼어내면 입김은 색채와 함께 사라진다.

460 하지만 이 결합된 실험은 다름 아니라 개개의 현상들만을 보여주는 것이라고 주장할 수도 있다. 보다시피 압력에 의해 생겨났던 색들은 유리들을 서로 떼어냄에 따라 사라지고, 입김을 쐰 부분도 그 고유한 색들과 함께 사라지기 때문이다.

461 네번째 조건. 색채 현상은 거의 모든 거품들에서 관찰할 수 있다. 비눗방울이 가장 잘 알려진 것이며, 또한 그 아름다움을 가장 쉽게 보여줄 수 있다. 하지만 색채 현상은 포도주, 맥주, 순수 알코올 용액, 특히 초콜릿의 거품에서도 나타난다.

462 우리가 앞에서 서로 맞닿은 두 표면 사이의 무한히 좁은 틈새를 요구했듯이, 우리는 비눗방울의 막을 두 유연한 물체 사이의 무한히 얇은 막으로 간주할 수 있다. 왜냐하면 이 현상은 거품을 팽창시키는 내부의 공기와 대기 사이에서 나타나기 때문이다.

463 방울은 처음 생겨나는 동안에는 무색이다. 그러고 나서는 대리석 무늬의 종이에서 볼 수 있는 색채 무늬들이 나타나기 시작한다. 마침내 방울을 크게 부풀리면 무늬는 방울 전체에 퍼져나간다. 아니 오히려 방울 주위를 떠다닌다고 할 수 있다.

464 방울은 다양한 방식으로 만들 수 있다. 밀짚을 비누 용액에 담갔다가 꺼내어 그 끝에 달린 방울에 숨을 불어넣어 부풀리면 간단하게 만들어진다. 이때는 색채 현상을 관찰하기 어렵다. 왜냐하면

방울이 빨리 회전하기 때문에 정확하게 관찰할 수 없고, 또 모든 색들이 뒤섞이기 때문이다. 하지만 색들이 밀짚 부분에서 시작한 다는 것은 확인할 수 있다. 더 나아가 바로 비누 용액에 밀짚을 꽂아 방울을 만들 수도 있는데, 조심스럽게 하면 단 하나의 방울 이 생겨난다. 이 방울은 심하게 부풀리지 않는 한 흰색을 유지한 다. 그러나 용액이 지나치게 묽지만 않다면 방울의 수직축 둘레에 원들이 나타나는데, 이것들은 서로 밀착되어 충돌하는 가운데 보 통 녹색과 자색을 번갈아가며 보여준다. 마지막으로 우리는 여러 개의 비눗방울들을 용액과 결합된 채로 나란히 생겨나게 할 수 있 다. 이 경우에는 두 개의 비눗방울이 서로 맞붙어 생겨난 면들에 서 색채가 나타난다.

465 초콜릿 거품의 방울들에서는 비눗방울의 경우보다 색채들을 더 쉽게 관찰할 수 있다. 이것들은 비록 작기는 하나 더 오래 지속되 기 때문이다. 열을 가하면 방울을 나타나게 하는 움직임이 생겨나 지속되는데, 이 움직임은 이 현상이 전개되고, 이어지고 해서 마 침내 완성되는 데 필요한 것처럼 보인다.

466 방울이 작거나 혹은 다른 방울들 사이에 둘러싸이게 되면, 그 표 면에 대리석 무늬의 종이에서 볼 수 있는 것과 같은 색채 현상들 이 나타난다. 우리의 기준에 따른 온갖 색들, 순수한 색, 상승된 색, 혼합된 색들이 모두 뒤섞여서 선명하고 아름답게 나타나는 것 이다. 작은 방울들에서는 이 현상이 계속해서 지속된다.

467 방울이 더 커지거나 아니면 그 옆의 방울들이 터짐으로 해서 점 차로 분리되는 경우에, 우리는 색채의 이러한 밀고 당김이 어떤 지점을 목표로 하고 있다는 사실을 곧 깨닫게 된다. 말하자면 우 리는 방울의 꼭지 지점에서 가운데 부분이 황색인 조그만한 원이 생겨나는 것을 본다. 그리고 여타의 색채 무늬들은 벌레 모양을

한 채 계속해서 회전한다.

468 오래지 않아 이 원은 커지면서 양 사방으로 가라앉는다. 가운데 부분은 황색으로 유지되고, 아랫부분의 바깥쪽은 자색이 되었다가 곧 청색이 된다. 이 원 아래에 다시 동일한 색의 순서를 보이는 새로운 원이 생긴다. 이 원들이 서로 충분히 가까이 접근하면, 양 극단의 색들의 혼합에 의해 녹색이 생겨난다.

469 내가 이러한 원들을 셋까지 헤아리자 가운데 부분은 무색이 되었다. 그리고 이 부분의 원들이 점차로 가라앉으면서 넓어진다. 그러다가 마침내 방울은 터지고 만다.

470 다섯번째 조건. 전체 색들이 알려진 순서에 따라 혹은 혼란스럽게 뒤섞이면서 매우 선명한 색채 유희를 보여주는 섬세한 박편들은 다양한 방식으로 만들어낼 수 있다. 생석회를 용해시킨 물은 곧 색채를 띤 피막으로 뒤덮인다. 물, 특히 철분을 포함한 물의 표면에서도 동일한 현상이 나타난다. 술병, 특히 프랑스제 붉은 포도주 병 안에 들러붙어 있는 섬세한 주석(酒石) 박편들을 조심스럽게 떼내어 햇빛 아래에 내놓으면 아주 아름다운 색채를 띠며 빛난다. 물이나 화주(火酒) 및 다른 액체들 위에 떠 있는 기름방울들에서도 이러한 고리들과 붉은빛이 나타난다. 그러나 할 수 있는 가장 아름다운 실험은 다음의 것이다. 지나치게 농도가 짙지는 않은 질산수를 접시에 붓고, 동판 조각가들이 부식을 시키는 동안에 동판의 일정 부위를 덮어두기 위해 사용하는 니스를 붓으로 찍어 그 위에 떨어뜨린다. 그러면 즉시 생기 있는 움직임과 함께 피막이 나타난다. 이 피막은 원들을 그리면서 퍼져나간다. 그리고 동시에 아주 선명한 색채 현상을 보여준다.

471 여섯번째 조건. 금속들은 달구어지면 그 표면에 색들이 일시적으로 연이어 나타난다. 우리는 이 색들을 원하는 대로 고정시킬

수도 있다.

472 반들반들한 강철은 열을 가하면, 일정한 온도에서 황색으로 뒤덮인다. 이때 강철을 화로에서 재빨리 꺼내면 이 색은 그대로 남는다.

473 강철이 더 뜨거워지면, 황색은 더 어두워지고, 더 상승되며 곧 자색으로 넘어간다. 이 색은 곧장 선명한 청색으로 넘어가기 때문에 고정시키기 어렵다.

474 이 아름다운 청색은 강철을 화로에서 재빨리 끄집어내어 재 속에 묻음으로써 고정시킬 수 있다. 청색으로 그을린 강철 제품들은 이런 방식으로 만들어진다. 강철을 불 위에 계속 올려놓는다면, 그것은 잠시 후에 담청색이 되고, 이후에도 그 색이 유지된다.

475 이러한 색들은 마치 입김처럼 강철판 위를 지나가며, 하나의 색이 다음 색에 밀려가는 것처럼 보인다. 하지만 사실은 그 다음에 나타나는 색은 언제나 이전의 색에서 생겨난 것이다.

476 호주머니 칼을 촛불에 갖다 대면, 색채를 띤 줄무늬가 칼날 비스듬히 생겨난다. 불 속 가장 깊은 곳에 있었던 부분의 줄무늬는 담청색으로 보이다가, 이내 적청색으로 변한다. 가운데 부분은 자색으로 보이다가 잇달아 주홍색과 황색이 뒤이어 나타난다.

477 이 현상은 앞서 설명한 현상으로부터 파생된다. 칼자루 바로 옆의 칼날 부분은 불 속에 있는 칼끝 부분보다 덜 달구어지므로, 앞에서는 차례로 생겨나던 모든 색들이 이제는 한꺼번에 나타나야 하기 때문이다. 우리는 이러한 색들을 아주 잘 고정시켜 보전할 수 있다.

478 로버트 보일은 이처럼 연속적으로 나타나는 색채를 다음과 같이 보고한다. 「빛을 내는 황색에서 짙은 황색과 주황색으로(예술가들이 핏빛 황색이라고 부르는), 그리고 나서 엷은 황색으로, 그 이후

엔 더욱 짙고 어두운 황색으로」〈엷은 languidus〉과 〈짙은 saturior〉
이라는 말의 위치를 서로 바꾸기만 하면, 이 보고는 더할 나위 없
이 좋았을 것이다. 다양하게 나타나는 색들은 그에 따른 굳기의
정도에 영향을 미친다는 말이 어느 정도 옳은가 하는 것은 일단
제쳐놓기로 하자. 색들은 여기에서 다만 열기의 다양한 등급을 나
타내는 표시일 따름이다.

479 납을 구우면 표면은 처음에는 회색이 된다. 이 회색 분말은 더
높은 열을 가하면 황색이 되고 이윽고 오렌지색이 된다. 열을 가
하면 은도 색들을 보여준다. 은을 정련시킬 때 나타나는 섬광도
여기에 포함된다. 금속제 잔들을 녹일 때도 마찬가지로 표면에 색
들이 나타난다.

480 일곱번째 조건. 유리의 표면이 부식되는 경우이다. 유리의 눈멂
현상은 이미 앞에서 주목한 바가 있다. 이 표현이 의미하는 바는
유리의 표면이 흐리게 보이도록 부식되었다는 것이다.

481 흰색 유리가 가장 흐리며, 주조시켜 만든 후에 다시 연마한 유리
도 마찬가지이다. 청색 유리는 약간 덜 흐리며, 녹색 유리가 가장
덜 흐리다.

482 판유리는 두 종류의 면을 가지는데, 그중 하나가 거울면이라고
불리는 것이다. 이것은 화덕의 위쪽에 놓여 있던 것으로, 그 표면
에서 우리는 둥그렇게 융기된 부분들을 발견할 수 있다. 이 거울
면은 화덕의 아래쪽에 놓여 있었고, 그 표면에 때때로 긁힌 자국
들이 나타나는 다른 유리들보다 더 매끄럽다. 그러므로 사람들은
이 거울면을 방 안으로 가져가 사용한다. 왜냐하면 이것은 방 안
에서 스며드는 습기에 의해 다른 유리들보다 덜 부식되며, 따라서
덜 흐려지기 때문이다.

483 유리의 이러한 눈멂 현상, 즉 흐려짐 현상은 차츰차츰 색채 현상

으로 넘어간다. 이 색채 현상은 매우 선명하게 나타날 수 있으며 또한 그 어떤 연속이나 여타의 규칙적인 성격을 보여줄 수도 있다.

484 이로써 우리는 물리색들을 그 미세한 작용에서부터 시작하여 그 일시적인 상들이 물체에 고정되는 지점까지 설명한 셈이다. 그러다 보니 우리는 화학색들이 나타나는 경계선까지 도달하였다. 아니, 벌써 이 경계를 어느 정도 넘어섰다. 이 점은 우리의 논의의 연속성을 위한 훌륭한 선입견으로 작용할는지도 모른다. 이 장의 결론을 그 어떤 일반적인 진술로 매듭짓고 그 내적인 연관성을 암시하기 위해, 우리가 앞서 설명했던 것(451~454번 참조)에 다음 사항을 덧붙이기로 한다.

485 강철의 흐려짐 현상 및 그와 유사한 현상들은 아마도 흐린 매질들의 이론으로부터 아주 쉽게 유도될 수 있을 것이다. 매끄러운 표면의 강철은 빛을 강력하게 반사시킨다. 열에 의해 생겨난 흐림 현상을 경미한 흐림이라고 생각해 보라. 그러면 즉시 밝은 황색이 나타나며, 흐림의 정도가 높아감에 따라 점점 더 짙어지고 밀집되고 붉어지다가 마침내는 적자색과 홍옥색이 나타나야 마땅하다. 드디어 이 색이 어둠의 정점으로 상승하고 흐림이 계속해서 지배한다고 생각한다면, 이 색은 이제 암흑 쪽으로 퍼져나가면서 처음에는 청자색을, 그리고 나서는 짙은 청색을, 마침내는 밝은 청색을 생겨나게 한다. 그리하여 일련의 현상들이 종결된다.

우리는 이러한 설명 방식이 완전하다고 주장하지는 않는다. 다만 우리의 의도는 모든 것을 포괄하는 공식, 수수께끼의 원래 답이 발견될 수 있는 길을 암시하는 데에 있다.

3
화학색

486   화학색이란 우리가 특정한 물체들에서 유발시키고, 다소간 고정
시키며, 상승시키고 다시 그 물체들로부터 떼어내어 다른 물체들
에 전이시킬 수 있는 그 어떤 내재적인 속성을 가진 색을 말한다.
대개는 지속성이 그것들의 특징이다.

487   이러한 점들을 고려하여 사람들은 이전부터 화학색을 다양한 수식
어를 사용하여 표기하였다. 그것들은 고유색 colores proprii, 물체
색 corporei, 물질색 materiales, 진짜색 veri, 영구색 permanentes,
고정색 fixi이다.

488   물리색의 유동적이고 일시적인 성질이 점차 어떻게 물질들에 고
착되는가 하는 것에 대해서는 앞에서 이미 언급하면서 그 이행 단
계를 마련하였다.

489   색채는 물체의 표면에 혹은 안으로 스며들어 다소간 지속적으로
고착된다.

490   모든 물체들은 색채를 띨 수 있다. 색채가 물체들에서 유발되고,

상승되고, 단계적으로 고정되든지 아니면 최소한 그 물체들에 전이될 수 있기 때문이다.

34 화학적 대립

491 우리가 색채 현상을 서술함에 있어서 반드시 대립에 주목하여야 할 이유가 있었다. 그래서 이제 화학의 영역으로 들어서는 순간, 화학적 대립들이 중요한 의미를 띠고 나타난다는 사실을 깨닫는다. 우리의 필요에 따라 여기에서는 산과 알칼리라는 일반적인 이름하에 지칭되곤 하는 것만을 언급하기로 한다.

492 우리가 색채 대립을 여타의 모든 물리적 대립들의 경우와 같이 다(多)와 소(少)로 표기하고, 〈다〉를 황색의 속성으로, 〈소〉를 청색의 속성으로 돌린다면, 이 두 색은 이제 화학적으로 서로 대립하는 요소들로 나타난다. 황색과 주홍색은 산의 속성을, 청색과 청적색은 알칼리의 속성을 가진다. 그리하여 이제 화학색의 현상들은 물론 다른 많은 경우들과 함께 상당히 간편한 방식으로 설명될 수 있다.

493 게다가 화학색의 주요 현상은 금속들의 산화에서 나타나므로, 이에 대한 관찰을 앞세우는 것이 얼마나 중요한지는 명백하다. 그밖에 더 고려해야 할 것은 개별적인 단락들에서 더 세세하게 언급하기로 한다. 하지만 우리가 힘주어 강조하는 바는 우리가 아주 포괄적인 점에서만 화학자에 앞서 작업하는 것이지, 그 어떤 특수한 분야라든지 매우 예민한 화학적 과제나 문제점들에 개입하거나 그것을 떠맡으려는 것은 아니라는 사실이다. 우리의 의도는 어쨌든 우리의 확신에 따라 화학적 색채론이 어떻게 일반적인 물리적

색채론에 연결될 수 있는가에 대한 윤곽을 보여주는 데 있을 뿐이다.

35 흰색의 생성

494   이와 관련하여 우리는 앞서 제1부류의 굴절색(155번 이후)을 설명하면서 이미 몇 걸음을 내디딘 바 있다. 투명한 물체들은 무기적인 물질성의 가장 높은 단계에 위치한다. 바로 그 옆에 순수한 흐림이 연결되며, 흰색은 완결된 순수한 흐림으로 간주될 수 있다.

495   순수한 물이 눈으로 결정화(結晶化) 되면 흰색이 된다. 각 부분들이 투명하다고 해서 전체가 투명해지지는 않는 것이다. 결정수(結晶水)가 빠져나가 버린 다양한 소금 결정들은 흰색 분말이 된다. 우리는 순수한 투명체에 우연히 조성된 불투명 상태를 흰색이라고 부를 수도 있을 것이다. 마찬가지로 잘게 분쇄된 유리도 흰색 분말이 된다. 이렇게 하여 우리는 물질의 역동적인 결합 상태가 제거되고 그 원자적 속성이 나타나는 것을 관찰할 수 있다.

496   잘 알려져 있는 분해되지 않은 흙[1]들은 그 순수한 상태에서는 모두 흰색이다. 이것들은 자연적인 결정화를 거쳐 투명하게 된다. 수정 속의 규토(珪土), 운모 속의 알루미나, 활석(滑石) 속의 마그네시아, 수많은 장석 속의 석회토와 중토(重土)는 투명하게 보인다.

497   광물체들의 채색에서는 무엇보다도 산화 금속이 문제이므로, 결론 삼아 한마디 덧붙인다. 막 진행되는 미세한 산화는 백회를 석

---

1) 규소, 알루미늄, 마그네사이트 등의 금속 산화물을 말한다.

출(析出)하는데, 이것은 납이 초산에 의해 백연(白鉛)으로 변하는 방식과 같다.

36 검은색의 생성

498 검은색의 생성[2]은 흰색처럼 그렇게 시원적(始原的)이지는 않다. 우리는 검은색을 불완전 연소된 식물의 영역에서 만난다. 아주 특이하다고 할 수밖에 없는 물질인 석탄은 우리에게 검은색을 보여준다. 예컨대 판자와 같은 목재가 빛과 물, 그리고 습기에 의해 그 가소(可燒) 성분을 부분적으로 빼앗기면 처음에는 회색, 그러고 나서는 검은색이 나타난다. 동물의 몸의 부분들을 반연소시켜 석탄으로 만들 수 있는 것과 마찬가지이다.

499 꼭 마찬가지로 우리는 검은색이 생겨나려면 금속들에서도 이따금 불완전 산화가 일어나야 한다는 것을 발견한다. 약한 산화에 의해서 몇몇 금속들, 특히 철은 검은색이 된다. 초(醋)에 의해서, 그리고 예컨대 쌀죽 등을 적절하게 산화 발효시켜도 마찬가지 현상이 나타난다.

500 탈산화 내지는 역(逆) 산화 작용도 검은색을 불러일으키리라는 것은 어렵지 않게 추측할 수 있다. 이것은 잉크가 만들어지는 과정에서 일어난다. 강한 황산으로 용해시킨 철은 황색빛을 띠게 되지만, 몰식자(沒食子)를 주입하여 부분적으로 중화(中和)시키면 검은색이 된다.

---

2) 괴테에게서 검은색은 객관적 실재물로서 능동적으로 작용한다. 반면에 물리학자들은 그것을 다만 빛에너지의 부재로서 설명한다.

37 색채의 유발

501 앞서 물리색 장에서 흐린 매질들을 다루면서, 우리는 색을 흰색과 검은색 그 이상의 것으로 보았다. 이제 생성된 흰색, 생성된 검은색을 고정적인 것으로 전제하고, 거기에서 색채가 어떻게 유발되는지 알아보기로 하자.

502 여기에서 우리는 다음과 같이 정리하여 말할 수 있다. 흰색은 어두워지거나 흐려지면 황색이 되며, 검은색은 밝아지면 청색이 된다.

503 능동의 측면에서는 즉 빛 자체라든지, 밝음, 흰색으로부터 황색이 생겨난다. 종이, 아마포, 면화, 비단, 밀랍 등 흰색 표면을 가진 모든 것은 얼마나 쉽게 황색이 되는가. 특히 연소 경향이 있는 용액들은 쉽게 황색이 된다. 다시 말하자면 쉽게 흐릿한 상태로 넘어간다.

504 마찬가지로 수동의 측면에서는 암흑, 어둠으로부터 즉시에 청색 아니면 오히려 불그스레한 청색이 나타난다. 철을 황산에 용해시키고 거기에다 물을 넣어 아주 묽게 희석시킨 후, 컵 속에 넣고 빛을 투과시키면서 단 몇 방울의 몰식자액을 떨어뜨린다. 그러면 아름다운 청자색이 나타난다. 이것은 회색 황옥의 특성, 옛사람들이 명명한 바에 따르면, 그을린 자색의 오르프니논Orphninon을 눈앞에 보여준다.

505 순수한 흙에 산화 금속을 섞지 않고, 자연적인 방법과 기술을 동원하여 화학적 처리를 함으로써 색이 유발될 수 있는가 하는 것은 중요한 물음으로서, 보통은 '아니요.'라는 답을 듣게 된다. 이 문제는 아마도 산화 작용에 의해 흙으로부터 그 어떤 성분이 탈취되는 정도와 연관이 있는 것 같다.

506 이 물음에 대한 부정의 답변은 물론 광물의 색이 나타나는 모든 곳에서 금속, 특히 철의 흔적이 드러난다는 사실에 의해 입증된다. 아울러 철이 정말 쉽게 산화된다든지, 산화철이 정말 쉽게 다양한 색을 띠게 되며, 이 산화철이 무한하게 쪼개어지고, 또 신속하게 자신의 색을 퍼뜨린다는 점들도 마찬가지로 고려된다. 그럼에도 이에 대한 새로운 실험들을 함으로써 의문을 강화시키거나 아니면 제거하는 것이 바람직하겠다.

507 산화철이야 어떻든, 흙은 이미 존재하는 색을 아주 잘 받아들이는데, 그중에서도 반토Alaunerde가 특히 두드러진다.

508 이제 무기체의 영역에서 색채를 띠는 권리를 거의 배타적으로 가지는 금속들 쪽으로 넘어가 보자. 그러면 우리는 이러한 금속들이 순수하고, 독자적인 상태에 있을 때 그 어떤 색 쪽으로 기울어진다는 점에서 이미 순수한 흙과 차이가 난다는 사실을 발견한다.

509 은이 순수한 흰색에 가장 접근해 있다면, 아니 금속의 광채에 의해 강화되어 순수한 흰색을 실제로 보여준다면, 강철이나 주석 그리고 납 등은 엷은 청회색으로 넘어간다. 반면에 금은 순수한 황색으로 강화되고, 구리는 적색 쪽으로 밀려간다. 이 적색은 특수한 조건들 하에서 거의 자색에까지 상승하며, 반대로 아연에 의해서 다시 황금색으로 밀려 내려간다.

510 금속들은 순수한 상태에서 이런저런 고유색을 보여주지만, 산화작용이 일어나면 어느 정도 공통적인 특성을 드러낸다. 왜냐하면 이제 근본색이 순수하게 나타나기 때문이다. 그리고 이런저런 금속들은 각각의 고유색을 드러내도록 한정되어 있음에도 불구하고, 우리는 몇몇 금속들이 색채환 전체를 한 바퀴 돌 수 있고, 또 다른 금속들은 하나 이상의 색을 나타낼 수 있다는 사실을 알고 있다. 하지만 주석의 두드러진 특징은 채색이 불가능하다는 점이다.

우리는 앞으로 다양한 금속들이 많건 적건 다양한 색을 어느 정도로 보여줄 수 있는지를 일람표를 통해 제시할 것이다.

511 순수한 금속의 깨끗하고 매끄러운 표면을 가열한다. 그러면 온도의 상승과 함께 일련의 색을 두루 나타내는 색채 증기가 그 표면을 채색한다. 이 사실은 우리의 확신에 따르자면 금속들의 색이 색채환 전체를 일주할 수 있음을 가리킨다. 우리는 매끄러운 강철에서 이 현상이 가장 아름답게 나타나는 것을 본다. 그러나 은, 구리, 놋쇠, 납, 주석에서도 우리는 유사한 현상들을 쉽게 볼 수 있다. 아마도 여기에서는 표면의 산화가 작용한 것으로 보인다. 이는 앞으로의 실험 과정에서, 특히 쉽게 석회화하는 금속들의 경우에 추론할 수 있다.

512 불에 달군 철은 산성 용액에 의해 더욱 쉽게 산화된다. 이는 하나의 작용이 다른 하나의 작용을 잘 일어나게 한다는 사실을 말해주는 것 같다. 또한 우리는 강철이 그 색채 현상의 다양한 단계에 따라 단단해지며, 그때마다 유연성에 있어서 약간의 차이를 보인다는 사실에 주목한다. 이것은 아주 자연스러운 현상으로서 다양한 색채 현상들이 열의 다양한 강도를 나타냄을 말한다.

513 이러한 표면적인 작용을 일으키는 증기라든지 표피를 제쳐놓고 보면, 우리는 금속 덩어리들이 어떻게 깊숙한 곳까지 산화되는지를 관찰하게 된다. 즉 금속들은 제1등급의 흰색이나 검은색으로 보이는데, 이는 백연이나 철 그리고 수은에서 보는 바와 같다.

514 여기에서 더 나아가 고유색이 어떻게 유발되는가를 알아보니, 그러한 색이 양(陽)의 단계에서 가장 빈번하게 일어난다는 것을 발견한다. 앞에서 이따금 언급했던 매끄러운 금속 표면들의 흐려짐 현상은 황색으로부터 출발한다. 철은 곧 황색의 산화철이 되며, 연(鉛)백색의 납은 황색의 일산화연이 된다. 그리고 수은은 황

색의 황산수은염으로 넘어간다. 금과 백금을 산으로 녹인 용액은 황색이다.

515 음(陰)의 단계에서 색이 유발되는 일은 드물다. 약간 산화된 구리는 청색이다. 베를린 청색(=진한 감색)을 유발하려면 알칼리가 작용해야 한다.

516 도대체 이러한 색채 현상들은 매우 유동적인 성격을 띠는 것이어서, 화학자들 자신도 더 세세한 부분으로 들어가는 즉시 그것들이 허구적인 특징에 지나지 않는다는 것을 알게 된다. 그러나 우리는 당면의 목적을 위해 이 부분은 대략적으로만 다루기로 하며, 최소한 교육적인 목적을 달성하기 위해 금속에 나타나는 색채 현상들을 당분간 다음과 같이 구분하기로 한다. 즉 이러한 색채 현상들은 산화, 강(强)산화, 약(弱)산화, 탈(脫)산화(=중화)에 의해 생겨나고, 다양한 방식으로 모습을 드러내다가 사라진다.

38 상승 Steigerung

517 상승은 색채들이 그 자체 내에서 밀집되거나 포화되거나 음영을 드러내는 현상을 말한다. 우리는 앞서 무색의 매질들의 경우, 그 흐림을 증대시킴으로써 발광체가 아주 얇은 황색으로부터 선명한 홍옥색으로까지 상승될 수 있음을 보았다. 반대로 청색은 아주 아름다운 청자색으로 상승된다. 만일 암흑 앞에 놓인 흐린 매질의 두께를 얇게 만들거나 흐림을 감소시킨다면 말이다(150, 151번 참조).

518 색을 단계별로 세분화시키면 이와 유사한 현상이 나타난다. 즉 단계별로 두께를 조절한 흰색의 자기로 계단식 용기들을 만들고 그중 하나의 용기에 순수한 황색의 액체를 채워라. 그러면 이 용

기는 위에서부터 아래의 바닥에 이르기까지 단계적으로 점차 붉어지다가 마지막에는 주황색이 된다. 또 다른 용기에는 순수한 청색의 용액을 채운다. 그러면 맨 윗부분들은 하늘색을, 그 바닥 부분은 아름다운 청자색을 보여준다. 용기에 햇빛을 쐬면 맨 윗부분에 생기는 그림자 또한 청자색이 된다. 손이나 다른 물체로 용기를 햇빛으로부터 차단하면, 이때 생기는 그림자도 마찬가지로 불그스레한 색을 띤다.

519 양적인 관계가 우리의 감각에 질적인 인상을 불러일으킨다는 사실을 명백하게 확인한다면, 이는 색채론에서 가장 중요한 현상들 중의 하나를 이해하는 것이다. 앞서 표면색을 설명하면서(485번 참조) 우리는 강철의 흐려짐 현상을 흐린 매질들의 이론으로부터 추론할 수 있을 것으로 추측한 바 있는데, 이제 여기서 이것을 다시 한번 상기해 보도록 하자.

520 모든 화학적 상승은 색채의 유발에 뒤이어 곧장 일어나며, 끊이지 않고 지속된다. 그리고 이러한 상승은 주로 양(陽)의 영역에서 나타난다는 사실에 유의해야 한다. 황색의 철산화물은 불이라든지 여타의 처리에 의해 매우 선명한 적색으로 상승된다. 일산화연은 은단(銀丹), 황산수은염, 주홍색의 진사(辰砂)로 상승되는데, 마지막의 것은 이미 주홍색의 매우 높은 단계에 도달한 것이다. 이 과정에서 산이 금속 안으로 깊숙이 침투한다든지, 금속이 무한히 잘게 쪼개지는 현상이 전개된다.

521 음의 영역에서의 상승은 드문 편이다. 하지만 베를린 청색이나 코발트 유리를 점점 더 순수하게 만들고, 더 응축시키면 그것들은 불그스레한 빛, 아니 오히려 청자색을 띤다는 사실을 우리는 금방 확인할 수 있다.

522 눈에 띄지 않게 일어나는 이러한 황색과 청색의 적색으로의 상

승에 대해 프랑스인들은 그 색이 〈적색의 눈 oeil de rouge〉을 가지
게 되었다는 말로써 적절히 표현하는데, 우리는 그것을 불그스레
한 섬광 정도로 표현할 수 있을 것이다.

39 최고점

523 이것은 황색과 청색이 적색으로 계속해서 상승한 후에 나타난다.
여기에서 황색도 청색도 찾아볼 수 없는 적색이 정점을 이룬다.

524 양의 영역에서 이러한 최고점의 주목할 만한 예를 찾는다면, 우리
는 그것을 강철의 흐려짐 현상에서 다시 발견한다. 강철은 자색의
정점에 도달했다가 그 상태로 고정될 수 있다.

525 앞서 소개한 (516번 참조) 용어를 사용한다면 다음과 같이 말할
수 있다. 초기의 산화는 황색을, 강산화는 주홍색을 불러일으킨
다. 여기에서 일종의 최고점에 도달했다가 다시 약산화, 탈산화의
과정을 거치게 된다.

526 산화가 고도로 진행된 상태에서는 자색이 나타난다. 금은 주석
용액에 의해 용해되면 자색이 된다. 비소 산화물이 유황과 결합되
면 홍옥색이 나타난다.

527 최고점에 달한 예들 중 많은 경우에 일종의 약산화가 어떻게 작
용하는지는 탐구 가능할 것이다. 왜냐하면 주홍색에 알칼리가 작
용하면 최고점에 도달하는 것처럼 보이기 때문이다. 이때는 음의
방향으로 정점에 도달하도록 강요받는 것이다.

528 아주 짙은 주홍색을 보여주는 질 좋은 헝가리 진사로부터 네덜
란드인들은 베르미용(=주홍색, 황화 제2 수은)이라고 불리는 색을
만들어낸다. 하지만 이것은 자색에 접근하는 진사일 따름이다. 그

러므로 우리는 알칼리에 의해서 진사를 정점 가까이로 가져갈 수 있다고 추측할 수 있다.

529 이러한 식으로 처리된 식물의 즙들도 눈에 띄는 예이다. 삼황, 오를레앙, 잇꽃 등 일부 식물들에서 우리가 주정을 사용하여 그 색소를 추출하면, 황색, 주홍색과 녹석류석(綠石榴石, hyazinthrot) 색의 액즙을 마련할 수 있다. 하지만 알칼리를 첨가하면 이러한 식물들의 색은 정점에 도달하게 된다. 아니 더 나아가서 청적색을 띠게 된다.

530 음의 영역으로부터 최고점에 도달하는 경우는 광물계와 식물계에서는 알려진 바가 없다. 동물계에서는 자색 조개류의 체액이 눈에 띈다. 그것이 음의 영역에서 상승되어 최고점에 도달하는 것에 대해서는 차후에 다루게 될 것이다.

40 균형 이루기

531 색은 아주 유동적이기 때문에 세분화시켜 확정지었다고 생각한 색소들조차도 다시 이리저리로 쏠리게 된다. 이러한 유동성은 최고점 근처에서 가장 눈에 띄게 드러나며, 산과 알칼리를 교차적으로 사용함으로써 그 현상을 아주 또렷하게 관찰할 수 있다.

532 프랑스인들은 염색술에서 보이는 이러한 현상을 표현하기 위해 조색(調色, virer)이라는 단어를 사용한다. 이것은 하나의 상태에서 다른 상태로 바뀌는 것을 가리키며, 지금까지 혼합 비율로써 설명하고 표기하려고 하던 것을 아주 적절한 방식으로 나타내고 있다.

533 이와 관련해서 우리는 리트머스를 이용하여 실험을 할 수 있는데, 이는 가장 잘 알려져 있고 또한 그 결과가 뚜렷한 실험들 중

의 하나이다. 리트머스는 알칼리의 작용으로 적청색이 된 색소이다. 이것은 산에 의해서 아주 쉽게 주황색으로 넘어가며, 알칼리에 의해서 다시 원래대로 되돌아간다. 이 경우 정밀하게 시험하여 최고점을 발견하고 그것을 고정시키는 것은 이 분야에 정통한 사람에게 맡기면 된다. 마찬가지로 염색술, 특히 진홍색의 염색술이 이런 식으로 넘어갔다가 되돌아오는 색채 현상에 대해 다양한 사례들을 보여줄 것이다.

41 색채환의 일주(一周)

534 색의 유발과 상승은 음의 영역에서보다는 양의 영역에서 활발하게 진행된다. 그러므로 색채가 그 색채환 전체를 일주함에 있어서도 대개는 양의 영역에서부터 출발한다.

535 황색에서 적색을 거쳐 청색에 이르기까지 지속적으로 진행되는 색의 일주는 강철을 달구어 흐리게 할 때 뚜렷하게 나타난다.

536 금속들의 경우 산화의 다양한 단계와 종류에 따라서 색채환의 다양한 지점에서 그 색이 결정된다.

537 금속들은 녹색으로 나타나기도 한다. 그러므로 광물계에 있어서 황색으로부터 녹색을 거쳐 청색에 이르는, 그리고 이와 정반대 방향으로 진행되는 지속적인 일주 현상을 우리가 잘 파악하고 있는지는 의문이다. 유리와 함께 용해시킨 산화철은 처음에는 녹색을 보이다가 점차 열을 높이면 청색이 된다.

538 지금이 녹색 일반에 대해 언급하기 적절한 시점인 것 같다. 녹색은 무엇보다도 기계적인 방식으로 생겨난다. 말하자면 황색과 청색을 결합하면 아주 순수한 녹색이 생겨나는 것이다. 하지만 순수

하지 못한 얼룩진 황색도 우리에게 녹색의 인상을 불러일으킨다. 검은색이 섞인 황색도 녹색을 보인다. 이 또한 검은색이 청색과 인척 관계에 있기 때문이다. 유황색과 같은 불완전한 황색은 우리에게 녹색의 느낌을 준다. 마찬가지로 우리는 불완전한 청색을 녹색으로 지각한다. 포도주 병의 녹색은 산화철이 유리와 불완전하게 결합하였기 때문에 생겨난다. 아니, 그렇게 보인다. 열을 더 높여 결합을 더 완전하게 하면 아름다운 청색의 유리가 생겨난다.

539 이 모든 것은 자연 상태의 황색과 청색 사이에 그 어떤 단절이 있음으로 인해 생겨난 것처럼 보인다. 이러한 단절은 상호 교차와 혼합에 의해 기계적으로 제거되고 녹색으로 결합될 수 있다. 하지만 황색과 청색 사이의 진정한 결합은 적색에 의해서만 가능하다.

540 우리는 무기체의 경우에는 일어나지 않는 현상이 유기체의 경우에는 가능하다는 것을 발견한다. 말하자면 후자의 영역에서는 황색에서 녹색과 청색을 거쳐 자색에 이르는 그러한 일주가 실제로 일어나는 것이다.

42 대립색으로의 전환

541 피유도된 대립색으로의 직접적인 전환도 매우 특이한 현상으로서, 현재로서는 다음 정도만을 소개할 수 있다.

542 원래 갈석(褐石) 산화물을 함유하고 있는 광물 카멜레온(=망간산 칼리)은 완전히 건조된 상태에서는 녹색의 가루로서 관찰된다. 그것을 물속에 뿌리면 용해되는 순간 녹색이 매우 아름답게 나타난다. 그러나 이 색은 그 어떤 중간 단계도 거치지 않고 즉시에 녹색과 대립되는 자색으로 변화된다.

543 마술 잉크의 경우도 마찬가지이다. 이것은 불그스름한 색의 용액으로 보이지만, 열을 받아 건조되면 종이 위에 녹색으로 나타난다.

544 보다시피 건조함과 습기 사이의 알력이 이 현상을 불러일으키는 것으로 보인다. 이는 우리가 잘못 판단한 것이 아니라면 화학 마술사들에 의해서 이미 알려져 왔던 것이다. 여기에서 어떤 설명을 이끌어낼 수 있는지, 이러한 현상들이 어디에 연결될 수 있는지 등에 대해서는 이후 충분히 알게 될 것이다.

43 색의 고정

545 지금까지 우리는 색을 아주 유동적인 것으로 여겨왔다. 심지어는 물체의 색도 그런 식으로 보았다. 하지만 이러한 색은 특정한 조건들 하에서는 마침내 고정된다.

546 그 자체로서 완전히 색소로 변화할 수 있는 물체들이 있다. 이 경우에는 색이 그 자체 내에서 고정되고, 특정한 단계에서 머무르며 고유한 색을 나타낸다고 할 수 있다. 색소들은 모든 영역에서 얻을 수 있는데, 그중에서도 특히 식물성 색소가 많은 부분을 차지한다. 특히 몇몇은 두드러지게 눈에 띄며, 다른 색소들의 대표로 간주되기도 한다. 능동의 영역에서는 적색의 꼭두서니, 수동의 영역에서는 남색의 쪽이 거기에 해당한다.

547 이러한 색소들을 효과적으로 사용하려면, 그것들 안에 있는 채색 성분을 응축시켜서 무한히 잘게 나누어질 수 있도록 정제해야 한다. 이것은 가지가지 방식으로도 가능하지만, 특히 발효와 부패에 의해서 잘 정제될 수 있다.

548 이러한 색소들은 다른 물체들에 들러붙는다. 이것들은 광물의 영역에서 흙이나 산화 금속들과 결합한다. 그리고 유리들과 용해되어 결합하기도 하는데, 이 경우 적절한 세기의 빛을 받으면 아주 아름다운 색채를 드러낸다. 그리하여 우리는 그 색소들에 영구적인 지속성을 부여한다.

549 식물성과 동물성의 물질들은 색소를 어느 정도의 세기로 끌어당겨 고착시키는데, 그 고착의 정도는 황색이 청색보다 더 일시적이라는 것과 같은 색소들의 성질에 좌우되기도 하지만, 그 색소가 들러붙을 바탕의 성질에 따라서도 결정된다. 색소들은 식물성 물질보다 동물성 물질에 더 오래 고착되어 있으며, 후자의 범위 내에서도 다양한 정도의 차이가 존재한다. 아마 섬유나 무명실, 비단이나 양털이 색소와 결합되는 정도는 실로 다양하다.

550 여기에서 색채와 물체 사이의 매개체로 간주될 수 있는 착색에 대한 중요한 이론이 등장한다. 염색 관련 서적들은 이에 대해 자세하게 설명하고 있다. 우리로서는 이 작업을 통해서 색이 그 물체가 못 쓰게 될 때까지 지속되며, 심지어는 그 물체를 사용하다 보면 색의 명료함과 아름다움이 배가될 수도 있다는 사실을 지적하는 것으로 만족키로 한다.

44 실제적인 혼합

551 모든 혼합은 고정된 색을 전제로 한다. 그러므로 혼합은 기계적인 영역에 속한다. 우리가 특정한 물체들의 색을 혼합하여 새로운 색조를 만들어내려면 우선 그 물체들을 색채환의 특정한 지점 위에 고정시켜 놓고 보아야 하기 때문이다.

552 우리는 보통 황색, 청색 그리고 적색을 순수한 기본색으로 간주한다. 그리고 적색과 청색이 청자색을, 적색과 황색이 주황색을, 황색과 청색이 녹색을 만든다.

553 사람들은 수와 양, 무게의 비례 관계들에 의해서 이러한 색의 혼합에 대해 더 자세하게 규명하려고 꽤 노력해 왔지만, 그렇다 할 만한 결과를 낳지는 못했다.

554 회화는 이처럼 고정된, 아니 개별화된 그림물감과 그것들 사이의 끝없이 가능한 결합을 토대로 이루어진다. 물론 이러한 결합은 아주 예민하고 능숙한 눈에 의해서만 포착되며, 그 판단하에서만 이루어질 수 있다.

555 이러한 혼합의 순수한 상태가 잘 유지되려면 그림물감을 문지르거나 세척하는 등의 위험으로부터 완전히 벗어나 있어야 하며, 먼지 같은 것을 엉겨붙게 하거나 무기 물질을 마치 유기질인 것처럼 들러붙게 하는 액체들로부터도 차단되어야 한다. 기름이나 송진 등이 그 대표적인 것들이다.

556 모든 색은 혼합되더라도 그림자로서의 보편적인 성격을 보존한다. 하지만 그 색은 나란히 나타나지 않으므로, 우리는 거기에서 어떠한 총체성도, 어떠한 조화도 느끼지 못한다. 회색의 경우를 보자. 이 가시적인 색은 언제나 흰색보다는 더 어둡게, 검은색보다는 언제나 더 밝게 보인다.

557 이러한 회색은 다양한 방식으로 만들어질 수 있다. 우선 청색을 섞어 에메랄드 녹색을 만들고 거기에다 같은 양의 순수한 적색을 첨가시켜, 세 가지 색 모두가 마치 중화(된 것처럼 될) 때까지 뒤섞으면 된다. 더 나아가서 기본색과 파생된 색을 일정한 비율로 쭉 널어놓았다가 혼합시켜도 마찬가지로 회색이 생겨난다.

558 모든 색을 혼합하면 흰색이 된다는 것은 다른 부조리한 것들과

마찬가지로 백 년 동안이나 그럴싸하게, 눈에 보이는 명백한 증거를 거슬러가며 계속 반복되었던 황당무계한 주장이다.

559 혼합된 색은 각각 그 어두운 성질을 혼합물에 그대로 넘겨준다. 말하자면 색이 어두우면 어두울수록, 거기에서 생겨나는 회색은 어두워지며 끝내는 검은색에 접근한다. 마찬가지로 색이 밝으면 밝을수록, 회색은 밝아지다가 마침내 흰색에 접근하는 것이다.

45 외관상의 혼합

560 외관상의 혼합도 많은 점에서 중요한 의미를 가지고 있고 심지어는 우리가 실제적이라고 간주했던 혼합이 외관상의 혼합으로 여겨질지도 모르기 때문에 여기에서 똑같은 비중으로 외관상의 혼합에 대해 다루기로 한다. 왜냐하면 혼합색의 바탕이 되는 요소들은 낱낱이 구분되어 보이기에는 너무 미세하기 때문이다. 예컨대 황색과 청색의 분말을 함께 뒤섞어 문지르면 맨눈에는 녹색으로 보이지만, 확대경을 통해서 보면 황색과 청색이 서로 구분되어 보인다. 황색과 청색의 띠들도 멀리서 보면 녹색 표면으로 보이는데, 이것은 다른 모든 개별적인 색을 혼합시킬 때에도 마찬가지이다.

561 기구들 중에 앞으로 속도 조절 바퀴도 다루게 될 것인데, 우리는 그 바퀴를 빨리 돌림으로써 혼합 현상을 관찰하게 될 것이다. 원반 위에 그려진 원 안에 다양한 색을 가지런히 배열한 후 속도 조절 바퀴를 힘차게 돌리고, 또한 여러 개의 원반을 마련한다면, 우리는 눈앞에서 온갖 가능한 혼합을 보게 된다. 마찬가지로 마지막에는 앞서 설명한 방식으로 모든 색이 혼합되어 자연스럽게 회색이 나타난다.

562 생리색도 마찬가지로 혼합된다. 예컨대 옅은 황색의 종이 위에 청색 그림자를 생겨나게 하면(65번 참조), 이 청색 그림자는 녹색으로 보인다. 적절한 준비를 갖추어 실험한다면 다른 색의 경우에도 똑같은 현상을 확인할 수 있다.

563 눈 속에 머무르는 유색의 허상들을(39번 이후) 유색 표면으로 옮겨놓으면, 마찬가지로 혼합이 일어나며 이때 생기는 상은 앞의 두 색으로부터 생겨난 하나의 색이 된다.

564 물리색도 마찬가지로 혼합 현상을 보여준다. 앞서 자세히 설명한 바대로(258-284번 참조) 다양한 상들을 프리즘을 통해서 관찰하는 실험들도 여기에 속한다.

565 그러나 물리학자들은 프리즘을 투과한 색이 채색된 표면에 작용하여 만들어내는 현상에 특히 주목하였다.

566 여기에서 관찰되는 현상은 아주 간단하다. 우선 프리즘을 투과한 색이 그것들을 받아들이는 표면의 색보다 훨씬 더 선명하다는 점을 고려해야 한다. 두번째로 프리즘을 투과한 색이 표면의 색과 같은 류의 것이 될 수도, 아니면 다른 류의 것이 될 수도 있다는 사실을 고려해야 한다. 첫번째 경우에 프리즘을 투과한 색은 표면의 색을 돋보이게 하고 더 밝게 만들며, 스스로도 더 환하게 되는데, 이것은 색채를 가진 돌이 동일한 색의 금속 박편을 통해서 더욱 환하게 보이는 경우와 마찬가지이다. 이와 반대되는 경우에는 한쪽의 색이 다른 쪽의 색을 얼룩지게 하거나 흩뜨리거나 파괴한다.

567 우리는 이러한 실험들을 색채 유리를 통해서 반복할 수 있다. 이 색채 유리를 통해서 햇빛을 유색 표면에 투과시키면 전적으로 유사한 결과들이 생겨난다.

568 관찰자가 색채 유리를 통해서 채색된 물체들을 볼 때도 동일한

현상이 일어난다. 이때 채색된 물체들의 색은 그 속성에 따라 강화되거나 약화되며 혹은 제거되기도 한다.

569 프리즘을 투과한 색을 다시 색채 유리에 통과시키면 전적으로 유사한 현상들이 나타나는데, 이때는 에너지의 많고 적음, 밝고 어두움의 정도, 유리의 청결함과 순수함의 정도에 따라 많은 섬세한 차이들이 드러난다. 이것은 이러한 현상들을 철저히 연구할 의욕과 인내심을 가진 주의 깊은 관찰자라면 누구나 발견할 수 있다.

570 몇 개의 겹쳐진 색채 유리, 그리고 기름을 먹인 반투명한 종이들도 그에 못지않게 실험자의 의도에 따라 온갖 종류의 혼합을 일으켜 우리의 눈에 보여준다는 사실은 언급할 필요조차도 없다.

571 마지막으로 화가들이 사용하는 투명 안료도 여기에 속한다. 이것은 화가들이 보통 사용하는 기계적인 혼합에 의한 것보다 훨씬 환상적인 혼합을 보여줄 수 있다.

46 실제적인 색채 전이(轉移)

572 이제 앞에서 설명한 대로 색소들을 마련했다면, 이제 이것들을 무색의 물체들에게 어떤 식으로 입히느냐 하는 문제가 또한 제기된다. 이에 대한 대답은 일상생활, 관례, 이용, 기술을 위해서 아주 중요한 의미를 가진다.

573 여기에서 다시 모든 색의 어두운 속성이 문제가 된다. 흰색에 아주 가까이 근접해 있는 황색으로부터 주황색과 연단(鉛丹)색을 거쳐 순수한 적색과 진홍색에 이르기까지, 청자색의 온갖 단계를 거쳐 검은색 바로 가까이에 있는 짙은 청색에 이르기까지 이들 색채에서 어둠이 차지하는 부분은 점점 증대된다. 일단 고정된 청색은

옅어지고 밝아지며, 황색과 결합하여 녹색이 되면서 빛 쪽으로 다가간다. 그러나 이것이 그 본성에 따른 것은 결코 아니다.

574 생리색에 있어서 우리는 그것들이 빛과 반대 방향으로 작용한다는 것을 이미 보았다. 생리색은 빛의 인상이 소멸하는 가운데 생겨나며, 이러한 느낌은 마침내 일종의 어둠으로서만 남아 있게 된다. 물리색의 경우에는 흐린 매질들을 사용하는 것과 흐린 부차상들의 작용에서 보다시피 완화된 빛, 어둠으로의 전이가 관건이라는 사실이 분명히 드러난다.

575 색소의 화학적 생성에서도 우리는 처음으로 색채가 유발될 때 동일한 현상을 발견한다. 강철을 뒤덮은 황색 증기는 광택을 발하는 표면을 어둡게 만든다. 백연(白鉛)이 황색의 일산화연으로 변하는 과정에서도 황색이 흰색보다 어둡다는 사실이 분명해진다.

576 아주 미세하게 진행되는 이러한 처리 방식은, 계속 이어지는 상승과 더불어 물체들을 점점 더 내밀하고 강력하게 채색한다. 그리고 가공되는 부분들이 극도로 섬세하다는 것, 그리고 무한히 잘게 나누어질 수 있음을 암시한다.

577 어둠 쪽으로 향하는 색, 그리고 특히 청색과 더불어 우리는 검은색 쪽으로 바싹 다가갈 수 있다. 정말로 완벽한 베를린 청색, 그리고 황산에 의해 처리된 쪽색도 거의 검은색처럼 보인다.

578 여기서 한 특이한 현상을 생각해 보자. 특히 식물의 영역에서 나타나는바, 색소들은 극도로 밀도가 높아지고 밀집된 상태에서는 자신의 색을 나타내지 않는다는 사실이다. 예컨대 앞에서 설명한 남색의 쪽이나 최고점에 달한 꼭두서니 염료는 더 이상 색을 보이지 않는다. 오히려 그 표면에서는 그 어떤 뚜렷한 금속성 광채가 생겨난다. 거기에서는 생리적으로 유도된 색이 작용을 하는 것이다.

579 모든 질 좋은 남색의 쪽은 그 갈라진 자리에서 구리색을 보여주

는데, 이것은 상품 거래에서 하나의 표시가 된다. 황산에 의해 처리된 남색의 쪽은, 그것을 두껍게 바르거나 건조시켜 흰색의 종이나 자기(瓷器) 접시의 색이 드러나지 않게 하면, 주황색에 가까운 색을 보이게 된다.

580 아마도 꼭두서니의 뿌리를 정제시켜 만든 것으로 추정되는 선명한 자색의 스페인 지분(脂粉)은 그 표면에서 완전한 녹색의 금속성 광채를 보여준다. 청색과 적색의 두 색을 붓으로 찍어 자기나 종이에 각각 바르면, 밝은 바탕이 환하게 비쳐나옴으로써 그 색은 다시 원래의 색으로 나타난다.

581 유색의 용액들은 빛이 그것들을 통과하지 않으면 검은색으로 보인다. 이는 바닥이 유리로 되어 있는 평행 육면체의 함석 용기에서 아주 쉽게 확인할 수 있다. 이러한 용기 안에서는, 만일 바닥이 검은색이라면, 모든 투명한 유색의 용액들이 검은색으로 그리고 무색으로 보인다.

582 불꽃의 상이 이 용기의 밑바닥에서 되비쳐 나오도록 만들면, 용액은 채색되어 나타난다. 용기를 높이 들어올리고 그 아래에 받쳐져 있는 흰색 종이에 빛을 투과시키면 용액의 색이 이 종이에 나타난다. 모든 밝은 색의 바닥은 그러한 채색된 매질을 통해서 보면 그 매질의 색으로 보인다.

583 그러므로 모든 색이 눈에 보이려면 빛의 후원을 받아야 한다. 따라서 그 바탕이 밝고 빛이 날수록 색도 더욱 아름답게 나타난다. 소위 금속 박편의 세공 과정에서처럼 금속광을 내는 흰색 바탕 위에 에나멜을 바르면, 그 색은 반사광에 의해서 그 어떤 프리즘 실험의 경우보다 더 화려하게 나타난다. 이처럼 물리색의 에너지는 주로 그것들과 동시에 그리고 배후에서 작용하는 빛의 세기에 달려 있다.

584 그의 시대와 상황에 비추어 종래의 견해에 따라야만 했던 리히텐베르크Lichtenberg는 너무도 훌륭한 관찰자였으며 재치도 있었다. 다만 그의 눈앞에 나타난 것에 주목하지 않고 자신의 방식대로 설명하고 해석하려 했다는 점을 제외하고는 말이다. 그는 델러발Delaval에 대한 저서의 서문에서 다음과 같이 말한다. 〈다른 이유들 때문에 이같이 생각되었다. 아마도 색을 느끼기 위해서는 우리의 기관은 모든 빛(흰색)과 더불어 그 어떤 것을 함께 느껴야 한다고 말이다.〉

585 흰색의 바탕을 마련하는 것이 염색공의 주요한 작업이다. 무색의 흙, 특히 명반석에는 모든 색이 쉽게 전이될 수 있다. 그러나 염색공은 무엇보다도 동물과 식물의 조직을 다루어야 한다.

586 모든 생명체는 색채, 특수화, 개별화, 영향, 무한히 섬세한 데까지 작용하는 불투명성을 지향한다. 활력(活力)을 상실한 모든 것은 흰색, 추상화, 일반화, 변용, 투명성에로 나아간다.

587 이러한 것을 기술적으로 어떻게 처리하는가에 대해서는 탈색을 다룬 장(章)에서 언급할 것이다. 색의 전이에 있어서 우리는 무엇보다도 동물과 식물은 살아 있는 동안 그 자체 내에서 색을 만든다는 사실에 주목해야 한다. 그러므로 그것들이 완전히 탈색된다면, 그만큼 더 색을 쉽게 받아들이게 되는 것이다.

47 외관상의 색채 전이

588 쉽게 관찰할 수 있는 바와 같이 색채 전이는 혼합 현상, 즉 실제적인 혼합 및 외관상의 혼합과 동시에 일어난다. 그러므로 앞에서 충분히 설명한 것을 여기에서 다시 반복하지는 않겠다.

589 하지만 반사에 의해 일어나는 외관상의 색채 전이가 중요한 이유를 더 자세하게 검토해 보기로 하자. 잘 알려져 있긴 하지만 언제나 영감을 불러일으키곤 하는 이 현상은 물리학자나 화가에게 매우 중요한 의미를 가진다.

590 고정된 색을 가진 유색의 표면에 햇빛을 쏘여 그 반사광이 무색의 다른 물체들에 비치도록 하라. 이 반사광은 일종의 완화된 빛, 반광(半光), 반그림자로서 그 완화된 성질뿐만 아니라 표면의 특정한 색도 함께 반사시킨다.

591 이 반사광은 밝은 표면들 위에 작용하면 즉시에 사라져버린다. 그리고 반사광이 함께 가져오는 색도 거의 눈에 띄지 않게 된다. 그러나 반사광이 그림자 부분에 작용하면 흡사 그림자와의 마술적인 결합과 같은 것이 나타난다. 그림자는 색의 본래적인 요소인데, 이제 그 그림자에다가 음영을 가진 색이 빛을 발하고, 채색하고 생기를 돋우면서 접합하게 된 것이다. 그리하여 아늑한 느낌을 줄 뿐 아니라 강력하기도 한 현상이 생겨나는데, 이는 그 사용법을 아는 화가들에게 지대한 공헌을 한다. 소위 말하는 반사Reflex의 모범인 이러한 현상은 예술사에서 최근에서야 주목을 받게 되었다. 사람들이 그 다채로운 현상을 그 본래의 값어치만큼 바르게 응용할 줄 몰랐기 때문이다.

592 스콜라 철학자들은 이러한 색을 표상색(개념색, colores notionales)과 지향색intentionales이라고 불렀다. 역사가 보여주는 바에 의하면 이 학파는 이러한 현상들에 충분하리만치 관심을 기울였으며, 또한 그것들을 적절하게 구분할 줄도 알았다. 하지만 그러한 대상들을 다루는 전체적인 방식은 우리의 것과 매우 상이하다.

48 탈색(脫色)

593 물체들은 다양한 방식으로 탈색된다. 물체들은 원래부터 색을 가지거나 아니면 우리가 그것들에 색을 전이시키기도 한다. 그러므로 우리는 그것들로부터 우리의 이익을 위해 적절하게 색을 빼앗을 수도 있다. 그러나 이따금 색은 우리의 의지에 반해 달아나 버림으로써 손해를 끼치기도 한다.

594 흙의 원래 상태의 색은 흰색이다. 뿐만 아니라 식물성과 동물성의 재질도 그 조직을 훼손하지 않으면서 흰색으로 변할 수 있다. 순수한 흰색은 다양한 용도로 아주 필요하고 그에 대한 수요가 많다. 이를테면 우리는 특히 아마포와 면포를 염색하지 않은 채로 잘 사용한다. 그리고 비단, 종이와 그 밖의 것도 희면 흴수록 더욱 만족을 준다. 게다가 앞에서 본 바와 같이 전체 염색술의 주요 토대는 흰색의 바탕이다. 그러므로 기술은 때로는 우연히, 때로는 숙고하여 이러한 재질들을 탈색시키는 데 심혈을 쏟았다. 그 결과 지금까지 무수한 실험들이 행해졌고 중요한 것들이 아주 많이 발견되었던 것이다.

595 이러한 완전한 탈색은 본래 표백술의 영역에 속하는 것으로서, 일부 사람들이 실제적으로 또는 이론적으로 그것에 관여하고 있다. 여기에서는 중요한 사항들만을 간단하게 소개하기로 한다.

596 빛은 물체들을 탈색시키는 주요한 수단들 중의 하나로 간주된다. 여기에는 햇빛뿐 아니라 보통의 밝은 빛도 포함된다. 왜냐하면 태양으로부터 직접 나오는 빛뿐 아니라 간접적으로 반사되는 빛, 즉 이 두 종류의 빛은 황화바륨의 인을 점화시키듯이 또한 채색된 표면들에도 영향을 미치기 때문이다. 말하자면 빛은 그것과 유사한 색을 포착하며 화염과 유사한 것을 많이 가지고 있는 색을

점화시키고, 태우고 그 색에 고정된 것을 다시 일반적인 것으로 용해시키는 것이다. 혹은 우리에게 알려지지 않은 또 다른 과정이 진행되는지도 모른다. 어쨌든 빛은 유색의 표면들에 대해 강력한 영향을 미치며 그것들을 다소간 표백시킨다. 하지만 여기에서도 다양한 색은 다양한 정도의 지속 가능성과 내구력을 보여준다. 예컨대 황색, 특히 특정한 물질에서 만들어진 황색은 가장 빨리 사라져버리는 것이다.

597 그러나 빛뿐 아니라 공기, 특히 물도 탈색에 강력한 영향을 준다. 어떤 사람들은 물을 흠뻑 적셔 밤새 잔디밭에 펼쳐놓은 실들이 마찬가지로 물을 흠뻑 적셔 햇빛에 내어놓은 실들보다 더욱 잘 탈색되는 것을 보았다고 주장한다. 아마도 여기에서 물은 용제로서, 촉매제로서, 우연을 제거하는 요소로서 그리고 특수한 것을 보편적인 것으로 되돌려놓은 요소로서 작용하는 것 같다.

598 시약들을 사용해도 이러한 탈색 현상이 일어난다. 주정(酒精)은 식물들을 채색시키는 요소를 자신 쪽으로 끌어당겨, 이따금 아주 지속적인 방식으로 스스로를 채색하는 특별한 경향을 가지고 있다. 황산은 특히 양털과 비단을 탈색시키는 데 매우 효과적으로 작용한다. 누렇게 되거나 혹은 얼룩이 진 흰색을 원래대로 회복하려고 생각하는 사람이라면 누구라도 유황 증기의 사용을 염두에 두게 될 것이다.

599 최근에는 아주 강력한 산들이 간편한 표백제로 권장되고 있다.

600 반대 방향이긴 하지만 알칼리성 시약들도 마찬가지 방식으로 작용한다. 순수한 잿물, 비누에다 잿물과 함께 섞어놓은 기름, 지방 등이 여기에 속한다. 특히 이 목적을 위해 집필한 글들에서 우리는 이 모든 것들에 대한 자세한 설명을 들을 수 있다.

601 빛과 공기가 탈색에 어느 정도 영향을 미치는지를 알기 위한 정

밀한 실험들은 해볼 만한 가치가 있다. 진공 상태의 둥근 유리 갓 안에 보통의 공기나 아니면 특수한 류의 공기를 채워 넣는다. 그리고 그 안에 휘발성이 있는 색소들을 갖다 넣고 거기에 빛을 ��다. 그러면 사라져버렸던 색의 잔존물이 유리 표면에 다시 들러붙는지 혹은 어떤 흔적이 나타나는지를 관찰할 수 있을 것이다. 또한 이렇게 다시 나타나는 물질이 사라져버렸던 것과 완전히 동일한 것인지 아니면 변형된 것인지도 확인할 수 있을 것이다. 노련한 실험자들이라면 다양한 장치들을 고안해 낼 것이다.

602 우리는 지금까지 우리들의 의도에 부합하는 자연의 작용을 우선적으로 관찰했다. 이제 자연의 작용이 우리에게 적대적으로 나타나는 몇 가지 사례들에 대해 언급하기로 한다.

603 회화의 경우에 우리는 정신과 노력의 산물인 아주 아름다운 작품들이 시간이 지나면서 파괴되는 것을 본다. 그래서 사람들은 내구력이 있는 색소들을 찾으려고 많은 노력을 기울여왔다. 그리고 색소들의 내구력을 한층 더 강화하기 위해 색소들을 서로 결합시키고 또한 그 바탕과 결합시키는 방법을 찾으려고 애를 썼다. 여기에 대해서는 미술 학교에서 가르쳐주는 기술로부터 충분히 배울 수 있다.

604 이제 염색술과 관련하여 우리에게 매우 많은 도움을 주는 기술, 즉 벽지 염색술에 대해 생각해 보자. 그림의 아주 미세한 음영들을 모방해서 그리기 위해 아주 다양한 물감들을 나란하게 배열해 놓아야 하는 경우가 있다. 그때 우리는 색의 내구성이 모두 동일한 것이 아니라, 어떤 색이 다른 색보다 화포에서 더 빨리 탈색된다는 사실을 바로 깨닫게 된다. 그래서 사람들은 모든 색과 음영에 동일한 내구성을 부여하기 위해 무진 노력을 했는데, 특히 콜베르Colbert의 주도하에 프랑스가 이 방면에서 앞장을 섰다. 이

부분에서의 그의 처리 방식은 채색술의 역사에서 획기적인 것이었다. 일시적인 우아함만을 보장했던 소위 싸구려 염색업 Schön-färberei이 이제 하나의 특수한 동업 조합이 된 것이다. 한편으로는 내구성을 보장하는 기술을 개발하려는 노력이 더욱더 열성적으로 지속되었다.

그리하여 우리는 탈색 현상, 번쩍이는 색채 현상들의 휘발성과 일시성을 관찰하는 가운데 다시 내구성의 문제로 되돌아오게 되었는데, 이러한 의미에서 논의의 순환에 매듭을 짓게 된 셈이다.

49 어휘 목록

605 지금까지 색채들의 생성, 진행 과정과 인척 관계를 설명해 왔기 때문에 장차 어떠한 어휘들을 사용하는 것이 바람직한지, 종래의 어휘들은 어떻게 해야 할지를 더욱 잘 개관할 수 있다.

606 색채 어휘들은 다른 모든 어휘들, 특히 감각적인 대상들을 가리키는 어휘들과 마찬가지로 특수한 것에서 보편적인 것으로, 다시 특수한 것으로 발전해 갔다. 종(種)의 이름이 종속명(種屬名)이 되었으며, 다시 여기에서 개별적인 것이 그 하위에 배열되었다.

607 이러한 길로 나아가게 된 것은 종래의 언어 관용이 유동적이고 불확실했으며, 특히 초기에는 더욱 생기 있는 감각적 직관에 의존해야 했기 때문이다. 사람들은 물체들의 특성을 불확실하게 표기했는데, 이는 모든 사람이 그러한 특성을 상상 속에서 그만큼 명료하게 붙들어놓고 있었기 때문이었다.

608 색채환 자체에 나타나는 색의 구분은 제한적이다. 하지만 색채환은 무수한 대상들에 따라 세분화되고 개별화되며 보조적인 특징

을 부여받게 된다. 고대 그리스어와 라틴어에 나타나는 표현들의 다양함을 생각해 보라. 그러면 어휘들이 얼마나 유동적이고 느슨하게 색채환 전체를 거의 일주하다시피 하면서 사용되는가를 깨닫게 될 것이다.

609 근래에 와서는 염색술의 다양한 기법에 의해 새로운 색조(色調)가 많이 나타나게 되었다. 유행하는 색과 그 명칭들도 무한한 부류의 개별적인 색을 보여주었다. 근대 언어들에 나타난 색채 어휘들도 기회만 있으면 소개할 터인데, 여기에서 우리는 사람들이 언제나 더욱 엄밀한 용어를 사용하려고 했으며, 고정된 것, 세분화된 것을 언어로 고착시키고 분류하려고 애썼다는 사실을 알게 된다.

610 독일어 어휘를 보자면, 어원을 알 수 없는 네 개의 단음절이 이름을 갖고 있다는 장점이 있다. 즉 황색 gelb, 청색 blau, 적색 rot, 녹색 grün이 그것이다. 이것들은 그 어떤 개별적인 것을 가리키지 않으면서, 상상 가능한 색 중에 가장 보편적인 것을 나타내고 있다.

611 이 네 가지 색의 사이마다 각각 두 개씩의 용어를 삽입하면 색채환의 색조들을 충분히 나타내게 된다. 즉 주황과 주홍, 적청과 청적, 황록과 녹황, 청록과 녹청이 그것이다. 그리고 여기에다가 밝음과 어둠을 표시하고, 아울러 얼룩진 정도를 어느 정도 나타내기 위해 마찬가지로 단음절인 검은색 schwarz, 흰색 weiß, 회색 grau 그리고 갈색 braun이라는 어휘를 사용하게 되면, 우리는 일어나는 현상들을 꽤 넉넉하게 표현할 수 있게 된다. 그 현상들이 역동적인 방식으로 생겨났거나 아니면 기계적인 방식으로 생겨났거나 간에 상관없이 말이다.

612 하지만 이것 외에도 우리는 특수하고 개별적인 어휘들을 유용하게 사용할 수 있다. 예컨대 오렌지색(=주황색)과 제비꽃색(=청자색) 같은 것이다. 마찬가지로 우리는 색채환에서 두 색의 중간에

위치한 순수 적색을 표기하기 위해 자색이라는 어휘를 사용한다. 왜냐하면 자색 달팽이의 액즙은, 특히 그것이 섬세한 아마포에 스며든 경우 무엇보다도 햇빛에 의해 최고점의 정상에 도달하기 때문이다.

50 광물

613 광물들의 색은 모두 화학적인 성질을 갖고 있다. 그러므로 그러한 색의 생성 방식도 우리가 화학색에 대해 설명했던 것으로부터 상당한 정도로 해명될 수 있다.

614 색채의 명칭은 외형상의 특징들 가운데 앞쪽에 위치하기는 한다. 하지만 여기에 그치지 않고 사람들은 현대적인 관점에서 생겨나는 모든 현상을 엄밀하게 규정하고 고정시키려고 많은 노력을 기울였다. 하지만 그 과정에서 실제로 적용할 때에는 많은 불편함을 야기하는 난점들이 생겨난 것처럼 보인다.

615 물론 이러한 형편에 대한 변명의 여지는 분명히 있다. 일이 어떻게 해서 초래되었는지 깊이 생각하기만 한다면 말이다. 예로부터 화가는 색을 다루는 특권을 가지고 있었고, 우선 소수의 고정된 색이 확고한 자리를 차지하고 있었다. 하지만 인위적인 혼합에 의해 무수한 색조가 생겨났는데, 이것들은 자연적인 물체들의 표면을 모방한 것이었다. 그러므로 사람들이 이러한 혼합의 길로 나아가면서 예술가에게 자연적인 물체들을 판단하고 표기할 모범적인 색채판을 제시하도록 촉구한 것은 놀라운 일이었다. 사람들은 이런저런 색을 생동하는 내적인 방식에 따라 생성시키는 데 있어서 자연이 어떻게 관여하는지를 묻지 않았다. 오히려 생동하는 것과

닮은 가상(假像)을 표현하기 위해 화가가 죽은 것에 어떻게 생기를 불어넣는지를 물었다. 그래서 사람들은 언제나 혼합에서 출발해 혼합으로 되돌아갔다. 그래서 마침내는 혼합된 것을 다시 혼합시킴으로써 몇몇 특수한 색과 개별화된 색을 나타내고 구분하려고 했던 것이다.

616 그 밖에도 앞서 설명한 광물의 색채 용어는 많은 것을 시사한다. 말하자면 사람들은 대부분의 경우, 당연히 그랬을 것이라고 여겨지지만 예상과는 달리 명칭들을 광물의 영역에서가 아니라 온갖 종류의 가시적인 물체들에서 빌려왔다. 그래야만 자기 자신의 토대를 더욱더 유리하게 지킬 수 있기라도 한 것처럼 말이다. 더 나아가 사람들은 개별적이고 세분화된 표현들을 너무 많이 받아들였고, 이러한 세분화된 것을 혼합함으로써 다시 새로운 표현을 만들려고 하였다. 하지만 그로 인하여 상(像)이 상상력에, 개념이 오성 Verstand에 그 자리를 완전히 내주게 되었다는 사실을 미처 생각지 못하였다. 마지막으로 어느 정도 기본적인 명칭으로 사용되는 이러한 개별적인 색채 명칭들은, 그들 상호간의 파생 관계를 알게 해주는 가장 적절한 순서에 따라 배열되어 있지는 않다. 그래서 학생들은 모든 명칭을 따로따로 익혀야 하며 거의 죽은 것이나 마찬가지인 체계를 머릿속에 각인시켜야만 한다. 이와 관련하여 여기에서 더 세세한 설명을 하는 것은 적절하지가 않을 것이다.

51 식물

617 우리는 유기체의 색을 더 고차적인 화학적 작용으로 간주할 수 있다. 그러므로 고대인들은 그것들을 〈요리 πεφιζ〉라는 말로 표현

했던 것이다. 혼합된 색, 파생된 색과 아울러 모든 기본색이 유기체의 표면에 나타난다. 하지만 그 내부는 바깥으로 드러나는 경우 무색이라고 말할 순 없겠지만 바랜 색을 띠게 된다. 우리는 곧 다른 자리에서 유기체에 대한 우리의 견해들 중 일부를 언급할 예정이므로, 여기에서는 앞서 색채론과 결합하여 설명했던 것만을 소개하기로 한다. 어쨌든 우리의 특별한 목적을 위해 더 상세한 내용을 제시하려고 한다. 그러므로 우선 식물들부터 살펴보기로 하자.

618 종자들, 구근(球根), 뿌리 등과 같이 빛으로부터 완전히 차단되거나 바로 흙에 의해 둘러싸여 있는 것들은 대개 흰색을 띤다.

619 암흑 속에서 종자로부터 발육된 식물들은 흰색이거나 아니면 황색 쪽으로 기운다. 반대로 빛은 그것들의 색에 영향을 미침과 아울러 그 형태에도 영향을 준다.

620 암흑 속에서 자라나는 식물들은 마디에서 마디로 길게 뻗어나간다. 하지만 두 마디 사이의 줄기는 필요 이상으로 길다. 어떠한 곁가지들도 생겨나지 않으며, 식물의 변형도 일어나지 않는다.

621 이와는 반대로 식물들은 빛을 받으면 즉시 활동 상태로 들어가, 녹색을 띠게 되며 교접에까지 이르는 변형의 과정이 계속적으로 진행된다.

622 우리는 줄기의 잎들이 꽃과 열매를 맺기 위한 예비 단계이자 전조라는 것을 알고 있다. 그러므로 줄기의 잎들에서 이미 앞으로 피어날 꽃의 색을 암시하는 색을 확인할 수 있는 것이다. 아마란스[3]가 바로 그러한 경우이다.

623 흰색 꽃들 중 일부는 그 잎들이 아주 순수한 상태로 나아감으로써 생겨난다. 색채의 아름다운 근본 현상을 아른아른 보여주는 유

---

3) 아마란스(Amaranthus): 일년초 식물로 비름과의 한 속이다.

색의 꽃들도 있다. 그중에는 부분적으로만 녹색에서 벗어나 더 높은 단계로 상승해 가는 꽃들이 있다.

624 동일한 속(屬), 심지어는 동일한 종에 속하는 꽃들에서 모든 색이 나타나기도 한다. 장미와 특히 당아욱 속은 예컨대 색채환의 대부분을 거쳐 지나간다. 말하자면 흰색에서 황색으로, 다시 주황색을 거쳐 자색으로 넘어간다. 그리고 거기에서 다시 자색이 청색으로 접근하면서 도달할 수 있는 가장 어두운 색으로 나아간다.

625 또 다른 꽃들은 더 높은 단계에서 출발한다. 예컨대 양귀비는 주홍색에서 출발해 청자색으로 넘어간다.

626 또한 일부색은 종, 속, 심지어는 계(系)와 강(綱)에 이르기까지 지속적으로는 아닐지라도 지배적으로 나타난다. 특히 황색이 그러하다. 청색은 이에 비해 아주 드물게 나타난다.

627 수액이 많은 과일의 껍질들에서도 유사한 현상이 나타난다. 그 껍질들은 녹색에서 노르스름한 색, 황색을 거쳐 아주 선명한 적색으로 상승되며, 각각의 색은 성숙의 단계를 나타낸다. 일부 껍질들은 그 둘레 전체가 채색되며, 일부는 햇빛을 받는 쪽만 채색된다. 후자의 경우에 우리는 황색이 끈질기게 접근하고 밀쳐 들어가면서 적색으로 상승하는 것을 매우 잘 관찰할 수 있다.

628 몇몇 과일들은 안으로도 채색되는데, 특히 적자색의 과즙들이 대표적이다.

629 꽃의 경우에는 색이 표면에 나타나고, 과일의 경우에는 안으로 스며들어 나타난다. 마찬가지로 색은 다른 부분으로도 번져나간다. 예컨대 뿌리와 줄기의 수액도 매우 화려하고 강력한 색으로 채색된다.

630 목재의 색도 황색으로부터 적색의 여러 단계를 거쳐 자색과 갈색으로 넘어간다. 청색의 목재들은 본 적이 없다. 그러므로 이 목

재라는 조직체에서는 색의 능동적 측면이 강하게 나타남을 알 수 있다. 반면에 보통 식물의 녹색에서는 두 측면이 균형을 이루고 있는 듯이 보인다.

631 앞에서 보았다시피 땅에서 솟아나오는 종자는 대개 흰색이나 노르스름한 색을 띠지만 빛과 공기의 영향으로 녹색으로 변한다. 유사한 현상은 나무들의 어린잎에서도 일어난다. 예컨대 자작나무의 경우 그 어린잎들은 누르스름한 색이지만 푹 삶으면 아름다운 황색의 액즙을 내어놓는다. 이 어린잎들은 점차 녹색이 되며, 마찬가지로 다른 나무들의 잎도 차츰차츰 청록색으로 변해 간다.

632 잎들의 색에서 청색보다는 황색이 더 본질적인 것처럼 보인다. 왜냐하면 청색은 가을이면 사라지지만, 잎의 황색은 갈색으로 변하기 때문이다. 더욱 눈에 띄는 특이한 경우들로서 우리는 가을에 잎들이 일부는 다시 황색이 되고, 일부는 선명한 적색으로 상승되는 것을 볼 수 있다.

633 그 밖에도 몇몇 식물들을 인공적으로 처리하면 거의 그대로 색소로 변화되는 성질을 가지고 있다. 이 색소는 다른 어떤 것보다 매우 섬세하고 효과가 좋으며 무한하게 쪼개어질 수 있다. 아주 유용하게 사용되는 쪽과 꼭두서니가 그 대표적인 것들이다. 또한 이끼들도 염색에 사용된다.

634 이러한 과정과 정반대의 방식도 가능하다. 말하자면 우리는 식물의 채색 성분을 추출하여 바로 눈앞에 제시할 수 있으며, 이 과정에서 식물의 조직은 조금도 손상되지 않은 것처럼 보인다. 우리는 꽃들의 색을 주정(酒精)을 사용하여 추출할 수 있다. 이때 그 주정은 꽃의 색으로 채색된다. 반대로 꽃잎들은 흰색으로 변색된다.

635 꽃들과 그 수액을 시약으로 처리한 다양한 가공품들이 있다. 보일은 이것들을 많은 실험에서 사용하였다. 장미는 유황에 의해 탈

색되며, 다른 산들로 처리하면 다시 원상태로 되돌아간다. 담배 연기를 쐬면 장미는 녹색이 된다.

52 벌레, 곤충, 물고기

636　유기체 중에 낮은 단계에 있는 동물들에 대해서 잠시 살펴보기로 하자. 땅속에 살면서 암흑과 냉한 습기에 익숙한 벌레들은 바랜 색을 띤다. 암흑 속에서 따뜻한 습기에 의해 부화되고 자라나는 장내 기생충들은 아무런 색도 보여주지 않는다. 보다시피 색이 나타나기 위해서는 빛이 꼭 필요한 것처럼 보인다.

637　매우 두터운 매질이긴 하지만 충분한 빛을 투과시키는 물속에 살고 있는 생물들은 다소간 색채를 띤다. 아주 순수한 석회토를 재생시키는 것으로 보이는 식충류[4]들은 대개 흰색이다. 하지만 우리는 산호충들이 아주 아름다운 주홍색으로까지 상승되는 것을 본다. 그리고 이 주홍색은 다른 벌레의 집 속에서는 거의 자색으로까지 상승되어 들러붙어 있다.

638　조개류의 껍데기는 그 모양과 색이 매우 아름답다. 하지만 우리의 관찰에 의하면 달팽이도, 민물에 사는 조개의 껍데기도 바닷물에 사는 조개의 껍데기만큼 그렇게 선명한 색을 보여주지는 않는다.

639　조개껍데기들, 특히 나선형의 조개껍데기들을 관찰하면 우리는 그것들이 다음과 같이 생성되었다는 사실을 알게 된다. 우선 서로 간에 닮은 동물적 기관들의 집합체가 점점 성장한다. 그리고 이것

---

4) 말미잘, 산호, 해면, 태선충처럼 형태가 식물과 비슷한 동물.

이 하나의 축을 증심으로 회전을 하면서 홈, 테두리, 도관과 돌기들로 이루어진 껍데기를 점점 더 크게 만들어내는 것이다. 또한 우리는 이 기관들에 그 어떤 다양하게 채색된 체액이 내재해 있었다는 사실에 주목한다. 이 체액은 성장의 단계에 맞추어 껍데기의 표면을, 아마도 바닷물로부터 직접적인 영향을 받겠지만, 다채로운 색을 가진 선, 점, 얼룩 무늬와 명암으로 장식한다. 그리하여 조개껍데기가 지속적으로 성장한 흔적이 그 외부에 계속해서 남아 있게 된다. 반면에 껍데기의 내부는 대개 흰색 아니면 창백한 색을 띤다.

640 조개들 속에 그러한 체액들이 있다는 사실은 경험으로도 충분히 확인할 수 있다. 우리는 그러한 체액이 유동적이고 채색된 상태로도 존재하는 것을 보는데, 오징어의 체액이 그 증거이다. 또한 일부 달팽이들에서 발견되는 자색의 체액은 더욱 명백한 증거이다. 이 자색의 체액은 예로부터 널리 알려져 있는 것이며, 최근에는 유용하게 이용되고 있다. 껍질 속에서 서식하는 많은 벌레들의 내장 속에는 말하자면 붉은 색의 체액으로 채워진 용기 같은 것이 들어 있다. 이 체액은 매우 강력하고 내구성이 있는 색소를 함유하고 있기 때문에, 우리가 그 동물들을 통째로 부수어서 끓이면 이 걸죽한 동물의 즙으로부터 효과가 우수한 색채 물감을 만들어낼 수 있다. 그러나 색소로 채워진 이 용기만을 몸체로부터 분리시킬 수도 있다. 그러면 우리는 농축된 체액을 영락없이 얻게 된다.

641 이 체액은 자신의 색을 가지고 있다가, 빛과 공기를 접하게 되면 처음에는 노르스름하게, 그 다음에는 녹색으로 변한다. 이윽고 청색으로 변했다가 다시 청자색으로 넘어간다. 하지만 결국에는 언제나 더욱 선명한 적색을 띠게 되며 마침내는 태양의 작용으로, 특히 얇은 삼베 위에 놓고 보면, 순수하고 선명한 적색이 된다.

642 그러므로 우리는 여기에서 음(陰)의 영역으로부터 최고점에 도달하는 상승 현상을 보게 되었는데, 이는 무기체들의 경우에는 쉽게 나타나지 않는 현상이다. 우리는 이 현상이 색채환 전체를 거의 일주하다시피 하는 것을 본다. 그래서 우리는 적절하게 실험하기만 한다면 색채환 전체를 일주하도록 만들 수 있다고 확신한다. 왜냐하면 잘 조절하여 산화시키기만 하면 자색을 최고점으로부터 끌어내려 진홍색 쪽으로 다가가게 할 수 있기 때문이다.

643 이 액체는 한편으로는 생식과 연관이 있는 것처럼 보인다. 심지어는 장차 조개류로 자라날 알들이 그러한 색소들을 함유하고 있기도 한다. 그러나 다른 한편으로는 이 체액은 고등동물들에서 생겨나는 혈액을 암시하는 것처럼 여겨지기도 한다. 왜냐하면 우리는 혈액에서도 색의 유사한 특성들을 볼 수 있기 때문이다. 혈액은 가장 묽은 상태에서는 황색으로 보이며, 혈관 속에 있을 때처럼 진해지면 적색으로 보인다. 동맥으로 흐르는 혈액은 아마도 호흡 과정에서 일어나는 산화 작용 때문에 더욱 선명한 적색을 띤다. 정맥의 혈액은 청자색 쪽으로 기우는데, 이러한 유동성은 우리에게 잘 알려진 저 상승과 일주 현상을 가리키고 있다.

644 물이라는 원소를 떠나기 전에 물고기들에 대해 몇 가지 알아보기로 하자. 비늘로 덮인 물고기들의 표면은 가끔 몸 전체에, 때로는 띠 모양으로 때로는 얼룩무늬 모양으로 특정한 색을 띠는 경우가 종종 있으며, 어떤 때는 이보다 더 자주 특정한 색채 유희를 보여주기도 한다. 이 색채 유희는 비늘이 조개류의 껍데기, 진주모,[5] 심지어는 진주와 인척 관계에 있다는 사실을 암시한다. 또한 그냥 넘길 수 없는 사실은 뜨거운 기후가, 물론 물에도 영향을 미

---

5) 진주모Perlemutter: 이매패류 조개껍데기의 광택이 나는 최내층.

치겠지만 물고기들의 색에도 영향을 미쳐 더 아름답게, 더 선명하
게 만든다는 것이다.

645 오타히티에서 포르스터[6]는 특히 죽는 순간에 그 표면이 매우 아
름다운 색채의 유희를 보여주는 물고기들을 보았다. 여기에서 우
리는 카멜레온 및 그와 유사한 현상들을 기억하게 된다. 우리가
이러한 현상들을 언젠가 종합해서 정리한다면 그 작용 과정을 더
욱 분명히 깨닫게 될 것이다.

646 마지막으로 비록 계통이 다르긴 하지만 특정한 연체 동물의 색
채 유희, 아울러 색채 유희를 연출하면서 사라지는 일부 바다 생
물들의 인광도 지적하지 않을 수 없다.

647 이제 빛, 공기 그리고 건조한 온기 속에서 사는 생물 쪽으로 시
선을 돌리면 우리가 이제 비로소 생동하는 색채의 영역에 와 있음
을 깨닫는다. 여기 훌륭하게 조직화된 부분들에서는 원색(原色)들
이 아주 선명하고 아름답게 나타난다. 그러나 이러한 원색은 바로
그 생물들이 아직도 조직체의 낮은 단계에 머무르고 있다는 사실
을 말해 주고 있다. 왜냐하면 바로 이러한 원색이 그들에게서 천
연 그대로 나타날 수 있기 때문이다.

648 일부 곤충들은 고도로 농축된 색소로 간주될 수 있는데, 그중에
서도 연지충류가 가장 잘 알려져 있다. 지적하지 않을 수 없는 것
은 그것들이 식물에 서식하거나, 심지어 그 안에 들어가 자리를
잡기 때문에 돌기들이 생겨난다는 사실이다. 이러한 돌기들은 색
을 고정시키기 위한 착색제로도 매우 유용하게 사용된다.

649 정상적인 조직체와 결합되어 있는 색채의 효과가 가장 눈에 띄
게 드러나는 것은 완전한 변형을 거쳐야 탄생하는 딱정벌레와 같

---

6) 포르스터 J. G. A. Forster(1754-1794) : 자연과학자, 여행가.

은 곤충들, 그리고 특히 나방들의 경우이다.

650 빛과 공기의 진정한 산물이라 할 수 있는 나방들은 이미 애벌레 상태에서도 이따금 아주 아름다운 색을 보여준다. 세분화되어 나타난 이러한 색은 장차 자라날 나방의 색을 암시하고 있다. 이러한 관찰을 계속 이어나가면 틀림없이 조직체에 숨겨진 많은 비밀들에 대한 만족스러운 통찰을 주게 될 것임이 분명하다.

651 그 밖에도 나방의 날개를 더 자세하게 관찰하면 우리는 그물 모양의 조직에서 팔의 흔적을 발견하게 된다. 더 나아가서 흡사 납작해진 것과 같은 팔이 어떻게 해서 섬세한 깃털에 의해 뒤덮이고 날 수 있게 하는 기관이 되었는지도 알게 된다. 그러면 여기에서 우리는 아주 다양한 방식의 채색이 일어나는 법칙을 눈앞에서 보는 듯한 생각이 든다. 이러한 법칙은 장차 더 세세하게 밝혀질 것이다.

652 또한 열이 생물의 크기나 형태의 형성, 그리고 색채의 화려함에 영향을 미치리라는 것은 새삼 되새겨 볼 필요조차 없을 것이다.

53 새들

653 이제 우리가 점점 더 고등 조직체에 접근해 갈수록, 왜 단 몇 가지 사실들만이라도 일별하고 넘어가야만 하는지 그 이유가 더 분명해진다. 왜냐하면 그러한 조직체에서 자연스럽게 일어나는 모든 것은 그토록 많은 전제 조건들이 합쳐져서 생겨나는 작용이기 때문이다. 이러한 전제 조건들을 최소한 암시라도 하지 않는다면 불충분하고 무모한 설명이 되고 말 것임이 분명하다.

654 우리가 식물들에서 보다시피 그것들의 정점이라 할 수 있는 꽃

과 열매는 마치 줄기에 뿌리를 박고 있는 것처럼 보이며, 원래 뿌리가 공급했던 것보다 더욱 완전한 수액을 자양분으로 공급받는다. 이는 다른 생물의 유기체를 자신의 구성 성분으로 여기는 기생 식물이 그 힘과 특성에 있어서 아주 뛰어나다는 사실과 일맥상통한다. 그래서 우리는 새의 깃털을 어떤 의미에서 식물과 비교할 수 있다. 깃털은 바깥으로 여전히 많은 것을 내놓아야 하는 몸체의 표면으로부터 궁극적인 것으로서 생겨난 것이며, 따라서 아주 풍성한 장치를 갖춘 기관이라 할 수 있다.

655 조류의 용골돌기(龍骨突起)는 그 크기만 자라나는 것이 아니라 가지를 치기도 한다. 여기에서 깃털이 생겨난다. 그리고 이러한 깃털들 중의 많은 것이 다시 나누어지는데, 이는 다시 식물의 경우를 생각나게 한다.

656 깃털의 형태와 크기는 매우 다양하다. 하지만 깃털은 그것이 생겨난 몸체 부분의 속성에 따라 형성되고 재형성되는 한 언제나 동일한 기관으로 남는다.

657 형태와 함께 색도 변한다. 특정한 법칙이 일반적인 채색뿐 아니라 특수한 채색을 지배한다. 우리가 그렇게 이름 붙이고자 하는 특수한 채색은 말하자면 각각의 깃털을 얼룩지게 하는 그러한 채색에 해당한다. 여기에서 다채로운 깃털의 온갖 모습이 생겨나며, 공작 꼬리의 눈〔眼〕 모양의 무늬도 마찬가지이다. 이것은 식물의 변형을 다루면서 우리가 이전에 전개시켰던 이론과 유사한 것으로서, 이에 대해서는 바로 다음 기회에 설명하기로 한다.

658 시간과 여타의 사정 때문에 우리는 이제 이러한 유기체의 법칙에서 벗어나야 한다. 새로 주어진 우리의 의무는 깃털의 채색에서 이미 충분하게 알려진 방식에 따라서 나타나곤 하는 화학적 영향들을 고려하는 것이다.

659 깃털은 여러 색깔을 띤다. 하지만 적색으로 상승해 가는 황색이 청색의 경우보다 더 자주 나타난다.

660 깃털과 그 색에 미치는 빛의 영향은 명백하다. 예를 들자면 어떤 앵무새들의 가슴에 있는 깃털의 색은 원래 황색이다. 비늘 모양으로 보이는 부분은 빛을 받으면 황색에서 적색으로 상승된다. 그래서 그러한 동물의 가슴은 진홍색으로 보인다. 그러나 깃털에 입김을 불면 다시 황색이 나타난다.

661 깃털로 덮여 있지 않은 부분은 가만히 덮여 있는 부분과 명백하게 구분된다. 예컨대 까마귀의 경우에는 덮여 있지 않은 부분에서만 다채로운 색의 유희가 나타난다. 이러한 원리에 따라 우리는 뒤죽박죽 섞인 꼬리 깃털들을 즉시에 다시 정돈할 수 있다.

54 포유동물과 인간

662 이 단계에서 원색은 우리를 완전히 떠나기 시작한다. 우리는 일시적으로만 머무르게 될 가장 높은 단계에 있는 것이다.

663 포유동물은 확실히 생동성의 영역에 속한다. 그들에게서 나타나는 모든 것은 생생하게 살아 있다. 우리는 여기에서 내면이 아니라 표면의 몇몇 현상들만을 두고 말하고 있다. 털은 이미 깃털과 다르다. 왜냐하면 털은 오히려 피부에 속하는 것으로서 단순하고 실 모양을 하고 있으며, 가지를 치지 않기 때문이다. 하지만 신체의 다양한 부분들에서 나타나는 털은 깃털처럼 짧기도 하고 길기도 하며 부드럽기도 하고 억세기도 하며 색이 있거나 색이 없기도 하다. 그리고 이 모든 것은 설명 가능한 법칙들에 따라 이루어진다.

664 흰색과 검은색, 황색, 주홍색과 갈색이 다양하게 교체되어 나타나지만 결코 원색을 연상시키지는 않는다. 오히려 털은 모두 유기체의 작용에 따라 강제적으로 나타나는 혼합색을 띠며 다소간 그 털이 속해 있는 존재의 높은 단계를 나타낸다.

665 표면을 관찰하는 한에 있어서 형태학의 가장 중요한 관찰들 중의 하나는 네발 동물들의 경우에도 피부에 생겨난 얼룩들은 바로 그 아래에 있는 신체의 내부와 연관되어 있다는 점이다. 자연은 수시로 변하는 외부의 모습에 임의적으로 작용하는 것처럼 보이지만, 심원한 자연의 법칙은 일관되게 관찰된다. 그 법칙의 전개와 적용에 대한 이해는 물론 엄밀한 관찰 정신과 성실한 연구 자세의 몫으로 남겨져 있다.

666 원숭이들의 경우에 털이 없이 노출된 부분들이 다채로운 원색을 보인다면 이는 그러한 동물들이 완전한 단계로부터 그만큼 멀리 떨어져 있음을 말한다. 왜냐하면 한 생물이 귀하면 귀할수록, 모든 질료적인 것이 그만큼 더 많이 그 내부에서 가공되기 때문이다. 그리고 그 표면이 내부와 긴밀하게 연관되어 있을수록 그 표면에서는 원색이 더욱 적게 나타난다. 왜냐하면 모든 것이 함께 완벽한 전체를 이루어야 하는 곳에서는 여기저기 특수한 것들이 고립되어 나타날 수 없기 때문이다.

667 인간에 대해서는 별로 말할 것이 없다. 왜냐하면 인간은 우리가 지금 순례하고 있는 일반적인 자연론과 완전히 분리되어 있기 때문이다. 말하자면 인간은 내면에 너무도 투자가 많이 되어 그 표면은 거의 아무런 장점도 가질 수 없었다.

668 동물들이 피하 Interkutan 근육 때문에 이로움보다는 부담을 받고 있다는 사실을 우리가 받아들이고, 또 많은 여분의 것들, 예컨대 커다란 귀와 꼬리, 그에 못지않게 털이나 갈기, 주둥이들이 바깥

쪽으로 나오려고 하는 것을 본다면 우리는 자연이 많은 것을 아낌없이 내어주었다는 사실을 알게 될 것이다.

669 이에 반해 인간의 표면은 밋밋하고 말쑥하며, 털로 덮였다기보다는 장식되었다고 할 수 있는 일부분을 제외하고는 완벽한 부분들이 아름다운 형태를 이루고 있다. 말이 나온 김에 한마디하자면, 가슴이나 팔 그리고 허벅지에 여분으로 난 털은 강함이라기보다는 약함을 의미한다. 다만 특별히 강력한 동물의 존재 때문에 오도된 시인들만이 이따금 그러한 털복숭이의 영웅들을 치켜세웠던 것이다.

670 하지만 여기서 우리는 무엇보다도 색에 관해 언급해야 한다. 인간의 피부색은 다양한 편차에도 불구하고 결코 원색을 띠지 않으며, 유기체 내부의 작용에 따라 생겨난 고도로 가공된 색을 보여준다.

671 피부와 털의 색이 성격의 차이를 암시한다는 데에는 의문의 여지가 없다. 예컨대 우리는 금발과 갈색 머리 사이의 중요한 차이를 지각한다. 여기에서 우리는 이런저런 유기체의 조직이 그러한 차이를 만들어낸다고 추측할 수 있다. 동일한 원리는 여러 민족들에게도 적용될 수 있다. 여기에서 우리는 특정한 색이 특정한 용모와 일치한다는 사실을 볼 수 있을 것이다. 예컨대 우리는 흑인의 용모에서 그러한 예를 이미 발견한다.

672 물론 이 자리에서 모든 인간의 용모와 색이 동일하게 아름다우며 오직 습관과 자만에 의해서만 하나를 다른 하나보다 더 선호하게 되었다는 회의론자의 질문에 답하는 것은 적절치가 않다. 하지만 지금까지 일어났던 모든 것을 고려하여 우리는 흰색의 인간, 다시 말해 그 피부가 흰색을 바탕으로 황색, 갈색, 불그스름한 색을 띠는 인간, 간단히 말하자면 피부색이 아주 담담한 색을 나타내

며, 그 어떤 특수한 색으로도 거의·기울지 않는 인간이 가장 아름답다고 감히 주장한다. 그리고 용모와 관련해서도 우리는 아마도 장래에 인간 형상의 정점을 눈앞에 그려낼 수 있을 것이다. 물론 이로써 이 오래된 논쟁이 영원히 결말을 맺게 되지는 않을 것이다. 왜냐하면 이러한 외모의 중요성을 의심할 이유를 가진 인간들이 많이 있기 때문이다. 그러나 일련의 관찰과 판단에 근거하여 안정과 위안을 추구하려는 심정을 만족시키는 그 어떤 것이 명백하게 밝혀졌다는 사실은 부정할 수 없으리라. 이제 마지막으로 화학적 색채론과 연관된 몇 가지 관찰들의 결과를 추가적으로 소개하기로 한다.

55 색채 조명의 물리적, 화학적 작용

673 무색 조명의 물리적, 화학적 영향은 잘 알려져 있으므로 여기에서 장황하게 설명할 필요는 없다. 무색의 빛은 열을 일으킨다든지 특정한 물체를 빛나게 한다든지, 산화와 탈산화의 작용을 일으키는 등 다양한 조건들 하에서 나타난다. 이러한 작용은 그 종류와 세기에 있어서 서로 간에 많은 차이를 보인다. 하지만 색채 조명에서 나타나는 바와 같은 대립을 보여주는 차이는 드러나지 않는다. 이와 관련하여 간단히 설명해 보기로 한다.

674 열을 일으키는 색채 조명의 작용에 대해서 우리는 다음과 같이 설명할 수 있다. 매우 민감한, 소위 온도계로 어두운 방 안의 온도를 관찰하였다. 우리가 온도계의 둥그런 부분을 직접 비쳐 들어오는 햇빛에 갖다 대자, 당연하게도 액체는 훨씬 높은 온도를 보였다. 그러고 나서 색채 유리를 그 앞에 갖다 대자 마찬가지로 당

연하게 온도가 내려갔다. 그 첫번째 이유는 직사광선의 영향이 유리 자체에 의해서 어느 정도 감소되었기 때문이다. 하지만 더욱 큰 이유는 색채 유리가 하나의 어두운 매질로서 작용하여 더 적은 빛을 투과시켰기 때문이다.

675 여기에서 주의 깊은 관찰자는 유리의 색에 따라서 열 유발의 크고 작은 정도가 정해진다는 사실을 관찰할 수 있다. 황색과 주홍색의 유리는 청색과 적청색의 유리보다 더 높은 온도를 초래하는데, 이 차이는 중요한 의미를 가지고 있다.

676 이 실험을 소위 말하는 프리즘의 스펙트럼을 가지고 실시해 보자. 우선 온도계로 방의 온도를 측정한다. 그리고 나서 온도계의 둥근 부분에 청색 빛을 쪼이면 온도는 약간 높아진다. 다른 색의 빛들을 차례차례로 갖다 대면 온도는 계속해서 높아진다. 주홍색의 경우에 온도가 가장 높게 나타난다. 주홍색의 아래쪽에서 나타나는 색은 상대적으로 높은 온도를 보인다.

이 실험을 물프리즘으로 시행하여 그 가운데 부분으로 흰색의 빛을 완전히 투과시켜 보자. 그러면 굴절되기는 했으나 아직 채색되지는 않은 이 빛의 온도가 가장 높게 나타난다. 이에 비해 여타의 색은 앞서 본 대로 일정한 비례에 따라 그 온도를 나타낸다.

677 여기에서 우리는 이러한 현상들로부터 어떤 결론을 이끌어내거나 설명을 하려는 것이 아니라 암시만 주고자 하기 때문에 다음의 사실을 간단히 언급하기로 한다. 즉 적색 아래쪽의 스펙트럼에서 빛이 완전히 중단되지는 않는다는 것이다. 우리는 본래의 길에서 벗어나 굴절된, 흡사 스펙트럼의 배후에서 몰래 다가오는 듯한 빛을 여전히 관찰할 수 있다. 그래서 더 자세히 관찰하면 비가시광선들과 그 굴절이라는 피난처를 마련할 필요가 거의 없다는 사실을 알게 된다.

678   색채 조명에 의해 빛을 투과시킬 때에도 우리는 동일한 차이를 본다. 청색과 청자색 유리를 통과한 빛은 인에 작용을 하지만, 황색과 주홍색 유리를 통과한 빛은 그렇지 않다. 청자색과 청색의 유리들을 투과한 빛의 영향으로 타오르는 듯한 광채를 띠게 된 인불을 이후에 황색과 주홍색의 유리판 아래에 갖다 놓으면 어두운 방 안에 가만히 내버려둔 인불보다 더 빨리 사그러든다.

679   우리는 이 실험을 앞의 실험들처럼 스펙트럼을 이용하여 할 수도 있는데, 그 결과는 마찬가지로 동일하다.

680   색채 조명이 산화와 탈산화에 미치는 영향에 대해서는 다음과 같이 설명할 수 있다. 새하얀 색의 젖은 염화은을 종이 테이프에 바르고 난 후 그것이 어느 정도 회색이 될 때까지 빛을 쪼인다. 그리고 나서 그것을 삼등분한다. 하나는 비교의 기준용으로 책갈피 속에 넣는다. 다른 하나는 황색 유리 밑에, 세번째 것은 청적색 유리 밑에 놓는다. 그러면 마지막의 것은 점점 더 짙은 회색으로 변하면서 탈산화 현상을 보인다. 주홍색 밑에 놓은 것은 점점 더 밝은 회색으로 변해 가다가 더욱 완전하게 산화되었던 처음 상태에 다시 접근한다. 기준용으로 남겨두었던 테이프와 비교를 함으로써 우리는 이 두 현상을 확인할 수 있다.

681   이러한 실험들을 스펙트럼을 이용해 실시할 수 있는 훌륭한 장치가 마련되기도 했는데, 그 결과는 이때까지 설명한 것과 일치했다. 우리는 이에 대해 나중에 더 자세히 설명할 것이다. 아울러 지금까지 이 실험을 면밀하게 진행시켜 왔던 한 엄격한 관찰자[7]의 연구도 활용하려고 한다.

56 무색수차 굴절의 화학적 작용

682 우선 독자 여러분에게 우리가 앞서(285-298번 참조) 이 소재에 대해 설명했던 것을 다시 확인해 보시도록 요청하는 바이다. 그래야만 여기서 중복을 피할 수 있기 때문이다.

683 우리는 유리에 일정한 특성을 부여하여 상을 눈에 띌 만큼 크게 옮기지 않고도 훨씬 더 넓은 색채 띠들을 생겨나게 할 수 있다.

684 산화철로 처리하면 유리가 이러한 특성을 가지게 된다. 그러므로 순수한 유리와 함께 용해하여 긴밀하게 결합시킨 연단(鉛丹)이 이러한 작용을 한다. 플린트 유리(291번 참조)는 산화연(鉛)으로 처리한 그런 유리이다. 이러한 방식으로 더 나아가서 사람들은 소위 말하는 안티모니 반죽Spießglanzbutter을 얻게 되었다. 이것을 최신의 방식으로 처리하면 순수한 액체 상태가 된다. 또 이것을 렌즈나 프리즘 형태의 용기에 넣어 적절한 굴절광을 투과시키면 매우 강력한 색채 현상이 나타나며, 우리가 잔여 색수차라고 부른 현상도 매우 분명하게 드러난다.

685 보통의 유리는 무엇보다도 모래와 알칼리 염이 함께 용해되어 만들어지므로 대부분의 경우 알칼리성을 가진다는 점을 고려한다면, 순수한 알칼리성 용액과 순수한 산의 비례를 분석하는 일련의 실험은 유익한 결과를 가져올 것이다.

686 최대치와 최소치가 확인되면 이제 그 어떤 굴절 매질을 고안하는 것이 문제가 된다. 요컨대 이 매질은, 상을 움직일 경우 굴절과는 거의 상관없이 오르락내리락하는 색채 현상을 완전한 제로 상태로 만들 수 있어야 한다.

---

7) 예나 대학의 제벡 박사를 가리킨다.

687 그러므로 이제 결말의 시점에서 한마디하자면 3장 전체뿐 아니라 색채론 일반을 위해 화학에 종사하는 분들이 이 분야에도 참여한다면 얼마나 다행스럽겠는가, 라고 생각해 본다. 그분들은 끊임없이 발전하는 새로운 관점하에서 연구하므로 우리가 거의 대략적으로만 암시했던 것들을 더 세세한 부분까지 탐구하여, 학문 전체에 상응하는 보편적인 의미에서 성과를 거둘 수 있을 것이기 때문이다.

4
색의 속성에 대한 일반적인 견해

688 우리는 지금까지 색채 현상들을 거의 강제적으로 서로 분리시켰
는데, 이 색채 현상들은 일부는 그 성격에 따라, 일부는 우리 정
신의 요구에 따라 끊임없이 다시 결합되려고 한다. 우리는 그것들
을 특정한 방법에 따라 세 장으로 나누어 설명하였다. 첫째 부류
의 현상을 우리는 빛의 순간적 작용과 눈 자체의 반작용으로 설명
하였다. 그 다음의 현상은 무색의, 반투명한, 투명한, 불투명한
물체들이 빛, 특히 빛의 상에 일시적으로 미치는 작용으로 해석하
였다. 마지막으로 우리는 지속적인 것으로, 물체들에 실제로 내재
하는 것으로 자신 있게 말할 수 있는 현상들을 탐구하였다.

689 이러한 연속적인 순서에 따라 우리는 가능한 한도 내에서 현상
들을 규정하고, 구분하고 질서 지으려고 시도했다. 이제 그것들을
서로 뒤섞거나 흐트러뜨릴 우려가 없으므로, 우리는 우선 색채론
의 영역 내에서 이러한 현상들을 포괄하는 보편적인 진술을 시도
해 보기로 하자. 두번째로 우리는 이러한 특수한 영역을 인접한

자연 현상들의 여타 부분들과 연결시켜 서로 간의 밀접한 관계를 보여주려고 한다.

색은 어떻게 해서 쉽게 생성되는가

690 우리는 색이 다양한 조건들 하에서 매우 쉽고 신속하게 생겨나는 것을 관찰했다. 빛을 받아들이는 눈의 감수성, 빛에 대한 망막의 규칙적인 반응이 순간적으로 손쉬운 색채 유희를 일으킨다. 모든 완화된 빛은 유색으로 간주될 수 있다. 심지어 우리는 모든 빛을, 만일 그것이 보이기만 한다면 유색이라고 보아도 무방하다. 무색의 빛, 무색의 표면들은 어느 정도 추상적인 것으로서 경험상으로는 거의 볼 수 없다.

691 빛이 무색의 물체에 와 닿고, 거기에서 튕겨나고 그 주변으로 반사되고 그 속을 통과하는 순간 색이 나타난다. 다만 우리는 여기에서 우리가 종종 강조했던 바를 염두에 두어야 한다. 즉 굴절, 반사 등과 같은 중요한 조건들만으로는 색채 현상을 불러일으키기에 충분치 않다는 점이다. 물론 이따금 빛이 그 자체로서만 작용하기도 하지만 한정되고 제한된 것, 즉 빛의 상(像)으로 작용하는 경우가 더 많다. 매질의 흐림은 종종 필수적인 조건이 되며, 마찬가지로 반그림자와 이중그림자도 다양한 색채 현상을 일으키는 데 필요하다. 그러나 색은 순간적으로 그리고 아주 쉽게 생겨난다. 더 나아가서 우리는 압력, 입김, 회전, 열기에 의해서 그리고 다양한 종류의 움직임과 변화에 의해서 매끄러운 물체들뿐 아니라 무색의 액체들에서도 즉시 색이 생겨나는 것을 본다.

692 다른 성분들과 혼합되어서든 아니면 다른 조건들에 의해서든 간

에, 물체의 구성 성분들이 아주 조금만 변해도 물체들에 색이 새로 생겨나거나 아니면 그 물체들의 색이 변하게 된다.

빛의 에너지 문제

693　물리색과 특히 프리즘 색은 이전에는 그 특별한 화려함과 에너지 때문에 강렬색colores emphatici이라고 불렸다. 그러나 우리가 더 자세히 관찰하면 아주 순수하고 완벽한 조건들이 주어지는 경우 모든 색채 현상들이 강렬한 모습으로 나타날 수 있다는 사실을 알게 된다.

694　색의 어두운 성질. 색의 고도로 밀집된 상태는 진지하면서도 매력적인 인상을 불러일으킨다. 그리고 우리가 그 어두운 성질을 빛의 생성 조건으로 간주할 수 있다면 그 어두운 성질의 생성 또한 빛 없이는 불가능하다. 빛은 어두운 성질이 생성되는 데 함께 작용하는 원인이자 토대로서, 광채를 발하고 색을 드러내는 힘으로서 작용하는 것이다.

색의 한정(限定) 문제

695　색의 생성과 자기 한계 설정은 동일한 것이다. 빛이 한군데로 치우치지 않고 공평하게 자신과 물체들을 드러내고 우리에게 무의미한 현존재를 보여준다면, 색은 언제나 세분화되는 특징을 드러내고 의미를 보이면서 자신의 모습을 드러낸다.

696　대체적으로 본다면 색은 두 영역에 따라서 결정된다. 색은 우리

가 양극성이라고 부르며, 플러스(+)와 마이너스(−)로 훌륭하게 표기할 수 있는 대립을 보여준다.[1]

양(=플러스)	음(=마이너스)
황색	청색
작용	탈취
빛	그림자
밝음	어둠
힘	약함
열기	냉기
가까움	멈
밀침	끌어당김
산성과 인척 관계	알칼리성과 인척 관계

두 영역의 혼합

697 우리가 이처럼 세분화된 대립적 요소들을 서로 섞는다고 해서 양쪽의 속성들이 제거되지는 않는다. 이 속성들이 평형점에 도달하면 우리는 둘 중의 어느 하나도 따로 구분하여 보지 못한다. 그리하여 생겨난 혼합은 세분화된 그 어떤 새로운 속성을 보여주며, 하나의 통일체로서 등장한다. 우리는 그것을 혼합된 것으로 생각지 않는다. 이 통일체를 우리는 녹색이라고 부른다.

698 동일한 근원에서 생겨난 대립적인 두 현상들이 서로 간에 합쳐

---

1) 이 도식은 색채에 대한 괴테의 심리학적, 미학적 해석의 토대를 이룬다. 플라톤도 색채와 관련하여 〈따뜻함〉과 〈차가움〉이라는 용어를 사용했다(티마이오스).

지더라도 서로 제거되지 않고 제삼의, 쉽게 눈에 띄는 어떤 것으로 결합된다면 이것은 이미 조화를 암시하는 현상이라고 할 수 있다. 더욱 완벽한 것이 아직 남아 있다.

적색으로의 상승

699 청색과 황색은 다른 현상을 동시에 불러일으키지 않으면서 농도만 짙어질 수는 없다. 색은 가장 연한 상태에서도 일종의 어둠이며, 짙어질수록 점점 더 어둡게 된다. 그러나 색은 그와 동시에 우리가 〈불그스레한〉이라는 단어로 표기하는 색조를 띠게 된다.

700 이러한 색조는 점점 더 강화되다가 상승의 최고 단계에서는 지배적이 된다. 강렬한 색의 인상은 자색으로 쇠퇴한다. 프리즘 실험에서 볼 때 주홍색은 바로 황색에서 직접 생겨난다. 하지만 우리는 주홍색에서 황색을 거의 의식치 않는다.

701 상승은 무색의 흐린 매질에 의해서 생겨난다. 여기에서 우리는 상승의 작용을 아주 순수하고 일반적인 형태로 본다. 유색의 투명한 액체들을 단계적으로 두께를 조절하여 만든 용기에 넣으면 이러한 상승이 매우 진기한 모습으로 나타난다. 이러한 상승은 걷잡을 수 없이 신속하고 연속적이다. 그것은 보편적인 성질의 것으로서 생리색뿐 아니라 물리색과 화학색에서도 나타난다.

상승된 요소들의 결합

702 단순한 대립적 요소들을 혼합시키면 아름답고 보기 좋은 현상들

이 나타난다. 마찬가지로 상승된 요소들도 서로 간에 결합하면 우아한 색을 불러일으킨다. 말하자면 여기에서 전체 현상의 최고점에 도달한다고 볼 수 있다.

703 순수한 적색이 바로 여기에 해당되는데, 우리는 그것을 종종 그 고상한 품위 때문에 자색이라고 불러왔다.

704 자색은 다양한 방식으로 나타난다. 프리즘 실험에서 청자색 띠와 주홍색 테두리를 겹치는 경우, 화학색에서 상승이 계속되는 경우 그리고 생리색의 실험에서 유기적 대립이 일어날 경우에 생겨난다.

705 자색의 염료는 혼합이나 결합에 의해서가 아니라 그 색이 정점에 도달한 시점에서 물질성을 부여하여 고정시키는 방식에 의해 생겨난다. 그러므로 화가가 세 가지 기본색을 취하여 여타의 모든 색을 혼합하는 데에는 원인이 있다. 반면에 물리학자는 두 가지 기본색만을 사용하여 여타의 색을 만들어내고 합성시킨다.

다양한 색채 현상의 완성

706 다양한 색채 현상들이 상이한 단계에서 고정되어 나란하게 관찰되는 경우에 총체성이 드러난다. 이 총체성은 그야말로 우리 눈에 조화를 보여준다.

707 색채환이 우리 눈앞에서 생겨났고, 생성의 다양한 관계들이 분명히 드러났다. 쌍을 이루는 순수한 근원적 대립들이 그 전체의 토대이다. 그러고 나서 상승이 일어나며 이 둘은 제삼의 것으로 접근한다. 이로써 각각의 영역에서 가장 짙은 것과 가장 선명한 것, 가장 단순한 것과 가장 제약된 것, 가장 평범한 것과 가장 고

귀한 것이 생겨난다. 그리고 두 가지 통일(혼합, 결합이라고 불러도 무방하다)이 주목을 받게 되는데, 하나는 처음의 단순한 대립들의 통일이며 다른 하나는 상승된 대립적 요소들의 통일이다.

전체 색채 현상의 조화

708 가지런하게 배열된 색채환의 총체상은 눈에 조화로운 인상을 준다. 우리는 여기에서 물리적 대립과 조화로운 대비 사이의 차이점을 고려해야 한다. 첫번째 것은 순수하고 있는 그대로의 근원적인 이원성을 토대로 한다. 물론 이때 이원성이란 분리된 것으로 간주된다. 두번째의 것은 파생되고 전개되면서 그 모습을 드러내는 총체성을 토대로 한다.

709 조화를 보여주는 모든 개별적인 대비는 총체성을 내포하고 있음이 분명하다. 이에 대해서는 생리색의 실험으로부터 암시받을 수 있다. 색채환 전체를 둘러싸고 나타나는 모든 가능한 대비들을 보여주는 것도 머지않아 이루어질 것이다.

색을 한 영역에서 다른 영역으로 쉽게 전환하는 문제

710 우리는 이미 상승과 색채환의 일주 현상을 설명하면서 색의 유동성을 고려해야만 했다. 말하자면 색은 필연적으로 그리고 신속하게 저리로 건너가기도 하고 이리로 건너오기도 한다.

711 생리색은 어두운 바탕에서는 밝은 바탕을 배경으로 하는 경우와 달리 나타난다. 물리색의 경우에 객관적 실험과 주관적 실험의 결

합은 매우 특이한 현상을 보여준다. 표면색epoptische Farben들은 반투명하게 투과되는 빛의 경우와 반사되는 빛의 경우에 정반대로 나타난다. 화학색이 불과 알칼리에 의해 어떻게 전환될 수 있는가 하는 것은 해당 단원에서 충분히 설명하였다.

색의 신속한 사라짐

712 색의 신속한 유발과 자기 한정 이후에 일어나는 혼합, 상승, 결합, 분리 및 조화의 요구 등을 지금까지 검토하였는데, 이 모든 것은 아주 빨리 그리고 언제라도 기꺼이 일어나는 현상이다. 하지만 마찬가지로 색은 신속하게 완전히 사라져버린다.

713 생리색은 어떤 방법으로도 고정될 수가 없다. 물리색은 외적인 조건이 존속하는 동안만 지속된다. 화학색 자체는 매우 유동적인 속성을 가지고 있어서 대립되는 시약들을 사용하면 이리저리로 변하며, 심지어는 제거되기도 한다.

색의 고정 문제

714 화학색은 매우 긴 지속성을 보증한다. 유리에 용해시켜 고정시키거나, 자연적으로 보석들에 착색된 화학색은 장구한 세월과 반작용을 견뎌낸다.

715 염색술을 이용하면 색은 매우 강력하게 고정된다. 시약들에 의해 이리저리로 쉽게 전환될 수 있는 염료들로 물체들의 표면과 속을 착색시키면 그 색은 아주 오랫동안 지속된다.

인접 분야들과의 관계

철학과의 관계

716 우리는 물리학자더러 철학자가 되라고 요구할 수는 없다. 그러
     나 많은 철학적 소양을 가지도록 기대할 수는 있다. 그래야만 그
     가 세계로부터 자신을 철저히 분리시키고 다시 세계와 함께 더 높
     은 의미에서 만날 수 있기 때문이다. 물리학자는 직관에 적합한
     방법을 개발해야 한다. 그리고 직관을 개념들로, 개념을 말들로
     변형시키지 않도록 유의해야 한다. 또한 이 말들을 마치 물체들인
     양 다루거나 처리하지 않아야 한다. 그는 철학자의 연구 성과들에
     대해 알아야 한다. 그래야만 현상들을 철학적 영역까지 이끌어갈
     수가 있다.
717 우리는 철학자에게 물리학자가 되라고 요구할 수 없다. 하지만
     물리학의 영역에 미치는 그의 영향은 매우 필수적이며 또한 바람
     직하다. 그러기 위해서 그가 개별적인 것들을 다룰 필요는 없다.

오히려 개별적인 것들이 함께 만나는 궁극점들에 대한 통찰이 필요한 것이다.

718 우리는 앞에서(175번 이후) 이처럼 중요한 생각을 잠시 언급하였는데, 이제 적절한 자리인 만큼 그것을 다시 한번 강조하여 말하기로 한다. 물리학뿐 아니라 여타의 학문이 부닥치게 되는 가장 난감한 사실은 사람들이 파생된 것을 근원적인 것으로 간주한다는 데 있다. 그리하여 근원적인 것은 파생된 것으로부터 설명될 수 없음에도 불구하고 파생된 것으로부터 근원적인 것을 설명하려고 시도하는 것이다. 여기에서 끝없는 혼란과 장광설이 생겨난다. 참된 것이 엄연히 나타나 그 모습을 강력히 드러내는데도 불구하고, 그들은 핑곗거리만을 찾고 발견하려고 발버둥이 치는 것이다.

719 현상들이 견해와 언제나 모순되기 때문에 관찰자와 자연 탐구자는 이런 식으로 자신을 괴롭히게 된다. 마찬가지로 철학자도 그의 영역 내에서 허구적인 결과를 가지고 연구를 계속할 수 있다. 하지만 어떠한 결과라 할지라도 아무런 알맹이 없는 형식으로 간주되어 아무짝에도 쓸모없게 될 만큼 허구적일 수는 없다.

720 이에 반해 물리학자는 우리가 원(原)현상이라고 이름 붙인 것을 인식할 수 있다. 그래서 그는 위험에서 벗어나 안전 지대에 있게 되며 철학자도 마찬가지이다. 물리학자가 안전하게 된 것은 다음과 같은 점을 확신하기 때문이다. 그는 학문의 경계선상에 도달했고, 이제 경험의 영역에서 최고의 높이에 위치하고 있다. 그곳에서 그는 자기 뒤쪽으로 모든 단계들의 경험을 개관할 수 있으며, 앞쪽으로는 이론의 영역 속으로 비록 발을 내딛지는 못한다 하더라도 통찰할 수는 있는 것이다. 철학자가 안전하게 된 이유는 그가 물리학자의 손으로부터 최후의 것을 넘겨받아, 이제 그것을 자신의 영역에서 최초의 것으로 삼기 때문이다. 이제 그가 현상들 때

문에 더 이상 노심초사하지 않는 것은 정당하다. 사람들이 그 현상들을 파생적인 것으로 이해하든 말든, 그 파생적인 것이 학문적으로 정리된 것이든 아니면 경험의 영역에서 흩어져 혼란스럽게 보이든 상관없이 말이다. 철학자 자신도 이 길을 편안하게 둘러보려고 하며 개별적인 것에 대한 시선을 물리치지도 않는다. 다른 일을 하면서 중간 지대에 너무 오래 머무르는 법도 없고 아니면 자세히 알아보지 않고 그냥 스쳐 지나가지도 않는다.

721 이러한 의미에서 색채론을 철학자에게 접근시키려는 것이 저자의 바람이다. 우리의 논의 자체가 많은 이유에 의해서 이러한 바람을 충족시키지 못할는지도 모른다. 그래서 저자는 내용을 교정하고 요약할 뿐 아니라 논쟁 편과 역사 편에서 이 목표를 언제나 염두에 두고 있으려고 한다. 그리고 이후에 많은 점이 더 분명히 드러나게 될 때 이러한 생각으로 다시 되돌아갈 것이다.

수학과의 관계

722 우리는 자연론을 그 전체 영역에서 다루고자 하는 물리학자에게 수학자가 되도록 요구할 수 있다. 중세에 수학은 인간이 자연의 비밀을 자기 것으로 하기 위해 사용한 수단들 중에서 가장 뛰어난 것이었다. 그리고 아직까지도 자연론의 특정 부분에서 측량술은 당연하게도 세력을 떨치고 있다.

723 저자는 이 분야에 어떠한 소양도 가지고 있지 못하다. 다만 측량술과는 별개의 것으로서 최근에 널리 소개되고 있는 분야들에 어느 정도 식견을 가지고 있을 뿐이다.

724 수학은 인간이 사용하는 아주 뛰어난 도구들 중의 하나로서 한

편으로는 물리학에 매우 커다란 도움을 주긴 하지만 그 처리 방식을 잘못 적용하면 이 학문에 많은 해를 입힌다는 사실을 인정하지 않는 사람들이 있다. 애써 그 사람들을 논박할 필요는 없다. 여기저기서 어쩔 수 없이 다들 그 사실을 인정하는 형편이니까 말이다.

725 특히 색채론은 아주 많은 고난을 겪었으며, 그 발전이 극단적으로 저지되었다. 사람들은 색채론을 측량술 없이는 존재할 수 없는 여타의 광학과 뒤섞어버리기도 했다. 사실상 색채론은 그러한 광학과 완전히 분리된 별개의 것으로 관찰될 수 있는데도 말이다.

726 더욱 불행한 것은 한 위대한 수학자가 색의 물리적 기원과 관련하여 완전히 잘못된 생각을 고수했다는 점이다. 그는 측량술사로서 자신의 위대한 업적을 등에 업고 자연 탐구가로서 자신이 초래한 오류들을 무죄 방면하였던 것이다. 끊임없이 선입견에 사로 잡혀 있는 세상이 보는 데서 말이다.

727 이 책의 저자는 측량술이 바람직한 도움을 줄 수 있는 특정한 요소들이 명백하게 있음에도 불구하고, 색채론을 수학으로부터 완전히 떼어놓으려고 시도했다. 만일 편견에서 벗어난 수학자들이 —— 저자는 이들과 교제하는 행운을 누렸고 현재도 누리고 있다 —— 다른 일들로 인해 방해를 받지 않고 저자와 더불어 공동작업을 할 수 있었다면, 이 분야의 연구에서도 어느 정도 성과가 없지는 않았을 것이다. 그러나 이러한 결함이 오히려 장점으로 변하는지도 모른다. 재기에 넘치는 수학자 분이 이제 몸소 나서서 색채론에 도움을 줄 수 있는 방안을 찾고, 또 자연과학에 속하는 이 분야를 완성하는 데 자신의 몫을 바칠 수 있기 때문이다.

728 외국의 뛰어난 문물을 자기 것으로 동화시키면서 그렇게 많은 훌륭한 일을 해내는 독일인들이, 차츰차츰 공동으로 작업하는 습관을 기른다면 더할 나위 없이 바람직할 것이다. 그러나 우리는

이러한 소망과 정면으로 배치되는 시대에 살고 있다. 모든 사람들은 자신들의 견해가 독창적이기를 바랄 뿐 아니라 또한 자신의 삶과 행동 양식도 다른 사람의 노력들과는 별개의 것이라고 생각하며, 이것이 사실이 아닌 경우에는 그럴 것이라고 스스로를 달랜다. 우리는 많은 업적을 이룬 사람들이 자신의 생각, 자신의 글, 자신의 잡지와 편람들만을 인용하는 것을 매우 자주 본다. 개인으로 보나 사회로 보나 여러 사람들이 공동 작업을 하도록 부름을 받는다면 훨씬 더 유익할 것인데도 말이다. 우리의 이웃, 즉 프랑스인들의 태도는 이 점에서 모범적이다. 예컨대 우리는 퀴비에Cuvier가 쓴 『동물 박물학 요람 *Tableau l mentaire de l'Histoire naturelle des animaux*』의 서문에서 이 점을 만족스럽게 확인할 수 있다.

729 여러 학문과 그 활동을 진지한 눈으로 관찰하는 사람이라면 심지어 다음과 같은 질문을 제기할 것이다. 아무리 서로 연관되어 있다고는 하지만, 그렇게 많은 일과 노력들을 한 사람 안에서 결합시키는 것이 유익한가 그렇지 않은가. 인간 본성의 한계성을 고려할 때, 이를테면 탐구하고 발견하는 사람들을 기술적으로 다루고 적용하는 사람들과 구분하는 것이 더 적합하지 않은가. 근래에 들어와서는 하늘을 관찰하고 별을 찾는 천문학자들과 궤도를 계산하고 전체를 포괄하며 더 엄밀하게 규정하는 천문학자들 사이에서는 어느 정도 분리가 이루어졌다. 색채론의 역사에서 우리는 이러한 관점을 더 자주 되새겨보게 될 것이다.

염색술과의 관계

730 앞의 설명에서 우리는 수학자를 피해 갔다. 반면에 우리는 염색

공의 기술과 접하게 될 기회를 노려왔다. 색채를 화학적인 관점에서 다루고 있는 장(章)이 아주 완벽하고 아주 자세한 것은 아니었다. 하지만 거기에서도, 또한 색에 대해 일반적으로 설명한 곳에서도 염색공은 어떠한 위로의 말도 없이 그를 내버려두었던 종래의 이론에서보다 훨씬 더 큰 자신의 몫을 발견하게 될 것이다.

731 이러한 의미를 염두에 두고 보니 염색술을 소개하는 것이 그리 의미가 없는 일은 아닌 것 같다. 성당에 들어가는 가톨릭 신자는 몸에 성수(聖水)를 뿌려 끼얹고 성직자 앞에 무릎을 꿇는다. 그리고 아마 특별한 신앙심도 없이 친구들과의 사건을 이야기하거나 연애 모험담을 더듬어 이야기한다. 이와 마찬가지로 모든 염색 이론들은 이론에 대한 존경에 찬 말씀을 예의 바르게 하는 것으로써 그 서두를 연다. 하지만 우리는 그 이후에는 이 이론이 무엇인가 도움을 주었다는 일말의 흔적조차도 찾아볼 수 없다. 이론이 그 어떤 사실을 해명하고 설명하고 실제적인 작업 방식에 조금이라도 유익했다는 설명은 전혀 보이지 않는 것이다.

732 이에 반해 실제적인 염색 기술의 분야를 이해하는 사람들은 종래의 이론과 불화를 빚는 경우 그 이론의 허점을 다소간 찾아내고 자연과 경험에 더욱 적합한 보편적인 것을 추구하려고 한다. 우리가 역사에서 카스텔 Castel과 귈리히 Gülich라는 이름을 만나는 경우 그들에 대해 더욱 장황하게 설명해야 하는 데에는 이유가 있다. 그러면 그와 동시에 다음과 같은 사실도 알게 될 것이다. 모든 우연적인 것을 두루 거쳐온 지속적인 경험은 자신을 묶어놓고 있는 영역 바깥으로 흘러넘쳐 나온다. 그리고 고도로 완성된 자신의 지식을 이론가에게 흡족할 만큼 전달해 준다. 만일 이 이론가가 맑은 눈과 솔직한 감정을 가지고 있다면 말이다.

생리학 및 병리학과의 관계

733 색을 생리학과 병리학의 관점에서 관찰한 장에서 우리는 거의 일반적으로 알려진 현상들만 소개하였다. 이와 달리 몇몇의 새로운 관점들을 소개한다면 생리학자로서도 반겨 마지않을 것이다. 특히 우리는 분리되어 있는 특정한 현상들을 그것과 유사하거나 동일한 현상들과 연관시킴으로써 생리학자의 연구에 어느 정도 도움이 되는 기초 작업을 수행했다고 평가받기를 희망한다.

734 부록으로 처리한 병리색 부분과 관련하여 말하자면, 물론 그 내용이 불충분하고 일관성이 없었다는 점을 인정할 수밖에 없다. 그러나 우리는 이 분야에서 노련하고 지식이 풍부할 뿐 아니라 그토록 소양을 갖춘 정신으로 인해 찬양받고 있는 탁월한 사람들을 소유하고 있다. 그분들이 조금만 노력한다면 이 단원을 다시 고쳐쓸 수 있을 것이고, 암시 정도에서 그친 저자의 생각을 더욱 완전하게 설명하면서 동시에 전체 체계를 조망하는 더 높은 통찰과 연결시킬 수 있을 것이다.

박물학 Naturgeschichte과의 관계

735 우리는 박물학이 점차 높은 차원의 자연 현상들을 다루는 분야로 발전되어 가리라고 희망한다. 그런 점을 고려할 때 저자는 여기에서도 어느 정도 암시를 주고 예비 작업을 하였다고 생각한다. 색은 아주 다채로운 모습으로 생명체의 표면에 나타난다. 그러므로 색은 생명체의 내부에서 진행되고 있는 것을 알려주는 외적인 표지들 중에서 중요한 부분을 차지한다.

736 색은 어느 점에서는 불확실하고 불안정하기 때문에 지나치게 신뢰할 수는 없다. 하지만 바로 이러한 유동성은 그것이 지속되는 한에 있어서 다시 유동적인 생명의 척도가 된다. 만일 저자에게 이 분야와 관련하여 자신이 관찰해 왔던 바를 계속해서 자세하게 설명할 수 있는 시간이 주어진다면 얼마나 다행이겠는가. 물론 여기에서는 그렇게 할 형편이 못된다.

일반 물리학과의 관계

737 일반 물리학의 현재 상황도 우리의 연구에 매우 유리한 여건을 조성하고 있는 것처럼 보인다. 자연론은 지속적이고 다양한 연구 방식에 의해 점차 고도의 단계에 도달했기 때문에 무한한 경험들을 방법상의 중점으로 끌어당기는 것도 가능해 보인다.

738 우리의 영역과 너무 멀리 떨어져 있는 것을 배제시키기 위해 우리는 자연 현상들을 독단적으로는 아니더라도 최소한 교육적으로나마 나타내주는 용어들을 사용한다. 우리는 필연적으로 이러한 기호들의 일치를 통해서 곧 의미의 일치에 도달하게 될 것이다.

739 자연에 대한 진지한 관찰자들은 보통 매우 다양하게 생각하지만 다음과 같은 점에서는 의견의 일치를 보인다. 요컨대 하나의 현상으로 나타나는 모든 것은 결합 가능한 근원적 분리를 암시하고 있거나 아니면 분리 가능한 근원적 통일을 암시하고 있으며 그러한 방식으로 자신을 드러낸다. 결합된 것을 분리시키고 분리된 것을 결합시키는 것이 자연의 생명이다. 이것은 영원한 수축과 팽창, 영원한 결합과 분리이며 우리가 그 속에서 살고 활동하며 존재하는 세계의 들숨과 날숨이다.

740 여기에서 우리가 숫자, 즉 하나와 둘로서 나타내는 것이 더 높은 영역의 활동을 가리키고 있다는 점은 자명하다. 이를 통하여 우리는 제3, 제4로 계속 발전해 나가는 것들을 언제나 더 높은 의미에서 받아들이며, 특히 이 모든 표현들에 그 바탕이 되는 하나의 진정한 직관을 부여하게 된다.

741 우리는 철이 다른 것들과 구분되는 특별한 물질이라는 사실을 알고 있다. 그것은 중립적이기는 하지만 다양한 연관성을 가지고 다양하게 사용되는 특이한 존재이다. 아주 미세한 변화가 있기만 해도 이 물질의 중립 상태는 제거된다. 요컨대 일종의 분리가 진행되는 것이다. 이러한 분리는 다시 결합되려고 스스로 애를 쓰는 가운데 그와 같은 종류의 것들에 대한 매력적인 연관성을 획득한다. 동시에 결합이기도 한 이러한 분리는 그 전체 종(種)을 통해서 지속된다. 여기에서 우리는 중성적 존재인 철을 알아보게 된다. 우리는 철에서 분리가 생겨나고 계속되다가 사라지며 다시 새롭게 분리가 시작되는 것을 본다. 우리의 견해에 의하면 이것은 이념 Idee과 직접 연결되어 있으며, 어떠한 지상(地上)적인 것도 내포하지 않고 있는 하나의 원현상이라고 할 수 있다.

742 마찬가지로 전기도 고유한 방식에 따라 작용한다. 중성적인 것으로서의 전기를 우리는 식별하지 못한다. 그것은 우리에게 무(無), 영, 영점, 중립점일 뿐이다. 그러나 이런 중립점은 나타나는 모든 존재들에 내재해 있는 것이다. 동시에 이 중립점은 아주 사소한 계기만 주어지면 사라짐과 나타남이라는 이중 현상을 불러일으키는 원천이기도 하다. 이러한 현상이 나타나는 조건들은 각각의 물체들의 성격에 따라 끝없이 다양하다. 서로 간에 매우 다른 물체들을 아주 거칠게 기계적으로 마찰시키는 것에서부터 시작하여 전적으로 동일하지만 입김 한 번 차이로 달리 나타나게 되는

물체들을 아주 부드럽게 접근시킴으로써 이러한 현상이 일어나게 되며 강력한 작용과 함께 구체적인 모습을 드러내면서 우리의 주목을 끈다. 그래서 우리는 양극성의 용어들, 즉 양과 음, 북과 남, 유리와 송진 등을 적합하게 그리고 자연스럽게 사용하게 된다.

743 이러한 현상은 특히 표면상으로 드러나기는 하지만 결코 표면적인 것은 아니다. 그것은 물체들의 속성에 영향을 미치며 화학에서 지배적으로 나타나는 거대한 이중 현상, 즉 산화와 탈산화에 직접적으로 연결되어 있다.

744 현상들의 색채 현상들을 이러한 계열, 이러한 영역, 이러한 화관(花冠) 속으로 가져가서 포함시키는 것이 우리 연구의 목표였다. 우리가 이루지 못한 것은 다른 사람들의 몫으로 남아 있다. 우리는 빛과 암흑이라는 태초적이고 거대한 대립을 발견하였다. 이를 더 보편적으로 나타내자면 광(光)과 비광(非光)의 대립으로 표현할 수 있다. 우리는 이 대립을 중재함으로써 빛, 그림자 그리고 색채로부터 가시적인 세계를 형성하려고 하였다. 이 과정에서 우리는 현상들을 진술하기 위해 자기, 전기, 화학의 이론에서 배운 다양한 용어들을 사용하였다. 하지만 우리는 앞으로 더 나아가야 했다. 왜냐하면 우리는 더 높은 영역에 머물러 있으면서 더욱 다양한 관계들을 표현해야 했기 때문이다.

745 전기와 갈바니 전기는 그 보편성에서 자기 현상들의 특수한 영역과 분명히 구분된다. 그러므로 우리는 다음과 같이 말할 수 있다. 비록 동일한 법칙하에 있긴 하지만 색은 훨씬 더 높은 영역에 위치해 있고, 눈의 고귀한 의미를 일깨운다는 점에서 자신의 본성을 유용하게 드러내는 것이다. 황색과 청색이 적색으로 상승하는 경우, 이 두 색의 상단(上端) 부분들이 결합하여 자색이 생성되는 경우, 그리고 두 색의 하단 부분들의 혼합에서 녹색이 생겨나는

것과 같은 다양한 경우들을 비교해 보라. 여기에서는 자기와 전기의 현상들을 나타내는 도식보다 비교할 수 없을 정도로 더욱 다양한 도식이 생겨나지 않을 리가 없다. 자기와 전기 현상들은 낮은 단계에 속하기 때문에 보편적인 세계를 포괄하며 살아나게 한다. 하지만 심미적 활용이라는 더 차원 높은 의미에서의 인간의 영역으로 상승할 수는 없다. 보편적이고 간단한 물리적 도식은 더 높은 목적에 봉사하기 위해서는 우선 그 자체 내에서 고양되고 다양화되어야 한다.

746 이러한 의미에서 우리가 지금까지 색채에 대해 일반적으로 또한 개별적으로 진술했던 것을 되새겨보라. 그러면 가볍게 암시만 하였던 것을 스스로 상세히 설명하고 전개시켜 나갈 수 있을 것이다. 우리는 지식, 학문, 수공업과 기술에 행운을 빌어야 한다. 색채론이라는 멋진 영역을 지금까지의 기계적인 제약과 분리에서 건져내어 지금의 시대가 누리고 있는 생의 보편적이고 역동적인 흐름에다 맡길 수 있으려면 말이다. 자신의 신념을 동시대인에게 심어주는 데 실패한 그토록 많은 용감하고 통찰력이 넘치는 사람들을 역사가 우리에게 보여준다면 이러한 느낌들은 더욱 절실하게 다가올 것이다.

음향학과의 관계

747 색채의 감각적 정서적 영향 및 거기에서 생겨나는 심미적 영향으로 넘어가기 전에 색채와 음향의 관계에 대해 몇 가지 알아보기로 하자.

색채와 음향 사이에 특정한 관계가 있다는 것을 그전부터 느껴

왔다. 사람들은 때로는 스쳐 지나가면서 때로는 아주 상세하게 둘 사이를 자주 비교했던 것이다.[1]

748　색채와 음향은 서로 간에는 어떠한 방식으로도 비교될 수 없다. 그러나 이 둘은 더 고차적인 공식으로 환원될 수 있으며, 또한 제각각 더 고차적인 공식으로부터 파생되어 나올 수도 있다. 하나의 산(山)에서 발원하긴 하지만 전혀 다른 조건들 하에서 완전히 대립되는 두 지역으로 흘러가 버리는 두 강이 있다고 치자. 이 경우 우리는 한 강의 개별적인 지점들을 다른 강의 개별적인 지점들과 비교할 수는 없다. 색채와 음향이 바로 이러한 두 강에 해당한다. 색채와 음향은 분리와 결합, 흔들림과 가라앉음, 이리 쏠리고 저리 쏠리는 보편적이고 근원적인 작용들을 나타낸다. 하지만 이 둘은 각각 완전히 다른 측면에서, 상이한 방식으로, 상이한 중간 요소들을 거쳐 나타나며 상이한 의미들을 보여준다.

749　우리가 색채론을 보편적인 자연론에 연결시키는 방식을 옳게 포착하여 우리가 놓치고 떠나 보낸 것을 행운과 독창성에 의해 보충한다면, 음향학은 확신컨대 일반 물리학과 완전하게 결합될 수 있을 것이다. 지금 일반 물리학 안에서 음향학이 마치 역사적으로 동떨어져 있는 것처럼 보임에도 불구하고 말이다.

750　그러나 바로 이 점이 가장 커다란 어려움을 초래할는지도 모른다. 진기한 경험을 바탕으로 우연적, 수학적, 미학적, 천재적 방식으로 생겨난 실제의 음악을 물리적으로 다루어 파괴하거나 제1차적 물리적 요소들로 해체시켜 버릴 우려가 있기 때문이다. 이 때문에 우리는 학문과 예술이 서로 만나는 점에서는 그렇게 많은 훌륭한 예비 작업들이 있었음에도 다시 시간과 공을 들여야 하는 것이다.

---

1) 뉴턴은 스펙트럼의 일곱 색을 일곱 음계와 연관 지어 설명했다.

언어와 용어에 대한 결론적 고찰

751 언어란 원래 상징적이고 비유적bildlich일 뿐이며, 대상들을 직접적으로가 아니라 반영(反影)에 의해서만 나타낸다는 사실은 아무리 숙고해도 지나치지 않다. 이것은 자연론의 영역에서 계속적으로 나타나고, 경험적으로 가까이 접근할 수 있으며, 대상이라기보다는 활동이라 불릴 수 있는 그러한 존재들이 문제되는 경우에 특히 그러하다. 우리는 이러한 존재들을 고정시킬 수는 없으나 거기에 대해 말할 수는 있다. 그러므로 우리는 최소한 비유적으로나마 그것들에 접근하기 위해 온갖 종류의 용어들을 모색한다.

752 형이상학적 용어들은 커다란 폭과 깊이를 가진다. 그러나 그것을 채우기 위해서는 풍성한 내용물이 요구된다. 그렇지 않으면 그 용어들은 공허하게 된다. 우리는 수학의 공식들을 많은 경우에 매우 편하고 성공적인 방식으로 사용할 수 있다. 그러나 그것들에는 언제나 뻣뻣하고 경직된 요소들이 들어 있다. 우리는 곧 그것들의 불충분함을 느끼게 된다. 왜냐하면 우리는 근본적인 경우들에 있어서조차도 헤아릴 수 없는 그 무엇을 아주 금방 알아차리기 때문이다. 더 나아가서 수학 공식들은 특별한 집단, 특히 수학적 소양이 있는 사람들에 의해서만 이해된다. 역학의 용어들은 더 보편적인 의미를 가진다. 하지만 이것들도 더욱더 일반화되면 점점 더 거친 면을 드러낸다. 이것들은 생동하는 것을 죽은 것으로 변화시키며, 바깥으로부터 불충분한 어떤 것을 가져오기 위해 내적인 생명을 죽인다. 상투어들도 이와 비슷하다. 유동적인 것이 이것들에 의해 굳어지며, 개념과 표현만은 제물로 바쳐지지 않고 살아남는다. 더욱 섬세한 관계들을 나타내는 도덕적인 용어들은 이에 반해 단순한 비유로서만 작용하여 마침내는 마찬가지로 말장난의 영역

으로 떨어져 사라져버린다.

753 하지만 우리가 이 모든 종류의 개념과 표현을 의식적으로 사용하고, 다양한 언어를 통해서 자연 현상들에 대한 관찰을 진술할 수 있기 위해서는, 일면성을 극복해야 하며 생동하는 의미를 생동하는 표현으로 붙들어야 한다. 그래야만 독자에게 만족스러운 결과를 전해 줄 수 있을 것이다.

754 하지만 기호를 사물 쪽으로 갖다 붙이지 않고 본질을 눈앞에서 언제나 생동하는 것으로 보면서, 그 본질을 말에 의해서 죽이지 않는다는 것은 얼마나 어려운 일인가. 게다가 근래에 들어와서 우리는 더욱 커다란 위험에 빠지게 되었다. 다름 아니라 더욱 단순한 자연에 대한 우리의 직관을 나타내기 위해 우리는 모든 인식 가능한 것과 알 수 있는 것들로부터 표현과 용어들을 가져오게 되었다. 천문학, 우주론, 지질학, 박물학, 심지어는 종교와 신비주의까지 불러내어 도움을 요청하고 있는 것이다. 그러면서 얼마나 자주 보편적인 것이 특수한 것에 의해, 근본적인 것이 파생적인 것에 의해 밝혀지고 해명되기보다는 가려지고 어두워지게 되었던가. 우리는 그러한 언어가 생겨나서 전파되어야 할 필요성을 아주 잘 알고 있다. 또한 우리는 그것이 어떤 점에서는 불가결하다는 사실도 안다. 하지만 확신과 목표 의식을 가지고 적절하고 겸허하게 사용해야만 이익을 얻을 수 있을 것이다.

755 하지만 가장 바람직한 방식은 우리가 특정한 영역에 속하는 개별적인 사항들을 나타낼 언어를 그 영역 자체에서 가져오는 것이다. 그리고 가장 단순한 현상을 기본 용어로 삼아 거기에서부터 더 다양한 현상들을 이끌어내고 전개시켜야 한다.

756 단순한 기호가 현상 자체를 나타내는 그러한 기호 언어가 필요하고 적절하다는 사실에 대해서 우리는 자석에서 빌려온 양극성의

용어를 전기 등에 적용함으로써 잘 알고 있다. 거기에서 사용할 수 있는 플러스(+)와 마이너스(−)는 많은 현상들을 설명하는 데 적절하게 동원되었다. 심지어 다른 영역에는 관심을 두지 않을 것으로 생각되는 작곡가마저도 자연으로부터 자극을 받아 조성(調性)의 중요한 차이를 장조와 단조로 표현한다.

757 그래서 우리는 오래전부터 양극성이라는 표현을 색채론에 도입하려고 시도해 왔다. 어떠한 원리로, 그리고 어떠한 의미에서인지는 우리의 연구를 통해 밝혀질 것이다. 아마도 앞으로 기회가 주어지면 우리는 자신의 직관을 언제나 수반할 수밖에 없는 그러한 방식과 상징 언어에 의해서 근본적인 자연 현상들을 우리 방식대로 정리할 수 있게 될 것이다. 그리하여 여기에서는 대략적으로만 그리고 불확실하게 설명하였던 것을 더욱 명료하게 보여줄 것이다.

6
색채의 감각적, 정서적 영향

758 자기에게 할당된 단순한 영역을 더할 나위 없이 다양하게 장식하는 색채는 시원적 자연 현상들의 계열 속에서 매우 높은 자리를 요구한다. 그래서 우리는 아주 보편적인 근원 현상들로서 나타나는 색채가 눈이라는 감각 기관——색채는 무엇보다도 여기에 속한다——즉 시각(視覺)에 영향을 미칠 뿐 아니라 이 시각을 매개로 하여 감정에도 영향을 준다는 사실 앞에서 그리 놀라워하지 않는다. 물론 이러한 영향은 표면에 이러한 색채를 드러내는 해당 물질의 속성이나 형태와는 아무런 상관이 없다. 이러한 색채들 각각은 특수한 영향을 불러일으키며, 나란히 배열되는 경우에는 때로는 조화롭게 때로는 특징을 드러내면서 이따금은 조화롭지 못하게 작용한다. 하지만 이것들이 언제나 결정적이고 중요한 영향을 미친다는 데에는 변함이 없고, 또한 이러한 영향은 정서와 직결되어 있다. 그래서 예술의 한 요소로 간주되는 색채는 최고도의 심미적 목적을 위해서도 한몫을 하도록 이용될 수 있는 것이다.

759 사람들은 대체로 색에서 기쁨을 느낀다. 눈은 빛을 필요로 하는 것처럼 또한 색을 필요로 한다. 흐린 날 태양이 그 지방의 한 부분을 비추어 그곳에 색이 나타나도록 만들었을 때 느꼈던 상쾌한 기분을 기억해 보라. 다채로운 색의 보석들이 치유력을 가진다는 생각도 이러한 말로 나타낼 수 없는 안락함의 깊은 느낌으로부터 생겨난 것일지도 모른다.

760 우리가 물체에서 보는 색은 눈으로 하여금 처음으로 그러한 느낌을 갖도록 하는 아주 낯선 것은 아니다. 오히려 이 기관은 언제나 스스로 색을 만들어낼 태세를 갖추고 있으며, 자신의 본성에 적합한 것이 외부로부터 주어질 때, 다시 말하자면 눈에 잠재된 특성이 일정한 방향으로 의미 있게 구체화되어 드러날 때면 안락한 느낌을 즐기기조차 한다.

761 색의 대립이라는 생각으로부터, 대립이 특수한 형태로 한정되어 나타난 결과로부터 우리는 다음과 같이 추론할 수 있다. 즉 개별적인 색의 느낌들은 서로 혼동될 수 없고, 각각 특수한 영향을 미치며 살아 있는 유기체에 아주 특별한 상태를 초래한다.

762 색은 정서에도 꼭 마찬가지로 작용한다. 경험이 가르치는 바에 의하면 각각의 색은 특별한 정서를 불러일으킨다. 재치 있는 한 프랑스인이 다음과 같이 설명한다. 그는 귀부인이 청색이던 내실의 가구를 진홍색으로 바꾼 이후로 그녀와 대화할 때 자신의 어투가 바뀌었다고 생각한다.

763 이러한 개별적인 색의 구체적인 영향들을 완전하게 느끼기 위해서 우리는 눈을 온전히 하나의 색으로만 둘러싸이게 해야 한다. 예컨대 하나의 색으로 꾸며진 방 안에서 색유리를 통해서 보아야 한다. 그러면 사람과 색은 일치하게 된다. 말하자면 색이 인간의 눈과 정신에다가 스스로를 맞추는 것이다.

764　양(陽)의 영역에 속하는 색은 황색, 주황색(오렌지색), 주홍색(朱紅, 연단)이다. 이것들은 활기 차고, 생동하며, 추구하는 듯한 느낌을 준다.

황색

765　황색은 빛에 가장 가까운 색이다.[1] 이것은 빛을 아주 미세한 정도로 완화시킴으로써, 즉 흐린 매질을 이용하거나 혹은 흰색 표면으로부터 미약하게 반사시킴으로써 생겨난다. 프리즘 실험에서는 황색만이 밝은 공간 속으로 퍼져나가며, 청색과 결합하여 녹색이 되기 전, 즉 양극들이 아직 분리되어 있는 동안 아주 아름답고 순수한 모습으로 나타날 수 있다. 화학적 황색이 흰색으로부터 어떻게 생겨나는지는 해당 단원에서 자세하게 설명하였다.

766　황색은 아주 순수한 상태에서는 언제나 밝음의 성질을 수반하여 명랑하고 활발하며, 부드럽게 매혹시키는 속성을 유지한다.

767　이러한 단계의 황색으로 된 환경은 그것이 의복이든 커튼이든 벽지든 안락한 느낌을 준다. 완전히 순수한 상태의 금에다 광채까지 주어지면 이것은 우리에게 이 색에 대한 새롭고도 고귀한 개념을 불러일으킨다. 마찬가지로 광택을 발하는 비단, 예컨대 공단 위에 나타나는 것과 같은 강한 황색은 화려하고 고귀한 느낌을 준다.

768　경험상으로 볼 때 황색은 전적으로 따뜻하고 안락한 인상을 준다. 그러므로 황색은 회화에서 밝고 활동적인 부분을 나타내는 데

---

1) 칸딘스키는 황색의 발산력과 그것의 〈이심(離心)적인 방향〉을 강조한다.

사용된다.

769 이러한 따뜻한 느낌은 우리가 황색 유리를 통해서 특히 흐린 겨울날 바깥 풍경을 볼 때 가장 선명하게 받을 수 있다. 눈은 만족을 얻고 가슴은 널리 펼쳐지며 마음은 가벼워지면서, 일종의 온기가 순식간에 불어오는 듯한 느낌을 받게 된다.

770 황색은 순수하고 밝은 상태에서 안락하고 즐거운 느낌을 주며, 최대한으로 강해진 상태에서는 그 어떤 명랑하고 고귀한 것을 드러낸다. 이와 반대로 황색은 얼룩이 지거나 어느 정도 음(陰)의 방향으로 이끌려가는 경우 극단적으로 예민한 인상을 주며 매우 불쾌한 느낌을 불러일으킨다. 그래서 녹색을 띠고 있는 유황색은 어떤 불쾌한 느낌을 자아낸다.

771 황색이 싸구려 수건, 펠트 모자나 그와 유사한 순수하지 못하고 비천한 표면에 칠해져서 그 색 자체가 온전하게 드러나지 못하는 경우에 그러한 불유쾌한 느낌이 생겨난다. 사소하고 눈에 띄지 않는 움직임에 의해서 불과 황금이 주는 아름다운 인상은 진흙투성이의 불결한 인상으로, 명예와 환희의 색이 불명예, 혐오와 불쾌함의 색으로 변한다. 파산자들의 황색 모자, 유대인들의 외투에 있는 둥근 고리들이 주는 인상도 이와 비슷하다. 소위 간부(姦婦)의 남편 색이라 불리는 것도 원래 불결한 황색일 뿐이다.

주황색

772 어떠한 색도 정지된 상태로 관찰될 수는 없다. 그래서 우리는 황색이 농도가 짙어지고 어두워짐에 따라 아주 미세하게 적색 쪽으로 상승하는 것을 본다. 그 결과 색의 에너지가 증가되면서 황색

은 더욱 강력하고 화려한 색인 주황색이 된다.

773 우리가 황색에 대해 말한 모든 것은 여기에서도 해당된다. 다만 그 정도가 더 높을 뿐이다. 주황색은 높은 온도의 백열이라든지 지는 해의 부드러운 광휘를 나타내며 눈에 온기와 환희의 느낌을 준다. 그러므로 주황색의 주위 환경은 안락한 느낌을 주며, 주황색 옷의 경우에도 다소간 즐겁거나 화려한 인상을 준다. 적색을 잠시 보고 난 후에 황색을 보면 이 황색에는 즉시에 변화가 일어난다. 영국인과 독일인은 옅은 황색의 밝은 가죽색을 보고 만족하는 반면에 프랑스인은 적색으로 상승된 황색을 좋아한다. 이에 대해 신부인 카스텔Castel이 이미 언급한 바 있다. 능동의 영역에 위치하는 모든 색이 그를 즐겁게 해준다고 말이다.

주홍색

774 순수한 황색이 주황색으로 아주 쉽게 넘어가듯이, 이 주황색이 주홍색으로 상승하는 것도 막을 수 없다. 주황색이 주는 안락하고 명랑한 느낌은 선명한 주홍색에서는 참을 수 없을 정도의 강렬한 것으로 상승한다. [2]

775 능동적 영역은 여기에서 최대한의 에너지에 도달하며, 정열적이고 건강하며 거친 사람들이 특히 이 색을 좋아한다는 것은 놀라운 일이 아니다. 우리는 미개한 민족들이 이 색을 선호하는 것을 보기도 한다. 또한 아이들도 자기 마음대로 색을 고르도록 허락받으

---

2) 괴테는 그의 작품 『에피메니데스의 각성』의 무대 공연 지침에서 전쟁과 파괴의 악마가 등장하는 장면을 주홍색 유리로 램프를 가리는 방식으로 연출하라고 말한다.

면 마다하지 않고 연단(鉛丹)색과 주홍색을 택한다.

776 완전한 주홍색의 표면을 뚫어지게 응시하다 보면 그 색이 실제로 눈을 파고드는 것처럼 여겨진다. 주홍색은 믿을 수 없을 정도로 마음을 동요시킨다. 그리고 상당한 정도로 상승된 이 색은 어둠을 내포하고 있다. 주홍색 천은 동물들을 불안하게 만들고 화나게 한다. 나도 흐린 날 주홍색 상의를 입은 사람을 마주치면 참을 수 없게 되는 교양 있는 사람들을 알고 있다.

777 음(陰)의 영역에 속하는 색은 청색, 적청색 그리고 청적색이다. 이것들은 불안하고, 연약하며 갈망하는 듯한 느낌을 준다.

청색

778 황색이 언제나 빛을 수반하는 것처럼, 청색은 언제나 어두운 것을 내포하고 있다고 말할 수 있다.

779 이 색은 눈에 무어라 말하기 어려운 특별한 영향을 미친다. 청색은 색으로서는 하나의 에너지이다. 하지만 이것은 수동적인 영역에 속하며 가장 순수한 상태에서는 말하자면 자극을 가진 무(無)와 같다. 이 색에서 우리는 자극이자 휴식이라는 그 어떤 모순적인 것을 본다.

780 높은 하늘과 멀리 있는 산들이 청색으로 보이듯이, 청색의 표면도 우리 눈앞에서 뒤로 물러나는 것처럼 보인다.

781 우리 앞에서 달아나는 호감이 가는 대상을 기꺼이 쫓아가듯이, 우리는 청색을 기꺼이 바라본다. 그것이 우리 쪽으로 밀쳐오는 것이 아니라 우리를 자기 쪽으로 끌어당기기 때문이다.

782 청색은 그것이 우리에게 그림자를 연상시키듯이 차가운 느낌을

준다. 그것이 검은색에서 어떻게 파생되는지는 알려져 있다.

783 완전히 청색으로 도배된 방들은 어느 정도 넓어 보인다. 하지만 차갑고 텅 비어 있다는 느낌을 준다.

784 청색 유리는 물체들을 우울한 빛으로 보이게 한다.

785 청색이 어느 정도 양의 영역으로부터 영향을 받게 되면 불쾌하지 않은 인상을 준다. 예컨대 담록색은 사랑스러운 색이다.

적청색 Rotblau

786 우리는 황색이 매우 신속하게 상승하는 것을 보았듯이, 청색에서도 동일한 속성을 발견한다.

787 청색은 매우 부드럽게 적색으로 상승하며 그럼으로써 그 어떤 활동성을 획득한다. 비록 수동의 영역에 위치하고 있긴 하지만 말이다. 청색이 주는 자극은 주황색의 그것과는 완전히 다른 성격의 것으로서 생기를 주기보다는 불안하게 만든다.

788 상승 자체가 끊임없는 것처럼 우리는 이 색과도 함께 계속 나아가려고 한다. 그러나 주황색의 경우처럼 지속적으로 활동하기 위해 앞으로 나아가는 것이 아니라, 휴식할 수 있는 지점을 발견하기 위해서 나아간다.

789 이 색이 매우 옅어지면 우리는 그것을 등꽃색 Lila이라는 이름으로 부른다. 그러나 이 색도 쾌활한 느낌을 주지는 않지만 어떤 생동감을 내포하고 있다.

청적색 Blaurot

790 저 불안감은 계속되는 상승과 함께 증가한다. 그래서 사람들은 아주 순수한 청적색의 벽지는 참을 수 없는 인상을 줄 것이 틀림없다고 주장하기도 한다. 그러므로 이 색은 옷이나 벨트 또는 여타의 장신구로 사용되는 경우 아주 옅고 밝게 조절되어 사용된다. 그래야만 그 독특한 성질에 따라 아주 특별한 매력을 발휘하기 때문이다.

791 고위 성직자들이 이 불안한 색을 자기 것으로 하는 데 대해서 우리는 다음과 같이 말해도 무방할 것이다. 그들은 끊임없이 돌진하는 상승이라는 불안한 계단에서 쉬지 않고 추기경의 자색 제복을 향해 위로 달려가고 있노라고 말이다.

적색

792 우리는 이 이름을 사용할 때 적색 가운데 섞여 있으면서 황색이나 청색의 인상을 줄 수 있는 모든 것을 배제시켜야 한다. 아주 순수한 적색, 예컨대 흰색의 자기 접시 위에 말라붙은 완전한 진홍색을 생각해 보라. 우리는 이 색을 그 고상한 품위 때문에 이따금 자색으로 불렀다. 고대인들이 말하는 자색은 청색 쪽으로 더 기울어 있긴 하지만 말이다.

793 프리즘에서 자색이 생겨나는 것을 잘 관찰한 사람이라면 이 색이 때로는 실제로, 때로는 잠재적으로 다른 모든 색을 포함하고 있다는 주장을 모순이라고 여기지는 않을 것이다.

794 우리는 황색과 청색의 경우에서 적색으로의 점차적인 상승을 보

았고, 아울러 그에 수반되는 느낌들에 주목했기 때문에 다음과 같이 생각할 수 있다. 즉 이제 상승된 극들의 결합에 의해서 우리가 이상적인 만족이라고 불러도 무방할, 본래적인 안정의 느낌이 생겨날 수 있다고 말이다. 마찬가지로 물리적인 관점에서 보아도 모든 색채 현상들의 최고 단계에 있는 이 색은 결합을 위해 점차적으로 준비를 해왔던 두 개의 대립적인 요소들의 만남에 의해 생겨난다.

795 반면에 우리는 이 색이 염료로 사용되는 연지충에서 아주 완전한 적색으로 완성되어 있는 것을 본다. 이 물질은 화학적 처리에 의해서 때로는 양의 영역으로, 때로는 음의 영역으로 넘어갈 수 있으며 어쨌든 최상의 진홍색 속에서 완전한 균형을 이룬 채로 관찰될 수 있다.

796 이 색의 느낌은 그 본성만큼이나 희귀하다. 이 색은 진지함과 위엄뿐 아니라 호의와 우아함이라는 인상도 준다. 전자의 느낌은 이 색이 어둡고 짙어진 상태에서, 후자의 느낌은 밝고 옅어진 상태에서 주어진다. 그러므로 노년기의 위엄과 청년기의 사랑스러움이 하나의 색의 옷을 입고 나타날 수 있는 셈이다.

797 지배자들의 자색에 대한 질투와 관련해서는 역사가 많은 것을 보여준다. 이 색으로 단장된 환경은 언제나 진지하고 화려한 느낌을 준다.

798 자색 유리는 환한 주위 풍경을 무시무시한 분위기로 바꾸어놓는다. 그러므로 최후의 심판날의 땅과 하늘에는 이러한 색조가 지배할 것임에 틀림없다.

799 이 색을 만들어내기 위해서 염색술이 무엇보다 애용하는 두 가지 물질, 즉 개각충(介殼蟲)과 연지충은 다소간 양과 음의 영역 쪽으로 기울어 있고, 산과 알칼리를 사용하여 이쪽저쪽으로 넘어가

게 할 수 있기 때문에 다음과 같은 사실을 주목할 필요가 있다. 황색 쪽으로 기운 프랑스 진홍색이 보여주는 것처럼 프랑스인들은 능동적 영역에 머물러 있기를 좋아하며, 이에 반해 이탈리아인들은 수동적 영역에 머무른다. 그래서 그들의 진홍색은 청색을 함유하고 있다.

800 유사한 방식으로 알칼리에 의해 처리를 하면 진홍색이 생겨나는데, 이 색은 프랑스인들이 매우 싫어할 것임에 틀림없다. 왜냐하면 그들은 〈진홍색 옷을 입은 것처럼 바보 같은, 진홍색 옷을 입은 것처럼 나쁜〉이라는 표현을 쓰듯 이 색을 몰취미와 사악함의 극단으로 이해하기 때문이다.

녹색

801 우리가 가장 단순한 첫번째 색이라고 여기는 황색과 청색을, 그것들이 막 나타나 영향을 미치는 첫 단계에서 서로 결합시키면 녹색이라고 불리는 색이 생겨난다.

802 우리의 눈은 이 색에서 진정한 만족을 느낀다. 두 모색(母色)이 엄밀하게 균형을 이루면서 혼합되어 하나의 색이 다른 하나의 색보다 더 두드러지지 않을 정도가 되면, 우리의 눈과 감정은 이 혼합색을 마치 단일색인 것처럼 본다. 더 이상 요구하려고도 하지 않고, 더 이상 요구할 수도 없는 상태인 것이다. 그러므로 사람들이 상주하는 방의 벽지는 대개 녹색으로 선택된다.

총체성과 조화

803 우리는 지금까지 설명의 필요상 눈이 그 어떤 특수한 색과 자신을 강제적으로 일치시킬 수 있다고 가정했다. 그러나 이것은 순간적으로만 가능할 뿐이다.

804 왜냐하면 우리가 하나의 색으로 둘러싸여 우리의 눈에 그 색의 속성에서 비롯되는 느낌이 일어나고 이로써 그 색과 함께 동일한 상태에 머물도록 강요받는다면, 이것은 우리의 기관이 머무르고 싶어하지 않는, 강요된 상태이기 때문이다.

805 눈은 색을 보는 순간 즉시 활동 상태로 들어간다. 그리고 그 본성에 따라 무의식적으로 그리고 필연적으로 그 자리에서 다른 색을 불러일으키게 된다. 이때 생겨나는 색은 기존의 색과 함께 전체 색채환의 통일성을 내포하고 있다. 각각의 색은 그 특수한 느낌을 통해서 눈으로 하여금 보편성을 추구하도록 자극하는 것이다.

806 이러한 총체성을 지각하고, 스스로를 만족시키기 위해 눈은 온갖 유색의 공간과 아울러 무색의 공간을 찾는다. 그리하여 이 무색의 공간에다가 피유도색을 생겨나게 한다.

807 여기에서 모든 색채 조화의 근본 법칙이 드러난다. 이에 대해서는 우리가 생리색의 장에서 보여주었던 실험들을 자세하게 이해하는 사람이라면 누구라도 직접 확인할 수 있다.

808 외부로부터 색채의 총체성이 하나의 객체로서 눈에 주어진다면, 눈은 그 색을 기꺼이 맞이한다. 왜냐하면 눈이 자신의 활동의 총합을 하나의 실재로서 받아들이기 때문이다. 그러므로 우선 이러한 조화로운 배열 관계에 대해 알아보기로 하자.

809 이에 대해 아주 간편하게 이해하려면 우리가 앞서 소개한 색채환 위를 움직이는 원의 직경을 상상하라. 그리고 이 직경이 색채

환 전체를 일주하도록 회전시킨다. 그러면 직경의 양 끝부분은 차
례차례로 유도색을 가리키게 되는데, 이것들은 궁극적으로는 세
가지의 단순한 대립들로 환원될 수 있다.

810

> 황색은 적청색을 유도한다.
> 청색은 주황색을 유도한다.
> 자색은 녹색을 유도한다.
> 그리고 그 역도 성립한다.

811 이러한 상상 속의 지침이 우리가 자연적으로 질서를 부여한 색
을 가리키며 지나감에 따라, 지침의 반대쪽 끝부분도 대립적인 위
치에서 단계적으로 움직여 나간다. 그러므로 우리는 이러한 장치
를 통하여 모든 유도색에 대응하는 피유도색을 간편하게 가려낼
수 있다. 여기에다가 우리의 것처럼 중도에서 그치는 색채환이 아
니라 지속적으로 나아가면서 색과 그 경과를 보여주는 일종의 색
채환을 만든다면 유용한 바가 없지는 않을 것이다. 여기에서 우리
는 최선을 다해 주목해야 하는 매우 중요한 지점에 도달해 있다.

812 우리가 앞서 개별적인 색을 고찰하면서 어느 점에서는 병리학적
인상을 받았던 것은 사실이다. 예컨대 개별적인 느낌들에 휩쓸려
들어가서 때로는 생동하고 활기 차게, 때로는 연약하고 갈망하는
듯하게, 때로는 고귀한 것으로 이끌려 올라가고, 때로는 비천한
것에로 끌려 내려가는 듯이 느꼈던 것이다. 그러므로 우리의 기관
에 내재해 있는 총체성에의 요구가 우리를 이러한 제한으로부터
벗어나게 한다. 요컨대 눈은 스스로를 자유에 맡기는 것이다. 자
기에게 밀려오는 개별적인 것들의 대립과 아울러 만족스런 총체성
을 만들어내면서 말이다.

813 이처럼 색채의 좁은 영역에서 나타나는, 참으로 조화로운 대립
들은 매우 단순하며 그만큼 더 중요한 암시를 던져준다. 즉 자연
은 총체성을 통해서 자유로 나아가도록 되어 있는 것이다. 그러므
로 우리는 이제 주어진 상태 그대로 심미적으로 활용할 수 있는
하나의 자연 현상을 소유한 셈이다.

814 우리는 앞서 소개한 색채환이 이미 그 특성상 안락한 느낌을 불
러일으킨다고 말할 수 있다. 반면에 지금까지 사람들이 무지개를
색채 총체성의 한 사례로 받아들여 왔던 것이 부당한 이유를 이제
검토하기로 하자. 그것은 무엇보다도 무지개에는 기본색인 순수한
적색, 즉 자색이 결여되어 있기 때문이다. 이 무지개 현상에서도
그리고 재래의 프리즘 상에서도 주홍색과 청적색이 거기까지 도달
하지 못하기 때문에 자색은 생겨날 수가 없다.

815 자연계에는 색채의 총체성을 한꺼번에 완전하게 보여주는 어떠
한 보편적인 현상도 나타나지 않는다. 하지만 실험에 의해서 우리
는 그러한 것을 아주 아름다운 모습으로 생겨나게 할 수 있다. 완
전한 색채 현상을 원 안에서 배열하는 것은 염료를 사용하여 종이
위에 나타내는 방식으로 가장 잘 해낼 수 있다. 소질을 타고나야
함은 물론, 많은 경험과 실습을 한 후에 마침내 이러한 조화의 이
념을 우리가 철저하게 깨닫고 머릿속에서 생생하게 느낄 정도가
되어야 이러한 작업이 가능할 것이다.

특징적인 배열들

816 언제나 총체성을 보여주는, 순수하고 조화로우며 그 자체로부터
성립하는 이러한 배열들 이외에도 또 다른 배열들이 있다. 이것들

은 임의적으로 만들어낼 수 있는데, 가장 손쉬운 방법은 다음과 같다. 즉 우리의 색채환에서 직경이 아니라 현(弦)을 기준으로 하여 배열들을 찾는 방식이 그것이다. 그리고 그 첫번째 방식은 중간색 Mittelfarbe을 하나씩 건너뛰는 것이다.

817   우리가 이러한 배열을 특징적이라 부르는 것은 그것들 모두가 특정한 표현과 함께 우리에게 일정한 의미를 던지기 때문이다. 하지만 이것들은 우리를 만족시키지 못한다. 왜냐하면 모든 특징적인 것은 하나의 부분으로서 자신과 연관을 가지는 전체와 용해되는 것이 아니라 그 전체로부터 분리되어 나오는 방식으로만 생겨나기 때문이다.

818   우리는 색의 생성 방식뿐 아니라 그 조화로운 관계에 대해서도 잘 알고 있다. 그러므로 우리는 임의적인 배열들의 특징이 아주 다양한 의미를 가지게 될 것이라고 기대할 수 있다. 그것들을 하나하나 검토해 보기로 하자.

황색과 청색

819   이것은 그러한 배열들 중에서 가장 단순한 것으로서, 우리는 이러한 배열이 별 의미를 갖지 않는다고 말할 수 있다. 왜냐하면 거기에는 적색의 어떠한 흔적도 나타나지 않으므로 우리는 이 배열이 지나치게 총체성을 결여하고 있다고 보기 때문이다. 이러한 의미에서 우리는 이 배열을 빈약한 것으로 규정할 수 있으며, 또 두 극이 그들의 가장 낮은 단계에 머물러 있기 때문에 비천하다고도 말할 수 있다. 하지만 이 배열의 장점은 무엇보다도 그것이 녹색에 그리고 진정한 만족에 가까이 접근해 있다는 데에 있다.

황색과 자색

820 이 배열은 일면적이긴 하지만 명랑하고 화려한 그 어떤 속성을
가진다. 우리는 능동적 영역에 속하는 두 극(極)이 지속적인 생성
과정을 보여주지 않은 채 나란히 있는 것을 여기에서 본다.

우리는 염료를 사용하여 이 둘을 혼합시킴으로써 주홍색이 생겨
나리라고 기대한다. 그러므로 이 두 색은 말하자면 주홍색의 임무
를 대신하고 있는 것이다.

청색과 자색

821 수동적 영역에서의 두 극. 하지만 상단(上端)의 극이 능동의 영
역 쪽으로 과도하게 기울어진 경우일 때 두 색을 혼합하면 청적색
이 생겨나므로 이 배열의 효과도 청적색과 유사하다고 할 수 있다.

주홍색과 청적색

822 이 배열은 능동과 수동의 두 영역에 있어서 상승된 각각의 극이
만난 것으로서, 자극적이고 고양된 느낌을 준다. 이 색은 각각 자
색의 조짐을 보인다. 자색은 물리적 실험에서 이 두 색을 결합함
으로써 생겨난다.

823 이러한 네 종류의 배열들은 공통점을 가지고 있다. 즉 이 색이
혼합되면 우리의 색채환에서 중간색을 생성시킨다. 이러한 중간색
은 각각의 배열들이 아주 가느다란 부분들로 이루어져 있고 또한

그것들을 멀리서 관찰할 때도 생겨난다. 예컨대 가느다란 청색 띠와 황색 띠가 있는 표면은 약간의 거리를 두고 관찰하면 녹색으로 보인다.

824 그러나 청색과 황색을 나란히 놓고 동시에 보는 경우 눈은 녹색을 생성시키려는 기묘한 노력을 보인다. 하지만 눈은 그것을 성취시키지 못하며 각각의 색에서 휴식을 얻지도, 그 전체에서 총체성의 느낌에 도달하지도 못한다.

825 그러므로 우리가 이러한 배열들을 특징적이라고 불렀던 것은 정당했다. 마찬가지로 각각의 배열들의 특징 또한 그 배열을 구성하는 개별적인 색의 특징과 연관되어야만 한다는 사실도 드러났다.

특징 없는 배열들

826 이제 색채환으로부터 쉽게 찾아낼 수 있는 배열들 중 마지막 종류의 것들을 검토해 보기로 하자. 이것은 자그마한 현들로 암시되었던 것으로서 중간색 전체가 아니라 한 중간색에서 다른 중간색으로 건너뛰는 방식으로 이루어진다.

827 우리는 이러한 배열들을 특징 없는 배열이라고 부를 수 있다. 왜냐하면 그것들이 의미 있는 인상을 주기에는 색이 서로 간에 너무 가까이 접근해 있기 때문이다. 하지만 여기에 속하는 대부분의 배열들도 여전히 일정한 권리를 주장한다. 그 내적인 관계가 거의 드러나지 않긴 하지만 그래도 하나의 진척을 암시하기 때문이다.

828 그러므로 황색과 주홍색, 주홍색과 자색, 청색과 청적색, 청적색과 자색은 상승의 과정에 있어서 그리고 최고점을 기준으로 할때 가장 가까운 사이에 있는 것들을 나타내며, 이 색은 서로 간에 어떤

비율로 이루어지든 간에 아무런 나쁜 영향도 주지 않는다.

829 황색과 녹색은 언제나 평범하고 명랑한 느낌을, 청색과 녹색은 평범하고 역겨운 느낌을 준다. 그러므로 우리의 훌륭한 조상들은 후자의 배열을 바보색이라고 불렀던 것이다.

밝음과 어둠의 배열 관계

830 우리는 이러한 배열들을 매우 다양하게 제시할 수 있다. 즉 두 색을 다 밝게 하거나, 두 색을 다 어둡게 하든지 또는 한 색은 밝게, 다른 색은 어둡게 하여 나란히 놓을 수 있다. 하지만 일반적으로 적용되던 원리는 각각의 개별적인 경우에도 적용되어야 한다. 여기에서 생겨나는 무한히 다양한 배열들 중에서 다음의 것을 소개하기로 한다.

831 능동의 영역에 속하는 색은 검은색과 배열되면 에너지를 얻는다. 반면에 수동의 영역에 속하는 것들은 에너지를 상실한다. 능동의 영역은 흰색 및 밝음과 나란히 놓이면 힘을 상실한다. 수동의 영역은 반대로 명랑함을 얻는다. 자색과 녹색은 검은색과 배열되면 어둡고 침침하게 보이지만, 흰색과 배열되면 즐거운 느낌을 준다.

832 한마디 덧붙이자면 모든 색은 다소간 얼룩이 지다가 어느 정도에 이르면 원래의 색을 구별하지 못하게 된다. 그러므로 색은 때로는 그 색 자체 내에서 서로 간에 나란히 놓일 수도 있고 때로는 순수한 색과 나란히 놓일 수도 있다. 이처럼 그 관계는 무한히 다양하게 변할 수 있다. 하지만 순수한 색의 경우에 적용되었던 것은 모든 경우에 타당하다.

833 앞에서 색채 조화의 기본 명제들이 제시되었기 때문에 우리가 거기에서 설명되었던 바를 경험 및 구체적 사례들과 결합시켜 다시 한번 반복한다고 해서 부당하다고 할 수는 없을 것이다.

834 이러한 기본 명제들은 인간의 본질로부터 그리고 색채 현상의 잘 알려진 관계들로부터 추론되었다. 경험의 영역에서 우리는 이러한 기본 명제들에 부합하는 것도 그리고 거기에 모순되는 것도 많이 만나게 된다.

835 원시인들, 미개 민족, 아이들은 최고도의 에너지를 가진 색 중에서도 특히 주홍색을 크게 선호한다. 그들은 또한 알록달록한 색도 좋아한다. 그러나 알록달록한 색은 최고의 에너지를 가진 색이 조화로운 균형을 이루지 못한 채 배열될 때 생겨난다. 그러나 이러한 균형은 본능적으로 깨닫거나 아니면 우연하게 관찰되므로 편안한 느낌을 준다. 나는 미국에서 건너온 헤센 주(州)의 한 장교가 그의 얼굴을 야만인들의 방식에 따라 원색로 칠하고 다녔음에도 불구하고 일종의 총체성을 보여주면서 어떤 불쾌한 느낌도 주지 않았던 것을 기억한다.

836 남유럽의 민족들은 매우 생기 있는 색의 옷을 입고 다닌다. 그들이 쉽게 구입할 수 있는 견제품들이 이런 경향을 촉진시키기도 한다. 특히 아주 선명한 색의 조끼들과 띠를 두르고 다니는 여인네들은 언제나 그 지방의 풍광과 조화를 이룬다. 하지만 하늘과 땅의 광휘를 압도하지는 못한다.

837 염색술의 역사는 각 나라의 의상들에 있어서 특정한 기술적 편리함과 장점들이 매우 커다란 영향을 미쳤다는 사실을 우리에게 가르쳐준다. 그래서 우리는 독일인들이 청색 옷을 많이 입고 다니

는 것을 보는데 이것은 청색이 천을 물들이는 내구성이 강한 색이기 때문이다. 그리고 많은 지방에서는 모든 사람들이 녹색의 무명옷을 입고 다니는데 그것은 이 색이 잘 물들기 때문이다. 여행자가 이러한 점에 주목한다면 그는 곧 유쾌하고도 교육적인 관찰을 할 수 있게 될 것이다.

838 정서에 영향을 주는 색 또한 그때마다의 정서와 상황에 따라 선택된다. 활기에 넘치는 민족, 예컨대 프랑스인들은 상승된 색, 특히 능동의 영역에서 상승된 색을 좋아한다. 차분한 민족성을 가진 영국인과 독일인들은 짚색이나 가죽색, 또한 짙은 청색을 선호한다. 위엄을 추구하는 경향이 있는 이탈리아인들과 스페인 사람들은 수동의 영역 쪽으로 기우는 붉은색 외투를 즐겨 입는다.

839 우리는 의복색의 특징을 그 사람의 인격상의 특징과 연관 짓는다. 그래서 우리는 사람들이 얼굴색, 나이와 신분에 따라 색과 그 배열을 어떻게 선택하는가를 관찰할 수 있다.

840 여자애들은 장미색과 담녹색을, 노인들은 청자색과 짙은 녹색을 좋아한다. 금발의 여자들은 청자색과 엷은 황색 쪽으로, 갈색 머리의 여자들은 청색과 주홍색 쪽으로 기우는데 이 모두는 타당하다.

로마의 황제들은 자색을 극도로 탐내었다. 중국 황제들의 옷은 자색으로 수를 놓은 오렌지색이었다. 그의 신하들과 승려들은 레몬색 옷을 입도록 되어 있었다.

841 교양 있는 사람들은 색을 싫어하는 경향이 있다. 이것은 때로는 눈의 허약함에서, 때로는 취향의 불확실함에서 기인한다. 이런 사람들은 자칫하면 완전히 무취향의 상태로 넘어가 버리기도 한다. 여자들은 대개 흰색을, 남자들은 검은색을 선호한다.

842 여기에서 빠뜨릴 수 없는 관찰 하나를 들자면 아무리 두드러져

보이기를 좋아하는 사람일지라도, 다른 사람들 사이에 섞여 눈에 띄지 않기를 바라기도 한다는 것이다.

843 검은색은 베니스의 귀족들에게 공화국의 평등을 상기시켰다고 한다.

844 북부 지방의 흐린 하늘이 색을 점차로 몰아내고 말았다는 사실도 아마 연구해 볼 가치가 있을 것이다.

845 물론 우리는 전체 색을 사용할 때 매우 제한을 받고 있다. 반면에 얼룩이 지고 죽어버린 소위 유행색은 무한히 많은 불규칙한 등급과 색조들을 보여주는데 그것들 중의 대부분에도 우아한 요소가 없지는 않다.

846 또한 주목할 것은 여성들이 색을 다루는 경우에 있어서 그다지 생기가 없는 얼굴색을 더욱 초라하게 만들어버릴 위험에 빠진다는 사실이다.

여성들은 호사로운 분위기에 균형을 맞추어야 할 때가 되면 즉시에 지분(脂粉)을 발라 얼굴색을 돋보이게 하지 않고는 못 견디는 것이다.

847 마지막으로 한마디 덧붙일까 한다. 다름 아니라 유니폼, 하인의 제복, 기장(記章) 및 여타 휘장들을 앞서 제시한 원칙들에 따라 평가해 보려고 한다. 우리는 그러한 옷이나 휘장들이 대체로 조화로운 색이어야 할 필요는 없다고 말할 수 있다. 유니폼은 특징과 위엄을 갖추어야 할 것이다. 하인의 제복은 평범하면서도 눈에 띄는 것이어야 한다. 좋거나 나쁜 사례들은 언제든 제시할 수 있을 것이다. 우리가 이미 색채환에 대해서 치밀하게 그리고 충분하게 검토해 왔던 터이기 때문이다.

심미적 영향

848 개별적으로뿐만 아니라 그 배열까지 포함하여 지금까지 우리가 토의해 왔던 색의 감각적, 정서적 영향들로부터 이제 예술가를 위한 심미적 영역이 파생되어 나온다. 우리는 이와 관련하여 꼭 필요한 점들만을 제시하고자 한다. 즉 회화의 묘사를 위한 보편적 조건인 빛과 그림자에 대해 미리 언급하고자 하는 것이다. 색채 현상은 이러한 보편적 조건에 직접 연결되어 있기 때문이다.

명암

849 물체에 나타난 현상을 빛과 그림자의 영향이라는 관점에서만 볼 때 우리는 그 현상을 명암clair-obscur이라고 부른다.

850 더 엄밀한 의미에서 보면 반사광에 의해 비치는 그림자 부분을 그렇게 부르기도 한다. 하지만 우리는 여기에서 이 말을 더욱 보편적인 첫번째 의미에서 사용하기로 한다.

851 명암을 모든 색채 현상과 분리시키는 것은 가능하며 또한 필요하다. 예술가가 우선 명암을 색채와 독립된 것으로 생각하고 그것의 전체 면모를 파악하게 된다면 묘사의 비밀은 더욱 쉽게 드러날 것이다.

852 명암이 물체를 물체로서 나타나게 한다면 빛과 그림자는 색의 밀도를 보여준다.

853 여기서 고려되어야 하는 것들은 최고도의 빛, 중간 밝기 그리고 그림자이다. 그리고 마지막의 것은 다시 물체 자신의 그림자, 다른 물체들에 던져진 그림자, 밝혀진 그림자 혹은 반사로 분류된다.

854 명암을 보여주는 가장 자연스러운 본보기로는 아마도 구(球)가 적절할 것이다. 그래야만 명암에 대한 보편적인 개념을 얻을 수 있을 것이다. 하지만 구는 심미적인 용도에 쓰이기에는 불충분하다. 그러한 둥근 모습의 유동적 통일성은 애매한 상태로 빠져들기 쉽기 때문이다. 그러므로 예술적 효과를 더 얻기 위해서는 그 구에다가 평면들을 만들어야 한다. 그래야만 그림자와 빛의 부분들이 서로 간에 분명하게 구분될 것이다.

855 이탈리아인들은 이것을 평면 il piazosso이라고 부르는데 독일어로 번역하자면 평면성 das Flächenhafte 정도일 것이다. 이처럼 구가 자연스런 명암을 나타내는 완전한 본보기라면 다면체는 온갖 종류의 빛, 반그림자, 그림자와 반사광을 포함하는 예술적인 명암을 보여주는 본보기일 것이다.

856 포도는 명암을 사용하여 그리기에 적절한 본보기로 알려져 있다. 형태상으로도 보기 좋게 집단을 이루고 있는 모습을 그릴 수 있기에 더욱더 그렇다. 그러나 포도는 대가들에게만 쓸모가 있다. 자신이 그려낼 수 있는 것을 포도 속에서 찾아낼 수 있는 대가 말이다.

857 다면체로부터도 추론해 내기 어려운 저 첫번째 개념을 파악하기 위해 우리는 육면체를 제시한다. 이 육면체에서 눈에 보이는 세 면들은 빛, 중간 빛 그리고 그림자를 각각 분명히 구분하면서 나란하게 보여준다.

858 더욱 복잡하게 합성된 형상의 명암을 보여주기 위해서는 펼쳐진 책이 적절하다. 이것은 우리에게 보다 커다란 다양성을 잘 이해하도록 해준다.

859 우리는 고전 시대의 고대 입상들이 그러한 효과를 보여주기에 아주 적절하도록 만들어져 있다는 사실을 발견한다. 빛을 받는 부

분들은 단순하게 처리되어 있고 그림자 부분들은 그만큼 더 단속 (斷續)적으로 되어 있다. 그래야만 다양한 반사광들을 섬세하게 받아들일 것이기 때문이다. 여기에서 우리는 다면체의 본보기를 상기하는 것이 좋겠다.

860 여기에 해당하는 고대 회화의 본보기들로서는 「헤라클레스와 알도브란도의 결혼」[3]이 있다.

861 근대 회화에 나타나는 본보기들로서는 라파엘이 그린 인물들, 코레지오, 네덜란드 유파, 특히 루벤스의 전 작품이 있다.

색채에 대한 추구

862 회화에서 흑백의 작품은 그리 흔치 않다. 폴리도르[4]의 몇몇 작품들이 그러한 본보기를 보여준다. 우리의 동판화나 부식화도 마찬가지이다. 형태와 명암만을 보여주는 종류의 작품들도 가치가 있다. 하지만 이것들은 강력한 추상을 통해서만 나타나기 때문에 우리의 눈에 아무런 호감도 주지 않는다.

863 예술가가 자신의 느낌에 따르는 순간 즉시에 어떤 색채가 나타난다. 예컨대 검은색이 푸르스름한 색조를 띠자마자 황색에 대한 요구가 생겨나는 것이다. 그러면 예술가는 본능적으로 황색을 배치시킨다. 즉 황색을 사용하여 때로는 순수한 빛을 나타내고 때로는 그것을 불그스레하고 얼룩진 갈색으로 만들어 반사광을 표현한다. 이처럼 예술가는 작품 전체를 생기 있게 만들기 위해 가장 적절하게 보이는 방식으로 황색을 사용하는 것이다.

---

3) 바티칸의 도서관에 있는 아우구스투스 시대의 고대 회화.
4) 폴리도르 C. Polidor(1495-1543) : 이탈리아의 화가.

864   온갖 종류의 보석이나 그림물감의 색은 결국 피유도된 대립색이
      나 그 어떤 색채 효과를 불러일으키는 쪽으로 사용된다. 그래서
      폴리도르는 자신의 흑백 프레스코화에 황색의 그릇이나 그와 유사
      한 것들을 삽입하였다.

865   일반적으로 사람들은 예술 행위를 할 때 언제나 본능적으로 색
      채를 지향해 왔다. 우리는 다음과 같은 것을 날마다 관찰한다. 즉
      처음에는 먹이나 검은색 분필로 흰색 종이 위에 그리기를 좋아하
      던 사람들이 점차 색종이를 찾게 되는 것이다. 그리고 나서는 다
      양한 색의 분필을 사용하다가 마침내는 파스텔로 넘어간다. 요즘
      에도 사람들은 은필(銀筆)로 그리며 붉은 뺨으로 생기를 돋우고 유
      색의 옷들을 입힌 얼굴들을 보며, 심지어는 화려한 색의 제복을
      입은 실루엣들도 본다. 파올로 우첼로 Paolo Uccello는 무색의 인물
      이 있는 유색 풍경화를 그렸다.

866   고대인의 조각품들도 이러한 욕구에 저항할 수 없었다. 이집트
      인들은 그들의 양각 작품들에다가 색칠을 했다. 그리고 대리석 머
      리들과 사지(四肢)들에는 반암(斑巖)질의 의복을 입혔다. 마찬가지
      로 흉상의 부분 부분에 화려한 색의 석회화(石灰華)를 칠했다. 예
      수회의 수도사들은 로마의 성자 알로이시우스 Aloysius를 이러한
      방식으로 장식했다. 최근의 조각품들도 팅크제를 발라 몸을 그 의
      복과 구분 짓는다.

명암의 조화

867   직선 투시법은 물체들의 명암을 떨어진 거리에 따른 외관상의
      크기로 나타낸다. 반면에 입체 투시법은 물체들의 명암을 떨어진

거리에 따라 생겨나는 명료성의 정도로 나타낼 수 있다.

868 멀리 떨어져 있는 물체들은 눈의 본성에 따라 가까이 있는 물체들만큼 분명하게 보이지 않는다. 하지만 입체 투시법은 모든 투명한 매질들이 어느 정도 흐리다는 중요한 명제에 근거한다.

869 대기는 언제나 다소간 흐린 상태에 있다. 대기가 이러한 성질을 특히 잘 보여주는 것은 온도가 높고 건조하며 구름이 없는 남쪽 지방에서이다. 이곳에서 사람들은 서로 잘 구분되지 않는 물체들 사이에서도 뚜렷한 명암의 차이를 관찰할 수 있다.

870 누구라도 이러한 현상은 대략적으로 알고 있다. 반면에 화가들은 아주 미세한 간격차에 따른 명암의 변화를 보거나 아니면 본다고 믿는다. 그들은 물체, 예컨대 완전히 앞쪽으로 향한 얼굴의 부분들에 명암의 차이를 부여함으로써 그러한 명암 구분을 실제로 표현한다. 여기에서는 조명이 작용한다. 조명은 측면으로부터 올 수도 있고 앞쪽에서 뒤쪽으로 향할 수도 있다.

채색

871 색채의 영역으로 넘어가는 지금 전제되어야 할 것은 화가들이 앞서 제시한 색채론의 윤곽을 잘 알고 있으며 특히 마음에 드는 특정한 단원과 항목들을 자기 것을 삼았으리라는 점이다. 그래야만 자연에 대한 인식과 그것의 예술에 대한 적용에서 이론적인 것과 아울러 실제적인 것을 용이하게 다룰 수 있게 될 것이기 때문이다.

장소의 채색

872 채색의 첫번째 현상은 자연 속에서 바로 명암의 조화와 함께 나타난다. 왜냐하면 입체 투시법은 흐린 매질들의 이론에 근거하고 있기 때문이다. 우리는 하늘, 멀리 떨어져 있는 물체들, 가까이에 있는 그림자들이 청색으로 나타나는 것을 본다. 또한 발광체와 빛을 받은 물체들도 차츰차츰 황색에서 자색으로 변해 간다. 많은 경우에 색의 생리적인 요구가 즉시에 생겨나며, 완전한 무색의 풍경이 이러한 협동 작용과 대립 작용을 통해서 아주 다채로운 색으로 나타난다.

물체들의 채색

873 고유색은 보편적인 기본색이긴 하지만 그 색이 나타나는 물체 표면들의 속성에 따라 특정한 색을 띠게 된다. 이러한 특정화는 무한대로 다양하게 나타난다.

874 염색한 비단인가 아니면 목면인가에 따라 채색에 있어서 커다란 차이가 나타난다. 온갖 종류의 준비 작업과 직조 과정이 이미 그러한 편차들을 생겨나게 한다. 거침, 매끈함, 광택 등이 고려의 대상이 된다.

875 그러므로 훌륭한 화가는 의복의 소재에 주목하지 말고 언제나 추상적인 주름들만을 그려야 한다는 생각을 한다면 이것은 예술에 커다란 해악을 끼치는 선입견이다. 이로 말미암아 레오 10세의 초상화에서 벨벳, 공단 그리고 물결무늬 비단이 나란히 그려졌다고 해서 모든 특징적인 변화들이 제거되고 초상화의 값어치가 떨어졌

다고 말할 수 있겠는가?

876 자연의 생산품에서는 색이 다소간 변화되고 세분화되며 개별화되어 나타난다. 우리는 이러한 색을 돌이나 식물, 새의 깃털, 동물의 털에서 잘 관찰할 수 있다.

877 화가의 주된 기술은 언제나 특정한 소재의 현존 모습을 모방하여 그리면서 색채 현상의 일반성, 원소성을 파괴하는 데에 있다. 인간 육체의 표면을 그릴 때 화가는 가장 커다란 어려움에 봉착한다.

878 살색은 대체로 능동의 영역에 속한다. 하지만 수동의 영역에 속하는 푸르스름한 색도 함께 섞여 있다. 이 색은 기본색의 상태에서 전적으로 벗어나 있으며 조직체의 작용으로 인하여 중성화된 상태로 나타난다.

879 장소의 채색과 물체의 채색을 서로 조화시키는 일은 재치 있는 화가라면 지금까지보다는 더욱 쉽게 이루어낼 것이다. 우리가 이 글에서 설명했던 것을 잘 이해한다면 말이다. 그러면 무한히 아름답고 다양하며 동시에 참되기도 한 현상들을 표현할 수 있게 될 것이다.

특징적인 채색

880 유색 물체들의 배열 그리고 그것들이 들어 있는 공간에 대한 채색은 예술가가 의도하고 있는 목적에 따라 이루어져야 한다. 이를 위해서는 개별적인 경우뿐만 아니라 배열되었을 경우까지 포함하여 색이 주는 인상에 대한 지식이 특히 필요하다. 그러므로 화가는 일반적인 이원 구조뿐만 아니라 개별적인 대립들에 대해서도 속속들이 알고 있어야 한다. 또한 우리가 색채의 속성에 대해 이

미 설명한 것에 대해서도 정통해야만 할 것이다.

881 특징적인 속성은 세 가지 주요 항목으로 나누어 파악할 수 있는데 일단은 그것들을 강함, 부드러움 및 다채로움으로 표기하기로 한다.

882 첫번째 것은 능동적인 영역의 우세에 의해서 두번째 것은 수동적인 영역의 우세에 의해서 나타난다. 그리고 세번째 것은 색채환 전체의 총체성이 드러남과 함께 균형을 이루며 생겨난다.

883 강함의 효과는 황색, 주홍색 그리고 자색에 의해 주어진다. 우리는 마지막 색을 여전히 양의 영역에 머물게 할 수 있다. 청자색과 청색은 이러한 느낌을 적게 주며 녹색은 더 적게 준다. 부드러움의 효과는 청색, 청자색 그리고 자색에 의해 주어지며, 마지막 색은 음의 영역으로 이끌려갈 수 있다. 황색과 주홍색은 이러한 효과를 적게 주며 녹색은 많이 준다.

884 이러한 두 가지 효과가 충분히 드러나게 하려면 우리는 피유도색을 최소한의 것만 남기고 배제시켜야 한다. 피유도색은 우리가 총체성을 예감하는 데 꼭 필요한 만큼만 나타나게 하면 된다.

조화로운 채색

885 특징을 드러내는 두 요소는 방금 보여준 방식에 따라 어느 정도의 조화로운 측면도 가진다. 하지만 본래적인 조화로운 효과는 모든 색이 나란하게 배열되어 균형을 이룰 때라야만 생겨난다.

886 이렇게 해서 우리는 다채로운 효과와 아울러 아늑한 효과를 생겨나게 할 수 있는데, 이 둘은 여전히 보편적인 속성을 가진다. 그리고 바로 이러한 의미에서 무특징한 속성을 가진다.

887 요즘 사람들이 선호하는 색이 특징 없는 것은 바로 이와 같은 이유에서이다. 그들은 자신의 본능만을 따르면서 궁극적인 어떤 것에로 나아가는데 바로 이것이 그들이 다소간 이루어낼 수 있는 총체성이다. 그러나 그들은 총체성을 이루는 반면에 어쨌든 그림이 가져야 할 특성은 상실하고 마는 것이다.

888 이와는 달리 저 원칙들을 염두에 둔다면 우리는 어떻게 해서 각각의 물체가 다른 색조를 띠고 분명하게 나타날 수 있게 되는지를 보게 된다. 물론 실제로 적용하는 과정에서는 변이체들이 무수하게 나타난다. 그래서 이러한 대립들에 정통해 있는 천재만이 그러한 무한한 변이체들을 포착할 수 있는 것이다.

순수한 색조

889 만일 우리가 음조라든지 아니면 오히려 조성(調性)이라는 말을 음악으로부터 차용하여 채색의 영역에서 사용하려고 한다면 지금까지보다는 나은 결과를 가져올 수 있을 것이다.

890 강함의 인상을 주는 그림을 장조(長調)의 음악과, 부드러운 인상의 그림을 단조(短調)의 음악과 비교하는 것이 부당하지는 않을 것이다. 이 두 주요 인상들의 변이체에 대해서는 우리는 또한 다른 비교 대상을 찾을 수도 있을 것이다.

가공(架空)의 색조

891 우리가 지금까지 색조라고 불렀던 것은 그림 전체에 덮여 있는

하나의 색으로 이루어진 베일과 같은 것이었다. 예컨대 화가가 본능적으로 그림을 강함의 영역으로 몰아가려고 할 때 일반적으로 택하는 색조는 황색이다.

892 황색 유리를 통해서 그림을 보면, 그 그림은 황색의 색조를 띤다. 이 과정에서 일어나는 것을 자세히 알기 위해서는 우리는 이러한 실험을 반복할 필요가 있다. 이것은 일종의 밤의 조명이며 상승 현상이다. 그러나 동시에 양의 영역을 어둡게 하는 것이며 음의 영역에 얼룩을 지게 하는 것이다.

893 이러한 가공의 색조는 무슨 일이 일어날지 잘 모르는 불확실함에 대한 본능으로부터 생겨난다. 그리하여 총체성 대신에 획일성이 생겨나는 것이다.

약한 채색

894 바로 이러한 불확실함 때문에 사람들은 그림물감을 그토록 섞어대며 회색으로부터 나와서 다시 회색 쪽으로 들어가며 색을 가능한 한 희미하게 만들어 사용하는 것이다.

895 우리는 이러한 그림들에서 이따금 조화로운 대칭이 잘 이루어진 것을 발견한다. 하지만 우리는 대담함이 결여되어 있음을 본다. 왜냐하면 사람들은 다채로운 것을 두려워하기 때문이다.

알록달록함

896 우리가 아주 선명한 색을 불확실한 인상에 따라 단순하게 경험

적으로 배열한다면 별 어려움 없이 그 그림을 알록달록하게 만들 수 있다.

897 이와는 달리 눈에 거슬리긴 하지만 강도가 약한 색을 나란히 배열하면 이러한 효과는 나타나지 않는다. 그림에 나타난 불확실함이 관람객들에게 전이되므로 그들로서는 칭찬할 수도 나무랄 수도 없게 된다.

898 다음과 같은 사실도 중요한 관찰에 속한다. 우리가 하나의 그림에서 색을 올바르게 배열하였음에도 그 그림이 알록달록하게 보이는 경우인데, 이것은 색의 명암을 잘못 처리하였기 때문이다.

899 이러한 경우는 소묘 단계에서 미리 명암을 주어 그것이 마치 그림 속에 포함된 것인 양 만들어버리면 더욱 쉽게 일어난다. 어쨌든 색은 여전히 선택과 자의에 따라 결정되는 것이다.

이론에 대한 두려움

900 우리는 지금까지 화가들이 색과 그에 관련된 것에 대한 모든 이론적인 고찰에 대해 공포 내지는 결정적인 혐오감을 가지고 있는 것을 보았다. 하지만 그들을 나쁘게 생각할 수는 없다. 왜냐하면 지금까지 소개된 이론이란 것들이 근거가 없고 불확실하며 피상적 경험을 암시하고 있기 때문이다. 바라건대 우리의 연구가 이러한 두려움을 어느 정도 감소시키고 예술가로 하여금 제시된 원칙들을 실제로 시험하고 생명을 불어넣도록 하는 자극제가 되었으면 한다.

궁극적인 목적

901 전체에 대한 개관 없이는 궁극적인 목적도 달성되지 않는다. 우리가 지금까지 설명했던 모든 것을 예술가가 확신하기를 바랄 뿐이다. 빛과 그림자의 조화, 명암의 구분, 참되고 특징적인 채색에 의해서만 우리가 현재 고찰하고 있는 의미를 충족시키는 하나의 그림이 완전하게 나타날 것이다.

바탕

902 흰색 바탕에 그림을 그리는 것은 이전 예술가들의 방식이었다. 이 바탕의 구성 성분은 호분(胡粉, Kreide)으로서 이것을 아마포나 목판에 두껍게 칠한 후 매끄럽게 닦아 바탕을 만든다. 그리고 나서 스케치를 하는데 이때는 거무스레한 색이나 갈색을 사용한다. 이러한 식으로 색칠을 할 준비가 되어 있는 그림들로서는 레오나르도 다빈치, 프라 바르톨로메오의 작품 그리고 귀도 Guido[5]의 몇몇 작품들이 아직 남아 있다.

903 색칠하기의 단계에서 흰색 옷을 나타내려는 경우 사람들은 이따금 이 바탕을 그대로 놓아두는 것으로 색칠을 대신했다. 티치안 Tizian은 커다란 자신감을 가지고 별로 애쓰지도 않고 많은 업적을 낼 수 있었던 노년기에 이러한 방식을 사용하였다. 흰색 바탕은 중간 밝기로 다루었고 그 위에 그림자를 칠하거나 밝은 빛들을 나타내었다.

---

5) 귀도 레니 Guido Reni(1573-1642): 볼로냐 파의 대표적 존재로서 성속을 주제로 한 유채화를 그렸다.

904 색을 칠할 때는 언제나 마치 먹으로 그린 듯한 밑그림이 작용한
다. 예컨대 투명 안료로 옷을 그리면 흰색이 비쳐나와 그 색에다
생기를 부여한다. 마찬가지로 이미 그림자로 그려졌던 부분은 뒤
섞이거나 얼룩을 남기지 않으면서 색을 부드럽게 만든다.

905 이 방법은 많은 장점을 가지고 있다. 왜냐하면 그림의 밝은 부분
에는 밝은 바탕이, 어두운 부분에는 어두운 바탕이 자리 잡고 있
기 때문이다. 그림 전체가 색을 칠할 준비를 이미 갖추고 있어서
색칠만 조금 해도 빛과 색의 조화를 확실히 얻을 수 있게 된다.
우리 시대에는 수채화가 이러한 원칙들을 토대로 하고 있다.

906 그 밖에 유채화에서도 현재는 밝은 바탕이 전적으로 사용되고
있다. 왜냐하면 다소간 투명한 중간 색조들이 밝은 바탕에 의해
어느 정도 생기를 얻기 때문이다. 마찬가지로 그림자 부분들 자체
도 그렇게 쉽게 어두워지지는 않는다.

907 얼마 동안은 어두운 바탕에 그림을 그린 적도 있었다. 아마도 틴
토레토Tintoretetto가 그것을 도입했던 것 같다. 조르조네Giorgine
가 그것을 사용했는지는 알려져 있지 않다. 티치안의 가장 좋은
작품들은 어두운 바탕 위에 그려져 있지 않다.

908 이러한 바탕은 주로 적갈색이다. 그 위에 스케치를 하면 아주 짙
은 색의 그림자를 칠할 수 있게 된다. 밝은 부분을 그릴 때는 빛
을 나타내는 부분들의 색을 아주 두껍게 칠하여 그 부분을 흐리게
만들어야 한다. 그래야만 그림자 부분과 분명하게 대비가 된다.
그렇지 않으면 어두운 바탕이 엷은 색을 뚫고 나와 중간 밝기로
비치기 때문이다. 이러한 효과는 그림의 밝은 부분들에다가 여러
번 가필하여 칠하거나 아니면 밝은 색을 겹쳐 칠함으로써 얻을 수
있다.

909 어두운 바탕 위에 그림을 그리는 방식은 특히 작업의 신속함 때

문에 추천이 되긴 하지만 결국에는 많은 해로움을 드러내고 만다. 강한 에너지를 가진 바탕이 드러나면서 그림이 점점 어두워지기 때문이다. 밝은 색은 차츰차츰 명료함을 상실하고 이에 따라 그림자 부분은 점점 더 우세해진다. 중간 밝기의 부분들은 점점 더 어두워지고 그림자는 마침내 완전한 암흑으로 변한다. 그리고 짙게 칠해진 빛 부분들만 밝은 상태로 유지된다. 마치 그림 위에서 밝은 얼룩들을 보는 듯하게 되는데 이러한 예들은 볼로냐 유파와 카라바지오 Caravaggio의 그림들에서 충분하게 발견된다.

910 마지막으로 덧칠에 대해 언급하는 것도 그리 부적절하지는 않으리라고 여겨진다. 이것은 이미 칠해진 색을 밝은 바탕으로 간주하는 경우이다. 우리는 이러한 방식에 의해 색을 혼합시키고 상승시키며 소위 말하는 색조를 부여할 수 있다. 하지만 이렇게 함으로써 그 색은 점점 더 어두워진다.

물감

911 우리는 물감들을 화학자와 자연 탐구가들의 손에서 물려받았다. 그것들에 대한 많은 설명이 이루어졌고 인쇄되어 널리 알려지기도 했다. 하지만 이 단원은 수시로 새로 다룰 만한 가치가 있다. 어쨌든 마이스터가 이에 대한 자신의 지식을 전해 주며 예술가가 예술가에게 그것을 전해 주기도 한다.

912 우리는 그 성질상 아주 내구력이 강한 물감을 우선적으로 찾지만 그 사용 방식도 그림을 지속시키는 데 많은 기여를 한다. 그러므로 가능한 한 적은 종류의 물감을 사용하고 가장 간단한 방식으로 칠해야 한다는 것은 아무리 권장해도 지나치지 않다.

913 왜냐하면 많은 종류의 물감을 사용하면 채색에서 많은 폐해가 생겨나기 때문이다. 모든 물감은 눈에 미치는 영향에 있어서 고유한 성질을 가지고 있으며 더 나아가 그 기술적 처리 방식에서도 어떤 특성을 가진다. 전자의 이유 때문에 많은 종류의 물감을 사용하면 조화를 이루기가 더욱 어려워진다. 또한 후자의 이유 때문에 물감들 사이에 화학 작용과 반작용이 일어날 수 있는 것이다.

914 더 나아가 예술가들이 매혹당하고야 마는 몇 가지 잘못된 방향들에 대해 생각해 보자. 화가들은 언제나 더 새로운 물감들을 갈망하면서 만일 그런 것이 발견된다면 예술에서 진보가 이루어진 것이라고 믿는다. 그들은 옛날의 기계적인 처리 방식을 배우려고 안달하면서 많은 시간을 낭비한다. 지난 세기의 말엽에 납화를 둘러싸고 그렇게 골치를 썩였던 것처럼 말이다. 또 일부 사람들은 새로운 처리 방식을 고안해 내려고 애를 쓰지만 아무런 결과도 얻지 못한다. 왜냐하면 결국 모든 기술을 살아 있게 만드는 것은 오직 정신일 따름이기 때문이다.

색의 비유적, 상징적, 신비적 사용

915 모든 색은 제각각 인간에게 특수한 느낌을 주며 그로써 자신의 본질을 눈과 정서를 통해서 드러낸다는 사실은 앞에서 자세하게 논구하였다. 여기에서 곧 색은 특정한 감각적, 정서적, 심미적 목적을 위해 사용될 수 있다는 사실이 즉시 추론된다.

916 색이 자연과 완전히 일치하도록 사용될 경우 우리는 그것을 상징적이라고 부를 수 있다. 왜냐하면 이 경우에 색은 그 영향에 따라 사용되며 진정한 연관이 바로 의미를 나타내는 것이라고 볼 수

있기 때문이다. 예컨대 사람들은 자색을 위엄을 나타내는 색으로서 제시하는데 이것이 올바른 표현이라는 데는 의심의 여지가 없다. 왜냐하면 이미 앞에서 이 모든 것과 관련하여 충분하게 설명하였던 것과 일치하기 때문이다.

917 이것과 가까운 친척 관계에 있는 또 다른 사용법이 있는데 우리는 그것을 비유적인 것이라 부를 수 있을 것이다. 비유적인 사용에서는 우연적인 요소와 자의적인 요소, 다시 말해 그 어떤 관습적인 요소가 개입되어 있다. 말하자면 기호가 의미하는 바를 우리가 알기 전에 그 기호의 의미가 우선 우리에게 알려져 있어야 하는 것이다. 예컨대 녹색의 경우에는 사람들이 그 색에다 이미 희망이라는 의미를 부여해 놓고 있다.

918 마지막으로 색이 신비적 의미를 가질 수도 있다는 사실은 예상할 수 있다. 왜냐하면 색채의 다양성을 보여주는, 앞서 소개한 도식은 인간의 직관과 그러한 시원적 관계들을 암시하기 때문이다. 그러므로 우리는 시원적 관계들을 나타내려고 할 때도 그러한 연관들을 흡사 하나의 언어처럼 사용할 수 있다는 데에는 의심의 여지가 없다. 그 시원적 관계들이 그렇게 강력하고 명백하게 눈에 드러나지 않음에도 불구하고 말이다. 수학자들은 삼각형의 가치와 그 사용을 높이 평가한다. 말하자면 삼각형은 수학자들로부터 커다란 숭배를 받고 있다. 상당히 많은 것들이 삼각형에 의해 도식화될 수 있으며 색채 현상도 마찬가지이다. 이를테면 우리는 삼각형을 중복하고 교차시킴으로써 저 고대의 신비에 찬 육각형에 도달하는 것이다.

919 황색과 청색의 분리를 우선 잘 파악하라. 그러고 나서 특히 대립되는 것들을 서로 끌어당기면서 제삼의 것으로 결합시키는 소위 적색으로의 상승을 충분히 관찰해 보라. 그러면 틀림없이 비밀에

찬 특별한 직관이 나타날 것이다. 말하자면 서로 분리되어 있으면 서 대립되는 이 두 요소에 의해 일종의 정신적 의미를 부여할 수 있게 된다. 즉 이 두 요소가 아래쪽으로는 녹색을, 위쪽으로는 적색을 생성하는 것을 보면서 우리는 전자에서는 지상의 소산들을, 후자에서는 엘로힘 Elohim[6]의 천상의 소산들을 생각지 않을 수 없는 것이다.

920 하지만 마지막으로 우리가 열광적인 몽상가라는 혐의를 받지 않는 것이 현명하리라고 생각한다. 그것은 우리의 색채론이 호의적인 반응을 얻음과 동시에 시대정신에 부합하는 비유적, 상징적 및 신비적인 적용과 의미가 결여되어 있지 않기에 더욱더 그러하다.

결론

충분히 오랜 시간을 들인 이 연구를 마지막으로 초안 상태로 갑작스럽게 출판해야 할 입장에 있고 이제 눈앞에 있는 인쇄된 책장들을 넘기노라니 한 꼼꼼한 작가가 이전에 말했던 소망이 떠오른다. 그는 자신의 작품들이 차라리 처음부터 초고 상태로 인쇄되었으면 했고 그러고 나서 신선한 시선으로 새로이 작업에 착수하고자 했던 것이다. 왜냐하면 모든 결점은 아주 깨끗하게 정서한 경우보다도 인쇄한 상태에서 더욱 분명하게 드러나기 때문이라는 것이다.

이러한 소망은 나의 경우에 더욱 생생하게 와 닿을 수밖에 없었다. 왜냐하면 나는 인쇄 전에 아주 정갈하게 작성된 사본을 면밀

---

6) 헤브라이어로 하느님이란 뜻이다.

하게 점검할 수 없었으며, 이 책의 장들의 연속적인 편집 작업이 정신을 편안하게 집중시킬 수 없었던 시기에 이루어졌기 때문이다.

이미 서문에서 독자 여러분에게 많은 것을 말한 터에 여기서 다시 중언부언할 필요는 없으리라고 본다. 게다가 색채론의 역사에서 그 모든 것을 감내했던 나의 노력과 운명에 대해 생각할 기회가 주어질 것이기 때문이다.

여기서 최소한 한 가지 사실을 언급하고 넘어가는 것이 적절하리라고 여겨진다. 다음과 같은 질문에 대한 대답이 그것이다. 자신의 전 생애를 학문에 바칠 입장에 있지 않은 사람이 학문을 위해 활동하고 공헌할 수 있겠는가? 낯선 주택을 방문한 손님의 자격으로서 주인의 이익을 위해 무엇을 할 수 있다는 것인가?

차원 높은 의미에서의 예술을 고려할 때 우리는 대가가 생도들을 아주 엄격하게 단련시키며 애호가들은 경외심 가득히 작품에 접근하여 행복을 느꼈으면 하고 바랄 뿐이다. 왜냐하면 예술작품은 천재로부터 생겨나야 하기 때문이다. 말하자면 예술가는 내용과 형식을 자신의 고유한 본질의 깊이로부터 불러일으켜야 하고 소재를 지배적인 위치에서 다루면서 외적인 영향들을 오직 자신의 형성을 위해서만 사용해야 하는 것이다.

그럼에도 불구하고 많은 이유에서 예술가는 딜레탕트를 존경해야만 한다. 그 대상이 학문일 경우에는 더욱더 그러하다. 왜냐하면 애호가는 여기에서 만족스럽고 유용한 어떤 것을 할 수 있기 때문이다. 학문은 예술보다도 훨씬 더 경험에 의존하는데 상당한 수의 사람들이 이러한 경험의 대가이가도 하다. 학문적인 것은 다방면으로부터 수집되어야 하며 많은 손들과 머리들이 없이는 해낼 수 없다. 지식은 전달될 수 있으며 이러한 재보들은 유산으로 물려줄 수 있다. 그리고 한 사람이 획득한 것을 많은 사람들이 자기 것으로 삼게 된다. 그러므로 학문에 공헌을 해서는 안 되는 사람이란 없다. 우리는 얼마나 많은 것을 우연, 수작업, 순간적인 관찰에 힘입고 있는가. 유용한 감각을 타고난 모든 사람들, 부인네들, 아이들은 우리에게 생생하고 적절한 관찰을 전달해 줄 수 있다.

학문에 어느 정도 공헌할 생각을 가지고 있는 사람에게 자신의 전체 생애를 바치고 학문 전체를 조감하면서 다루라고 요구할 수는 없다. 물론 이것은 전문가에게는 아주 합당한 요구 사항이다. 하지만 학문 일반의 역사, 특히 자연과학의 역사를 두루 살펴보면 우리는 더 뛰어난 많은 업적들이 개별적인 분야에서 한 개인에 의해, 아주 빈번하게는 문외한들에 의해 이루어졌다는 사실을 발견한다.

경향, 우연과 기회가 그 인간을 어디로 이끌고 가든 어떠한 현상들이 특히 그의 주목을 끌고, 그에게 한몫하도록 요구하며, 그를 묶어놓고 종사하도록 만들든 간에 그 모든 것은 학문에 도움을 준다. 왜냐하면 밝혀지는 모든 새로운 상황, 모든 새로운 처리 방식, 심지어는 불충분한 것, 심지어는 오류까지도 사용 가능하고 자극제가 되며 이후에도 사라지지 않기 때문이다.

이러한 의미에서 저자는 어느 정도 안심하면서 자신의 작품을 되돌아본다. 이러한 관찰 속에서 저자는 앞으로 해야 할 남은 작업에 대한 다소간의 용기를 낼 수 있다. 물론 저자는 여기에 스스로 만족하는 것이 아니라 자신감을 가지고 이미 이루어진 것과 앞으로 이루어야 할 일들을 관심 있는 분들과 후세대에게 추천하는 바이다.

많은 사람들이 오고 갈 것이며 지식은 늘어날 것이다.

『색채론』에 대한 공고와 그 개요[1]

자신의 저작에 대해 서문이나 개요를 통해 해명하는 것은 어떤 필자에게도 허용된다. 글의 분량이 다소간 방대할 때는 특히 그러하다. 또한 요즘에는 출판업자가 저작물의 유포에 도움이 되는 바를 독자에게 광고의 형태로 알리는 것을 부당하다고 여기지 않는다. 다음의 글은 이러한 이중의 의미에서 합당하리라고 생각한다.

바이마르의 대공비(大公妃) 전하께 헌정된 이 저작은 무엇보다도 필자의 의도를 개괄적으로 밝히고 있는 서론으로부터 시작된다. 그 기본 방향은 색채 현상들을 다른 모든 물리적 현상들과의 연관 속에서 관찰하는 것이다. 특히 자석과 전기석으로부터 배운 것, 전기, 갈바니 전기(정상 전류), 화학적 처리 과정으로부터 밝혀지는 사실들과 색채 현상을 하나의 계열 속에서 정돈시키며, 또한 전문 용어와 방법을 통해 물리학적 지식의 더욱 완벽한 통일성을 마련하는 쪽으로 나아간다. 거명되는 여타의 자연 현상들과 마찬가지로 색채들에 있어서도

여기와 저기, 분할, 결합, 대립, 무관심 등, 요컨대 양극성이 실현되며, 그것도 고차원적이고 다양하고 결정적이며 교훈적이고 유익한 의미에서 그러하다는 점을 보게 될 것이다. 본론으로 바로 들어가기 위해서, 우리는 빛과 눈[眼]을 이미 잘 알고 있는 것으로 그리고 인정받은 것으로 여긴다.

이 글은 원리편, 논쟁편 그리고 역사편의 세 부분으로 나누어져 있는데, 그 동기와 연관에 대해서는 간략하게나마 언급하기로 하겠다.

원리편

여러 학문들이 재건된 이래로 개별 연구자들이나 동학자 전체에 요구되는 바는 현상들에 충실해야 하며 수집된 현상들로부터 자연스러운 체계를 세우라는 것이다. 그러나 이론과 실제에서의 성급한 태도가 정말 빈번하게 그처럼 바람직한 목표의 달성을 가로막고 있다. 자연과학의 다른 분야들은 색채론보다는 행복한 편이었다. 현상들을 통합하려는 수차례의 반복된 시도는 여러 원인들로 인해 제대로 성공하지 못했다. 우리들의 구상이 의도했던 바는 다음과 같다.

색채는 갖가지의 방식으로 그리고 정말 다양한 조건하에서 나타난다는 것은 누구나 주목하며 또한 잘 알려져 있는 사실이다. 우리는 경험적 사실들을 취사선택하려고 노력했고 가능한 한도 내에서 그것들을 실험으로 끌어올렸으며 크게 세 편으로 나누어 정리했다. 그에 따라 우리는 색채를 생리적 측면, 물리적 측면 그리고 화학적 측면에서 고찰한다.

제1장은 무엇보다 눈이라는 기관에 속하며 그 눈의 작용과 반작용에 의해서 생성되는 생리색을 다룬다. 그러므로 그것들은 주관적 색

이라고 불러도 무방하다. 그것들은 끊임없이 생겨나고 일시적이며 신속하게 사라진다. 우리의 선배들은 그것들을 우연, 상상, 심지어는 눈병에서 비롯하는 것으로 보았으며 또한 그런 관점에서 생리색이라는 이름을 붙였다. 여기에서는 우선 빛과 암흑이라는 거대한 대립과 눈의 관계, 다음으로는 밝은 상과 어두운 상이 눈에 미치는 영향을 고찰한다. 그리하여 옛 사람들에게도 이미 잘 알려져 있는 첫번째 법칙, 즉 암흑에 의해서 눈은 집중되고 수축되며, 반대로 밝음에 의해서 방출되고 확장된다는 사실이 드러난다. 그러고 나서는 눈을 부시게 하는 무색의 상들이 색채를 띠며 사라진다는 사실과 아울러 그 반대 현상에 대해서 보고한다. 그리고 동시에 그 대립색을 불러일으키는 유색 상들의 영향에 대해 설명하며 아울러 색채 현상의 조화와 총체성이 의심할 바 없이 전체 이론의 바탕을 이루는 추축임을 선언한다. 이어서 그러한 상호적인 유도 관계의 주목할 만한 사례로서 유색 그림자에 대한 설명이 덧붙여지며, 완화된 약한 빛들이 주관적인 광환들을 생겨나게 하는 다리로서 인식된다. 그리고 부록을 추가하여 가까운 인척 관계에 있는 병리색을 생리색과 구분한다. 아울러 일부 사람들이 특정한 색을 서로 간에 구분하지 못한다는 특이한 경우를 소개한다.

제2장에서는 물리색을 다루고 있다. 우리가 이렇게 부르는 것은 그것들이 발생하려면 특정한 물질적 매질, 그중에서도 무색의 매질이 필요하기 때문이다. 그것은 물론 투명할 수도 반투명할 수도 불투명할 수도 있다. 이러한 색은 주지하다시피 객관적으로도 또한 주관적으로도 나타난다. 왜냐하면 그것들은 한편으로는 우리 바깥에서 생겨나므로 대상적인 것으로 간주되고, 다른 한편으로는 원래부터 눈에 속하며 또한 그 속에서 생겨나는 것으로 여겨지기 때문이다. 그것들은 고정된 것이 아니라 임시적인 것으로 간주되어야 하고, 따라서 외

관상의, 일시적인, 허구적인, 변화하는 색이라고 명명된다. 또한 그것들은 생리색에 직접적으로 연결되어 있으며, 미미한 정도의 차이만큼만 더 실재성을 가진 것으로 보인다.

여기에서는 굴절색이 두 부류로 나뉘어 설명된다. 첫번째 부류는 빛이 흐릿한 매질을 통과하거나 혹은 눈이 그 매질을 통하여 들여다볼 때 생겨나는 저 중요한 현상들을 포함한다. 이것은 우리에게 위대한 자연의 원리들 중의 하나, 즉 거기에서부터 다수의 색채 현상들, 특히 대기 중의 색채 현상들이 생겨나는 원현상을 보여준다. 두번째 부류에서는 굴절 현상들이 처음에는 주관적으로 그 다음에는 객관적으로 설명된다. 그리고 그 종류를 불문하고 어떠한 무색의 빛도 만일 그것이 경계를 갖지 않거나 하나의 상으로 변형되지 않는다면 굴절에 의한 색채 현상은 일어나지 않는다는 사실이 명백하게 드러난다. 그러므로 태양은 그 자체가 제한적으로 빛을 발하고 작용하는 상일 때에만 프리즘에 의한 색채의 상을 만들어낸다. 검은색 바탕 위에 놓인 모든 흰색의 원반도 주관적으로 동일한 효과를 낳는다.

이어서 우리는 테두리색 쪽으로 나아간다. 이것은 빛이 불투명한 무색의 물체 표면 부분에서 비쳐나올 때 생겨나는 색을 가리키며, 지금까지는 빛의 굴절 현상에서 기인하는 것으로 알려져 왔다. 이 경우에도 우리는 앞의 굴절색의 경우와 마찬가지로 테두리 현상을 발견하며, 아울러 유색 그림자와 이중 상에 대해서 기꺼이 알아본다. 하지만 이 장은 앞으로 더 탐구해야 할 필요가 있다.

이에 비해 표면색은 더욱 자세하고 만족스럽게 다루어져 있다. 이것은 무색 물체의 표면에, 다양한 계기들로부터 자극을 받지만, 외부로부터는 아무런 영향도 받지 않고 스스로 생겨나는 색이다. 우리는 이 색을 아주 미미한 현상으로부터 아주 끈질기게 지속되는 현상에 이르기까지 추적하였고, 그러는 가운데 화학색을 다룬 제3장에 도달하게 된다. 화학적 대립은 산과 알칼리라는 비교적 오래된 용어로 규정되며, 아울러 거기에서 생겨난 물체들의 색채 대립에 대한 설명이 진행된다. 흰색과 검은색의 발생을 언급한 후, 색의 유도, 색의 상승과 정점 도달, 그리고 오락가락하는 변색 현상에 대해 설명하고, 이어서 전체 색채환을 일주하는 현상에 대해서도 그에 못지않게 보고한다. 화학색의 반전 현상과 최종적인 고착, 실제적인 것과 아울러 가상적인 것을 포괄하는 혼합과 전이 현상을 관찰하며, 마지막으로 탈색 현상을 언급한다. 색채 목록에 대해 간단하게 살펴본 후에 이러한 기존의 견해들에 따르자면 무기체뿐 아니라 유기체를 어떻게 관찰해야 하는지, 그리고 그 색채 현상을 기준으로 하면 어떻게 판단해야 할지를 제시하였다. 그리고 색채 조명의 물리적, 화학적 작용, 또한 굴절색에 나타나는 무색수차의 화학적 작용을 다룬 아주 중요한 두 단원이 마지막 부분을 이룬다. 화학색을 우리는 이제 객관적으로 물체들에 고유한 것으로 생각할 수 있다. 이것들은 지금까지 고유색, 물질색, 진짜색, 영구색이라고 불려왔는데 이러한 이름을 갖는 것은 당연하다. 왜냐하면 이것들은 가장 오랫동안 고정될 수 있기 때문이다.

우리는 원리편 강의를 위해 이처럼 현상들을 가능한 한 따로따로 분리시켰지만, 그러한 자연스런 질서에 따르다 보니 동시에 현상들을 연속적으로 배열하여 제시할 수 있게 되었다. 말하자면 일시적인 것들을 머무르는 것들과 연결시키고 또 이것들을 다시 지속적인 것들과 연결시킬 수 있었으며 처음에 세심하게 고려하여 장(章)들로 나누었던 구분이 이제 더 차원 높은 조망을 위해 다시 지양된 것이다.

제4장에서 우리는 지금까지 색채들을 다양하고 특수한 조건들로써 설명하였던 것을 일반화시켜 정리하였고 이로써 미래의 색채론의 윤곽을 기획하였다.

제5장에서는 인접 영역들과의 관계를 제시하였다. 이러한 영역들에

서 우리의 색채론은 여타의 지식, 행위 및 실행과 바람직한 연관을 맺으리라고 희망한다. 우리는 철학자, 의사, 물리학자, 화학자, 수학자, 기술자 분들이 우리의 연구에 참여하기를 권하며, 색채론을 다른 자연 현상들의 범주에 동화시키려는 우리의 노력에 각자의 분야에서 도움을 주기를 기대한다.

제6장은 색채의 감각적 정서적 영향을 다루었다. 결국 이로부터 심미적 영향이 설명되기 때문이다. 그러므로 여기에서 우리는 화가를 만나는데, 사실 이 화가 때문에 우리가 이 분야에 감히 뛰어들었던 것이다. 우리가 생리색 및 서로를 유도하고, 서로 간에 상응하는 색의 자연스런 조화로 다시 돌아감으로써 색채의 영역은 그 자체로 완결된다.

논쟁편

고대와 중세의 자연 탐구자들은 그들의 제한된 경험에도 불구하고 다양한 색채 현상들에 대한 폭넓은 시각을 가지고 있었고 완벽하고도 충분하게 그러한 현상들을 수집한 것을 제시할 준비를 하고 있었다. 한 세기 동안 지배적이었던 뉴턴의 이론은 이와 달리 제한된 경우에 토대를 두었고 다른 모든 현상들의 권리를 기만하였다. 그래서 우리는 자신의 기획에 의해 그것들의 권리를 복권시켜 주고자 하는 것이다. 이것은 기쁨을 주는 수많은 장려한 자연 현상들에 대한 전제 조건들의 오류를 다시 고쳐놓기 위해서는 필수적인 작업이었다. 우리는 그만큼 더 큰 확신을 가지고 논쟁에 임할 수 있었다. 물론 이 논쟁에 다양한 방식으로 접근할 수 있겠지만 우리는 일단 뉴턴 광학의 기준에 따르기로 한다. 우리는 이 논쟁을 한 걸음 한 걸음 비판적으로 수

행하면서 그것이 포함하고 있는 오류의 직물을 풀어내고 해체시키고
자 한다.

우선 우리의 견해, 특히 제한된 굴절의 경우에 대한 우리의 견해가
뉴턴에 의해 제시되고 그를 통해 전문가와 비전문가의 세계로 널리
퍼져나간 견해와 어떻게 다른지를 간략하게 설명하는 것이 현명하리
라고 생각한다.

뉴턴의 주장에 의하면 흰색의 무색 빛 전체, 특히 햇빛 속에 여러
개의 다양한 유색 빛들이 포함되어 있고 그것들이 결합하여 흰색의
빛이 생겨난다. 이제 이러한 다채로운 빛들을 출현시키기 위해 그는
흰색의 빛에다 많은 종류의 조건들을 갖다 붙였다. 특히 빛을 그 진로
에서 벗어나게 하는 굴절 매질들이 대표적인 것이다. 하지만 이것들
도 간단하게 이루어지는 것은 아니다. 그는 굴절 매질에다가 온갖 종
류의 형식들을 부여하며 자신이 작업하는 공간을 다양한 방식으로 설
치한다. 그는 조그마한 구멍들, 작은 틈새들을 통해서 빛을 제한시킨
다. 그리고 백여 가지의 방법을 동원하여 빛을 구석진 곳으로 몰아놓
고는, 다름 아니라 이 모든 조건들은 빛의 속성과 완결성을 생생하게
나타나게 함으로써 그 내부를 열어보이고 알맹이가 드러나도록 하는
것 이외에는 아무런 영향도 미치지 않는다고 주장하는 것이다.

반면에 우리가 확신을 가지고 제시하는 이론도 무색의 빛으로 시작
하며 색채 현상들을 일으키기 위해 외적인 조건들을 동원하기는 한
다. 하지만 우리의 이론은 이러한 외적인 조건들의 가치와 위엄을 인
정한다. 우리의 이론은 색이 빛으로부터 생겨난다고 감히 주장하지
않는다. 오히려 빛과 그에 대응하는 요소가 함께 작용하여 색이 생겨
나는 수많은 사례들을 보여주려고 한다.

우리는 가능한 한 뉴턴 이론의 바탕이 되는 굴절의 경우에 한정하
려고 한다. 하지만 굴절만으로 색채 현상이 일어나는 것은 결코 아니

라는 사실을 알아야 한다. 오히려 두번째의 조건, 말하자면 굴절이 상에 영향을 미치며 또한 그 상을 원래 자리에서 옮겨놓는다는 조건도 절대 빼놓을 수 없다. 상은 경계들에 의해서만 생겨난다. 그런데 뉴턴은 이러한 경계들을 완전히 간과하며, 심지어는 그 영향을 부정하는 것이다. 그러나 우리는 상뿐만 아니라 그 환경도, 표면뿐만 아니라 그 경계도, 활동뿐만 아니라 그 제한도 완전히 동일하게 영향을 미친다고 생각한다. 상이란 다름 아닌 테두리 현상으로서, 어떠한 상에서도 그 중심 부분에는 색채가 나타나지 않는다. 색채 테두리들이 서로 접근하거나 서로 경계를 넘어서지 않는다면 말이다. 모든 실험들은 우리의 견해를 뒷받침한다. 우리가 실험을 다양하게 하면 할수록 우리의 주장은 그만큼 더 명백해지며, 사실은 더욱 간명하게 드러난다. 그리고 이 끈을 손에 잡고 가면 더욱 쉽게 논쟁의 미로들을 유쾌하고 편안하게 통과할 수 있다. 우리가 원하는 바는 다름 아니라 인간이라면 언제나 절박하게 거기로 되돌아가는 진정한 자연의 관계들을 인간의 오성으로 하여금 신속하게 확신케 하는 것이다. 또한 더욱 많은 것을 다시 회복할 수 있고 더욱 선명하게 규정할 수 있을지도 모르는 논쟁 부분을 빠른 시일 내에 쓸모 없는 것으로 선언해 버리는 것이다.

역사편

  색채의 이론, 즉 색채론은 측량할 대상을 거의 혹은 아예 가지고 있지 않다. 이러한 색채론을 측량술에 크게 의존하는 자연적 인위적인 시각(視覺)의 이론, 즉 엄밀한 광학의 이론으로부터 최대한 분리시키고 그 자체로 독립시켜 관찰하는 것이 앞의 원리편이 우리에게 부여한 어려운 과제였다. 우리는 역사편에서도 다시 이러한 어려움에 부딪힌다. 왜냐하면 색채와 관련하여 고대와 근대로부터 우리에게 전해진 모든 것은 전체 자연론, 특히 광학의 숲을 마치 되는 대로 헤쳐 나가는 듯한 양상을 보이면서 그 자체로는 거의 아무런 무게도 갖지 않기 때문이다. 우리가 그동안 수집하고 정리한 것들은 하나의 역사로 쉽게 가공되기에는 너무 단편적이었고, 또 최근에는 그렇게 할 만한 여유도 주어지지 않았다. 그러므로 우리는 수집된 것을 일단 자료들로서 받아들였다가 다시 배열하고 수시로 관찰함으로써 어느 정도 그것들을 서로 연결하려고 결정했던 것이다.

이 역사편에서는 우선 고대를 개관한 후 제1장에서 피타고라스로부터 아리스토텔레스에 이르는 그리스인들이 색채와 관련하여 언급했던 것들을 소개하고 그중 일부를 발췌하여 번역해 놓았다. 그러고 나서 테오프라스토스[2]가 색채에 대해 쓴 소책자를 완역해 실었다. 이어서 고대 그리스어와 라틴어에 나타난 색채 명칭들의 다양한 교체 현상을 다룬 짧막한 글을 덧붙였다.

제2장에서 우리는 로마인들로부터 몇 가지를 배운다. 우선 루크레티우스[3]의 저작 중 중요한 부분을 우리는 크네벨 씨의 번역으로 접하게 된다. 그리고 플리니우스[4]의 저작에 머무는 대신 우리는 궁정 고문관인 마이어 씨가 집필한 고대 화가들이 사용한 채색법의 역사를 소개한다. 이것을 우리는 가정적이라고 부른다. 왜냐하면 이 역사는

---

2) 테오프라스토스Theophrastos(B.C. 328-287) : 고대 그리스의 철학자이자 과학자. 아리스토텔레스 이후 페리파토스 학파를 이끌었다. 괴테는 1801년에 그의 소책자를 번역했다.

3) 루크레티우스Lucretius(B.C. 99-55) : 고대 로마의 에피쿠로스 학파의 시인이자 철학자. 저서 『만유의 본성』에서 유물론을 전개했다. 데모크리토스와 함께 원자론을 주창하였다.

4) 플리니우스Plinius(A.D. 23-79) : 로마 제정기의 장군, 정치가, 학자. 해외 영토의 총독을 역임하는 한편 다양한 연구와 저작 활동을 하였으며, 그의 저작 『박물

기념비적인 작품들이 아니라 인간의 본성 및 인간이 자유로운 발전 과정에서 받아들여야만 하는 예술적 태도에 바탕을 두고 있기 때문이다. 여기에 뒤이어 고대인들의 색채론과 색채 취급법에 대한 관찰이 소개된다. 여기에서 우리는 고대인들이 색채론의 토대와 아주 중요한 현상들에 대해서 정통해 있으며, 만일 후계자들이 그 길로 나아갔더라면 더 일찍 목표에 도달했을지도 모르는 올바른 길로 가고 있었음을 알게 된다. 짧은 보충 설명은 세네카[5]에 대한 몇 가지 사실을 담고 있다. 저자로서는 이 부분에서 리머 Riemer 박사에게 감사의 말씀을 드리지 않을 수 없다. 왜냐하면 이 시기와 관련해서뿐 아니라 저작 전체의 집필에 있어서 오랜 세월 동안 우리 집안의 막역한 친구이자 학문의 동료인 그분의 통찰력 있는 충고가 너무도 유익하고 쓸모 있었기 때문이다.

　　제3장은 세계가 야만에 굴복한 저 슬픈 중세를 다룬다. 여기에서 우리는 무엇보다도 다음과 같은 점을 관찰하게 된다. 위대한 고대 세계가 파괴된 후 새로운 시대로 간신히 피신한 잔해들이 생동하거나 독창적인 것으로서가 아니라 낯설고 죽은 것으로서 작용하였으며 활자와 말이 의미와 정신보다 더 존중되었다. 전통의 거대한 세 본대(本隊)인 아리스토텔레스, 플라톤의 저작들과 성경이 세상으로 걸어나왔다. 권위는 뿌리를 내리는 대로 받아들여졌다. 하지만 천재란 거듭 태어나며 다시 돌진하고 어느 정도 여건이 되면 발랄하게 활동하듯이, 그러한 어두운 시대의 변두리에서 학문의 역사에서 우리의 단골 고객이 된 아주 순수하고 사랑스러운 인물들 중의 한 사람인 로저 베이컨[6]이

지』(전 37권)은 동물, 식물, 광물, 지리, 천문, 의학, 예술 등 2만 항목에 이르는 일종의 백과전서이다.

5) 세네카 Seneca(A.D. 4-65경): 고대 로마의 스토아 학파 철학자. 로마에서 변론가로 성공하여 네로 황제의 교사, 집정관 등이 되었으나 모반의 혐의를 받고 자살하였다. 저서 『도덕적 서한』 등에서 고귀하고 엄숙한 도덕성을 주장하였다.

즉각 나타났던 것이다. 어쨌든 색채와 관련된 사실들에 대한 연구는 그와 몇몇의 신부들에 의해서 겨우 명맥을 유지할 정도였다. 그리고 다른 분야와 마찬가지로 자연과학도 신비에 대한 열정 때문에 불가해한 것이 되고 말았다.

이에 반해 제4장은 16세기를 바라보는 청명한 시각을 우리에게 허락해 준다. 고대 문헌과 언어 지식을 통해서 우리는 색채론도 더욱 진척되는 것을 본다. 색채에 대한 틸레시우스[7]의 소책자가 고대어로 인쇄되어 우린 눈앞에 나타난다. 그리고 포르티우스[8]는 테오프라스토스가 쓴 글의 편집자이자 번역자로서 나타난다. 스칼리거[9]도 마찬가지로 색채의 명칭을 정하려고 노력한다. 파라켈수스[10]가 등장하여 화학색의 통찰을 향한 첫번째 눈짓을 보낸다. 연금술사들에 의해서는 아무것도 진척되지 않는다. 그러고 나서 인간들이 자발적으로 활동하고 새로운 자연 관계들을 발견하면 할수록 전통은 그 타당성을 상실하고 그 권위가 점차로 의문시된다는 견해가 제시된다. 자연론에 있어서 텔레시우스Telesius, 카르다누스Cardanus, 포르타Porta가 행한 이론적이고 실제적인 노력이 칭송된다. 인간의 정신은 필연적이고 유용한 것들에 대해서조차도 더욱 자유스러워지고 엄격해진다. 그리고 이러한 노력은 더욱 진척되어 바코 폰 베룰람[11]은 대담하게도 지금까지 지

---

6) 베이컨 R. Bacon(1215-1294) : 영국의 철학자이자 자연과학자. 프란시스코회의 수사. 스콜라 철학의 비판과 실험학을 제창하였으며 프란시스 베이컨의 선구자이다.

7) 이탈리아의 철학자. 텔레시우스Telesius(1482-1533)를 가리킨다.

8) 포르티우스 S. Portius(1497-1554) : 피사와 나폴리 대학의 철학 선생이었다.

9) 스칼리거 J. C. Scaliger(1484-1558) : 인문주의자로서 의사이자 문헌학자.

10) 파라켈수스 P. A. Paracelsus(1493-1541) : 스위스의 의학자. 갈레노스Galenos의 체액설에 반대하여, 병은 체성분인 염, 유황, 수은 등 3원소의 혼합 상태가 변화함에 따라 생기는 것이라고 단정하고 질산은, 승홍 등 화학 약품을 치료에 쓰도록 제창하였다. 의화학의 시조로 일컬어진다.

식의 흑판 위에 기록되어 있던 모든 것을 지우개로 지워버린다.

제5장에서는 17세기 초엽 문헌들이 쏟아져 나오기 시작하는 시기에 진정으로 교화적인 인물들인 갈릴레이와 케플러가 우리를 위로한다. 우리의 영역도 이 시기부터 그 연구가 더욱 진전된다. 스넬리우스[12]는 굴절의 법칙들을 발견하며, 안토니우스 데 도미니스 Antonius de Dominus는 무지개의 설명에 커다란 진전을 가져온다. 아길로니우스 Aguilonius는 색채의 분야를 상세하게 논구한 최초의 사람이다. 그것은 카르테시우스 Cartesius[13]가 다른 자연 현상들과 마찬가지로 색채도 물질성과 회전으로부터 생겨나는 것으로 설명했기 때문에 가능했다. 키르허 Kircher는 빛과 그림자의 위대한 예술이라는 설명 방식을 제시하는데, 그는 이러한 명백한 대립을 통해 색을 이끌어내는 올바른 방식을 이미 암시하고 있다. 이에 반해 마르쿠스 마르치[14]는 이 소재를 아주 난해하게 다루어 학문에 아무런 도움도 주지 않는다. 이미 오래전부터 준비되었던 새로운 시기가 이제 등장한다. 빛의 물질성이라는 생각이 지배적이 된다. 드 라 샹브르[15]와 보시우스[16]는 밝은 빛 속에서 이미 어두운 빛들을 본다. 그리말디[17]는 빛으로부터 색을 얻기 위해 빛을 끌어당기고 으깨어 부수고 갈기갈기 찢고 토막을 낸다. 보일[18]은 빛을 표면의 다양하게 깍인 면들과 거친 부분들로부터 반사시키고

---

11) 베룰람 V. v. Verulam(1561-1626) : 영국의 정치가이자 자연과학자.

12) 스넬리우스 W. Snellius(1581-1626) : 라이덴의 수학자로 본명은 스넬이다. 1615년 〈스넬의 법칙〉, 즉 〈굴절의 법칙〉을 확립하였다.

13) 프랑스의 철학자인 데카르트를 말한다.

14) 마르치 M. Marci(1595-1667) : 뵈멘의 의사.

15) 샹브르 C. d. l. Chambre(1594-1669) : 루이 14세의 시의(侍醫)로서 철학자이자 저술가.

16) 보시우스 I. Vossius(1618-1689) : 네덜란드의 보편학 교사.

17) 그리말디 F. M. Grimaldi(1616-1663) : 이탈리아의 수학자로서 빛의 굴절 현상을 발견하였다.

이러한 방식으로 색을 나타나게 한다. 훅[19]은 재치는 있지만 모순을 보인다. 말브랑슈[20]는 언제나 진동 이론의 방식에 따라 색을 음향에 비교한다. 슈투름[21]은 자료들을 편찬하고 전기 요법을 사용한다. 그러나 대기 현상의 관찰을 통하여 자연에 천착하는 푼키우스[22]는 올바른 방향에 거의 접근했으나 관철해 내지는 못했다. 뉘게[23]는 프리즘의 상을 올바르게 유도해 낸 첫번째 사람이다. 그의 체계는 계승되었으며 그의 진실한 통찰은 거짓되고 불충분한 것들과 구분된다. 이 장의 마지막 부분에서는 또한 궁정 고문관인 마이어 씨가 예술의 부흥 이후 우리 시대에 이르기까지의 채색의 역사를 강의해 준다.

18세기를 다루는 제6장에서 우리는 곧장 뉴턴에서 돌런드[24]에 이르는 주목할 만한 시기로 들어선다. 우선 당대의 자연 연구가들의 중요한 모임인 런던 협회가 우리의 비상한 관심을 끈다. 스프랫[25]과 버치[26]의 글 및 협약문들에서 우리는 그것의 역사를 알게 된다. 이러한 보조 자료들에 의해서 우리는 잘 알려져 있지 않은 협회의 초창기 사정들, 영국에서의 자연과학의 과거와 근래의 상황들, 협회의 외적인 장점들, 협회 자체 내에 존재하거나 그 환경 및 그 시대에 기인하는 단점들을 살펴본다. 훅은 재치 있고 교양 있으며 부지런한 사람으로 보인다. 하지

---

18) 보일 R. Boyle(1627-1691) : 영국의 화학자이자 물리학자로서 고대의 〈4원소설〉을 극복하였다.

19) 훅 R. Hooke(1635-1703) : 영국의 물리학자.

20) 말브랑슈 N. Malebranche(1638-1715) : 프랑스의 데카르트주의자.

21) 슈투름 J. Chr. Sturm(1635-1703) : 예나 대학의 수학자이자 물리학자.

22) 푼키우스 J. C. Funccius(1680-1729) : 울름의 목사이자 수학자.

23) 뉘게 L. Nuguet : 1700년경에 살았던 사람으로 추정된다. 프랑스의 신학자이자 자연과학자.

24) 돌런드 J. Dollond(1706-1701) : 런던의 광학 연구가.

25) 스프랫 Th. Sprat(1636-1713) : 로체스터의 주교로서 자연과학자.

26) 버치 Th. Birch(1705-1766) : 왕립 협회의 비서.

만 동시에 완고하고 참을성 없으며 단정치 못한 비서이자 실험가로 보이기도 한다. 마침내 뉴턴이 등장한다. 색채를 다룬 그의 문헌들로서는 『광학의 연구』, 런던 협회의 비서인 올덴버그에게 보내는 편지, 그리고 『광학』이 있다. 이 편지에서 협회에 대한 뉴턴의 관계가 드러난다. 그는 처음에는 자신이 만든 반사 망원경을 통해서 알려진다. 굴절 망원경들의 개선 불가능함을 보여주고 자신의 기구에 더 큰 가치를 부여하기 위해 그는 이론에 대해서는 지나가는 말로 몇 마디 덧붙이기만 했다. 앞서 소개한 편지가 뉴턴의 첫 적대자들을 만들어내며 그 자신이 그들에 대해 답변한다. 우리는 이 편지와 아울러 첫번째 논쟁들의 중요한 논점들을 발췌해 놓았으며 뉴턴의 근본적 오류를 밝혀 놓았다. 즉 그는 빛으로부터가 아니라 빛에 있어서 색을 생겨나게 하는 외적인 조건들을 성급하게 제거해 버렸으며 그로 인해 자신과 다른 사람들을 거의 해명할 길 없는 오류 속으로 얽혀들게 만든 것이다. 마리오트[27]는 뉴턴에 반대하여 전적으로 옳은 생각을 제시하였지만 거의 주목을 받지 못했다. 직업적 실험가인 데자귈리에[28]는 이미 죽은 사람을 반박하며 실험하고 논쟁을 벌였다. 곧 이어서 리제티[29]가 상당한 노력을 기울여 뉴턴에 대항하였다. 그러나 데자귈리에는 이 리제티도 울타리 바깥으로 몰아내고 만다. 고제[30]가 기사의 종으로서 데자귈리에와 보조를 맞춘다. 그리고 뉴턴의 인성을 묘사함으로써 문제의 윤리적인 해결을 시도해 본다. 그렇게 특별난 사람이 어떻게 그만큼 잘못 생각할 수 있으며, 그 모든 외부와 내부의 경고에도 불구하고 자

27) 마리오트 E. Mariotte(1620-1684년경) : 프랑스의 물리학자.
28) 데자귈리에 J. Th. Desaguliers(1683-1744) : 영국으로 피신한 위그노교도로서 다방면에 걸친 물리학자.
29) 리제티 G. Conte di Rizzetti(1751년 사망) : 이탈리아의 학자.
30) 고제 N. Gauger(1680-1730년경) : 파리의 의회 변호사.

신이 초래한 오류를 죽을 때까지 애정을 기울여 열심히 그리고 집요하게 고치고 확정 지을 수 있단 말인가. 그리하여 그렇게 많은 뛰어난 사람들과 결별한단 말인가 라는 식으로. 이어서 뉴턴의 첫번째 생도들과 신봉자들의 이름을 소개한다. 외국인들 중에서는 스그라베상데[31]와 무쉔브뢰크[32]가 중요한 인물이다.

이어서 프랑스 학술원이 소개된다. 그들 중에서는 마리오트가 영예롭게 거론된다. 드 라 이르De la Hire는 청색의 생성에 대해서는 완전하게 그리고 황색과 적색의 경우는 그보다는 덜 분명하게 인식한다. 독일인인 콘라디Conradi는 마찬가지로 청색의 기원을 인식한다. 말브랑슈의 동요는 색채론을 진작시키지 못한다. 뉴턴의 방식에 따라 프리즘의 스펙트럼을 음향의 간격과 대비시킨 메랑[33]의 부지런한 연구도 별 도움이 되지 않았다. 후원자이자 애호가인 폴리냐크[34]도 이 문제에 몰두하면서 뉴턴의 이론을 옹호한다. 문필가들, 찬송자들, 문학 애호가들, 은퇴자들과 천박한 자들, 퐁트넬[35], 볼테르, 알가로티와 그 밖의 사람들이 대중 앞에서 뉴턴 이론을 거들었으며, 또한 프랑스인들의 영국 숭배열도 그에 못지않은 기여를 한다.

그러는 동안에도 화학자들과 염색 기술자들은 그들의 길을 간다. 그들은 저 다수의 기본색을 거부하며 기본색과 주요색 사이의 차이에 대해 아무것도 알려 하지 않는다. 뒤페와 카스텔은 더욱 단순한 견해를 고수한다. 후자는 뉴턴의 이론에 강력하게 저항한다. 하지만 그 목소리는 묻히고 비방만 듣게 된다. 동판 인쇄가 이용되기도 한다. 르

---

31) 스그라베상데 W. J. Storm van s' Gravesande(1688-1742) : 라이덴의 수학자.
32) 무쉔브뢰크 P. van Musschenbroek(1692-1761) : 라이덴의 자연과학자.
33) 메랑 J. J. d' Ortous Mairand(1678-1771) : 프랑스의 물리학자.
34) 폴리냐크 Melchior de Polignac(1661-1742) : 추기경.
35) 퐁트넬 B. le Bouvier Fontenelle(1657-1757) : 저술가. 또한 과학 아카데미의 비서이자 데카르트주의자이다.

블롱 Le Blond과 고티에 Gauthier가 이를 통해 알려진다. 뉴턴에 대해 격렬하게 반대한 고티에는 핵심을 찌르면서 논쟁을 이끌어간다. 그의 주장의 일부 결점들과 학술원의 냉대 그리고 여론은 그에게 불리하게 작용했다. 독일 대중의 형편을 실제로 볼 것 같으면 독일의 지식인 사회에서 진행된 것은 물리학 편람에 짤막하게 언급될 뿐이지만, 뉴턴 이론은 보편적으로 인정을 받고 있다. 하지만 때때로 양식 있는 목소리가 다시 나타난다. 토비아스 마이어 Tobias Mayer는 세 기본색과 주요색을 옹호하고 특정한 염료들을 그 대리자들로 받아들이며 구분 가능한 혼합색을 고려한다. 람베르트[36]는 그와 같은 길로 더욱 나아간다. 이들 말고도 또한 호의적인 인물들이 나타난다. 쉐르퍼는 소위 말하는 가상색을 관찰하고 수집하며 자신의 선배들의 노력에 대해 비판을 가한다. 프랭클린[37]도 우리가 생리색으로 분류했던 색에 대해 마찬가지로 주목한다.

돌런드에서 우리 시대에까지 이르는 18세기의 후반부는 독자적인 특징을 가진다. 이 시대의 연구 방향은 크게 보아 두 부류로 나뉜다. 첫번째 부류의 사람들은 무색수차의 발견을 위해 한편에서는 이론적으로, 한편에서는 실제적으로 노력을 한다. 요컨대 프리즘의 색채 현상을 제거하면서 굴절 현상을 유지시키거나 아니면 굴절 현상을 제거하면서 색채 현상을 유지시키려 한다. 당시까지의 선입견을 물리치고 굴절 망원경이 개선되었으며 뉴턴의 이론은 가장 내밀한 부분에서 흔들리게 되었다. 사람들은 처음에는 무색수차의 발견을 그것이 종래의 이론과 배치되기 때문에 거부한다. 그러고 나서는 그것을 산란

---

36) 람베르트 J. H. Lambert(1728-1777) : 물리학자, 천문학자이자 철학자이며 베를린 아카데미의 회원.
37) 프랭클린 B. Franklin(1706-1790) : 미국의 정치가, 저술가이자 발명가로서 전기에 대한 실험을 하였다.

Zerstreuung이라는 이름하에 종래의 이론과 연결시킨다. 하지만 이 이론이란 것도 말로서만 이루어진 것이었다. 프리스틀리[38]의 광학의 역사는 옛 이론을 반복함과 아울러 새 이론을 받아들임으로써 이론의 올바른 유지에 크게 기여하였다. 능란한 찬미자인 프리시 Frisi는 뉴턴의 이론을 마치 요지부동의 것인 양 선전한다. 프리스틀리를 번역한 클뤼겔[39]은 많은 경고와 올바른 것을 암시함으로써 후학들에게 존경을 받는다. 하지만 그가 이 문제를 너무 느슨하게 다루었고 그의 성격과 아울러 환경 때문에 힘차게 자기 주장을 하지 않음으로써 그의 신념은 현재로서는 효력을 상실하고 말았다.

이제 두번째 부류에 주목해 보자. 뉴턴 이론은 이전의 변증법과 같이 연구자들을 억압하였다. 이전의 모든 권위들이 배척되는 그러한 시기에 이 새로운 권위가 다시 학문의 여러 유파들을 장악하였던 것이다. 하지만 이제 그것은 무색수차의 발견에 의해 흔들리게 되었다. 각각의 연구자들이 자연의 길을 나아가기 시작했으며 이로써 모든 사람이 일면적인 관점에서 전체를 보는 시기에 뉴턴의 이론에서 벗어나거나 최소한 그와 어깨를 나란히 하려는 사람들이 나타나게 되었다. 말하자면 일종의 무정부 상태가 도래한 셈이어서 각자가 넓든 좁든 간에 스스로 이론을 구성하고 자신의 노력으로 영향을 미치려고 노력하게 되었던 것이다. 베스트펠트[40]는 망막에 작용하는 단계적인 열의 작용에 의해 색을 설명하려고 했다. 기요[41]는 물리적인 장치를 마련하여 뉴턴 이론의 부당성을 입증하려고 했다. 모클레르[42]는 염료들이 서

---

38) 프리스틀리 J. Priestly(1733–1804) : 영국의 물리학자.
39) 클뤼겔 G. S. Klügel(1739–1812) : 헬름슈테트와 할레 대학의 수학과 물리학과 교수.
40) 베스트펠트 Chr. Fr. G. Westfeld(1746–1823) : 국민 경제학자이자 자연 연구가. 1801년 괴테가 괴팅엔으로 그를 방문했다.
41) 기요 E. G. Guyot(1706–1786) : 프랑스의 물리학자.

로 간에 그 내구성에 있어서 어느 정도 균형을 이룰 수 있는지에 대해 주목했다. 프리즘의 색채 현상이 단지 테두리 현상임을 알게 된 마라 Marat는 테두리색의 경우를 굴절의 경우와 결합시켰다. 그러나 그는 뉴턴 식의 결과에 머물러 색채란 빛으로부터 도출되는 것이라는 사실을 수긍함으로써 그의 노력은 아무런 유익한 영향도 주지 못하게 되었다. 프랑스의 한 무명의 연구자는 유색 그림자를 열심히, 성실하게 연구했으나 수수께끼의 핵심에 도달하지는 못했다. 몰타 수도회의 기사인 카르발로[43]도 마찬가지로 우연하게 유색 그림자를 알게 되었고 몇몇 경험들을 바탕으로 하여 놀라운 이론을 세웠다. 다윈[44]은 가상색을 주의 깊게 그리고 끈질기게 관찰하였으나 모든 것을 다소간의 자극에 따라 자의적으로 처리하고 쉐르퍼와 마찬가지로 현상들을 결국 뉴턴의 이론에로 환원시키려 함으로써 목표에 도달하지는 못한다. 멩스Mengs는 섬세한 예술가의 감각으로 조화로운 색에 대해 말하는데 이는 우리의 이론에 따르면 바로 피유도색에 해당하는 것이다. 염색 기사인 귈리히Gülich는 그의 기술에 있어서 산과 알칼리의 화학적 대립이 차지하는 의미를 통찰한다. 하지만 그는 학문적이고 철학적인 소양이 없었기 때문에 뉴턴 이론과의 모순을 해명하지도 자기 자신의 고유한 관점을 분명히 이해하지도 못했다. 델러발[45]은 색채에 내재해 있는 어두운 그림자의 본질에 주목했지만 많은 것을 해명할 실험이나 방법 또는 강의를 하지 않음으로써 어떠한 영향도 미치지 못한다. 호

---

42) 모클레르Mauclerc: 파리의 상인으로서 1773년에 그림의 순화와 생의 해체에 대한 논문을 썼다.

43) 카르발로D. Carvahlo e Sampayo: 포르투갈의 외교관. 1791년 마드리드에서 출간된 그의 색채에 대한 책은 1801년 훔볼트가 보내온 후 아직까지 바이마르의 괴테 서고에 남아 있다.

44) 다윈R. W. Darwin(1766-1848): 영국의 의사.

45) 델러발E. H. Delaval(1729-1814): 영국의 재야 연구가.

프만[46]은 회화에서의 조화를 음악의 그것을 통해서 분명히 보여주려고 하며 하나를 다른 하나에 의해 보충 설명하려고 한다. 물론 이것은 성공하지 못하며 그는 많은 공적에도 불구하고 그의 책과 마찬가지로 잊혀진다. 블레어[47]는 최소한 두 가지 매질의 결합에 의해서는 이루어질 수 없는 무색수차에 대해 새로이 의문을 제기한다. 그는 더 많은 매질들을 요구한다. 색을 고도로 강화시키는 다양한 용액들에 대한 그의 실험은 매우 주목을 끄는 것이다. 하지만 그는 그것들을 설명하면서 그 혐오스런 뉴턴의 이론을 빈약하게 수정하여 적용한다. 그리하여 그의 설명은 극도의 혼란에 빠지게 되었고 그의 노력은 어떠한 실제적인 결과도 가져오지 못한 것처럼 보인다.

마지막으로 저자는 다른 사람들에 대해서 이미 많은 것을 이야기한 터이므로 자신에 대해서도 말해야 할 책임이 있다고 생각한다. 그래서 저자는 어떻게 해서 이 분야에 발을 들여놓게 되었는가를 고백한다. 그리고 처음에는 개별적인 사실들에 주목하다가 어떻게 차츰차츰 완전한 지식에 도달하였는지, 실험들로부터 스스로 직관을 이끌어낸 후 그것을 바탕으로 특정한 이론적 신념들을 어떻게 이루어내었는지를 보여준다. 또한 이러한 연구가 저자의 여타 생의 진로, 특히 조형 예술에 대한 관심과 어떤 관계에 있는지는 이를 통해 분명히 드러난다. 지난 수십년 동안 색채론과 관련된 주장들에 대한 설명은 피하도록 한다. 하지만 그 대신에 색채 조명의 영향과 관련하여 헤르셀[48]이 다시 제기한 관점에 대한 논문을 제시한다. 이 분야에서는 예나의 제백[49] 박사가 색채 실험의 더할 나위 없이 소중한 장치를 이용하여

---

46) 호프만 J. L. Hoffmann(1740-1814년경) : 화가이자 재야 연구가.
47) 블레어 R. Blair(1828년 사망) : 에딘버러의 의사이자 천문학자.
48) 헤르셀 F. W. Herschel(1738-1822) : 하노버 출신으로 1757년 이후 영국에서 살았던 천문학자.

얻어낸, 아주 믿음직하고 진실된 결과들을 정리한 바가 있다. 이 논문은 또한 동일하게 생각하는 사람, 동일한 방향으로 연구하는 사람들을 결합함으로써 우리의 구상에서 여기저기 드러나는 개략적인 것과 미흡한 부분을 설명하고 보완하는 하나의 사례로 여겨질 수도 있다. 그래야만 우리의 색채론이 바라는 바의 완전성과 궁극적인 결론에 점점 더 가까이 접근할 수 있을 것이다.

---

49) 제벡 Th. J. Seebeck(1770-1831): 1802년에서 1810년 사이에 예나에 머무르면서 괴테의 색채 연구를 도왔다.

자연과학론

Zur Naturwissenschaft im allgemeinen

권오상 옮김

스피노자 연구

존재라는 개념과 완전무결이라는 개념은 하나이며 동일하다. 이 개념을 우리의 힘이 닿는 데까지 추적한다면, 그것은 우리가 무한한 것을 사고한다는 것과 같은 말이다.

그러나 무한한 것 혹은 완전무결한 존재는 상상할 수 없는 것이다.

우리는 단지 제한되어 있거나 또는 우리의 정신이 제한하는 사물들만을 생각할 수 있다. 그러므로 완전무결한 것이 존재한다고 상상할 수 있는 한도 내에서 우리는 무한한 것에 대한 개념을 갖게 된다. 그리고 이 완전무결한 것은 제한된 정신이 파악할 수 있는 능력 밖에 있는 것이다.

무한한 것이 여러 부분들을 갖고 있다고 말할 수는 없다.

제한적인 모든 존재는 무한한 것 안에 존재하지만 무한한 것을 구성하는 부분들은 아니며 차라리 무한한 것에 참여하고 있는 것이다.

제한적인 것이 그것 자체로 인해 존재한다고 생각할 수는 없다. 그러나 실제로 모든 것은 그것 자체로 인해 존재한다. 여러 가지 상황들은 연결되어 있어 하나의 상황이 다른 것들에서 전개되어 나오고 있음에 틀림없지만. 그러므로 한 가지 사물은 다른 사물에 의해 야기되는 것처럼 보이지만 그게 아니라, 한 생명체는 다른 생명체에게 존재할 수 있는 계기를 부여하고 그것으로 하여금 일정한 상황 속에서 존재하도록 강요하는 것이다.

그러므로 존재하는 모든 사물은 자기 내부에 자기 존재를 갖고 있고 또한 조화를 이루고 있어 이 조화에 따라 존재한다.

사물을 측정하는 일은 대강의 행위이며, 이 행위가 생명체에 적용될 경우 극히 불완전할 수밖에 없다.

생동하며 존재하는 사물은 그 자신의 바깥에 있는 것에 의해서 측정되는 것이 아니라 생명체 자신이 측정의 척도를 제공해야 한다. 그러나 이 척도는 고도로 정신적인 것이며 감각을 통해서는 발견될 수 없는 것이다. 원을 측정할 때의 직경이라는 척도는 원주에 적용될 수는 없다. 사람들은 인간을 기계적으로 측정하려고 했다. 화가들은 척도 단위의 가장 중요한 부분으로서 머리를 택했다. 그러나 이러한 척도는 말로 표현할 수 없는 미세한 결함을 내지 않고서는 나머지 부분들에 적용될 수 없다.

개별 생명체에서 우리가 부분들이라고 부르는 것들은 전체로부터 분리될 수 없기 때문에 그것들은 전체 속에서 또는 전체와 함께만 이해될 수 있는 것이다. 부분들은 전체를 재는 척도로 사용될 수 없고, 전체는 부분들을 재는 척도로 사용될 수 없다. 우리는 유한한 한 생명체의 존재라는 개념과 완전무결이라는 개념을 완전히 인식할 수는 없고, 그렇기 때문에 이 유한한 생명체를 모든 존재가 포함된 거대한 전체와 마찬가지로 무한한 것으로 천명해야 한다고 말하고 싶지는 않지만, 이미 위에서 언급한 바와 같이 유한한 모든 생명체는 무한한 것에 참여하고 있거나, 차라리 그것 자체 안에 무한한 것을 갖고 있다.

우리가 인식하는 사물들은 엄청나게 많으며, 우리의 정신이 이해할 수 있는 사물들이 처한 상황은 지극히 다양하다. 내부의 힘을 넓혀야 하는 정신들은 인식을 용이하게 하기 위해 정리를 시작하며, 즐거움을 향유하기 위해 조합과 결합을 시작한다.

그러므로 우리는 모든 존재와 완전무결함을 우리의 정신이라는 울타리 안에 제한해야 한다. 그것들이 우리의 본성과 유형에 따라 사고

310

되고 느껴질 수 있도록. 그러면 우리는 비로소 어떤 일을 이해하거나 즐긴다고 말하게 된다.

정신이 어떤 관계를 그것이 싹트는 상태에서 어느 정도 인지하게 되고, 그 관계의 조화가 완전한 단계에 이르러서 정신이 그것을 한번에 조망하거나 느끼지 못하는 경우, 우리는 이 같은 데에서 받는 인상을 숭고하다고 말한다. 이와 같은 인상은 인간 정신에 주어진 가장 훌륭한 것이다.

우리의 정신이라는 척도가 전체적으로 펼쳐진 상황을 충분히 조망하거나 파악한다면, 우리는 이때 받은 인상을 위대하다고 말한다.

이미 언급한 바와 같이 생동하며 존재하는 모든 것들은 그들의 관계를 그 속에 갖고 있다. 그러므로 그것들이 개별적으로 혹은 다른 것들과 결합해서 우리에게 주는 인상이 오직 완전무결한 존재에서 유래할 때 우리는 그 인상을 진실하다고 말한다. 그리고 이 존재가 부분적으로 쉽게 파악될 수 있는 방식으로 한정되어 있고 또 우리가 그 존재를 파악하고 싶을 정도로 우리의 본성과 관계하고 있는 경우 우리는 그 대상을 아름답다고 말한다.

인간들이 자기들의 능력에 따라 풍부하든 빈약하든 하나의 전체를 사물들과 관련 지음으로써 그것을 완성시킬 때에도 똑같은 일이 일어난다. 인간들은 자기들이 가장 쉽게 생각할 수 있는 것 그리고 그것에서 즐거움을 발견할 수 있는 것을 가장 확실하고 믿을 수 있는 것으로 간주하게 마련이다. 우리가 대부분 알게 되듯이 인간들은, 마음을 쉽사리 진정시키지 못하면서 신과 인간에 관한 일들에서 보다 많은 관계들을 구하고 인식하려고 애쓰는 다른 인간들을 동정하는 눈길로 바라보며 만족감을 얻는다. 또 그들은 진실된 것 속에서 모든 증명과 판단을 넘어선 마음의 안정을 찾았노라고 기회 있을 때마다 겸손하면서도 확실하게 인식시키고 있다. 인간들은 그들의 부러워할 만한 정신적 안정과 기쁨을 아무리 찬양해도 부족하며 개개인에게 이 기쁨을 최종적 목표로 아무리 암시해도 충분치 않다. 그러나 그들은 이와 같은 확신에 이르게 된 경로와 이 확신의 근거를 분명히 발견할 수 없고. 다만 확신을 확신하기 때문에 가르쳐주고 싶은 사람이 보기에도 그들은 위안받을 가능성이 적다. 이 가르쳐주기를 갈망하는 자는 항상 다음과 같은 내용을 들어야 하기 때문이다. 즉 기분은 계속해서 점점 더 단순해지면서 다만 한 점만을 향하고 있어야 하며, 다양하고 혼란스런 모든 상황들로부터 해방되어야 하며. 그렇게 된 이후에야 사람들은 신의 자의적인 동시에 특별한 선물인 어떤 상황 속에서 그만큼 더 확실하게 자기의 행복을 또한 발견할 수 있다는 것이다.

우리들은 우리들의 사고방식에 따라 이와 같은 제한을 결코 선물이라고 부르고자 하지는 않는다. 왜냐하면 일종의 부족함을 선물로 간주할 수는 없기 때문이다. 그러나 인간은 대체로 불완전한 개념들에만 도달할 수 있기 때문에, 인간을 자기의 한계 속에서 만족하게 만들었다는 그 사실을 우리는 자연의 은총으로 간주하고 싶어진다.

대상과 주체의 매개로서의 실험

　인간은 자기 주위에서 대상들을 인지하자마자 그것들을 자기 자신과 관련시켜 관찰한다. 사실은 너무나 당연한 것이다. 왜냐하면 인간의 운명 전체는 그 대상들이 그의 마음에 드는지 그 대상들이 그의 흥미를 유발하는지 그리고 그 대상들이 그에게 유익한지의 여부에 달려 있기 때문이다. 사물들을 관찰하고 판단하는 너무나 자연스런 이 방법은 당연하리만큼 손쉬운 것처럼 보인다. 그러나 인간은 이 방법에서 수천 가지 범하기 쉬운 오류에 노출되어 있으며, 이 오류들은 종종 인간을 부끄럽게 만들고 또 인생을 비참하게 만들기도 한다.

　지식욕에 불타 자연의 대상들 자체와 그 상호 관계를 관찰하려고 노력하는 사람들은 훨씬 더 어려운 일상적 과제를 떠맡게 된다. 사물을 인간인 자기 자신들과 관련시켜 관찰했을 때 그들에게 도움이 되었던 척도를 그들은 어떤 측면에서는 갖지 못하게 되기 때문이다. 바로 마음에 드느냐 안 드느냐, 흥미를 유발하느냐 거부감을 일으키느냐, 이익이 되느냐 손해가 되느냐 등등의 척도가 그것이다. 이 척도를 그들은 버려야 한다. 그들은 전혀 차별을 두지 않는 신과 같은 존재로서 실제 있는 그대로의 것을 추적하고 연구해야 한다. 마음에 드는 것을 좇아 연구해서는 안 된다. 그러므로 진정한 식물학자라면 식물의 아름다움이나 유용성에 자신의 마음이 움직여지지는 않을 것이다. 그는 식물의 생성, 그것의 다른 식물 영역과의 유사 관계를 연구해야 한다. 그리고 식물이 모두 태양에 의해 이끌려나와 그것의 빛을 받듯이,

그는 그와 똑같이 조용한 시선으로 모든 식물을 관찰하고 조망해야 한다. 그리고 그는 이러한 인식의 척도와 판단의 자료를 자기 자신으로부터가 아니라 그가 관찰한 사물들의 영역으로부터 이끌어내야 하는 것이다.

이와 같은 절제가 인간에게 얼마나 어려운 일인가는 여러 학문의 역사가 우리에게 가르쳐주고 있다. 이러한 방식으로 무한한 것을 파악하려는 여러 가설들, 이론들, 체계들 그리고 기타 유형의 관념들에 인간이 어떻게 도달하고 또 도달해야 하는가를 우리는 이 조그마한 논문의 제2편에서 연구해 볼 것이다. 이 논문의 제1편에서는 나는 인간이 자연의 여러 가지 힘들을 인식하려고 노력할 때 행하는 관찰에 지면을 할애하려고 한다. 지금 비교적 자세하게 연구해 볼 계기가 마련된 물리학자가 이 점에 대해 생각해 볼 기회를 나에게 자주 제공하고 있다. 그리하여 이 논문이 씌어진 것인데, 이 논문에서 나는 훌륭한 인물들이 어떤 방법으로 물리학에 도움을 주고 또 손해를 끼치는가를 일반적으로 생각해 보려 한다. 우리가 우리 자신 그리고 다른 사람들과 관련된 어떤 대상을 관찰할 때 이 대상을 직접적으로 열망하거나 혐오하지 않게 되면, 곧 우리는 조용하게 주의를 기울여서 바로 그 대상, 그 대상의 여러 부분들 그리고 그 대상이 처한 여러 상황들에 관해 비교적 분명하게 이해할 수 있을 것이다. 우리가 이러한 관찰들을 계속하면 할수록, 그리고 우리가 대상들을 서로 연결시키면 시킬수록 그만큼 더 많이 우리는 우리에게 주어진 관찰력을 연마하게 된다. 이와 같은 인식들을 여러 행위에서 우리와 연관시킬 수 있게 되면 우리는 현명하다고 불릴 만한 자격이 있다. 원래가 온건하거나 여러 상황들로 인해 온건해진 용의주도한 사람 개개인에게는 현명함이란 결코 어려운 일이 아니다. 왜냐하면 인생은 걸음마다 우리에게 올바른 길을 가르쳐주기 때문이다. 그러나 관찰자가 비밀스런 자연의 여러 상황들을 조사하는 데에 바로 이와 같은 예리한 관찰력을 사용해야 한다면, 다시 말해 그가 자기 혼자만의 세계에서 자기 자신의 행보에 주의해야 하고, 매사를 지나치게 서두르지 않아야 한다면, 그의 목표를 항상 잊지 않고 도중에 어떤 유익하거나 해로운 후원을 간과하지 않아야 한다면, 그가 누구도 쉽사리 감시하지 못할 곳에서도 자기 자신에 대한 엄격한 관찰자가 되어 부지런히 노력하면서 자기 자신에 대해 의심해야 한다면, 개개인은 아마도 이런 요구들이 얼마나 엄격한 것인지, 이런 요구들을 남들 혹은 자기 자신에게 하겠지만 그것이 성취되는 것을 보기란 얼마나 바라기 어려운 일인지를 인식하게 될 것이다. 그렇지만 이러한 어려운 일들이 불가능하다고 가정하더라도 우리는 최선을 다해야 할 것이다. 훌륭한 사람들이 학문의 영역을 넓혔던 일반적인 수단들을 눈앞에 생생하게 그려보면, 그리고 나중에 경험을 통해 비로소 그들이 다시 올바른 길에 다다르기 전까지 관찰자들이 저질렀고 그들의 제자들이 수세기 동안 더러 추종하기도 했던 오류들을 면밀하게 서술해 보면, 많은 진전이 있을 것이다.

이런 경험들을 파악하고 총괄하고 정돈해서 완성해 내는 정신력을 지닌 사람들의 고도의, 다시 말해 창조적으로 독립된 힘을 사람들은 인정하지 않을 테지만, 인간이 계획한 모든 일에서와 마찬가지로 내가 지금 미리 말하고 있는 물리학에서도 경험이 가장 많은 영향력을 갖고 있고 또 가져야 한다는 것은 아무도 부인하지 못할 것이다. 그러나 이런 경험들을 어떻게 행하고 어떻게 이용하고 우리의 힘들을 어떻게 형성시켜 사용할 것인가 하는 문제는 일반적으로 알려져 있을 수도 없고 또 인식될 수도 없는 것이다.

일반적으로 생각하고 있는 것보다 훨씬 더 많은, 흔한 말로 총명한 인간들이 대상들에 주의를 기울이기만 하면 그들이 관찰을 좋아하고 거기에 숙달도 되어 있다는 것을 우리들은 곧바로 인식하게 된다. 내가 광학론과 색채론을 열심히 연구한 이후, 그리고 흔히 그렇듯 이런 관찰들에는 익숙지 못한 사람들까지도 내가 관심을 가지고 있는 분야에 관해서 나에게 자기들의 견해를 들려준 이후, 나는 위의 사실을 인식할 수 있었다. 그들의 주의력이 왕성해진 순간 그들은 내가 때로는 깨닫지 못했고 때로는 간과해 버렸던 여러 가지 현상들을 알아차렸으며 그것을 통해 내가 너무나 조급하게 파악했던 관념을 가끔씩 정정해 주었고 걸음을 서두르도록 계기를 부여했으며 힘든 연구로 인한 속박으로부터 우리가 빠져나올 기회를 제공했다.

이렇듯 인간이 행한 다른 많은 연구에서 통용되는 것이 여기에서도 역시 통용되기 때문에, 몇몇 사람들의 관심이 한곳에 모이면 무엇인가 우수한 것이 나올 수 있다. 여기에서 분명해지는 것은 어떤 발견의 명예로부터 다른 사람들을 제외시키고 싶은 시기심과 발견한 것을 자기의 방식대로만 다루어 완성하고픈 과도한 욕망이 탐구자 자신에게 가장 커다란 장애물이라는 사실이다.

나는 지금까지 몇몇 사람들과 함께 너무나 편안한 마음으로 작업해 왔기 때문에 그 방식을 계속 취해야겠다. 나는 내가 하는 일에서 이런 저런 신세를 누구에게 지고 있는지 잘 알고 있다. 그리하여 언젠가 이 일을 공식적으로 세상에 알려 나의 기쁨으로 삼으려 한다.

단지 보통의 주의력을 가진 사람들도 우리에게 그토록 도움이 되는 마당에 정통한 사람들끼리 서로 일을 거들어준다면 그 이로움은 틀림없이 더 말할 필요도 없을 것이다. 자연과학이란 그 자체가 광대하기 때문에 한 사람이 그것을 짊어지고 갈 수는 없으며 많은 사람들을 동반해 간다. 전문 지식은 마치 솟아나는 물을 가두어놓은 것처럼 점차적으로 일정한 수위까지는 상승한다는 사실, 매우 중요한 일들이 두 명 혹은 그 이상의 숙달된 사상가들에 의해 동시에 이루어졌던 것처럼 가장 훌륭한 발견들은 인간을 통해서라기보다는 시대를 통해 이루어졌다는 사실 등등을 언급하지 않을 수 없다. 그러므로 우리가 전자의 경우에 사회와 동료들에게서 많은 도움을 받게 된다면 후자의 경우에는 세계와 세기로부터 도움을 받는다. 그리고 이 두 경우 모두 우리를 올바른 길에 머물러 있게 하고 또 전진케 하기 위해 보고와 보조, 경고와 반대 등의 협력이 얼마나 필요한 것인가는 우리들이 아무리 시인해도 부족하다.

그러므로 사람들은 자연과학 연구에서는 예술작품을 대하는 것과는 정반대로 행동해야 한다. 왜냐하면 예술가는 자기 작품이 완성되기 전까지는 아무도 그에게 쉽사리 충고를 하거나 도움을 줄 수 없다는 이유로 그것을 공식적으로 관람시키지 않으려 하기 때문이다. 대신에 작품이 완성되면 그는 자신이 받은 비난 혹은 찬사를 심사숙고해야 하고 명심해야 하며 그와 같은 비난과 찬사를 자기의 경험과 결합시켜, 그것을 통해 새로운 작품을 위한 수련을 쌓고 준비를 해야 한다. 그에 반해 자연과학 연구에서는 모든 개별적 체험과 예상을 공개적으로 알리는 것이 오히려 도움이 된다. 자연과학 분야에서 체계는 그에 대한 계획과 자료들이 일반적으로 알려지고 평가받고 선택되기 전까지는 구축되지 않는 것이 아주 바람직하다.

이제 나는 아주 주목할 만한 가치가 있는 한 가지 점, 더욱이 사람들이 가장 유익하게 그리고 가장 안전하게 일에 종사하는 방법에 대해 언급하겠다.

우리들이 우리 세대 이전의 체험들이나 우리 자신 혹은 다른 사람들이 우리와 동시에 겪은 체험들을 의도적으로 반복하고, 때로는 우연히 때로는 인위적으로 발생한 여러 현상들을 재현할 때 우리는 이것을 실험이라고 부른다.

이 실험의 가치는 우선 그 실험이 단순한 것이든 복합적인 것이든 일정한 조건 아래서 일정한 기구와 필요한 기량만 구비되고, 필요한 상황들이 맞아떨어지는 경우에는 언제라도 다시 성립될 수 있다는 데에 있다. 이러한 최종 목표를 위해 인간의 오성이 만들어놓은 조합들을 단지 피상적으로만 관찰한다 해도, 그리고 이런 목표를 위해 발명되었고 또 매일같이 발명된다고 할 수 있는 기계들을 관찰해 보기만 해도 이 인간 오성에 대해 감탄을 금치 못하게 되는 것은 너무나 당연하다.

각각의 실험이 개별적으로 아무리 높이 평가받을 만하다고 하더라도 다른 실험들과 하나로 결합되어야만 그 가치를 지닐 수 있다. 그러나 서로 몇 가지 유사성을 지닌 두 개의 실험을 하나로 결합시키는 일은 날카로운 관찰자에게조차도 자신이 종종 필요하다고 여겼던 것보다 더 많은 엄밀함과 주의를 요구한다. 두 가지 현상은 서로 긴밀한 관계일 수 있다. 그러나 우리가 믿고 있는 것처럼 긴밀한 관계가 아닐 수도 있다. 그것들을 정말로 자연스럽게 결합시키기 위해 그 사이에 일련의 과정이 있어야 한다면, 하나의 실험이 다른 하나에서 유래하는 것처럼 보일 수 있다.

그러므로 사람들은 몇 번의 실험에서 너무 성급하게 결론을 끌어내지 않도록, 그리고 이들 실험에서 직접적으로 무엇인가를 증명하려고 하거나 어떤 학설을 이 실험들을 통해 확인하려고 하지 않도록 충분히 주의해야 한다. 왜냐하면 경험에서 판단으로, 인식에서 응용으로 넘어가는 과정인 이 통로는 인간 내부의 적들이 그를 기다리며 매복하고 있는 곳이기 때문이다. 즉 인간이 여전히 대지에 발을 대고 있다고 믿고 있을 때 이미 그를 날개에 태워 공중으로 뜨게 하는 상상력, 초조감, 성급함, 자기 만족, 경직, 사고방식, 선입견, 나태, 경솔, 불안정 등등 이 모든 무리들이 그들의 추종자들과 한데 묶여 어떻게 불리든, 이곳에서 길목을 지키고 있다가 모든 격정을 억누르고 조용하게 행동하는 것처럼 보이는 관찰자를 갑자기 습격한다.

나는 사람들이 생각하고 있는 것보다 훨씬 더 크고 가까이에 있는 이 위험을 경고하기 위해 이 글에서 일종의 모순적인 내용을 기술하여 강력하게 주의를 환기시키려고 한다. 하나의 실험, 결합된 몇 개의 실험들은 아무것도 증명하지 못한다는 것, 어떤 명제를 몇 개의 실험을 통해 직접 증명하려고 하는 것보다 더 위험한 일은 없다는 것, 그리고 가장 커다란 오류들은 사람들이 이 방식이 지닌 위험과 불충분성을 통찰하지 못한다는 점에 있다는 것 등을 나는 감히 주장하겠다. 내가 무한정 의심만 하려 한다는 의혹을 받지 않기 위해 나의 태도를 분명하게 밝혀야겠다. 우리가 하고 있는 개개의 체험과 그 체험을 반복해서 얻고 있는 개개의 실험은 모두 원래 우리 인식의 고립된 한 부분이며 체험의 반복을 통해 우리는 이 고립된 인식을 확인하는 것이다. 동일한 분야에서 두 개의 체험을 할 수 있다. 그것들은 유사한 것인데도 더 유사하게 보일 수 있으며 우리들은 일반적으로 이 체험들을 실제보다 더 유사한 것으로 간주하기 쉽다. 이것이 인간의 속성이다. 인간 오성의 역사는 우리에게 수천 개의 예들을 제시해 주고 있다. 나는 내가 이와 같은 실수를 거의 매일 범하고 있다는 사실을 알아차렸다.

이 실수는 다른 실수와도 밀접한 관계가 있으며 이 실수 역시 대부분 다른 실수에서 유래한다. 즉 인간은 어떤 일 그 자체보다는 그것에 대한 상상을 더 즐긴다. 차라리 인간은 어떤 일을 상상할 수 있을 때에 한해서 그 일을 즐기는 것이라고 우리는 말해야 한다. 이 일이 그의 상상의 방식에 맞아야 한다. 인간은 자기의 상상 방식을 보통의 상상 방식보다 더 높이 평가하고 싶고 더 순화시키고 싶을지 모르지만, 그것은 일반적으로 하나의 상상 방식으로만 존재할 뿐이다. 즉 이 상상의 방식은 많은 대상들이, 엄격하게 말해 상호 간에는 관련이 없는데도 그것들을 이해할 수 있도록 관련을 맺게 해주려는 하나의 시도이다. 즉 가설들, 이론들, 전문 용어들, 체계들 등등에 대한 애착인 것이다. 왜냐하면 그것들은 우리가 동의하지 않을 수 없는 우리들이 지닌 본성의 조직에서 유래하는 것이기 때문이다.

한편에서 보자면 개개의 체험과 개개의 실험이 그 성격상 고립된 것으로 간주될 수 있고, 다른 한편에서 보자면 인간 정신의 힘이 그것의 외부에 존재하면서 인간 정신에 인지되는 모든 것을 거대한 힘으로 결합시키려고 하기 때문에, 마음속에 지닌 하나의 선입견을 가지고 개개의 체험을 결합하려 하거나 혹은 전적으로 감각을 통해 인지되지는 않지만 정신의 형성력이 이미 알려준 어떤 관계를 몇몇 실험을 통해 증명하려 할 경우 우리가 처하게 될 위험을 우리는 쉽사리 인식하게 된다.

그와 같은 노력을 통해 일반적으로 저자들의 통찰력이 명예롭게 빛날 이론들과 체계들이 생겨나지만, 타당한 것 이상으로 많은 찬사를 받거나 오랫동안 유지된다면, 인간 정신의 발전을 촉진하려고 생겨난 것들이 어떤 의미에서 즉시 발전을 저해하거나 해악을 끼치게 된다.

영리한 사람이라면 자기 앞에 놓여 있는 자료들이 적으면 적을수록 그만큼 더 기교를 사용한다는 것, 자기의 절대권을 보여주기 위해 현존하는 자료들 중에서 마음에 드는 유리한 것들만을 조금 발췌해 낸다는 것, 나머지 자료들은 자기 의견과 상충되지 않도록 정리할 줄 안다는 것, 불리한 자료들은 결국 뒤엉키게 하고 덮어두어 제거할 줄 안다는 것, 그리하여 전체가 이제 더 이상 자유로운 공화국이 아니라 절대 권력을 휘두르는 궁정과 같이 되어버린다는 것 등을 우리들은 알 수 있게 될 것이다.

그와 같이 많은 공로가 있는 사람에게는 숭배자와 제자들이 없을 수 없다. 그들은 그와 같은 구조를 역사적으로 익히고 감탄해 마지않을 것이며 가능한 한 자신들의 스승의 사고방식을 자기 것으로 만들게 된다. 가끔 그와 같은 학설이 우세를 보이기 때문에 사람들이 그 학설을 감히 의심이라도 하게 되면 그들은 파렴치하고 무모한 인물들로 간주된다. 다만 이후의 몇 세기 동안 사람들은 그와 같은 성역에 돌진해서 관찰 대상을 평범한 사람들이 지닌 인식 능력에 되돌려줄 것을 요구하고, 이런 일을 대수롭지 않게 여기게 만들 것이다. 그리고 어떤 분파의 창시자를 놓고 재치 있는 한 인물이 어느 위대한 자연과학 선생에 관해 말했음직한 다음과 같은 말을 반복할 것이다. 즉 그가 그렇게 많은 것을 조작하지 않았더라면 그는 위대한 인물이었을 텐데 라고.

그러나 이런 위험을 알리고 경고하는 것만으로는 충분하지 않을 것이다. 적어도 사람들은 자기 의견을 개진하고 어떻게 하면 사람들이 그와 같은 사도(邪道)를 피할 수 있는지를 알려주거나 아니면 우리 앞세대에 속하는 다른 사람이 그 사도를 피하는 방법을 어떻게 발견했는지를 알려주는 것이 타당하다.

나는 어떤 가설을 증명하기 위해 한 가지 실험만을 직접적으로 이용하는 것은 해로운 것으로 본다고 조금 전에 언급했고, 그럼으로써 그 가설의 간접적 이용은 유익한 것으로 간주한다는 것을 암시했다. 그리고 모든 것이 이 점에 달려 있기 때문에 분명하게 설명할 필요가 있다.

생명이 있는 자연계에서는 전체와 관련되지 않는 것은 하나도 없다. 서로 연관 없이 분리되어 있는 것처럼 우리에게 체험된다고 해서, 또 실험들을 단지 서로 고립되어 연관이 없는 것으로 간주해야 한다고 해서, 그것들이 서로 고립되어 있다는 말은 아니다. 문제가 되는 것은 어떻게 우리가 이 현상들, 이들의 연관을 발견하느냐 하는 것이다.

별개의 사실을 자신의 사고력과 판단력을 이용하여 직접적으로 결합시키려고 하는 자들이 가장 먼저 오류를 범하게 된다는 사실을 우리는 위에서 인식했다. 이에 반해 단 한 가지의 체험, 단 한 번의 실험이라도 그것이 지니는 모든 측면과 변형들을 모든 가능성에 따라 부단히 그리고 철저하게 연구하는 자들이 업적을 가장 많이 남긴다는 사실을 우리는 알게 될 것이다.

이러한 과정에서 오성이 어떻게 우리를 도울 수 있는지 앞으로 별도의 관찰을 해볼 만하다. 이 점에 대해서는 여기에서는 이 정도로 해두기로 한다. 자연계에 존재하는 모든 것, 특히 미미한 힘들과 원소들은 영원히 작용과 반작용을 계속하기 때문에 우리가 자유롭게 떠다니고 있는 하나의 발광점(發光点)에 관하여 그것이 자기 내부의 빛을 사방으로 발산한다고 말하는 것과 같이, 모든 현상들에 관해서도 그것들 하나하나는 수많은 다른 현상들과 연관되어 있다고 말할 수 있다. 그러므로 그처럼 하나의 실험을 시도하여 그와 같은 체험을 했다면 우리는 어떤 실험이 이 실험과 인접해 있는지, 이 실험에서 나온 첫번째 결과는 무엇인지를 아무리 면밀히 연구해도 그것으로는 불충분하다. 바로 이것이 이 실험에 관련되어 있는 것보다 더 우리가 주목해야 할 점이다. 그러므로 실험 하나하나의 다양화가 자연과학자 본연의 의무이다. 자연과학자는 사람들을 즐겁게 해주려는 작가와는 정반대의 의무를 갖고 있는 셈이다. 작가는 독자에게 생각해 볼 수 있는 여지를 남겨놓지 않으면 지루함을 불러일으키게 될 것이다. 우리에게는 사물들의 성질에 대한 균형 잡힌 판단 능력이 없다는 생각 때문에 자연과학자는 어떤 일에 완벽한 결말을 내릴 만한 능력을 지닌 인간은 없다는 생각을 일찍 갖게 되겠지만, 그래도 그는 그의 후계자들이 아무것도 할 일이 없도록 자기가 다 해내겠다는 생각으로 쉬지 말고 일을 해야 한다.

나는 나의 광학에 관한 논문들 중 처음으로 쓴 두 편에서 그와 동일한 계열의 몇 가지 실험을 수행하려고 시도했다. 이 실험들은 우선 서로 인접해 있고 직접적으로 맞닿아 있으므로, 우리가 그것들을 정확하게 파악하여 조망해 보면 단지 한 가지의 실험일 뿐이며 여러 다양한 견해들 중 단지 한 가지 체험일 뿐이다.

그처럼 여러 가지 체험들로 구성되었지만 한 가지일 뿐인 체험은 분명히 비교적 높은 차원의 것이다. 이 체험은 공식을 제시하고 있는데 이 공식을 이용해서 수많은 개별적인 계산 유형들이 나타난다. 그와 같은 비교적 고차원의 체험을 목표로 하는 것이 자연과학자의 의무라고 나는 생각한다. 이 분야에서 연구했던 훌륭한 인물들이 우리에게 그런 방향의 모범을 제시하고 있으며 우리는 가장 근접한 것을 가장 근접한 것에 연결하거나, 가장 근접한 것을 가장 근접한 것에서 추론하려는 신중함을 수학자들에게서 배워야 한다. 우리가 감히 계산을 할 수 없는 경우조차도 우리는 계속해서 마치 우리가 가장 엄격한 기하학자에게 대답할 책임을 지고 있는 것처럼 그렇게 행동해야 한다.

왜냐하면 원래 수학적 방법이란 그것이 지닌 신중함과 명확함 때문에 바로 모든 주장의 기초가 되기 때문이다. 원래 수학적 방법이 행하는 증명들은 세세한 논의들이다. 즉 연결되어 제시되는 것은 그것의 개별적인 부분들과 전체적인 연결 속에 이미 포함되어 있는 것이지만 전체 테두리 안에서 개괄되고 주어진 모든 조건들 하에서 올바르도록 그리고 논박될 수 없도록 고안되는 것이다. 이렇게 해서 수학적 방법이 지닌 구체적 증명들은 논증이라기보다는 언제나 더 많은 상론(詳論)들이고 재요약인 셈이다. 나는 이런 식으로 구분하기 때문에 지금까지의 과정을 다시 한번 되돌아보아도 될 것이다.

일차적인 요소들을 수많은 결합들 사이로 끌고 다니는 수학적이고 구체적인 증명과 영리한 연사가 논거들로부터 이끌어낼 수 있는 증명 사이에는 커다란 차이가 있다는 것을 우리는 인식한다. 논거들은 완전히 고립된 상황들일 수 있지만, 기지와 상상력을 통해 한 점으로 모여 정당, 부당, 진리, 거짓 등의 외형이 놀라울 정도로 갖추어질 수 있다. 이런 논거들과 마찬가지로 개별적인 실험들을 모아 어떤 가설이나 이론에 대한 하나의 논거로 제시할 수 있지만 이 논거는 얼마큼은 우리들을 현혹시키는 것이다.

자기 자신과 남들에 대해 정직하게 행동할 수 있는 자는 개개의 실험들을 아주 조심스럽게 수행함으로써 고차원적인 체험들을 이끌어내려고 할 것이다. 이 고차원적인 체험들은 짧고 평이한 명제들을 통해 표현되고 나열될 수 있다. 그리고 이 체험들이 더 많이 표현되면 될수록 그것들은 수학적 명제들과 마찬가지로 개별적 혹은 종합적으로도 변화가 없는 불변의 상황 속으로 진입할 수 있다. 이와 같은 고차원적인 체험들이 갖고 있는 요소들은 많은 개별적인 실험들로서 누구에 의해서라도 조사되고 시험될 수 있다. 그리고 많은 개별적인 부분들이 하나의 일반적인 명제로 표현될 수 있는지 없는지는 쉽게 판단될 수 있다. 왜냐하면 여기에서는 자의(恣意)가 행사되지 않기 때문이다.

그러나 다른 방법을 사용하는 경우, 즉 우리가 주장하는 것을 연관성이 없는 고립된 실험들을 통해, 다시 말해 몇 개의 논거들을 통해 증명하려고 한다면, 그 판단은 그것이 결코 의심의 여지가 없는 경우라 하더라도 부정한 방식에 의해서만 얻어지는 경우가 있다. 그러나 일련의 고차원적인 체험들을 모아두었다면, 그것을 토대로 각자의 판단력과 상상력과 기지 등을 역량껏 시험해 봐야 할 것이다. 이 일은 결코 해롭지 않으며 오히려 도움이 될 것이다. 저 첫번째 작업은 매우 조심성 있고 부지런하고 엄격하게 그리고 아주 꼼꼼하게 수행되어야 한다. 왜냐하면 이 작업은 지금 세대와 다음 세대 모두를 위해 수행되는 것이기 때문이다. 그러나 이 재료들은 계열별로 정리, 기록되어야 한다. 결코 어떤 가설적 방식으로 수합되어서는 안 되며 어떤 체계적인 형식을 위해 이용되어서도 안 된다. 그러고 나서 개개인은 자기 결정에 따라 이 자료들을 각자의 방식대로 결합시켜 그것에서 하나의 전체를 만들 수 있다. 이 전체는 인간의 사고방식에 일반적으로 적합하리라고 기대된다. 이렇게 해서 구별되어야 할 것이 구별되며 또 건축이 끝난 후 한곳에 모아지는 석재들처럼 나중에 있을 실험을 시도해 보지도 못하고 취소해야 할 때보다도 더 빠르고 정확하게 우리는 수합된 체험들을 늘릴 수 있다.

가장 탁월한 학자들의 의견과 그들의 예가 나로 하여금 내가 올바른 길에 들어서 있다는 기대를 갖게 한다. 그리고 나는 이 설명으로 내 동료들을 만족시킬 수 있기를 희망한다. 동료들은 나의 낙관적인 노력들 속에 들어 있는 의도가 도대체 무엇인지를 자주 질문한다. 나의 의도는 이 분야에서 모든 체험들을 수집하는 일이다. 즉 모든 실험에 대한 계획을 수립하여 이 실험들을 매우 다양하게 수행하고 그렇게 함으로써 이 실험들이 쉽게 모방될 수 있고 또 많은 사람들의 정신지평에서 사라지지 않도록 하는 것이다. 그런 다음에는 고차원적인 체험들이 표현될 수 있는 명제들을 만들고 어떤 방식으로 이 명제들이 보다 상위에 있는 원칙 속에 정리되는가를 기다리는 일이다. 그러는 사이에 상상력과 기지가 자제력을 잃고 앞서 달려가는 경우에는 행동 방식 자체가 그것들이 되돌아가야 할 지점의 기준을 정하게 된다.

〈아름다움은 자유를 가진 완전함이다〉라는 이념이 어떤 방식으로 기관(器官)의 특성들에 적용될 수 있을까

유기체는 그 외부와 내부가 너무나 다양하고 무한해서 그것을 관찰하기 위한 기준들을 아무리 많이 정해 놓는다 해도 부족하며, 그것을 파괴하지 않고 분석하기 위해 아무리 많은 기관 이름들을 만들어낸다 해도 부족하다. 나는 〈아름다움이란 자유가 있는 완전함이다〉라는 이념을 기관의 특성들에 적용해 보려고 한다.

모든 생명체들의 지체(肢體)는 자신의 존재를 향유하고 유지하고 확장시켜 나갈 수 있도록 만들어져 있다. 그러므로 이런 의미에서 모든 생명체는 완전하다고 말할 수 있다. 이번에는 곧바로 소위 더 완전무결하다고 여겨지는 동물들에게로 눈을 돌려보겠다.

한 동물의 지체가 한정된 방식으로만 자기의 존재를 표현할 수 있도록 만들어져 있다면 우리들은 그 동물을 추하다고 생각할 것이다. 왜냐하면 기관의 특성이 하나의 목적에만 제한됨으로써 다른 어떤 지체의 우위가 야기되고 그로 인해 다른 지체들의 자의적 사용이 방해받을 수밖에 없기 때문이다.

내가 두더지를 관찰하면서 주목한 것은 다른 부분들에 대해 우위를 점하고 있는 부분들이다. 이 동물은 균형을 잃고 있기 때문에 나에게 조화를 이룬다는 인상을 줄 수 없다. 그러므로 두더지는 정말로 아름답지 못하다. 그 동물이 지닌 형태가 단지 얼마 되지 않는 한정된 행동들만을 허용하고 있고 또 일정 부분들의 우위가 그 동물을 완전히 조야하게 만들고 있기 때문이다.

그러므로 어떤 동물이 반드시 필요한 한정된 욕구들만을 방해받지 않고 충족시킬 수 있기 위해서는 완전무결한 구조를 갖추고 있어야 한다. 욕구 충족 외에 어느 정도 목적 없는 자의적인 행동을 할 수 있는 여력과 능력이 그 동물에게 아직도 남아 있는 경우에만 그 동물은 우리에게 정말로 아름답다는 생각을 심어주게 될 것이다.

그러므로 이 동물이 아름답다고 말할 경우. 내가 이 주장을 그 어떤 비례의 숫자나 척도를 통해 증명하려고 한다면 그것은 헛수고가 될 것이다. 나는 위의 진술로 다음과 같은 것만을 말하려고 한다. 즉 이 동물의 경우 모든 지체들은 균형을 이루고 있어서 하나가 다른 하나의 활동을 방해하지 않으며 오히려 완전한 균형으로 인해 그것들의 필연성과 욕구가 완전히 내 눈에 띄지 않기 때문에. 이 동물은 완전히 자의에 따른 행동과 동작만을 하는 것처럼 보인다. 말[馬]을 생각해 보자. 우리는 말이 자유 속에서 지체들을 사용하는 것을 본다.

이제 인간에게로 눈을 돌려보면 우리는 인간이 동물로서의 속박에서 거의 벗어나 있는 것을 발견한다. 인간의 지체들은 서로 간에 섬세한 종속 관계와 대등 관계를 이루고 있으며. 어떤 다른 동물의 지체들 이상으로 의지에 복종하고 있고 또 모든 유형의 일들뿐 아니라 정신의 표현에도 적합하다는 것을 발견하게 된다. 여기에서 몸짓언어에 대해 잠시 살펴보자면. 이 몸짓언어는 교육을 잘 받은 사람은 사용을 억제하고 있지만 나는 이것이 언어와 마찬가지로 인간을 동물보다 우위에 서게 하는 것이라고 본다.

이런 방식으로 인간의 아름다움이라는 개념을 만들어내기 위해서는 수많은 상황들이 고려되어야 하며. 자유라는 숭고한 개념이 인간의 완전무결함 —— 감각의 영역도 포함하여 —— 에 왕관을 씌워주기까지는 아직도 먼 길을 가야 한다.

여기에서 한 가지 더 언급하자면, 어떤 동물이 자기의 지체를 자의적으로 사용할 수 있으리라는 생각이 들 때 우리는 그 동물을 아름답다고 부른다. 그 동물이 지체를 정말로 자의적으로 사용하면 아름다움이라는 생각은 곧 우아함, 즐거움, 경쾌함, 훌륭함 등등의 느낌으로 변해 버린다. 그러므로 우리들은 원래 아름다움에서 힘을 갖춘 침착함, 능력을 갖춘 무활동이 고려된다는 점을 인식하고 있는 것이다.

동물의 육체 혹은 그 지체에 있어서 힘을 표현하겠다는 생각이 지나치게 그 동물의 존재와 결부될 경우, 미의 수호신이 곧바로 우리를 떠나는 것처럼 보인다. 그러므로 아름다움을 포괄하는 우리의 감정을 끌어내기 위해 고대인들은 사자들을 조각할 때조차도 최고도의 침착함과 냉정함을 유지했던 것이다.

그러므로 나는 다음과 같이 말하고 싶다. 즉 우리가 완전무결하게 구성된 존재를 보고, 그것이 원하기만 하면 자기의 모든 지체들을 다양하게 임의로 사용할 수 있다고 생각하게 된다면 우리는 그 존재를 아름답다고 말한다. 그러므로 아름다움이라는 지고의 감정은 믿음 및 희망의 감정과 결부되어 있는 것이다.

동물의 모습과 인간의 모습에 관한 하나의 시론은 이런 방식으로 타당한 관점들과 재미있는 상황들을 표현해야 마땅할 것이다.

이미 위에서 본 것처럼 우리가 숫자와 척도를 통해서만 표현할 수 있다고 믿고 있는 균형의 개념은 정신의 세계에만 존재하는 형식들로 만들어지게 될 것이다. 그리고 이 정신의 세계에만 존재하는 형식들이 결국은 후세에 작품을 남긴 가장 위대한 예술가들의 수법과 만나게 되리라는 것 그리고 이들 형식들은 이따금 살아 있는 채로 그 모습을 보이는 아름다운 자연의 산물들을 포함하게 되리라는 것 등을 우리들은 기대할 수 있다.

그리하여 가장 관심이 가는 것은, 우리가 어떤 방식으로 아름다움의 영역을 벗어나지 않으면서 특성들을 제시하고 또 자유를 훼손하지 않으면서 개개의 대상을 제한하고 결정지을 것인가를 관찰하는 것이다.

  그와 같은 취급 방법은 다른 방법들과 구별되고, 또 예비 작업으로서 후세의 자연과학도와 문학도들이 이용할 수 있으려면 해부학적, 생리학적 근거를 가져야 할 것이다. 그러나 그토록 다양하면서도 놀라운 전체를 표현하는 데 적합한 강의 형식을 고안해 내는 것은 정말 어려운 일이다.

경험과 자연과학

우리나 다른 사람들이 사실이라고 부르는 현상들은 그 본성에 있어서 확실하고 확정적이지만, 외형상으로는 자주 불확정적이고 불확실하다. 자연과학자는 현상들의 확실한 점을 파악하려고 노력한다. 그는 개별적인 환경에서 현상들이 어떻게 나타나는가에 주목할 뿐 아니라 그 현상들이 어떻게 나타나야 하는가에도 주목한다. 내가 특별히 연구하고 있는 분야에서 자주 언급하듯이 순수하고 항구적인 현상을 얻기 위해서는 버려야 할 많은 단편적 경험들이 존재한다. 이와 같이 단편적인 경험들을 과감하게 버리고 나서야 비로소 나는 일종의 이념을 정립하게 된다.

그럼에도 불구하고 이론가들이 흔히 그렇게 하듯이 하나의 가설을 위해 정수들을 분수들로 만드느냐 하는 것과 순수한 현상의 이념을 위해 단편적 경험을 희생시키느냐 하는 것 사이에는 커다란 차이가 있다.

왜냐하면 관찰자는 순수한 현상들을 육안으로는 볼 수 없고 많은 것이 순간적인 그의 정신 상태, 신체 기관의 상태, 빛, 대기, 날씨, 대상들, 취급 방법 그리고 수천의 다른 상황들에 달려 있기 때문이다. 우리가 현상의 특성에 매달려 이것을 관찰하고, 측정하고, 심사숙고하고, 기록하려 하는 것은 바닷물을 마셔서 바다를 비워야 하는 것과 같다.

자연을 관찰하고 고찰함에 있어서 나는 가능한 한 다음과 같은 방법을 고수했다. 근년에는 더욱이 그렇게 했다.

현상들의 지속성과 수미일관성을 어느 정도까지 체험하고 나서 나는 거기에서 경험적 법칙을 이끌어내고 그 법칙을 미래의 현상들을 위해 기록해 둔다. 법칙과 현상이 비슷한 경우들에서 일치하면 내가 승리했던 것이고 완전히 들어맞지 않으면 나는 하나하나의 상황들에 주의를 기울여, 이 모순되는 실험 결과를 얻게 된 새로운 조건들을 찾아내지 않을 수 없다. 그러나 몇 번인가 같은 상황하에서 나의 법칙에 반하는 경우가 나타나면, 연구 전체를 다시 계속해서 한 차원 높은 관점을 찾아야 한다고 나는 인식한다.

내 경험에 따르면 이런 때가 바로 인간 정신이 대상들의 보편성에 가장 많이 접근해서 그것들을 자기 가까이로 끌어들여 합리적인 방법으로 그것들과 (일상적으로 우리가 그렇게 하듯이) 융합할 수 있는 시점이다.

그러므로 우리가 연구에서 제시해야 할 것은 다음 세 가지일 것이다.

1) 경험적 현상
2) 학문적 현상
3) 순수한 현상

경험적 현상은 모든 사람들에 의해 자연에서 인지되고 나중에 실험 등을 통해 학문적 현상으로 격상된다. 이 경험적 현상이 처음에 알려진 것과는 다른 상황과 조건들 아래서 그리고 다소 정리된 연속성 속에서 제시됨으로써 격상된다. 순수한 현상은 모든 경험과 실험의 최종적인 결과이다. 이것은 결코 고립되어 있을 수 없고 연속되는 현상들 속에 반드시 나타난다. 이 현상을 표현하기 위해서 인간 정신은 경험적으로 불확실한 것을 확정하고 우연을 배제하며 순수하지 못한 것을 분리하고 얽히고설킨 것을 풀어헤쳐 미지의 것을 발견하는 것이다.

만족할 수만 있다면 여기가 아마도 우리 역량의 최종 목적지일 것이다. 왜냐하면 여기에서는 원인에 대해 질문이 던져지는 것이 아니라 현상들이 나타나는 조건들에 대해 질문이 던져지고 있기 때문이다. 현상들의 필연적인 결과, 수천 가지 상황하에서의 그것들의 영원한 반복, 그것들의 불변성과 변화 가능성 등이 관찰되고 가정되고 인정되고 그러고 나서 인간 정신을 통해 다시 확정된다.

이 작업은 사변적이라고 불릴 수는 없는 것이다. 왜냐하면 결국에는 한 차원 높은 영역에서 자신을 닦으려고 노력하는 일반적 인간 오성의 실천적이고 자신을 수정하는 작업들만이 유의미하게 존재한다고 생각되기 때문이다.

근대 철학의 영향

철학의 원래의 의미에 대해 나는 민감하지 못했다. 단지 밀려 들어오는 세계에 내가 맞서면서 터득해야만 했던 반작용이 나에게 하나의 방법을 터득할 계기를 제공했다. 나는 이렇게 터득한 방법을 통해 철학자들의 의견들도 마치 대상인 것처럼 파악하고 그것을 기초로 수련을 쌓으려고 했다. 젊은 시절에 나는 브루커Brucker의 철학사를 좋아하여 열심히 읽었다. 그때 나는 마치 일생 동안 밤하늘에 별들이 움직이는 것을 보고서, 천문학에 대해서는 아무것도 모르면서도 눈에 띄는 몇 개의 별자리를 분간하고, 북극성은 모르면서 큰곰자리는 아는 사람 같은, 그런 처지였다.

나는 로마에서 예술과 그 이론적 요구들에 관해 모리츠와 많은 이야기를 나누었다. 소책자 한 권이 오늘날까지도 그 당시 우리들의 무지하면서도 유익한 방법에 대해 증언하고 있다. 더욱이 식물 변태에 대한 실험을 서술하는 데에 있어서는 자연적인 방법이 개발되어야만 했다. 왜냐하면 식물 발육 방법 하나하나가 나에게 인식되었을 때 나는 방황하지 않았으며, 오히려 그 발육을 방해하지 않고 그 발육이 깊이 감추어둔 상태를 촉진시켜 점차적으로 완성을 이루어가도록 하는 과정과 방법을 인식해야만 했기 때문이다. 자연과학 연구에서 대상들을 관찰할 때 우리에게 부과된 최고의 의무는 어떤 현상이 나타나는 조건 하나하나를 면밀하게 찾아내어 가능한 한 현상들 전체를 파악하려고 노력하는 것이라는 확신이 갑자기 생겨났다. 왜냐하면 이들 현상들은 결국은 필연적으로 연속해서 등장하거나 아니면 겹쳐서 등장하며, 과학자의 관찰에 직면해서는 일종의 유기적 조직을 형성하면서 자기들의 총체적 현실을 보여주어야만 하기 때문이다. 그동안 이런 상태는 해결을 보지 못한 채 지속되었고 어느 곳에서도 내 생각에 맞는 해명을 발견하지 못했다. 왜냐하면 결국 개개인 각자는 자기의 생각만큼만 깨닫게 되기 때문이다.

칸트의 『순수이성 비판』은 이미 오래전에 나와 있었지만 완전히 내 영역 밖에 있었다. 그렇지만 나는 그것에 관한 대화에 몇 번은 참가했었다. 그리고 약간 주의를 기울임으로써 나는 우리들의 자아와 외부 세계가 우리들의 정신 생활에 얼마나 기여하는가, 라는 오래되고 중요한 문제가 다시 거론되고 있다는 사실을 알아차릴 수 있었다. 나는 이 자아와 외부 세계를 단 한번도 분리시켜 생각해 본 적이 없었으며 내 방식대로 대상들에 관해 사색할 때마다 무의식적으로 단순하게 그렇게 했던 것이며, 나의 견해들이 실제로 분명하게 존재하는 것으로 믿고 있었다. 그러나 그 논쟁이 언급된 직후에 나는 인간에게 가장 많은 명예를 안겨다주는 편에 서고 싶었고 칸트의 말을 빌려서 다음과 같이 주장하는 모든 친구들에게 전적으로 찬동했다. 즉 우리들의 모든 인식은 경험과 더불어 시작되지만 그렇다고 해서 모든 인식이 경험에서 유래하는 것은 아니라고 주장하는 모든 친구들에게 전적으로 찬동했던 것이다. 나 역시 종합적 판단이 선험적인 것처럼 인식 능력이 선험적이라는 점을 받아들였다. 왜냐하면 나는 나의 전 생애에 걸쳐 창작하고, 관찰하고, 종합적으로 그리고 다시 분석적으로 행동했기 때문이다. 인간 정신의 수축과 확장은 나에게는 마치 제2의 호흡인 것처럼 결코 분리되어 생각된 적이 없었고 지속적으로 고동치는 것이었다. 나는 이 모든 것에 관해 할 말이 없었고 더욱이 쓸데없는 말들을 늘어놓지도 않았지만 그러다 보니 처음으로 하나의 이론이 나에게 미소를 던지는 것처럼 보였다. 그 입구는 내 마음에 들었지만 미궁 자체 속으로 감히 들어갈 수는 없었다. 때로는 시적 재능이, 때로는 인간의 오성이 방해를 해서 나는 내 자신이 조금도 개선되지 못했다고 느꼈다.

헤르더는 칸트의 제자였지만 불행하게도 그의 반대자였다. 그리하여 나는 더욱 좋지 않은 상황에 처하게 되었다. 나는 헤르더의 견해에 동의할 수 없었고 또한 칸트를 따를 수도 없었다. 그러는 동안 나는 유기체가 갖고 있는 특성들의 생성과 변형 연구를 열심히 지속하였는데, 식물들을 다루는 방법이 안내자 역할을 함으로써 나에게 확실한 도움을 주었다. 자연을 계속해서 분석적 방법으로 보는 한편, 하나의 발전은 살아 있는 신비로운 전체로부터 이루어진다는 사실을 나는 알아차렸다. 그런 후에는 완전히 생소하게 보이는 상황들이 서로 유사성을 띠면서 합해져 하나로 결합됨으로써 이 발전이 종합적으로 이루어지는 것처럼 보였다. 그리하여 나는 다시 칸트의 학설로 되돌아갔다. 나는 몇 개의 장들을 다른 나머지 장들보다 먼저 이해할 수 있다고 생각했고 그리하여 몇 개의 장들을 곁에 두고 자주 보게 되었다.

그런데 이제 『판단력 비판』이 내 수중에 들어왔다. 이 『판단력 비판』으로 인해 나는 내 생애에서 아주 즐거운 시기를 맞이하게 된다. 이 책 속에서 나는 내가 하고 있는, 서로 간에 아주 다른 일들이 병렬되어 있는 것을 보았다. 즉 예술의 산물들과 자연의 산물들이 동일하게 취급되어 있었고, 미학적 판단력과 목적론적 판단력이 서로 교차되면서 밝혀지고 있었다.

나의 사고방식으로는 저자의 뜻에 찬동한다는 것이 불가능했는데, 여기저기 아쉬운 점이 있었지만, 이 책의 주요 사상들은 지금까지의 나의 창작 활동, 행동, 사고 등과 전적으로 유사한 것이었다. 예술과 자연이 지닌 특유의 현실인 이들 양자의 정신적 상호 작용이 책 속에 분명하게 나타나 있었다. 이 무한한 두 세계의 산물들은 그것들 자체를 위해 존재해야 하며 또 이들 존재는 양립적, 호혜적이어야 하고 서로 때문에 고의적으로 존재해서는 안 되는 것이다.

궁극적인 원인들에 대한 나의 반감은 이렇게 해서 정리되고 정당화되었다. 나는 목적과 결과를 분명하게 구분할 수 있었다. 나는 또한 인간 오성이 이 둘을 왜 자주 혼동하는가를 알았다. 문학과 비교생물학이 동일한 판단력의 지배를 받음으로써 이 둘이 서로 밀접하게 관계되어 있다는 것이 나를 기쁘게 했다. 나 자신은 갈 길들이 어디로 통하고 있는지 알지 못했고, 또 내가 내 것으로 만든 것과 그렇게 만든 방법이 칸트 학파의 철학자들의 동의를 얻을 수 없었기 때문에 나는 내 갈 길을 서둘러서 갔었다. 왜냐하면 나는 내 속에서 자극되어 일어난 것에 대해서만 이야기했고 내가 읽었던 것은 이야기하지 않았기 때문이다. 오직 나 자신만을 의지해서 나는 틈틈이 이 책을 연구했다. 『판단력 비판』에서 내가 그 당시 밑줄을 쳐놓았던 부분들과 마침내 정통한 것처럼 여겨지는 『순수이성 비판』에 쳐놓은 밑줄은 아직도 나를 기쁘게 한다. 왜냐하면 같은 사람이 쓴 두 작품의 경우 언제나 하나가 다른 하나를 암시하기 때문이다. 나는 바로 칸트 학파의 철학자들과 비슷해지지는 못했다. 그들은 내 말을 들었을 것이다. 그러나 그들은 나에게 아무런 대답도 주질 못했고 또 도움도 주지 못했다. 나는 한 번도 아니고 여러 번 다음과 같은 일을 경험했다. 즉 그들 중 한두 사람이 불가사의한 미소를 지으면서 칸트의 사고방식과 유사한 경우를 보이기도 했지만 그런 일은 드물 것이라는 점을 시인했던 것이다.

이 역시 얼마나 신기한가 하는 것은 쉴러와 나의 관계가 본격화되면서 비로소 드러났다. 우리의 대화는 시종일관 생산적이거나 이론적이었고 보통은 양자를 합한 것이었다. 그는 자유가 얼마나 정당하고 모든 행동에 있어서 판단 기준이 되어야 하는가를 설파했고 나는 자연의 권리들이 축소되지 않기를 바랐다. 나에 대한 친절과 애정에서, 아니 오히려 자기 자신의 확신에 따라 그는 미학을 논한 서간들에서 나로 하여금 우아와 품위를 다룬 논문에 혐오감을 갖게 했던 그처럼 심한 표현들을 사용하여 어머니 자연을 다루지는 않았다. 그러나 나는 집요하게 고집을 부려 그리스 문학과 그것에 근거한, 그리고 그것에서 유래하는 문학의 장점들을 강조했을 뿐 아니라 전적으로 이 방법이 유일하게 옳고 소망스런 것이라고 관철시켰기 때문에 그는 명민한 성찰을 강요당했던 것이다. 그리하여 바로 이와 같은 갈등 때문에 우리는 〈소박 문학과 성찰 문학에 대한 논문〉들을 얻게 되었다. 이 두 문학 방법은 서로 대립을 보이면서도 서로에게 동일한 지위를 부여하고 있다.

그는 이 논문을 근거로 새로운 미학 전체의 첫번째 토대를 구축했다. 왜냐하면 고대 그리스적이라든가 낭만적이라든가 기타 어떤 동의어들이 발견된다 하더라도 이들 모두는 현실적 방식에 중점을 둘 것인가 아니면 이념적 방식에 중점을 둘 것인가를 처음으로 언급하고 있는 이 글에서 비롯하기 때문이다.

이렇게 해서 나는 점차적으로 나에게 완전히 낯설었던 하나의 말에 익숙해졌고 또 이 말에 훨씬 더 쉽게 만족하고 말았다. 왜냐하면 우리들은 우선 대중 철학자들에 의해, 그리고 무엇이라고 불러야 할지 모를 다른 유형의 철학자들에 의해 부당한 취급을 받았기 때문에, 나는 이 말이 조성했던 예술과 학문에 대한 보다 높은 생각을 통해 나 자신을 보다 고상하고 풍족하다고 여길 수 있었기 때문이다.

그 밖에 나의 지속적인 발전들은 특히 니이타머의 덕이다. 그는 친절하면서도 끈기 있게 나를 위해 어려운 주요 문제들을 해결해 주었고 개별적인 개념들과 표현들을 진술하고 설명해 주려고 노력했었다. 추후 나에게 중요한 의미를 지녔던 시기 즉 지난 세기의 마지막 십 년을 나의 입장에서 설명할 수는 없지만 대충 윤곽만이라도 이야기할 수 있는 기회가 주어진다면 내가 그 당시에 그리고 나중에 피히테, 셸링, 헤겔, 훔볼트와 슐레겔 형제들에게 신세 진 것을 감사하는 마음으로 진술할 수 있을 것이다.

직관적 판단력

내가 칸트 철학을 철저하게 연구하려고는 하지 않고 가능한 한 이용만 해보려고 했을 때 든 생각은, 이 재미있는 사람이 인식 능력의 범위를 때로는 아주 좁게 제한하기도 하고 때로는 곁눈질로 자기 자신이 그어놓은 경계선을 넘어서 해설하기도 하면서 익살맞게 빈정대듯 행동한다는 거였다. 인간이 안이하게 얼마 안 되는 체험들로 무장하고서 곧바로 경솔하게 심의하고 성급하게 무엇인가를 확정하려 하며, 머릿속에 갑자기 떠오르는 망상을 대상에 접합하려고 할 때 인간이 얼마나 불손하고 건방지게 행동하는가를 그가 언급했을 것이라는 점에 대해서는 이론의 여지가 없다. 그러므로 이 대가(大家)는 판단자의 판단력의 범위를 성찰적, 논증적 판단력으로 제한하고 판단자에게 결정적 판단력을 부여하는 것을 전적으로 거부하고 있다. 그런데 우리들을 충분히 궁지로 몰아넣어 실망시키고 난 후에 가장 자유주의적인 발언을 하기로 결심하고서는 그가 어느 정도 허락한 자유를 우리가 얼마나 사용할지를 우리에게 일임한다. 이런 의미에서 내 판단으로는 다음 부분은 매우 중요하다.

우리는 하나의 오성을 상상해 볼 수 있는데 이 오성은 우리들의 오성과 같이 논증적이 아니고 직관적이기 때문에 종합적, 일반적인 것에서부터, 즉 전체에 대한 직관에서부터 시작해서 특수한 것, 즉 전체에서 부분들로 옮겨가는 것이다. 여기에서는 그와 같은 근원적 오성이 존재한다는 것은 증명될 필요가 전혀 없고 다만 우리들의 논증적 오성이 여러 속성을 가진 형상들을 필요로 한다는 것, 그리고 이와 같은 우연성에 대한 반론으로부터 근원적 오성이라는 이념에 도달하게 된다는 것, 이와 같은 이념 역시 모순을 포함하고 있지는 않다는 것은 증명되어야 할 필요가 있는 것이다.

저자는 여기에서 신이 지닌 오성을 암시하고 있는 것처럼 보인다. 그러나 우리가 신과 미덕과 영생을 믿음으로써 도덕성에 있어 보다 높은 차원으로 올라가 신에게 근접한다면 오성도 아마 그렇게 되어 우리는 지속적으로 창조하는 자연을 관조함으로써 그것의 산물들에 정신적으로 참여할 자격을 갖게 될 것이다. 그러나 내가 바로 무의식적으로 그리고 정신적 충동으로 저 원형적인 것 Urbildliche, 전형적인 것을 쉴 새 없이 추구했다면, 그리고 더 나아가 자연의 특수한 조건들에 부합하는 서술을 하는 데에 성공했다면, 쾨니히스베르크의 저 늙은이 자신이 이름 붙인 것처럼, 내가 용감하게 수행해 낼 이성의 모험을 막을 수 있는 것은 더 이상 아무것도 없었을 것이다.

340

사색과 순응

가장 넓은 범위에서 그리고 분할 가능한 가장 최소한의 범위에서 우주 구조를 관찰할 때 우리는 하나의 이념이 전체의 기초가 되고 이에 따라 신은 자연 안에서, 자연은 신 안에서 지속적으로 창조한다는 생각을 떨쳐버릴 수 없다. 직관과 관찰과 사색이 우리로 하여금 이들 비밀들에 보다 더 접근하게 하고 있다. 우리는 이념들에 도달하려고 모험을 감행하며 그 다음에는 만족해서 저 태초 시대와 비슷할지도 모를 개념들을 만들어낸다.

여기에서 이제 우리는 분명하게 의식되고 있지는 않은 약간의 난관에 봉착하게 된다. 즉 이념과 체험 사이에는 날카로운 대립이 상존하는 것처럼 보이며 이 대립을 극복하려고 우리는 힘을 다하지만 소용이 없다는 것이다. 그럼에도 불구하고 이성, 오성, 상상력, 믿음, 감정, 망상 등을 사용하고 그 외에 아무것도 할 수 없을 때는 어리석은 행위까지 동원해서 이 대립을 극복하려는 노력을 지속한다.

정직하게 노력하는 가운데 마침내 우리는 어떤 이념도 경험과 완전히 일치하지는 않는다고 주장하면서도 이념과 경험은 유사할 수도 있으며 유사해야 한다고 시인하는 철학자가 옳을지도 모른다고 느끼게 된다.

이념과 경험을 서로 연결하는 어려움이 자연과학 연구의 저해 요인인 것처럼 보인다. 이념은 시간과 공간에 얽매여 있지 않으나, 자연과학 연구는 시간과 공간의 제한을 받고 있다. 그러므로 이념에서는 동시성과 계속성이 밀접하게 결합되어 있는데 경험의 입장에서 보면 동시성과 계속성은 분리되어 있기에 우리가 이념에 따라 동시적이며 계속적이라고 생각해야 하는 자연의 작용은 우리들로 하여금 일종의 비합리적 사고를 하도록 만든다. 오성은 그와 분리된 감각이 제공하는 것을 통합해서 사고할 능력이 없다. 그리하여 오성이 파악한 것과 이념화된 것 사이의 대립은 계속해서 미해결로 남아 있는 것이다.

그러므로 우리는 약간의 만족을 구하기 위해 문학의 영역으로 도피해서 오래된 노래를 내용을 약간 바꾸어 부활시킨다.

> 그러니 겸허한 시선으로 보라
> 영원한 직녀의 걸작을
> 발판을 한 번 밟으면 천 가닥의 실들이 움직이고
> 북들은 왔다갔다하며 씨실을 먹이네
> 실들은 서로 교차하며 흩어지고
> 한 번의 움직임이 천 개의 매듭을 만드네
> 이 일을 그녀는 무리하게 요구하지는 않았네
> 그녀는 영원으로부터 날실을 빌려 베틀에 걸었네
> 영원한 명인이 안심하고 씨줄을 넣을 수 있도록

형성 충동

이미 언급된 중요한 문제에서 수행되었던 것에 관해 칸트는 그의
『판단력 비판』에서 다음과 같은 태도를 표명하고 있다.

이 후성설을 고려해 보면, 이 이론의 증명뿐 아니라 부분적으로 이 이론
의 무모한 사용을 제한함으로써 그 응용에 필요한 진정한 원칙들을 수립하
는 데에 블루멘바흐[1]보다 더 많은 일을 수행한 사람은 아무도 없다.

이와 같은 칸트의 양심적인 증언은 나에게 블루멘바흐의 저서를 다
시 연구해 보도록 자극했다. 나는 이 저서를 이미 이전에 읽기는 했었
으나 간파하지는 못했었다. 이 책에서 나는 한편으로는 할러와 보넷,
다른 한편으로는 블루멘바흐 사이의 중간인으로서 카스파르 프리드리
히 볼프를 발견했다. 볼프는 자기의 후성설을 위해서 하나의 유기체
적 요소를 전제해야만 했다. 이 유기체적 요소로부터 유기체적 생활
을 하도록 정해진 개체들이 양분을 섭취한다. 그는 이 물질에 일종의
본원력(本源力)을 부여했다. 이 본원력은 스스로 생성되려고 하는 모
든 것에 적용되며 이러한 이유로 인해 자신을 창조자의 지위로 격상
시키고 있다.

이러한 유의 표현들은 아직도 몇 가지 미진한 점을 남긴다. 왜냐하

---

1) 블루멘바흐 J. F. Blumenbach(1752~1840) : 독일의 생리학자이자 해부학자.

면 유기물은 살아 있다고 생각되는 경우 항상 무언가 물질적인 개념이 함께하고 있기 때문이다. 힘이라는 단어는 우선 물질적인 것을, 더욱이 기계적인 것을 나타내며 그러한 물질로 구성된다는 사실은 우리에게는 일종의 알 수 없는 이해 불능의 지점으로 남아 있게 된다. 이렇게 해서 블루멘바흐는 최고의 최종적 표현을 얻었고 이 수수께끼 같은 단어를 의인화해서, 이 문제의 단어를 형성 충동이라고 불렀다. 즉 형성을 야기하는 충동 내지 강한 활동력을 가리킨다.

이 모든 것을 더 면밀하게 살펴보자. 현존하는 것을 관찰하기 위해서는 그 이전에 일어난 활동을 인정해야 한다고 시인한다면, 어떤 활동을 상상할 때 이 활동에 영향을 미칠 수 있었던 적당한 요소가 있다고 시인한다면, 마지막으로 이 활동이 그것에 영향을 미칠 수 있었던 것과 함께 계속적으로 영원히 공존하는 것으로 생각해야 한다고 시인한다면, 우리들은 더 간단하고 편안하고 아마도 더 근본적인 처지가 될 것이다. 그 엄청난 것이 의인화되어 우리들 앞에 신으로서, 창조자로서, 유지자로서 등장하고, 우리들은 그를 숭배하고 존경하고 칭송하도록 모든 방법이 동원되어 권유받게 된다.

철학의 영역으로 돌아가 진화론Evolution과 후성설 Epigenese을 한 번 더 고찰해 본다면 이것들은 단지 우리들의 마음을 애태우는 말들이다. 진화론은 물론 교양인에게는 거부감을 갖게 하지만 일종의 섭취 내지 수용론인 이 학설은 언제나 수용 주체와 피수용체가 전제된다. 그리고 전성설 Präformation을 생각하고 싶지는 않지만 무엇이라고 불리든 우리는 선행되어야 할 모든 것을 우리가 인지할 수 있게 될 때까지는 예정 설계, 예정, 예정 조화 등을 생각하게 된다.

그러나 나는 하나의 유기체가 모습을 드러내게 될 때 생성력의 통일성과 자유로움은 변이의 개념 없이는 이해될 수 없다고 감히 주장하는 바이다.

마지막으로 지속적인 사고를 자극하기 위해 하나의 도식을 제시하
겠다.

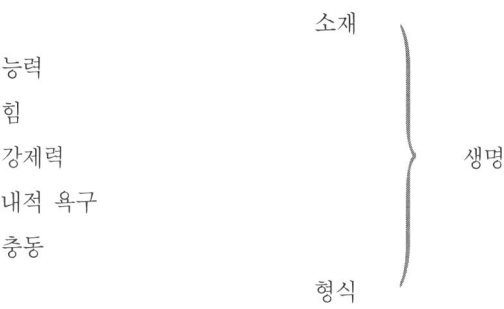

능력
힘
강제력
내적 욕구
충동

소재
형식

생명

다정한 외침

요사이 며칠 동안 반복적으로 나에게 밀려오는 기쁨을 나는 결국 숨길 수 없다. 다행히도 나는 가깝고도 먼 곳에 있는, 진지하면서도 활동적인 학자들과 의견이 일치하고 있음을 느낀다. 사람들은 탐구 불가능한 것이 있다는 것을 전제로 하고 또 그것을 인정해야 하지만 학자 자신에게는 어떠한 경계선도 설정해서는 안 된다고 고백하고 또 주장한다.

나는 자신의 처지가 어떤지를 미리 알지도 못한 채 나 자신을 시인하고 전제로 해서는 안 되지 않는가, 먼저 나 자신을 이해하지 못한 채 계속해서 나를 연구하지 않는가, 이해도 하지 못한 채 나와 다른 사람들을 연구하는 것이 아닌가. 그렇지만 사람들은 즐겁게 계속 전진하고 있는 것이다.

세계도 역시 그렇다! 세계는 시작도 끝도 없이 우리들 앞에 놓여 있다. 먼 곳은 무한하고 가까운 곳도 꿰뚫어볼 수 없다. 있는 그대로 있게 하라. 그러나 인간이 자기의 비밀과 세계의 비밀을 얼마나 많이 그리고 깊이 뚫고 들어갈 수 있는가에 대해서는 결정되거나 결말을 내서는 안 된다.

이러한 의미에서 다음의 경쾌한 시를 읽고 해석해 보라.

내키지 않는 외침

오, 그대 고루한 자여!
창조된 정신적 존재는 결코 자연의 내부로
뚫고 들어가지 못하네
그대는 나와 형제자매들로 하여금
이 말을 생각나게 하고 싶지는 않겠지
어느 곳에서도 우리는 내면에
있는 것이라고 생각하네
자연이 외형만을 보여준 자여!
그대는 행복할지니!
나는 이 말을 육십 년 동안 반복해서 듣고 있네,
그리고 그것을 저주하네, 몰래
나는 나 자신에게 수천 번 말하네,
자연은 그 모든 것을 풍부하게 그리고 기꺼이 보여주네
자연은 씨도 껍질도 갖고 있지 않네
자연은 그 모든 것과 하나인 것이네
네가 씨인가, 껍질인가?
네 자신을 시험해 보라

여러 가지 문제들

자연의 체계란 말은 모순된 표현이다.

자연은 어떤 체계를 가지고 있지 않다. 그것은 생명을 갖고 있고 또 생명체, 알려져 있지 않은 하나의 중심으로부터 나온 결과이자 인식 불가능의 경계선을 향해 가고 있는 생명체이다. 그러므로 자연에 대한 고찰은 무한하며, 사람들은 아주 작은 부분으로 나누어 다루거나 아니면 전체적으로 폭과 높이에 따라 그 흔적을 추적할 것이다.

변이라는 이념은 하늘로부터 주어진 아주 소중한 선물이긴 하나 동시에 아주 위험한 선물이기도 하다. 이 이념은 무정형으로 통하며 지식을 파괴하고 해체시킨다. 이 이념은 원심력과 같아서 그것에 균형이 주어지지 않는다면 영원 속에서 소멸할 것이다. 나는 특수화의 충동, 즉 한번 현실로 나타난 것의 끈질긴 지구력을 말하고자 하는 것이다. 어떤 외형도 그 깊은 근저에 손상을 입힐 수 없는 구심력도 말하고자 한다. 에리카 속(屬)을 관찰해 보기 바란다.

그러나 이 두 힘은 동시에 작용하기 때문에 전통적인 교수법에서도 동시에 표현해야 하겠지만 이것은 불가능해 보인다.

이와 같은 낭패로부터 우리를 구원할 수 있는 방법은 아마도 인위적인 것밖에 없을 것이다.

자연스럽게 이어지는 소리들과 몇 개의 옥타브 안에 가두어진 평균률의 비교. 이 비교를 통해서 자연을 무시한, 철저한 고차원의 음악이 비로소 가능해진다.

우리는 인위적인 강의가 시작되도록 해야 할 것이다. 상징적 표현이 만들어져야 할 것이다! 그러나 누가 이것을 수행할 것인가? 누가 이 업적을 알아볼 것인가?

식물학에서 속(屬)이라고 부르는 것을 관찰해 보고, 체계가 수립되어 있는 그대로의 그것을 인정한다 해도 하나의 속이 다른 속과 동일한 방식으로 취급될 수는 없다는 생각이 언제나 든다. 내가 말하고 싶은 것은 몇 개의 속들이 있다는 것이다. 이들 속들은 그것들에서 파생된 모든 품종들에서 그들의 특성을 다시 보여주기 때문에 우리들은 이 속이 안고 있는 문제들을 합리적인 방식으로 풀 수 있다. 이 속들은 변종에서도 쉽사리 자신들을 소멸시키지 않으므로 주의를 기울여서 다룰 가치가 있다. 용담이라는 식물이 바로 그러하다. 주의 깊은 식물학자는 이 식물들 가운데 몇 개를 기술할 수 있을 것이다.

이에 반해 특성이 없는 속들도 있다. 이것들의 헤아릴 수 없이 많은 변종이 나와 소멸되어 버렸기 때문에 우리는 어떠한 품종도 이 속들로 귀속시킬 수 없다. 이 속들을 학문적으로 진지하게 취급한다면 이것들은 모든 규정과 규칙에 어긋나기 때문에 완결 지어지지 않고 오히려 이들로 인해 혼란에 빠지고 만다. 이런 속들을 나는 가끔 행실이 좋지 못한 것들이라고 감히 불러보았고 장미에다 이러한 별명을 붙였다. 물론 이러한 별명으로 인해 장미가 지닌 품위에 손상이 가는 것은 아니다. 그래도 특히 덩굴장미에는 이러한 비난을 가하고 싶다.

인간이 의미 있는 행동을 하는 경우 그는 우선 도덕적인 면에서 의무를 인정함으로써 입법적인 태도를 취하게 되고, 나아가 종교적인 면에서는 신과 신에 관계되는 일들에 대한 특별한 정신적 확신을 표명함으로써, 그리고 이 확신과 유사한 어떤 외형적인 의식 행위들에 만족함으로써 입법적인 태도를 취하게 된다. 통치에서는 그것이 평화적이든 호전적이든 간에 같은 일이 일어난다. 행동, 행위는 그것이 자신과 타인들에게 동시에 요구되는 경우에만 중요하다. 예술에서도 마찬가지이다. 인간 정신이 어떻게 음악을 제어했는가는 앞에서 언급하고 있고, 인간 정신이 조형예술의 전성기에 위대한 재능들을 통해 어떻게 영향력을 행사했느냐는 것은 우리 시대에 와서는 공공연한 비밀이 되어 있다. 학문에서는 수많은 실험들이 체계화, 도식화되어 가고 있다. 그러나 우리는 주의력을 집중하여 자연의 행동 방식을 엿들어야 한다. 그렇게 함으로써 우리는 자연이 반항하지 않도록 할 수 있고, 또 자연의 자의적인 행동에 의해 우리가 목표에서 벗어나지 않을 수 있는 것이다.

재치 있는 말 한마디를 통한 의미 있는 지원

하인로트 박사는 『인류학』이라는 그의 저서에서 나의 방식과 활동에 대해 호의적으로 언급하고 있다. 나중에 그의 저서에 대해 몇 번 언급하겠다. 그는 이 저서에서 나의 행동 방식을 독특한 것으로 규정짓고 있다. 즉 나의 사고력은 대상들에 구체적으로 작용하고 있다는 것이다. 이 말로 그는 다음과 같은 것을 언급하고 싶어했다. 즉 나의 사고력은 대상들로부터 분리되지 않는다는 것, 대상의 여러 요소들과 직관들이 사고력에 의해 받아들여지고 그 사고력의 가장 깊숙한 곳까지 침투해 들어간다는 것, 그리고 나의 직관은 그 자체가 사고이며 나의 사고는 일종의 직관이라는 것 등. 이와 같은 나의 사고방식에 그는 찬사를 보내려고 하는 것이다.

이처럼 찬성의 뉘앙스를 띤 한마디 말이 나로 하여금 어떤 종류의 관찰을 하게 했는가는 다음 몇 쪽의 글이 말해 줄 것이다. 나는 독자 여러분이 그 책 387쪽에서 조금 더 자세한 내용을 알게 되기를 바라며, 그 후에 다음의 내용을 읽도록 권하고 싶다.

나는 이 글과 앞의 몇몇 글에서 내가 자연을 어떻게 관찰하는지 언급하려고 했고 동시에 어느 정도까지 나 자신, 나의 내면세계 그리고 나의 존재 방식을 가능한 한 들추어 내보이려고 노력했다. 여기에 관해서는 특히 전에 쓴 논문 「대상과 주체 사이의 매개로서의 실험」이 도움이 될 것이다.

여기에서 고백하건대 그전부터 위대하고 중요하다고 여겨져 온 〈너

자신을 알라〉는 명제는 비밀리에 결합한 사제들의 농간이라고 의심했었다. 이들 사제들은 실현 불가능한 요구들을 함으로써 인간을 혼란시키려 했고 또 외부 세계를 향한 활동을 중지시키고 잘못된 내적 명상으로 유도하려고 했다. 인간은 세계를 알아야만, 즉 오로지 세계를 자기 자신 속에서, 그리고 자기 자신을 세계 속에서 인지해야만 자기 자신을 알게 된다. 모든 새로운 대상은 잘 관찰해 보면 우리들의 의식 속에 새로운 기관(器官)을 펼쳐 보인다.

그러나 우리의 이웃들이 가장 큰 도움이 된다. 이들은 자신들의 입장에서 우리를 세계와 비교하고 그렇게 함으로써 우리 자신이 얻고 싶은 것보다 더 자세히 우리에 관한 지식을 얻을 수 있는 장점을 갖고 있다.

그러므로 나는 원숙기에 접어든 요사이 몇 년 동안 다른 사람들이 어떤 방법으로 나를 인식하려고 하는가에 커다란 관심을 갖고 있다. 내가 마치 거울 속에서처럼 그들을 보고서 나 자신과 나의 내면세계를 가차없이 비판할 수 있기 위해서이다.

반대자들은 염두에 두지 않는다. 왜냐하면 그들에게는 나의 존재가 역겹고 그들은 나의 행동의 목표를 비난하며 그 목표를 위한 수단을 잘못된 시도로 간주하기 때문이다. 그러므로 나는 그들을 거부하며 또 무시한다. 왜냐하면 그들은 나에게 도움이 되지 않기 때문이고 나로서는 인생의 모든 것이 달린 문제이기 때문이다. 그러나 나는 친구들이 나의 행동을 제약하는 것도 무한 속으로 이끌어가는 것도 기꺼이 허락한다. 나는 언제나 진실된 교화의 필요성에 대한 순수한 신념을 갖고 그들의 말을 경청한다.

나의 구체적 사고에 관해 언급한 바를 나는 구체적인 문학에 똑같이 연관시켜 보려고 한다. 나의 의식 속에는 어떤 커다란 모티프들, 전설들, 태곳적부터 구전되어 왔던 것 등이 깊이 박혀 있었고, 이것들은

4. 50년 동안 나의 내면에서 왕성하게 활동을 계속하고 있었다. 이와 같이 소중한 형상들을 상상력 속에서 이따끔 새롭게 인식하는 일은 내가 가진 가장 아름다운 재산인 것처럼 여겨진다. 왜냐하면 이 소중한 형상들은 계속적으로 형태를 변화시키기는 하지만 본질적인 변화를 일으킴 없이 하나의 순수한 형식, 하나의 결정적인 표현을 향해 성숙해 가고 있기 때문이다. 나는 이런 형상들 중에서 코린트의 신부, 신과 무희들, 백작과 난쟁이들, 가수와 아이들 그리고 마지막으로 곧 언급될 천민 등등만을 언급하려고 한다.

상술한 바에서 보듯이 나에게는 즉흥시를 선호하는 성향이 있다. 어떤 상황이 지닌 특이한 점 하나하나가 나로 하여금 어쩔 수 없이 즉흥시를 쓰도록 자극했던 것이다. 그러므로 사람들은 나의 시들 각각에서 독특한 어떤 토대가 있다는 것과 어떤 하나의 핵이 많든 적든 의미 있는 열매 속에 내재하고 있다는 것을 알아차리게 된다. 이 시들은 낭송자로 하여금 자신이 지니고 있는 일반적인 무관심 상태에서 벗어나 특별하면서도 생소한 직관과 기분으로, 그 언급하는 바가 무엇인지 깨닫도록 시구들을 분명하게 발음하기를 요구하고 있기 때문에 수년 동안 낭송되지 않았던 것이다. 특히 확고한 특성을 지닌 시들이 그랬다. 반면에 그리움을 내용으로 한 시연들은 인정을 받았고 같은 유형의 다른 독일 시들과 함께 대중화되었다.

프랑스 혁명에 대한 수년 동안의 나의 정신적 태도가 바로 이와 같은 관찰과 직접적으로 연결되는 것이다. 그리고 가장 소름 끼치는 이 사건의 원인과 결과를 문학적으로 취급해 보려는 부단한 노력이 해명된다. 지난 수년을 회고해 볼 때 이 간과할 수 없는 대상에 대한 애착이 그렇게 오랫동안 나의 시적 재능을 쓸모없이 소모시켰다는 사실을 나는 잘 알고 있다. 그러나 이 대상에서 받은 인상이 너무나 깊숙이 내 마음속에 뿌리 내렸기 때문에 내가 여전히 이 『서출의 딸』의 속편을 생각하고 있고, 구체적 완성을 위해 힘을 쏟을 용기도 없으면서도 이 놀랄 만한 산물을 마음속에서 형상화하고 있다는 사실을 부인할 수 없다.

이제 사람들이 찬동하는 있는, 나의 구체적인 사고에 대해 언급해 보면 나는 발생학적 대상 등의 관찰에서도 역시 동일한 방법을 엄수하지 않을 수 없었다. 식물 변태에 관한 생각이 머릿속에 떠오를 때까지 얼마나 많은 관찰과 숙고를 했던가! 그것은 내가 『이탈리아 여행기』에서 친구들에게 전달했던 그대로이다.

두개골이 척추뼈에서 생겨난 것이라는 생각도 마찬가지였다. 세 개의 후두골을 나는 곧 식별해 냈는데 그러나 그것은 겨우 1790년의 일이었다. 그 해에 사구(沙丘)와 같은 베니스의 유대인 교회의 모래 속에서 부서진 양의 두개골 하나를 집어 들었을 때 나는 첫째 비익뼈가 사골과 하갑개골로 전이된 사실을 분명하게 인식함으로써 얼굴뼈들 역시 그 근원을 척추뼈까지 거슬러 올라갈 수 있다고 순간적으로 알게 되었다. 그때 나는 전체를 가장 보편적으로 종합했던 것이다. 이전에 이루어졌던 일도 이 정도의 설명으로 충분히 이해되기를 기대한다. 그러나 그 친절하고 현명한 사람의 발언이 지금도 얼마나 나를 격려해 주고 있는지를 우선 간단히 언급하겠다.

나는 이미 몇 년 동안 나의 지질학 연구 논문들을 검토하려고 해왔다. 특히 이 일은 이 논문들과 거기에서 얻어진 확신을 널리 펴고 있는 화산 현상에 대한 새로운 이론에 어떤 방법으로 접근할 수 있을지를 고려한 것이었다. 이 일은 나에게 지금까지는 불가능한 것으로 여겨졌다. 그러나 이제 나는 〈구체적〉이라는 말로 인해 갑자기 계몽(啓蒙)되었다. 내가 50년 전부터 관찰하고 연구해 왔던 모든 대상들이 이제는 그만둘 수 없다는 생각과 확신을 내 마음속에 생기게 할 것임에 틀림없다고 확실히 인식하게 된 것이다. 나는 잠시 동안은 그와 같은 입장을 취할 수 있지만 마음이 편해지려면 나의 옛 사고방식으로 되돌아가야만 한다.

바로 이와 같은 관찰들에 의해 자극받아 나는 자신을 시험해 보았다. 그리고는 나의 방법 전체가 연역에 기초를 두고 있다는 사실을 발견했다. 나는 계속 노력했다. 드디어 나는 모든 것이 그로부터 연역되거나 혹은 많은 것이 그 자체에서 만들어져 내가 받아들이게 되는 함축성 있는 그 한 지점을 발견했다. 왜냐하면 나는 탐구와 수용에 있어서 조심스럽게 그리고 성실하게 행동하기 때문이다. 체험 가운데서 내가 연역할 수 없는 어떤 현상이 발견되면 나는 그 현상을 과제로서 남겨둔다. 나는 이러한 방식이 긴 생애에서 유익하다는 것을 알았다. 왜냐하면 내가 어떤 현상의 기원과 관련 사항을 오랫동안 미해결로 남겨두어야 했더라도 수년 후에 모든 것이 한꺼번에 훌륭한 연관 관계를 형성하며 해명되어 나타났던 것이다. 그러므로 나는 지금까지의 체험들, 소견들 그리고 거기에서 유래하는 사고방식을 다음의 몇 쪽에서 감히 연대기적으로 설명하겠다. 그러면 반대자들에게는 이해를, 생각이 같은 자들에게는 지원을, 그리고 후세에는 지식과 아울러 가능한 한 약간의 화해를 가져다줄, 분명한 확신에 도달할 것이다.

에른스트 슈티덴로트의 『정신 현상 해명을 위한 심리학』(베를린 1824)에 부쳐

어떤 중요한 책이 바로 그 당시에 우연히 발견되고 그 책이 현재의 나의 연구와 일치하며, 나의 연구를 강화시켜 주고 또 촉진시켜 줄 경우, 일찍부터 나는 그것을 가장 행복한 사건으로 여겼다. 그리고 고대 중기의 책들이 자주 그러했다. 그러나 동시대의 것들이 가장 효과가 컸다. 가장 근래의 것이 언제나 가장 생생한 것이기 때문이다.

위에 언급한 책을 만난 것은 나의 즐거움이었다. 수년간 이미 내 곁에 놓여 있던 푸르킨예에 대한 짧은 글들을 인쇄에 넘기도록 부치려는 바로 그 순간 저자의 친절로 이 책이 도착하여 나에게 전달되었던 것이다. 전문 철학자들이 이 책에 대해 판단을 내리고 그것의 진가를 평가할 것이다. 다만 나는 여기서 그 즐거운 일이 나에게 어떻게 일어났는가를 간단히 이야기하려고 한다.

고요하게 흘러가는 시냇물에 내던져진 채 한순간 돌에 걸려 정지하기도 하고 강물이 굽이도는 곳에서는 잠시 머뭇거리기도 하면서 자의적이라기보다는 어쩔 수 없이 제 갈 길을 따라 흘러가다가 센 물살을 만나면 쉬지 않고 계속 흘러 내려가는 나뭇가지 하나를 상상해 본다면, 사람들은 이 논리적이고 효과 만점인 저술이 나에게 어떻게 영향을 미쳤을지 생생하게 그려볼 수 있을 것이다.

내가 위의 발언으로 무엇을 말하려고 하는지는 그 책의 저자가 가장 잘 파악할 것이다. 왜냐하면 나는 이미 여러 곳에서 최근 몇 년 동안 심층의 정신력들과 표층의 정신력들에 관한 이론이 나에게 일으켰던 불쾌감을 표시한 적이 있기 때문이다. 우주에서와 마찬가지로 인간 정신에 있어서는 어떤 것도 표층에 있거나 심층에 있지 않으며, 모든 것은 공통의 중심점에 대한 동일한 권리를 요구한다. 이 중심점은 바로 모든 부분들의 그것에 대한 조화로운 관계를 통해 자기의 비밀스런 존재를 표현하고 있는 것이다. 최근에 이르기까지 선인들 그리고 근대인들의 모든 논쟁들은 신이 그 성질상 통합적으로 창조했던 것을 분리한 데서 유래한다. 인간 개개인이 가진 소질들 가운데서 어떤 역량이나 능력이 우세를 보인다는 것, 그리고 인간은 세계를 단지 자기 자신을 통해서만 인식하고 그리하여 불손하게도 세계가 자신을 통해서 그리고 자신을 위해서 만들어져 있다고 믿음으로써 어쩔 수 없이 사고방식의 일방성이 생겨난다는 것을 우리는 아주 잘 알고 있다. 그리하여 인간은 자기가 지닌 주요 능력들을 전체의 맨 앞에 위치시키고 자신에게서 보다 못한 것이 발견되면 그것을 완전히 부정해서 자기 자신의 총체성으로부터 추방해 버리고 싶은 것이다. 인간 성향의 모든 표현들, 감각과 이성, 상상력과 오성, 이들 특성들 중 어느 것이 자신이 뛰어나다 하더라도, 확실한 통일체로 만들어 조화를 이루게 해야 한다고 확신하지 못하는 자는 불유쾌한 속박 속에서 계속 괴로워하며 왜 자기가 집요한 적대자들을 많이 갖고 있는지 그리고 더욱이 순간적으로는 자기가 적대자가 되어 자기 자신을 밀쳐서 상처를 내는지 결코 알지 못할 것이다.

이른바 정확한 학문을 위해 천부적인 재능을 타고나고 그것을 위해 교육받은 사람은 자기가 갖고 있는 합리적 판단력의 절정에 정확한 감각적 상상력 역시 존재한다는 사실을 쉽사리 이해하지 못할 것이다. 이 상상력 없이는 예술이란 생각할 수도 없다. 또한 같은 문제를 놓고 감정주의자와 이성주의자는 논쟁을 벌인다. 이성주의자가 종교란 감정에서 출발한다는 사실을 시인하지 않는다면 감정주의자는 자기들이 합리성을 위한 수련을 쌓아야 한다는 점을 인정하려고 하지 않을 것이다.

이러한, 또 이와 비슷한 생각이 위에서 언급한 책을 통해 나에게 떠올랐다. 이 책을 읽는 사람은 누구나 자기 나름대로 거기에서 이익을 얻을 것이며 더 자세하게 살펴보면 이 책이 텍스트 역할을 함으로써 행복한 메모를 위한 기회를 더 자주 제공하리라고 기대할 수 있다.

사고의 영역이 시작(詩作)과 조형(造形)의 영역과 직접 접하고 있으며 또 내가 앞에서 몇 번 짧게 언급했던 것을 여기에서 제시하겠다.

상술한 바에서 사고는 재생산을 전제로 한다는 사실이 드러나고 있다. 재생산은 언제나 상상으로 확정된 내용을 따른다. 그러므로 한편으로 보면 유용한 사고를 위해서는 현재 이루어지고 있는 상상의 정확한 규정이 전제되며 또 다른 한편으로 보면 그 규정의 다양성과 재생산되어야 할 것의 적당한 결합이 전제된다. 사고에 유익하고, 재생산되어야 할 것의 이와 같은 결합은 대부분 곧바로 사고를 통해 이루어진다. 몇 가지 가운데서 알맞는 것이 그 내용의 친밀한 관계로 인해 특별한 결합을 이루는 경우이다. 모든 방식에서 유용한 사고란 그러므로 전적으로 우리가 할 수 있는 재생산의 합목적성에 달려 있는 것이다. 이러한 관점에서 올바른 것을 준비하고 있지 않은 자는 올바른 것을 수행할 수 없을 것이다. 재생산이 부족한 자는 정신의 빈곤함을 드러내며 일방적으로 재생산하는 자는 일방적인 사고를 하고 무질서하고 혼란스럽게 재생산하는 자는 명석한 두뇌가 없음을 통탄할 것이다. 여타에 있어서도 그렇다. 그러므로 사고는 무에서는 이루어지지 않으며 그것은 충분한 예비 지식, 예비 연결 그리고 좁은 의미의 사고가 이루어지는 경우에는 그 일에 상응하는 상상들의 연결과 배열을 전제로 한다. 이때 완전무결함이 요구되는 것은 당연한 일이다.

——슈티덴로트, 『정신 현상 해명을 위한 심리학』, 140쪽.

자연철학

프랑스 『대백과사전』의 달랑베르가 쓴 서문 일부——지면상 그 번역을 여기에 수록하지 않는다——는 우리에게 대단히 중요하다. 이 서문의 일부는 4절판 10쪽에 있는데 〈수학적 제 문제에 관해서〉라는 말로 시작하여 11쪽에서 〈그 영역을 넓혔다〉라는 말로 끝을 맺고 있다. 이 끝부분은 처음과 연결되어 위대한 진리를 포함하고 있다. 즉, 여러 학문의 모든 것은 우선 정해진 원칙의 내용, 정신적 가치, 유용성 그리고 계획의 순수성에 달려 있다는 것이 바로 그것이다. 우리는 또한 이 커다란 요구가 수학적인 경우뿐 아니라 모든 학문과 예술 그리고 생활에서 이루어져야 한다는 사실을 확신하고 있다.

아무리 반복해서 이야기해도 부족할 내용이지만, 작가 내지 조형 예술가는 우선 그가 취급하려고 하는 대상이 그 내용에 있어서 다양하고 완전하면서도 풍부한 작품을 탄생시킬 수 있는 성질의 것인지 어떤지를 주목해야 한다. 이 일을 게을리 하면 나머지 모든 노력이 허사가 된다. 즉 운각, 압운, 붓놀림 그리고 끌놀림 등이 공연한 낭비가 되며, 더욱이 원숙한 솜씨라 할지라 해도 명민한 관찰자를 잠시 동안이야 매혹시키겠지만 그 관찰자는 모든 잘못의 원인인 정신적 천박성을 곧바로 느끼게 될 것이다.

그러므로 예술의 방법은 자연과학, 수학의 방법과 마찬가지로 모든 것이 기본적 진리에 달려 있으며, 이 진실의 양상은 사변에서보다는 실천에서 쉽사리 나타난다. 왜냐하면 이 실천이야말로 정신에 의해 수용된 것, 그리고 정신적 이해력에 의해 진리로 여겨지는 것을 판단하는 시금석이 되기 때문이다. 자기가 세운 계획들의 정신적 가치를 확신하고 있는 사람이 외부 세계를 향해, 세계가 그의 생각들과 의견을 같이해야 할 뿐 아니라 그에게 순응해서 그의 생각들에 복종하고 그것들을 실현해야 한다고 요구할 때, 그는 잘못 계획했거나 아니면 그의 시대가 진리를 인식하려 하지 않거나를 불문하고 비로소 중대한 체험을 하게 된다.

그러나 진리가 속임수와 확실하게 구분될 수 있는 하나의 중요한 식별 기준은 여전히 남아 있다. 진리는 언제나 효과적으로 작용해서 그것을 간직하며 돌보는 사람에게 은혜를 베푸는 데 반해, 잘못된 것은 그 자체가 공허하고 효과적이지 못하며 더욱이 세포의 죽음처럼 인식될 수 있다. 이런 경우에는 죽어가는 부분이 살아 있는 부분의 치유을 방해한다.

자연 단장(斷章)
―― 1783년 《티푸르트 신문》에서

자연! 우리는 그것에 둘러싸여 있고 또 휘감겨져 있다. 우리는 그로부터 빠져나올 수도 없고 그 안으로 깊숙이 들어갈 수도 없다. 자연은 초대받지도 않고 경고받지도 않은 우리를 그의 원무 속으로 끌어들여 우리가 지쳐서 그 품에서 나가떨어질 때까지 원무를 계속한다.

자연은 새로운 형태들을 계속해서 창조한다. 현재 있는 것은 과거에는 없었으며, 과거에 있었던 것은 두 번 다시 존재하지 않는다. 모든 것은 새롭지만 언제나 과거와 같은 모습이다.

우리들은 자연 속에서 생활하지만 자연을 모른다. 자연은 우리와 계속 대화를 나누지만 우리에게 자신이 지닌 비밀을 드러내지 않는다. 우리는 지속적으로 자연에 영향을 미치지만 자연을 제어하지는 못한다.

자연은 모두 개성을 겨냥했던 것처럼 보인다. 그리고 개체들을 대수롭지 않게 여긴다. 자연은 계속해서 만들고, 계속해서 파괴한다. 그리고 그 공장은 접근이 불가능하다.

자연은 수많은 아이들 속에서 살아 있다. 그렇다면 어머니, 자연은 어디에 있는가? 자연은 비교가 불가능한 예술가이다. 즉 가장 간단한 소재에서 가장 위대한 대비물들을 만들어낸다. 즉 가장 위대한 완성품을 만들려는 노력의 표시도 없이, 한 치도 틀리지 않는 정확성을 기하려는 노력의 표시도 없이 언제나 부드러움으로 덮여 있다. 자연의 작품들 하나하나는 개개의 특성을 가지고 있고 그것의 외양들 하나하나는 가장 고립된 개념을 갖고 있지만 모든 것은 합쳐져서 하나를 이루고 있다.

자연은 한 편의 연극을 공연한다. 자연 자신이 연극을 구경하는지 여부를 우리는 알지 못한다. 그렇지만 자연은 모퉁이에 서 있는 우리를 위해 공연한다.

자연 속에는 영원한 생명과 영원한 변화와 영원한 움직임이 있다. 그렇지만 자연은 급격하게 움직이지는 않는다. 자연은 지속적으로 변화하며 그 속에는 한순간의 정지도 없다. 자연은 정지를 모르며 정지에 대해서는 저주의 딱지를 붙인다. 자연은 굳건하다. 자연이 내딛는 발걸음은 품위가 있으며, 예외는 드물며, 그것의 법칙들은 변경될 수 없다.

자연은 지속적으로 사고했고 지속적으로 사고하고 있다. 그러나 인간으로서 사고하는 것이 아니라 자연으로서 사고한다. 자연은 자기 나름대로 모든 것을 파악하는 감각을 가지고 있는데, 그것은 누구도 알아낼 수 없다.

인간은 모두가 자연 속에 존재하며, 자연은 모든 인간 속에 존재한다. 자연은 모든 인간들과 우정 어린 도박을 하며 인간이 많은 것을 빼앗아가면 갈수록 더 기뻐한다. 자연은 많은 사람들과 몰래 도박을 한다. 인간이 그것을 알아차리기 전까지 자연은 끝까지 도박을 한다.

가장 부자연스러운 것 또한 자연이다. 도처에서 자연을 관찰하지 않는 자는 어느 곳에서도 그것을 제대로 인식하지 못한다.

자연은 자기 자신을 사랑하며 수많은 시선과 애정을 갖고 자기 자신에 집착한다. 자연은 자신을 즐기기 위해 스스로 흩어져서 자리를 잡는다. 자연은 자신을 전달하기 위해 싫증 내지 않고 지속적으로 새로운 향유자들을 키운다.

자연은 환상을 즐긴다. 자기 자신과 다른 사람들의 환상을 파괴하는 자를 자연은 난폭한 폭군이 되어 처벌한다. 자기를 신뢰하는 자가 있으면 자연은 그를 어린아이를 안듯이 자기 품 안에 껴안는다.

자연의 자녀들은 무수히 많다. 자연은 어디서든 어느 아이에게도 인색하지 않다. 그러나 자연은 자기가 좋아하는 사람들이 있으며, 그들에게 많은 것을 아낌없이 주며 그들을 위해 많은 것을 희생한다. 자연은 자기의 보호를 위대한 것과 결부시킨다.

자연은 자기의 피조물들을 무에서 분출시키며, 어디에서 와서 어디로 가는지 그 피조물들에게 말해 주지 않는다. 그것들은 달려가기만 하면 된다. 다만 자연은 그것들의 갈 길을 알고 있다.

자연은 추진력이 약하지만 그 추진력은 없어지지 않고 계속 작용하며 언제나 다양하다.

자연이 펼쳐 보이는 드라마는 언제나 새롭다. 왜냐하면 자연은 언제나 새로운 관객들을 창출해 내기 때문이다. 생명은 자연의 가장 아름다운 발명품이다. 그리고 죽음은 많은 생명을 갖기 위해 자연이 지니고 있는 기교이다.

자연은 인간을 잿빛으로 감싸며, 빛을 추구하도록 영원히 채찍질한다. 자연은 인간을 대지에 예속시켜 태만하고 답답하게 만들고는, 또 지속적으로 반복해서 그를 일깨운다.

자연은 자극을 좋아하기 때문에 욕구를 만들어낸다. 자연이 얼마 안 되는 욕구로 이 모든 운동을 만들어내는 것을 보면 정말 놀랍다. 욕구 하나하나는 좋은 것이다. 하나가 충족되면 또 하나가 곧바로 생겨난다. 자연이 욕구를 하나 더 만들어내면 그것은 즐거움의 새로운 원천이 되는 것이다. 그러나 자연은 곧 균형을 되찾게 된다.

자연은 순간마다 가장 긴 주행을 시작하고 순간마다 목표에 도달한다.

자연은 공허 그 자체이다. 그러나 우리에게는 그렇지 않다. 자연은 우리에게는 가장 중요한 존재가 되었다.

자연은 아이들 누구에게나 자신들을 꾸미게 하고, 바보들 누구에게나 자신들에 대해 판결을 내리도록 하며, 수많은 사람들에게는 자연을 스쳐 지나가도록 하여 아무것도 보지 못하게 한다. 그러고는 이 모두를 즐기며 이들 모두에게 만족한다.

사람들은 자연의 법칙들을 싫어하면서도 그것을 따른다. 사람들은 자연에 반대하려고 하면서도 그것에 협력한다.

자연은 스스로가 야기하는 모든 것을 유쾌한 일로 만든다. 왜냐하면 자연은 바로 필요해서 그 일을 하기 때문이다. 자연은 사람들이 자기를 필요로 하도록 능장을 부리며 또 사람들이 자기에게 싫증 내지 않도록 걸음을 재촉한다.

자연은 언어도 갖고 있지 않고 말도 갖고 있지 않다. 그러나 자연은 혀와 가슴들을 만들어서 그것들을 통해 느끼고 말한다.

자연이 지닌 최고의 것은 사랑이다. 사랑을 통해서만 사람들은 그것에 접근한다. 자연은 모든 존재들 사이에 틈을 만들어놓는다. 그런데 모든 것은 서로 이어지려 한다. 자연은 모든 것을 모으기 위해서 고립시킨다. 사랑의 술을 몇 모금 마시게 함으로써 자연은 다시 고생으로 가득 찬 생을 보상한다.

자연은 모든 것이다. 자연은 자신에게 상을 주고 자신을 벌하며, 즐거워하고 괴로워한다. 자연은 거칠면서 부드럽고, 사랑스러우면서 무섭고, 무력하면서도 전능하다. 모든 것이 언제나 자연 안에 있다. 자연은 과거와 미래를 알지 못한다. 현재가 자연에게는 영원이다. 자연은 선량하다. 나는 자연이 만든 모든 작품들을 놓고 자연을 찬양한다. 자연은 현명하고 조용하다. 사람들은 자연에서 어떠한 설명도 얻어내지 못하며 그것이 원하지 않는 어떠한 선물도 받아내지 못한다. 자연은 교활하지만 좋은 목표를 달성하려고 그런 것이다. 자연이 지닌 교활함을 알아채지 못하는 것이 가장 좋다.

자연은 완전하지만 언제나 미완성이다. 자연은 현재 행동하는 것처럼 언제나 행동할 수 있다.

자연은 개개인에게는 독특한 모습으로 나타난다. 자연은 수천 개의 이름과 수천 개의 명칭으로 자신을 숨기지만 언제나 동일하다.

자연은 나를 안으로 끌어들였다. 자연은 나를 역시 밖으로 내보낼 것이다. 나는 자연을 신임한다. 자연은 나를 마음대로 할 것이다. 자연은 자기의 작품을 미워하지 않을 것이다. 나는 자연에 대해 이야기했다. 아니다. 옳고 그른 모든 것을 자연이 이야기해 주었다. 모든 것은 자연의 책임이다. 모든 것은 자연의 공로이다.

경구적인 논문 「자연 단장」에 대한 주석
—— 폰 뮐러 사무장에게

이 논문은 존경하는 안나 아말리아 공작 부인의 유품 편지 속에서 발견되어 최근에 나에게 전달되었다. 이 논문은 1780년대에 작업하면서 내가 고용했던 서기의 낯익은 필적으로 씌어져 있었다.

내가 이 관찰들을 저술했던 일을 잘 기억할 수 없지만 이 관찰들은 내가 그 당시에 고안하고 있었던 생각들과 일치하고 있다. 나는 당시의 통찰 단계를 비교급이라고 부르고 싶다. 이 비교급은 아직 성취하지 못한 최상급으로의 진로를 진술하도록 강요당하고 있는 것이다. 탐구 불가능하고 무제한적이며 우스꽝스럽고도 모순되는 존재가 세계제 현상들의 근저를 이루고 있다고 생각함으로써 우리는 일종의 범신론적 경향을 인지할 수 있다. 그리고 이런 경향은 엄숙한 진지성을 포함하고 있는 희극으로 간주될 수 있을 것이다.

이 논문이 갖고 있지 않은 보충되어야 할 내용은 모든 자연에 추진력을 제공하는 커다란 두 바퀴에 관한 견해이다. 즉 양극성과 상승에 관한 개념으로, 전자는 우리가 자연을 물질적인 것으로 생각하는 한 물질의 속성을 지니고 있고, 이에 반해 후자는 우리가 자연을 정신적인 것으로 생각하는 한 자연의 속성을 지니고 있다는 것이다. 전자는 지속적인 끌어당김과 밀침 운동 속에 존재하고, 후자는 지속적인 상승 욕구 속에 존재한다. 그러나 정신이 없는 물질과 물질이 없는 정신은 존재할 수도, 활동할 수도 없기 때문에 정신이 끌어당김과 밀침 운동을 할 수 있는 것처럼 물질 역시 상승 운동을 할 수 있는 것이다.

이것은 마치 결합하기 위해 완전히 떨어져 있고, 완전히 결합했다가 다시 떨어질 수 있는 자만이 혼자 사고할 수 있는 것과 같다.

　이 논문이 구상되었던 그 몇 년 동안 나는 주로 비교해부학에 몰두해 있었고 1786년에는 〈인간에게 삽간골이 없다고 주장해서는 안 된다〉는 나의 신념에 다른 사람들이 동참케 하기 위해 무척 노력하고 있었다. 이 주장의 중요성을 두뇌가 명석한 사람들조차도 통찰해 보려고 하지 않았고 가장 훌륭한 관찰자들도 이 주장의 정당성을 부인했다. 그리하여 나는 많은 다른 일들에서와 마찬가지로 조용히 나의 길을 혼자 걸어갔다.

　식물계에서의 자연의 변화 가능성을 나는 지속적으로 추적했다. 그리하여 1787년에 시칠리아 섬에서 나는 관찰에서뿐 아니라 개념에서도 식물의 변태를 터득하는 데에 성공했다. 동물계의 변태는 식물계의 그것과 유사하며 1790년 베니스에서 나는 두개골의 근원이 척추뼈라는 사실을 인식했다. 그때 나는 이런 유형의 구성에 열성을 다했고 1795년에 이 도식(圖式)을 예나에 있는 막스 야코비에게 보냈다. 그리고 곧이어 독일 과학자들이 이 분야에서 나 대신에 계속 연구하는 것을 즐거운 마음으로 지켜보았다.

　수준 높은 해설을 통해 총체적 자연 현상들이 우리의 정신 앞에서 점차적으로 하나로 묶였는데, 이와 같은 해설을 마음속에 생생하게 그려본다면 그리고 곧바로 우리가 시발점으로 삼았던 상기 논문을 주의 깊게 한번 더 읽어본다면 사람들은 미소를 지으며 우리가 비교급이라 불렀던 것을 이제 도달한 최상급과 비교해 볼 수 있을 것이며 아울러 50년간의 발전을 기뻐하게 될 것이다.

　　　　　　　　　　　　　1828년 5월 24일 바이마르에서

분석과 종합

    역사철학에 대한 금년의 세번째 강연에서 빅토르 쿠쟁 씨는, 학문을 취급하는 데 있어서 특히 분석에 치중했고 또 성급하게 종합하지 않도록, 즉 성급한 가설들을 만들지 않도록 주의를 기울였다는 점에서 우선 18세기적 연구 방법을 칭찬하고 있다. 이러한 방법에 전적으로 동의한 후에 그는 그러나 결국 다음과 같은 내용을 추가하고 있다. 즉 우리들은 종합을 결코 게을리 해서는 안 되며 때때로 조심스럽게 종합 쪽으로 다시 방향을 잡아야 한다는 것이다.

    이와 같은 발언을 고찰해 볼 때 우선 우리들의 머릿속에 떠오르는 것은 19세기에는 아직 중요한 할 일이 남아 있다는 사실이다. 왜냐하면 우리가 잘못된 종합들, 즉 우리에게 전수된 가설들을 검사하고 상술해서 분명하게 하는 일과 정신으로 하여금 자연에 직접적으로 대항하는 옛 권리들을 다시 갖게 하는 일 등을 게을리 하고 있다는 점에 학문 애호가와 학문 신봉자들은 심히 주목해야 하기 때문이다.

    여기에서 우리는 그와 같이 잘못된 두 개의 종합을 언급해 보려 한다. 그것은 바로 빛의 분광과 편광이다. 이 두 가지는 공허한 말들로서 우리에게 아무것도 말해 주는 것이 없는데도 학문하는 사람들에 의해 종종 반복해서 사용되고 있다.

    자연을 관찰함에 있어서 우리는 분석적인 방법을 사용한다. 즉 우리는 어떤 주어진 하나의 대상을 근거로 가능한 한 많은 개별적인 사항들을 도출하고 이 방식으로 개별적인 사항들을 알게 된다. 하지만 이것만으로는 불충분하여 우리는 바로 이러한 분석을 기존의 종합들에 적용해야 하고, 그렇게 함으로써 우리가 도대체 올바르게 또 제대로 된 방식에 따라 작업하고 있는지를 조사해야 하는 것이다.

그러므로 우리들은 뉴턴의 방법을 상세하게 연구해 보았다. 그는 단 하나의 현상, 그것도 지나치게 인공적인 것이 가미된 하나의 현상을 토대로 삼고, 이 현상을 기초로 하여 하나의 가설을 구축하여 여기에서 수많은 다양한 현상들을 설명해 보려는 실수를 범하고 있다.

우리들은 색채론에서 분석적인 방법을 사용했고, 이미 알려진 가능한 한 모든 현상들을 일정한 순서에 따라 서술함으로써 모든 현상들이 예속될 수 있는 하나의 일반적인 것이 어떤 방식으로 발견될 수 있는가를 조사하려고 했다. 그러므로 우리들은 19세기가 짊어진 임무를 다하기 위한 준비 작업을 했다고 믿고 있다.

이중 반사에서 일어나는 현상들을 총체적으로 서술하기 위해 우리는 동일한 작업을 했다. 우리는 이 연구들을 다시 자연 상태로 되돌림으로써 이 연구들에 진정한 자유를 다시 돌려주었다고 생각하면서 이 두 가지 연구들을 가깝거나 먼 장래로 위임한다.

*

또 다른 일반적인 관찰로 돌아가 보자. 단지 분석에만 전념하고 종합을 두려워하는 세기는 올바른 길을 가고 있는 것이 아니다. 왜냐하면 숨을 내쉬고 들이마시는 것과 같이 양자가 합해져야만 학문을 살아 있게 하기 때문이다.

하나의 잘못된 가설도 전혀 없는 것보다는 낫다. 왜냐하면 가설이 틀리다는 것이 결코 해로운 것은 아니기 때문이다. 그러나 이 잘못된 가설이 굳어지고, 일반적으로 인정받아 일종의 확신이 되면서, 아무도 그것의 정당성을 의심하지 않고 그 확신을 조사할 수 없게 되면 이 것이 원래의 재앙이며 우리는 수세기 동안 이 재앙에 시달리게 되는 것이다.

그 예로 뉴턴의 이론이 언급되었으면 한다. 이미 그가 살았을 적에 그의 학설이 지닌 결함들이 제시되었다. 그러나 그가 기여한 기타 위대한 공로와 시민 사회와 학계에서 그가 누린 지위로 인해 반대론의 등장이 허락되지 않았다. 특히 뉴턴 이론의 전파와 고착화에는 프랑스인들의 책임이 아주 크다. 그러므로 프랑스인들은 그들이 범한 실수를 보상하기 위해 19세기에는 그 복잡하고 고착화된 가설의 신속한 분석에 힘써야 할 것이다.

*

오로지 분석적 방법을 사용하는 경우 고려하지 않기 쉬운 중요한 사실은 모든 분석이 종합을 전제로 한다는 점이다. 한 무더기의 모래는 분석될 수 없다. 그러나 그것이 서로 다른 부분들로 구성되어 있다면, 예를 들어 모래와 금으로 구성되어 있다고 가정해 본다면, 물로 씻는 것이 분석이 될 것이다. 이때 가벼운 것은 씻겨나가고 무거운 것은 남게 된다.

그러므로 근대 화학은 주로 자연이 결합시켜 놓았던 것을 분리하는 데 바탕을 두고 있다. 우리들은 자연이 종합한 것을 파기하여 그 분리된 요소들 속에서 자연을 익히게 되는 것이다.

생명체보다 더 고차원의 종합은 무엇인가. 그리고 복합체를 단지 어느 정도 이해하기 위해서가 아니라면 우리는 무엇 때문에 해부학, 생리학, 심리학 등으로 골머리를 썩히는가. 복합체에 대한 의견은 계속해서 생겨나고 있으며, 우리는 이 의견들을 훨씬 더 많은 부분들로 나누었을지도 모른다.

*

그러므로 분석가는 결코 종합을 토대로 하지 않은 곳에서 그의 방법을 적용할 때 바로 커다란 위험에 처하게 된다. 그렇게 되면 그의 작업은 완전히 헛수고가 된다. 우리는 그 서글픈 예들을 알고 있다. 왜냐하면 분석가는 근본적, 최종적으로 다시 종합에 도달하기 위해 그의 작업을 수행하는 것이기 때문이다. 그러나 그가 취급하는 대상이 종합을 토대로 하고 있지 않다면 그는 그 종합을 발견하기 위해 헛수고를 하는 것이다. 관찰의 횟수가 증가하면 할수록 모든 관찰들은 그에게 그만큼 더 저해 요인이 된다.

그러므로 분석가는 무엇보다도 그가 정말로 신비로 가득 찬 종합체를 연구하고 있는지, 아니면 그가 단지 병존이나 공존 같은 집합물을 연구하고 있는 것이 아닌지의 여부와 이 모든 것이 어떻게 변형될 수 있는지 등을 조사하거나 주목해야 할 것이다. 결코 진전을 보이려고 하지 않는 학문의 여러 장들이 이와 같은 의심을 불러일으킨다. 이러한 의미에서 우리는 지질학과 기상학 등에 대해 효과적인 고찰들을 시도할 수 있을 것이다.

장희창
서울대학교 언어학과와 같은 대학원 독어독문학과를 졸업했고 문학 박사 학위를 받았다. 동
의대학교 교수를 역임했고 현재 번역가로 활동 중이다.
주요 역서로는 『양철북』, 『나의 세기』, 『현대시의 구조』, 『책그림책』, 『게걸음으로 가다』 등이
있다.

권오상
서울대학교 사범대학 독어교육과와 고려대학교 대학원 독문과를 졸업했고 문학 박사 학위를
받았다. 현재 제주대학교 독일학과 교수로 재직 중이다.

 색채론

1판 1쇄 펴냄 2003년 3월 15일
1판 18쇄 펴냄 2025년 7월 23일

지은이 요한 볼프강 폰 괴테
옮긴이 장희창 외
발행인 박근섭, 박상준
펴낸곳 (주) 민음사

출판등록 1966. 5. 19. 제 16-490호.
서울특별시 강남구 도산대로1길 62(신사동) 강남출판문화센터 5층(우편번호 06027)
대표전화 02-515-2000 / 팩시밀리 02-515-2007
www.minumsa.com

© (주) 민음사, 2003. Printed in Seoul, Korea.

ISBN 978-89-374-0252-4 04850
ISBN 978-89-374-0240-1 (세트)

• 잘못 만들어진 책은 구입처에서 교환해 드립니다.